# 제르미날 1

**Germinal**

세계문학전집 416

# 제르미날 1

**Germinal**

## 에밀 졸라

강충권 옮김

민음사

**일러두기**

1 이 책은 Emile Zola, *Les Rougon-Macquart* III, Bibliotheque de la Pleiade, Gallimard, 1964(1994년 2월 인쇄본)를 저본으로 번역했다.

2 본문의 각주는 모두 옮긴이 주이다.

# 차례

1부

# 1

별도 없고 칠흑같이 어두운 밤의 벌판 속으로, 마르시엔에서 몽수로 통하는 큰길을 따라 한 남자가 홀로 걷고 있었다. 사탕무밭을 가로질러 십 킬로미터가량 곧장 뻗어 있는 포장도로였다. 그는 자기 앞에 있는 어두운 땅도 보이지 않았다. 늪지대와 헐벗은 땅을 쓸고 와서 차가워진, 마치 바다 위에서 부는 거대한 돌풍 같은 3월의 바람살 때문에 광활한 지평선을 느낄 수 있을 뿐이었다. 나무 그림자 하나조차 하늘에 어려 있지 않았고, 눈앞을 가리는 어둠의 물보라 한가운데로 포장도로가 부두처럼 곧게 뻗어 있었다.

남자는 새벽 2시경에 마르시엔에서 출발했다. 그는 헐어 빠진 면직 윗도리와 벨벳 바지 차림으로 떨면서 성큼성큼 걸어갔다. 바둑판무늬 보자기로 싼 작은 보따리가 그에게는 무척 거추장스러웠다. 그래서 그는 양손을 모두 주머니에 넣기 위해 보따리를 때로는 한쪽 팔꿈치로, 때로는 다른 쪽 팔꿈치로 누르며 옆구리에 꼭 꼈다. 동쪽에서 불어오는 채찍 같은 바람 탓에 그의 곱은 두 손에서는 피가 나고 있었다. 일자리도 집도 없는 노동자의 텅 빈 머릿속에 자리 잡고 있는 생각이란, 해가 뜨면 추위가 조금 덜 매서울 거라는 희망뿐이었다. 그가 이렇게 걸어간 지 한 시간이 되자 몽수로부터 이 킬로미터 떨어진 곳에서 왼편으로 뻘건 불이, 마치 공중에 매달려 불타고 있는 것 같은 세 개의 불덩어리가 보였다. 처음에 그는 걱정에 사로잡혀 망설였다. 이윽고 그는 잠시 손을 녹이고 싶은 고통스러운 욕구를 억누를 수 없었다.

움푹 파인 길이 하나 이어지고 있었다. 모든 것이 사라진 듯했다. 남자의 오른쪽으로는 두툼한 판자로 된 담장처럼 울타리가 철로를 막고 있었고, 왼쪽으로는 풀밭 언덕이 솟아 있었으며 그 너머로 어수선한 박공들과 야트막하고 똑같은 지붕이 늘어선 마을이 보였다. 그가 이백 보쯤 걸어가자 갑자기 길모퉁이에서 불들이 그의 가까이로 다시 나타났는데, 그 불들이 어떻게 죽은 듯한 하늘에서 연기를 뿜는 달처럼 그토록 높이 타오르는 것인지 그로서는 여전히 알 수 없었다. 그러나 대지 위의 또 다른 풍경으로 인해 그는 걸음을 멈추게 되었다. 그것은 하나의 육중한 덩어리로, 짓눌린 듯한 건물 더미였는데 거기서 솟아 있는 공장 굴뚝의 윤곽이 보였다. 때투성이 창문들에서 불빛이 드문드문 새어 나왔고 밖에는 대여섯 개의 스산한 램프가 나무 골조에 걸려 있었으며, 시커메진 골조

나무들과 함께 거대한 인도교 지지대[1]들의 윤곽이 줄지어 희미하게 드러나고 있었다. 그리고 어둠과 연기에 잠긴 이 환영 같은 광경으로부터 단 하나의 소리가 들려왔다. 전혀 보이지는 않았지만 증기를 내뿜는 거칠고 긴 숨소리였다.

그제야 남자는 수갱[2]임을 알아차렸다. 그는 다시금 부끄러웠다. 무슨 소용인가? 일자리는 없을 텐데. 건물들 쪽으로 가는 대신 그는 작업장을 밝히고 덥히기 위해 세 개의 석탄불이 주철통 속에서 타고 있는 폐석장 위로 위험을 무릅쓰고 기어 올라갔다. 폐갱 매립부들은 늦게까지 작업한 모양인지 쓸모없는 흙을 아직도 실어 내고 있었다. 이제 그에게는 인도교 지지대 위에서 하역부들이 광차들을 밀어 내는 소리가 들렸으며, 불 가까이마다 광차들을 기울여 비우는 살아 있는 그림자들이 눈에 들어왔다.

"안녕하십니까?" 그는 주철통 하나로 다가가며 인사했다.

마부가 불을 등진 채 서 있었는데, 보라색 털 스웨터를 입고 토끼털 모자를 쓴 노인이었다. 노인이 서 있는 동안 그의 커다란 누런색 말은 돌처럼 꼼짝 않고 자신이 끌어 올린 광차가 비워지기를 기다렸다. 석탄 부리는 장치를 맡은 붉은 머리의 야윈 소년은 서두르는 법 없이 잠에 취한 손을 지렛대에 걸

---

1) 폐석장까지 광차가 갈 수 있도록 레일을 부설한 인도교를 지지하기 위해 교각 역할을 하는 구조물. 폐석장은 갱내에서 석탄을 캐거나 굴진을 하는 과정에서 나온 잡석들을 광차로 운반하여 쌓아 두는 곳. 경석장, 버럭장이라고도 한다.
2) 수직으로 파 내려간 갱도.

쳐 놓고 있었다. 그리고 위에서는 한층 더 거센 삭풍이 일어 강하고 규칙적인 바람살이 낫질하듯 지나갔다.

"안녕하시오?" 노인이 대답했다. 한동안 침묵이 흘렀다. 남자는 경계하는 눈초리를 느끼자 곧 자기 이름을 말했다.

"저는 에티엔 랑티에라고 합니다. 기계공이죠……. 여기에 일자리 없습니까?"

불꽃이 그를 비추었다. 그는 스물한 살쯤 된 듯했고 진한 갈색 머리에 미남이었으며 사지가 가늘어도 힘은 세 보였다. 마음이 놓인 마부는 머리를 가로저었다.

"기계공의 일자리라, 없지, 없어……. 어제도 두 명 왔었네. 아무 일자리도 없어."

돌풍이 불어와 그들의 대화가 끊겼다. 잠시 후 에티엔이 폐석장 아래로 빼곡한 어두운 건물 더미들을 가리키며 물어보았다.

"저건 수갱 아닙니까?"

노인은 이번에는 대답할 수 없었다. 격렬하게 발작하는 기침 때문에 숨이 막혔던 것이다. 마침내 그는 가래침을 뱉었고 자줏빛 땅 위로 그의 가래침이 검은 자국을 남겼다. "그렇네, 수갱이지, 르 보뢰 탄광……. 보게! 저 탄광촌은 아주 가깝다네." 이번에는 노인이 자기 팔을 뻗어 어둠 속의 마을을 가리켜 보였고 젊은이는 지붕들을 분간할 수 있었다. 그러나 여섯 대의 광차가 비워지자 노인은 류머티즘으로 뻣뻣해진 다리를 끌며 채찍질도 하지 않고 광차들을 따라갔다. 새로 불어 대는 돌풍에 털이 곤두선 커다란 누런색 말은 레일 사이로 광차를 무겁게 끌면서 저 혼자 다시 출발했다.

르 보뢰 수갱은 이제 막 잠에서 깨어나고 있었다. 피가 흐르는 가엾은 손을 불 앞에서 덥히느라 멍하니 있던 에티엔이 주위를 바라보자, 수갱의 각 부분인 타르를 칠한 선탄장[3] 입구, 수갱의 도르래 탑, 널따란 권양기실[4] 그리고 배수펌프의 정방형 탑이 눈에 들어왔다. 굴속 깊이 꽉 들어차 있는 이 수갱은 낮고 육중한 벽돌 건물과 함께 위협적인 뿔처럼 굴뚝을 추켜세우고 있어서, 그에게는 사람들을 잡아먹으려고 웅크리고 있는 게걸스런 짐승의 험상궂은 모습처럼 보였다. 그는 줄곧 수갱을 살펴보면서 일자리를 찾기 시작한 일주일 전부터 떠돌이 신세가 된 자기 자신을 생각했다. 릴의 철도 공작창에서 상사의 따귀를 때리고 쫓겨난 이후 도처에서 쫓겨날 때의 모습을 떠올렸다. 토요일에 그는 마르시엔에 도착했는데 그곳 사람들이 포르주에 일거리가 있다고 했다. 그러나 포르주에도 손빌에도 아무 일거리가 없어 일요일에 그는 수레 제조창의 목재 밑에 숨어 지내야 했는데, 감독관에게 발각되어 새벽 2시에 쫓겨난 참이었다. 이제는 돈 한 푼, 빵 부스러기 하나도 남아 있지 않았다. 목적지도 없이 삭풍에 몸을 피할 곳조차 모르는 채 그렇게 길을 따라가는 그는 무슨 일을 할 것인가? 그렇다. 이곳은 바로 수갱이었다. 드문드문 걸린 램프들이 채굴물 집하장 건물을 비추고 있었는데 갑작스레 문이 하나

---

3) 채굴한 석탄에서 잡석을 추려 내고 양질의 탄을 분류하는 곳.
4) 채굴물과 광부를 실어 나르는 승강기인 케이지를 내리고 올리는 권양기가 설치되어 있는 방.

열리는 바람에 그는 강렬하게 빛나는 보일러 화실을 엿볼 수 있었다. 마치 괴물이 숨 막혀 하는 것처럼 끊임없이 헐떡이며 거칠고 긴 호흡을 하는 펌프의 배기 소리도 그는 알아들을 수 있었다.

석탄 부리는 인부는 등을 구부린 채 에티엔을 쳐다보지도 않았다. 땅에 떨어진 자기 보따리를 주우려 하는 순간 발작적인 기침 소리가 들려 에티엔은 노인이 돌아오는 것을 알았다. 서서히 어둠 속에서 나오는 그가 보였고 누런색 말이 뒤따르며 짐을 가득 실은 여섯 대의 광차를 끌어 올리고 있었다.

"몽수에는 공장이 있습니까?" 청년이 물었다.

노인은 시커먼 가래침을 뱉고는 허공에다 대고 대답했다.

"아! 부족한 건 공장들이 아닐세. 삼사 년 전에는 대단했어. 모든 게 힘차게 돌아갔고 사람을 구할 수 없을 정도였네. 그렇게들 돈을 벌어 본 적도 없지…… 그런데 이제 다시 허리띠를 졸라매기 시작했다네. 이 지역은 정말 딱한 실정이야. 사람들은 해고되고 공장들이 줄줄이 문을 닫는다네…… 황제 폐하의 잘못은 아니겠지. 그런데 황제는 왜 아메리카에서 전쟁을 하려는 거지?[5] 사람들뿐 아니라 가축들도 콜레라로 죽어 가는 건 말할 것도 없고!"

그러자 두 사람은 숨이 차서 짧은 말들로 한탄하기 시작했다. 에티엔은 일주일 전부터 헛수고를 하며 뛰어다닌 일을 얘기했다. 굶어 죽어야 한단 말인가? 머지않아 길마다 거지들로

---

5) 1866년 3월의 멕시코 파병을 가리킨다.

그득할 것이다. 그렇다. 노인이 대답했다. 이러다간 큰일 날 것이다. 그토록 많은 기독교 신자들을 길거리에 버려 두는 것은 신의 뜻이 아니기 때문이다.

"늘 고기라곤 없다네."

"빵이라도 있다면 좋겠어요."

"맞아, 빵이라도 있다면."

그들의 목소리는 음울하게 울부짖는 세찬 바람에 휩쓸려 들리지 않았다.

"자아!" 마부는 남쪽으로 몸을 돌리며 아주 큰 소리로 말을 이었다. "몽수는 저길세……."

그런 다음 그는 다시 손을 뻗어 이름들을 말하면서 어둠 속의 보이지 않는 지점들을 가리켰다. 그곳 몽수에는 포벨 제당 공장이 아직 가동 중이지만 오통 제당 공장은 종업원을 줄인 참이고, 유지되고 있는 거라고는 뒤티윌 제분소와 탄광의 케이블을 만드는 블뢰즈 밧줄 공장밖에 없다는 것이었다. 그러고 나서 노인은 큰 몸짓으로 북쪽 지평선의 절반 남짓을 가리켰다. 손빌 건설 회사의 공장들은 평상시의 삼분의 이도 주문받지 못했고 마르시엔 제철소는 높다란 용광로 세 개 중 두 개만 점화되어 있으며, 끝으로 가주부아 유리 공장에서는 월급이 줄어들 거라는 얘기가 있어서 파업이 벌어질 기세라는 것이었다.

"압니다, 알아요." 청년은 노인이 가리킬 때마다 반복해서 말했다. "제가 거기서 오는 길이에요."

"우리야 아직까진 괜찮지." 마부가 덧붙였다. "하지만 수갱들의 채탄량이 줄어들었어. 그리고 맞은편을 보게. 라 빅투아르 수갱에도 코크스로 두 열에만 불이 붙어 있지."

노인은 가래침을 뱉고는 말을 빈 광차에 맨 다음 졸고 있는 말을 따라 다시 떠났다.

이제 에티엔은 그 지역 전부를 굽어보고 있었다. 노인의 손이 여전히 깊은 그 어둠을 거대한 궁띰으로 채워 놓은 것 같았고, 그는 이 시각 그를 에워싸고 있는 끝 모를 공간의 도처에서 그 궁띰을 무의식적으로 느꼈다. 이 헐벗은 들판을 가로지르며 3월의 바람이 실어 오는 것은 굶주림의 비명이 아닐까? 돌풍이 미친 듯 불어 대면서 일거리를 없애고 많은 사람들을 죽게 만들 빈곤을 갖다주려는 것 같았다. 보고 싶다는 욕망과 보게 될 것에 대한 두려움에 고통스러워하면서 그는 눈을 두리번거리며 어둠 속을 꿰뚫어 보려 애썼다.

미지의 어두운 밤 속으로 모든 것이 사라졌으며 그에게는 아주 멀리 높은 용광로들과 코크스로들만 눈에 띄었다. 코크스로들은 비스듬히 세워진 수많은 굴뚝들의 대열로부터 줄지어 붉은 불꽃을 뿜어내고 있었다. 더 왼쪽에 있는 두 개의 탑에서는 새파란 불꽃이 거대한 횃불처럼 하늘 한복판에서 타오르고 있었다. 슬픈 화재 같았다. 위협적인 지평선 위로는 떠오르는 별조차 없이 오직 석탄과 철의 고장의 밤 불꽃밖에 없었다.

"자네는 아마도 벨기에 출신이겠지?" 돌아온 마부가 에티엔의 뒤에서 다시 말을 건넸다.

이번에 그는 세 대의 광차만 끌고 왔다. 광차들은 수시로 전복되었다. 채탄 케이지에서 사고가 생겼는데, 깨진 너트 하나 때문에 십오 분은 족히 작업이 중지될 모양이었다. 폐석장 아래쪽은 조용해졌다. 하역 인부들이 일을 멈추니 인도교 지지대 위에서 덜커덩대던 소리도 더 이상 들리지 않았다. 수갱으로부터 철판을 두들기는 망치 소리가 멀리서 들려올 뿐이었다.

"아뇨, 저는 남프랑스 출신입니다." 청년이 대답했다.

석탄 부리는 인부는 광차를 비운 다음 사고가 생긴 것을 다행으로 여기며 땅바닥에 앉았다. 줄곧 말없이 무뚝뚝한 그는 말 많은 것이 성가신 듯 생기 없는 큰 눈으로 마부 노인을 쳐다보기만 했다. 실제로 이 마부는 평상시에 그렇게 오랫동안 말하는 법이 없었다. 이 낯선 사람의 얼굴이 그의 마음에 들어서인지, 외로운 노인들이 때때로 큰 소리로 속내를 이야기하게 만드는 욕구로 몸이 근질거리는 모양이었다.

"나는 몽수 출신이네. 본모르[6]라고 불리지." 그가 말했다.

"별명이시겠지요?" 에티엔이 놀라서 물어보았다.

노인은 기분 좋게 히죽 웃고는 르 보뢰를 가리키며 말했다.

"그래, 그래……. 저 땅속에서 사람들이 거의 넝마가 된 나를 세 번이나 끄집어냈다네. 한번은 화재로 온몸의 털이 불에 그슬렸고, 또 한번은 위장까지 흙이 가득 찼고, 세 번째는 배속에 물이 차 배가 부풀어 개구리 같았지……. 그래서 내가 살아남는 걸 보고 사람들이 농담으로 나를 본모르라 불렀네."

그의 쾌활함이 한층 더해지자 목에서 기름을 제대로 안 친

---

6) Bonnemort. 구사일생이라는 뜻.

도르래가 삐걱거리는 소리 같은 것이 나더니 마침내는 기침이 격렬하게 발작하듯 터지는 것이었다. 흰머리가 듬성듬성 남아 있고 푸르스름한 점들이 박혀 있는 데다 납빛처럼 창백하고 밋밋한 얼굴을 한 노인의 커다란 머리가 이제 화로 불빛에 환히 드러났다. 그는 작은 키에 목이 엄청 굵었으며 장딴지와 뒤꿈치가 바깥쪽으로 벌어져 있고 긴 팔의 네모진 손들이 무릎까지 닿아 있었다. 게다가 바람 속에 고통스러워하는 기색 없이 꿈쩍 않고 서 있는 그의 말처럼 그는 돌로 만들어진 듯 추위도 귓전에 불어 대는 돌풍도 느끼지 않는 것 같았다. 그가 목구멍을 깊숙이 갉아 내 잡아 뽑는 소리로 기침을 한 뒤에 화로 발치에 가래침을 뱉자 흙이 시커메졌다.

에티엔은 그를 바라보았고 그가 그렇게 자국을 남기는 땅을 내려다보았다. 에티엔은 다시 말했다.

"탄광에서 일하신 지 오래됐습니까?"

본모르는 두 팔을 활짝 벌렸다.

"오래라, 아! 그렇지……! 알겠나! 바로 이 르 보뢰 수갱 속으로 내려갔을 때 나는 여덟 살도 채 안 된 나이였다네. 그런데 지금 쉰여덟 살이지. 계산 좀 해 보게……. 이곳에서 나는 온갖 일을 다 했지. 처음에는 소년 갱부, 그러고 나서 내가 광차 밀 힘이 생겼을 때는 광차 운반부, 그다음 열여덟 해 동안은 채탄부를 했다네. 그다음으로는 나의 망할 두 다리 때문에 그들이 내게 매립 일을 시켜서 매립 인부, 수리공 따위를 했지. 의사가 내가 죽을 거라고 해서 그들이 나를 갱 속에서 끄집어내야만 했을 때까지 그 일들을 했네. 그래서 오 년 전부터 그들은 나에게 마부 일을 시킨 거야……. 어떤가? 대단하지? 오십 년 광부 생활에다 그중 사십오 년은 갱 속에서 보냈으니!"

그가 말하는 동안 이따금씩 화로에서 떨어지는 불붙은 석탄 조각들이 그의 창백한 얼굴을 핏빛으로 밝혀 주었다.

"그들은 나보고 쉬라고 하지." 그가 말을 계속했다. "나는 그럴 생각이 없어. 그들은 나를 바보로 안단 말이야……! 나는 예순 살이 될 때까지 이 년은 더 일해서 180프랑의 연금을 받을 거야. 내가 오늘 저녁 그들에게 안녕히 계십시오 하면 그들은 냉큼 내게 150프랑의 연금을 주겠지. 그들은 교활해. 나쁜 놈들! ……게다가 나는 아직 다리 말고는 튼튼한데 말일세. 알겠나? 내 다리는 막장에서 수없이 물에 젖는 바람에 살가죽 밑으로 물이 차서 그렇게 된 게야. 어떤 날에는 한쪽 다리만 움직여도 비명이 터져 나온다네."

발작적인 기침이 터져 나와 그의 말이 또 끊겼다.

"그래서 이렇게 기침을 하시나요?" 에티엔이 말했다. 그러나 노인은 아니라고 머리를 거세게 가로저었다. 이윽고 노인은 말을 할 수 있었다.

"아니, 아니, 지난달에 감기가 들었어. 기침도 해 본 적 없는데. 이제는 기침이 떨어지지 않아……. 그리고 이상한 건 뱉어도 뱉어도 가래침이 또 나온다는 걸세……."

가래 돋우는 소리가 그의 목으로부터 올라오더니 그는 검은 가래침을 뱉었다.

"이건 피 아닌가요?" 마침내 에티엔은 그에게 용기를 내 물었다. 본모르는 천천히 손등으로 입을 닦았다.

"이건 석탄이야……. 내 몸뚱어리 속에는 죽을 때까지 나를 덥혀 줄 만큼의 석탄이 들어 있다네. 내가 갱 속에 발을 다시 들여놓지 않은 지 오 년이 되었건만 내가 알지도 못하는 새에 내 몸에 쌓여 있었던 것 같아. 쳇! 그게 저장이 되는구먼!"

침묵이 흘렀다. 멀리 갱 속에서 규칙적인 망치 소리가 들렸고 밤의 심연으로부터 나온 굶주리고 지친 소리처럼 신음을 내며 바람이 지나갔다. 놀란 듯 흔들리는 불꽃 앞에서 노인은 추억을 되씹으며 더 낮은 목소리로 말을 계속했다. 아! 물론 그와 그의 가족들이 탄맥을 캐낸 것은 어제오늘 일이 아니었다! 그의 가족은 몽수 탄광 회사가 설립된 이래 회사를 위해 일해 왔던 것이다. 이는 벌써 까마득한 106년 전으로 거슬러 올라간다. 그의 선조인 기욤 마외는 당시 열다섯 살 소년으로서 레키야르에서 기름진 석탄을 발견했는데 회사의 첫 번째 수갱이었던 그 수갱은 오늘날 포벨 제당 공장 근처에 있는 오래된 폐광이다. 고장 전체가 그 사실을 알고 있었는데, 발견된 탄맥이 그의 할아버지 이름을 따 기욤 탄맥으로 불렸다는 것이 그 증거다. 그는 할아버지를 보지는 못했는데 큰 몸집에 힘이 매우 셌던 할아버지는 노쇠하여 예순 살에 작고했다고들 한다. 그다음으로 홍인종이라 불렸던 그의 아버지 니콜라 마외는 겨우 마흔 살이 되었을 무렵 당시 파 내려가던 르 보뢰 수갱 안에 묻혔다. 낙반 사고로 완전히 납작하게 으스러져서 바윗돌들이 그의 피를 마시고 뼈를 삼켜 버렸다. 나중에는 그의 삼촌들 중 둘과 그의 형제 셋 역시 그곳에 묻혀 버렸다. 뱅상 마외 그로 말하자면, 두 다리로 제대로 서지 못했을 뿐 그곳에서 거의 온전하게 빠져나오자 약빠리로 취급받았다. 하지만 어쩌랴? 일을 해야 했다. 다른 일을 해도 마찬가지였을 테니 그들은 대대로 그 일을 했다. 그의 아들 투생 마외도 지금 탄광에서 죽어라 일하고 있으며 탄광촌에 있는 그의 집 맞은편에서 살고 있는 그의 손자들과 일가붙이도 모두 마찬가지다. 노인들 다음에는 어린애들이 똑같은 사장을 위해 계속해온 106년 동안의 채굴, 어떤가? 수많은 부르주아들은 자기네 가족사를 이렇게 잘 얘기할 수는 없을걸!

"어쨌거나 먹을 거라도 있다면!" 다시 에티엔이 중얼거렸다.

"내 말이 바로 그걸세. 먹을 빵이 있는 한 사람들은 살아갈 수 있지."

본모르는 입을 다문 채 불이 하나둘 켜지는 탄광촌 쪽으로 눈길을 돌렸다.

몽수 종탑에서 4시를 알리는 종소리가 울렸고 추위가 더욱 매서워졌다.

"어르신네 회사는 부자인가요?" 에티엔이 말을 계속했다.

노인은 어깨를 으쓱 치켜올렸다가 마치 쏟아져 내린 금화 더미에 짓눌린 듯 다시 늘어뜨렸다.

"아! 그럼, 아! 그렇고말고……. 이웃인 앙쟁 회사만큼은 못 되지만 그래도 억만장자지. 재산을 다 헤아릴 수도 없어……. 열아홉 개의 수갱 중 열세 개가 채굴 중인데 르 보뢰, 라 빅투아르, 크레브쾨르, 미루, 생토마, 마들렌, 푀트리캉텔, 또 그 외의 것들에다가 레키야르처럼 배수나 통기를 위한 수갱도 여섯 개……. 만 명의 노동자, 예순일곱 개 면에 퍼져 있는 채굴 허가지, 하루 5000톤의 채굴량, 모든 수갱을 연결하는 철도 그리고 작업장들과 공장들! ……아! 그럼, 아! 그렇지, 돈이야 많고말고!"

인도교 지지대 위에서 광차들이 구르는 소리에 커다란 누런 말이 두 귀를 쫑긋 세웠다. 아래에서는 케이지가 수리됐는지 하역 인부들이 일을 다시 시작했다. 다시 내려가려고 자기 말을 붙들어 매는 동안 마부는 말에게 다정스레 말을 건넸다.

"노닥거리는 습관을 들여서는 안 된다, 이 한심한 게으름뱅이야! ……만약 엔보 씨가 네가 이렇게 시간을 허비하는지 아는 날에는!"

에티엔은 생각에 잠겨 어둠 속을 바라보았다. 그가 물었다.

"그럼 광산은 엔보 씨 건가요?"

"아니." 노인은 설명했다. "엔보 씨는 그냥 사장일 뿐이야. 그 사람도 우리처럼 월급을 받는다네."

젊은이는 손짓으로 광막한 어둠을 가리켰다. "그럼 이게 다 누구 것입니까?"

그러나 본모르는 너무나 격렬한 기침이 다시 터져 나오는 바람에 한순간 기도가 막혀 숨을 쉴 수가 없었다. 마침내 그는 가래침을 뱉고 입술에 묻은 꺼먼 거품을 닦은 다음 거세지는 바람 속에서 말했다.

"뭐라고? 이게 다 누구 거냐고? ……전혀 몰라. 어떤 사람들 것이겠지."

그리고 그는 손을 들어 어둠 속의 희미한 곳 한 군데를, 한 세기도 더 이전부터 마외 가족이 탄맥을 캐다 바치는 그 상전들이 살고 있는, 알지 못할 외딴곳을 가리켰다.

그의 목소리는 일종의 종교적인 두려움을 띠고 있었는데, 마치 접근할 수 없는 성막(聖幕)에 대해 말하는 듯했다. 그곳에는 사람들이 자신의 모든 육체를 바치고도 한 번도 본 적이 없는 신이 배불리 먹은 뒤 웅크리고 숨어 있는 것 같았다.

"빵이라도 배불리 먹을 수만 있다면!" 느닷없이 에티엔이 세 번째로 되뇌었다.

"그렇고말고! 늘 빵을 먹을 수만 있다면 너무나 좋을 텐데!"

말이 출발했고 마부 역시 불구자의 느릿느릿한 걸음으로 사라졌다. 석탄 부리는 장치 곁의 인부는 몸을 공처럼 웅크리고 양 무릎 사이에 턱을 처박은 채 흐릿한 큰 눈으로 허공을 응시하며 꼼짝도 않고 있었다.

보따리를 다시 집어 든 후에도 에티엔은 선뜻 떠나지 못했다. 큰 불꽃 앞에서 가슴은 타는 듯이 뜨거운데도 그는 세찬 바람에 등이 얼어붙는 것 같았다. 그래도 수갱에 일자리를 알아보는 게 좋으리라. 노인이 모를 수도 있었다. 그는 이제 체념해서 아무 일이나 받아들일 작정이었다. 실업으로 굶주리는 이 지역에서 어디로 갈 것이며 어떻게 살겠는가? 주인 없는 개처럼 어느 담벼락 뒤에 자신의 시체를 남길 것인가? 하지만 그토록 짙은 어둠에 잠겨 있는 이 광활한 들판의 한가운데에서 한 가지 망설임이, 르 보뢰 탄광에 대한 두려움이 그를 혼란에 빠뜨렸다. 돌풍이 불 때마다 거세지는 바람은 마치 끊임없이 넓어지는 지평선에서 불어오는 것 같았다. 죽은 듯한 하

늘을 하얗게 밝혀 올 여명의 낌새도 전혀 없었고, 높다란 용
광로들만이 코크스로들과 더불어 알지 못할 어둠 속을 밝혀
주지도 않고서 어둠을 핏빛으로 물들이며 불타오르고 있었
다. 르 보뢰 수갱은 사나운 짐승처럼 자기 굴속에서 몸을 낮
추어 더욱 웅크리고서 인육을 힘들게 소화시키느라 부대끼는
것처럼 더욱 거칠고 긴 숨을 내쉬고 있었다.

# 2

밀밭과 사탕무밭 가운데 240번[7] 탄광촌은 시커먼 밤 속에 잠들어 있었다. 등을 맞댄 작은 집들로 이루어진 거대한 네 개의 동이 어렴풋이 분간되었다. 병영이나 병원의 건물들처럼 기하학적이면서 평행하게 배열된 네 개 동을 똑같은 정원들로 나뉜 세 개의 대로가 구분 짓고 있었다. 그리고 황량한 고지 대에서는 살 울타리에서 뽑혀 나온 철망 사이로 돌풍이 울부 짖는 소리만이 들려왔다.

두 번째 동의 16호인 마외네 집에는 아무런 움직임도 없었 다. 짙은 어둠이 2층의 단칸방을 뒤덮고 있었다. 짙은 어둠은 그곳에 있는 것이 느껴지는 사람들, 서로 겹쳐진 채 입을 벌리

---

7) 탄광촌마다 번호가 매겨져 있다.

고 피곤에 곯아떨어진 이 사람들의 잠을 스스로의 무게로 짓눌러 버리려는 것 같았다. 바깥의 매서운 추위에도 불구하고 무거운 공기에는 살아 있는 열기가, 아주 안락한 침실이지만 인간 가축 냄새를 풍기는 후텁지근한 숨결이 배어 있었다.

1층 거실에서 뻐꾸기시계가 4시를 알렸으나 아무도 움직이지 않았고, 두 사람이 크게 코 고는 소리와 함께 가냘픈 숨소리만 들렸다. 그러다 갑자기 카트린이 일어났다. 피곤에 싸인 그녀는 잠에서 완전히 깨어날 만큼 기력을 찾지 못한 채, 바닥을 통해 들려오는 네 번의 종소리를 습관적으로 세고 있었다. 그런 다음 그녀는 이불 밖으로 다리를 뻗어 더듬더니 마침내 성냥을 그어 촛불을 켰다. 그러나 그녀는 머리가 하도 무거워 두 어깨 사이로 머리를 젖히고 앉아 있다가 견딜 수 없어 베개 위로 다시 쓰러지고 말았다.

이제 촛불은 창문이 두 개 나 있고 침대 세 개로 꽉 찬 네모진 방을 비추고 있었다. 장롱 하나, 탁자 하나 그리고 늙은 호두나무로 만든 의자 두 개는 뿌연 색깔로, 밝은 노랑으로 칠해진 벽들과 극명하게 대조를 이루고 있었다. 그리고 못에 걸려 있는 누더기 옷들과 세숫대야로 쓰이는 붉은색 단지 그리고 그 옆 바닥에 놓인 항아리가 전부였고 그 밖에 다른 것은 없었다. 왼쪽 침대에는 맏이인 스물한 살 된 청년 자카리가 만 열한 살이 되어 가는 남동생 장랭과 누워 있었다. 오른쪽 침대에는 여섯 살 레노르와 네 살 앙리, 두 아이가 껴안은 채 자고 있었다. 한편 카트린은 세 번째 침대를 여동생 알지르와 같이 쓰고 있었는데, 동생은 아홉 살짜리치고는 너무나 허약해서 자신의 옆구리를 밀어 대는 불구 동생의 곱사등이 아니었다면 동생이 옆에 있는지 느끼지도 못할 정도였다. 유리창 달린 문은 열려 있었고 층계참 복도가 보였는데 연락호 같은 그곳에서 네 번째 침대에 부모가 자리 잡고 있었으며 겨우 석 달 된 막내 에스텔의 요람은 이 침대에 맞대 놓아야 했다.

그사이 카트린은 안간힘을 다했다. 그녀는 기지개를 켜고는 이마와 목 뒷덜미에 헝클어져 있는 붉은색 머리칼을 두 손으로 쥐어뜯었다. 열다섯 살 나이에 비해 가냘픈 그녀는 꼭 끼는 잠옷 내의 밖으로 석탄으로 문신한 듯 퍼레진 발과 연약한 팔만을 드러내고 있었다. 우윳빛 팔은 검은 비누로 계속 씻은 탓에 벌써 망가진 창백한 안색과 대조를 이루었다. 그녀가 마지막 하품을 하자 입이 크게 벌어지며 빈혈기 있는 창백한 잇몸에 빛나는 치아가 드러났다. 그녀의 회색 눈은 잠을 이겨 내느라 눈물을 흘리고 있었고, 그러한 고통스럽고도 기진맥진한 표정을 보면 그녀의 온몸이 부어오르는 것 같았다.

그런데 층계참에서 투덜거리는 소리가 들려왔다. 마외가 탁한 목소리로 더듬더듬 말했다.

"빌어먹을! 시간 됐잖아……. 불 켜는 당번이 너지, 카트린?"

"예, 아버지……. 밑에서 방금 시계가 울렸어요."

"서둘러 좀, 이 게으름뱅이야! 네가 일요일인 어제 늦게까지 춤을 추지 않았더라면 우리를 더 일찍 깨웠을 거 아니냐……. 이 게으른 인생아!"

그리고 그는 계속 꾸중했으나 이내 다시 잠에 취해 그의 꾸지람은 횡설수설이 되더니 다시금 코 고는 소리에 파묻혀 버렸다.

처녀는 잠옷 바람에 맨발로 바닥을 디디며 방을 돌아다녔
다. 그녀는 앙리와 레노르의 침대 앞을 지나가면서 미끄러져
내린 이불을 애들에게 다시 덮어 주었다. 그래도 그들은 아이
들 특유의 곤한 잠에 빠져 깨지 않았다. 눈을 뜬 알지르는 한
마디 말도 없이 돌아누워 언니의 따뜻한 자리를 차지했다.

"이봐, 자카리 오빠! 그리고 장랭, 너도!" 베개에 코를 박은
채 퍼져 있는 두 형제 앞에서 카트린은 계속 불러 댔다.

그녀는 오빠의 어깨를 잡고 흔들어야만 했다. 그가 투덜투
덜 욕을 하는 동안 그녀는 이불을 잡아채 그들의 몸이 드러나
게 만들기로 작정했다. 두 형제가 다리를 내놓은 채 버둥거리
는 것이 우스꽝스러워 그녀는 웃기 시작했다.

"무슨 짓이야. 날 좀 놔둬." 일어나 앉은 자카리는 기분이
상해 투덜거렸다. "난 장난 안 좋아하거든……. 젠장, 벌써 일
어나야 하다니!"

그는 키가 크고 말랐으며 어설픈 몸매에, 긴 얼굴에는 턱수
염이 드문드문 나 있어 지저분해 보였다. 노랑머리인 데다 가
족 모두가 지닌 빈혈기 때문에 낯빛이 창백했다. 그는 배까지
올라간 셔츠를 끌어 내렸다. 창피해서가 아니라 한기가 들었
기 때문이다.

"밑에서 시계 종이 울렸어. 자, 어서! 아버지가 화내실라." 카
트린이 다시 말했다. "귀찮게 하지 마, 난 잘 거야." 몸을 웅크
린 장랭은 다시 눈을 감으며 말했다.

그녀는 다시금 마음 착한 아가씨의 웃음을 지었다. 아이는

연주창을 앓아서 관절이 어마어마하게 부어올랐지만 사지가 가늘고 워낙 작아서 그녀는 아이를 품 안에 쏘옥 안았다. 그러나 아이는 몸부림을 쳤고, 자신이 허약하다는 사실에 화가 나서 창백해졌다. 아이는 퀭한 초록색 눈에 곱슬머리였고 희뿌연 원숭이 같은 얼굴은 커다란 귀 때문에 더 커 보였다. 아이는 아무런 말도 하지 않고 그녀의 오른쪽 가슴을 깨물었다.

"나쁜 자식!" 그녀는 비명을 참으면서 그를 바닥에 내려놓았다.

알지르는 시트를 턱까지 끌어 올린 채 조용히 있었지만 다시 잠들지는 않았다. 아이는 병약자의 영리한 시선으로 옷을 입고 있는 언니와 두 오빠를 지켜보았다. 주위에서는 또 다른 다툼이 벌어졌다. 누이가 너무 오래 씻는다고 남자 형제들이 그녀를 밀치고 있었다. 속옷들이 날아다니고 아직도 잠에 취한 채로 그들은 한배에서 태어나 같이 자란 강아지들처럼 창피함도 없이 마음 편하게 용변을 보았다. 어쨌거나 카트린이 제일 먼저 준비를 끝냈다. 그녀는 광부 바지를 끼워 입고 아마포 웃옷을 걸친 다음 틀어 올린 머리에 끈 달린 푸른 모자를 쓰고 끈을 묶었다. 이렇게 월요일의 깔끔한 복장을 하자 그녀는 사내아이처럼 보였으며 엉덩이를 약간 흔드는 것 외에 여자의 모습은 조금도 남아 있지 않았다.

"노인이 돌아와 침대가 흐트러져 있는 걸 보면 기뻐하시겠군. 네가 그랬다고 일러 줄 거야. 알겠지?" 자카리가 심술궂게 말했다.

노인이란 본모르 할아버지를 가리키는데, 그는 밤에 일하고 낮에 잠을 잤다. 그래서 침대는 온기가 가시는 법이 없었고 침대에는 늘 코 골며 자는 누군가가 있게 마련이었다.

카트린은 대꾸도 없이 담요를 당겨 침대 가장자리에 끼워 넣기 시작했다. 그런데 조금 전부터 옆집의 벽 저편에서 소리가 들려오고 있었다. 회사가 돈을 아껴 지은 이 벽돌 건물은 벽이 워낙 얇아서 아주 작은 숨소리까지 들렸다. 사람들은 이쪽 끝에서 저쪽 끝까지 팔꿈치를 맞대고 사는 격이었으며 심지어 아이들조차 감출 수 있는 사생활이라고는 없었다. 육중한 발걸음이 계단을 뒤흔들고 이어서 힘없이 털썩 주저앉는 소리가 나더니 안도의 한숨 소리가 들렸다.

"옳지!" 카트린이 말했다. "르바크가 내려간다. 자, 이제 부틀루가 르바크의 아내를 도로 차지하겠구나."

장랭은 히죽히죽 웃었고 알지르도 두 눈이 빛났다. 매일 아침 그들은 이처럼 이웃집 세 사람의 관계를 재미있어 했다. 채탄부가 매립 인부 한 명에게 하숙을 들게 하자 그 아내는 한 남자와는 밤 시간을, 다른 남자와는 낮 시간을 보내며 두 남자를 거느리게 되었다.

"필로멘이 기침을 하네." 귀를 기울이고 있던 카트린이 다시 말했다.

그녀는 르바크 내외의 큰딸에 대해 말하는 것이었다. 그 큰딸은 열아홉 살의 키 큰 처녀로 자카리의 애인이고 두 사람은 이미 아이를 둘이나 낳았다. 더욱이 그녀는 폐가 너무 약해서 깊은 갱 속에서는 도저히 일을 할 수 없어 수갱에서 선탄부로 일했다.

"아, 그래, 필로멘이군!" 자카리가 대답했다. "쟤는 나 몰라라 하고 있어……! 돼지같이 6시까지 자다니!"

그는 바지를 입다가 갑자기 뭔가 생각났는지 창문을 열었다. 밖에는 어둠 속에서 탄광촌이 깨어나고 있었고 차양 덧문 널쪽 사이로 불빛이 한 줄기씩 새어 나오기 시작했다. 또 한 차례 언쟁이 벌어졌다. 그는 건너편 피에롱네 집에서 르 보뢰의 갱내 총감독이 나오는 것이 보이지 않을까 엿보려고 몸을 구부리고 있었다. 사람들은 총감독이 피에롱의 아내와 잔다고 욕을 하고 있었다. 그러는 동안 그의 누이는 그에게 피에롱이 그 전날부터 광차 탑재대에서 주간 작업을 했으니 당연히 지난밤에 당사르는 그 집에서 잘 수 없었을 거라고 소리쳐 말했다. 차디찬 바람이 세차게 들어오는 가운데 둘 다 서로 자신의 정보가 정확하다고 주장하면서 열을 올리고 있는데 그때 울음소리가 터져 나왔다. 요람 속에 있던 에스텔이 추워서 울부짖는 것이었다.

그러자 마외가 잠을 깼다. 도대체 자기는 뼛골 속에 무엇이 들어 있는 걸까. 아무 쓸모 없는 인간처럼 다시 잠들어 버리다니. 그가 하도 심하게 욕을 해 대서 곁에 있는 아이들은 더 이상 입도 뻥긋하지 못했다. 자카리와 장랭은 이미 지쳐서 느린 동작으로 세수를 마쳤다. 알지르는 여전히 두 눈을 크게 뜬 채 쳐다보고 있었다. 서로 얼싸안고 있는 레노르와 앙리 두 아이는 그 야단법석에도 똑같이 조용히 숨을 쉬며 꼼짝 않고 있었다.

"카트린, 촛불 가져와라!" 마외가 소리쳤다.

그녀는 웃옷 단추를 다 채운 뒤 촛불을 작은 곁방에 가져다 놓았다. 그래서 남동생들은 문으로 들어오는 희미한 빛으로 자기 옷을 찾는 수밖에 없었다. 그녀의 아버지가 침대에서 성큼 내려왔다. 하지만 그녀는 잠시도 걸음을 멈추지 않고 두툼한 털양말을 신은 발로 더듬더듬 내려가 큰방에 촛불을 하나 더 켠 다음 커피를 준비했다. 가족들의 나막신은 모두 찬장 밑에 있었다.

"조용히 해! 버러지 같은 것!" 에스텔이 계속해서 울어 대자 마외가 화가 나서 다시 소리쳤다.

그는 본모르 영감을 닮아 키가 작고 뚱뚱하며 머리는 단단했고 아주 짧게 깎은 노랑머리 아래로 얼굴은 평평하고 창백했다. 아이는 자기 몸 위에서 흔들거리는 뼈마디 굵은 커다란 팔들에 겁을 먹고 더한층 울부짖었다.

"내버려 둬요, 잠자코 있기 싫어하는 걸 잘 알잖아." 라 마외드가 침대 가운데 몸을 쭉 뻗고 누우며 말했다.

그녀 역시 잠에서 막 깨어난 참이어서 투덜거렸다. 밤에 잠 한번 제대로 자 보지 못하다니 말도 안 되는 일이다. 도대체 좀 조용히들 출발할 수는 없을까? 그녀는 이불 속에 파묻혀서 윤곽이 크고 긴 얼굴만 내놓고 있었다. 그 얼굴은 궁핍한 삶과 일곱이나 되는 아이들의 출산으로 말미암아 서른아홉 살에 이미 변형되어 아름다움이 심히 망가져 있었다. 그녀는 남편이 옷을 입는 동안 시선을 천장으로 향한 채 느릿느릿 말했다. 울다 목이 멘 계집아이 소리는 이제 그들에게 들리지 않았다.

"당신 알고 있죠? 겨우 월요일밖에 안 되었는데 내게는 돈이 한 푼도 없어요. 보름 치 임금을 타려면 아직도 엿새나 기다려야 하는데……. 이렇게 견뎌 낼 수는 없어요. 모두 해 봐야 구 프랑을 벌어 오잖아요. 당신은 내가 어떻게 살림을 꾸려 나가길 바라요? 우리는 식구가 열인데."

"어! 구 프랑이라니!" 마외는 다시 소리 질렀다. "나랑 자카리가 삼 프랑씩이니까 육 프랑에, 카트린과 아버지가 이 프랑씩이니까 사 프랑에, 사 더하기 육은 십……. 그리고 장랭이 일 프랑, 모두 더하면 십일 프랑인데."

"그래요, 십일 프랑이에요. 하지만 일요일과 휴업일이 있으니…… 결코 구 프랑 이상일 수가 없어요, 알겠어요?"

그는 바닥에서 자기 허리띠를 찾느라 대답하지 않았다. 이윽고 그가 몸을 다시 일으키며 말했다.

"투덜댈 것 없어. 그래도 나는 튼튼하단 말이야. 마흔두 살이면 수리공 일이나 해야 하는 사람이 한둘이 아니라고."

"그럴 테죠. 여보, 하지만 그런 사실이 우리에게 빵을 주지는 않아요……. 나보고 어떡하란 말이에요, 예? 당신, 한 푼도 없어요?"

"이 수[8] 있어."

"맥주 한잔하려면 갖고 있어요……. 맙소사! 나더러 어떡하란 말이야? 엿새라니, 끝을 모르겠네. 메그라에게 육십 프랑을 빚지고 있어서 그저께 나는 가게 문밖으로 쫓겨났다고요.

--------

8) sou. 오 상팀(일 상팀은 백분의 일 프랑)에 해당하는 동전.

그래도 그를 만나러 다시 가야겠지요. 하지만 그가 고집스럽
게 계속 거절하면……."

라 마외드는 머리를 꼼짝 않고 음울한 촛불 빛 아래서 이
따금 눈을 껌뻑이며 침울한 목소리로 계속 말했다. 찬장은 비
었고, 애들은 빵 조각을 달라 하며, 커피도 없고, 물은 복통을
일으키고, 삶은 양배추 잎들로 배고픔을 달래며 보내는 나날
이다. 에스텔이 울부짖는 소리에 말이 묻혀서 그녀는 목청을
점점 높여야 했다. 울음소리가 견딜 수 없을 지경이 되었다.
마외는 울음소리를 갑자기 들은 듯 흥분해 요람에서 계집아
이를 꺼내 엄마 침대로 던지며 화가 나 중얼거렸다.

"자! 애를 좀 챙겨! 안 그러면 밟아 죽일 테니……. 빌어먹
을 애새끼! 부족한 것 없이 젖을 빨아 대면서 다른 사람들보
다 더 크게 짱알대고 말이야!"

그 말대로 에스텔은 젖을 빨기 시작했다. 이불 속에 파묻혀
침대의 온기로 진정이 된 계집아이는 이제 아귀같이 입술로
젖을 빠는 소리만 작게 내고 있었다.

"라 피올렌의 부르주아들이 당신한테 자기들을 찾아오라고
말하지 않았어?" 한동안 침묵이 흐른 후 남편이 말을 이었다.
애 엄마는 낙망과 의구심에 찬 표정으로 입을 꼭 다물었다.

"네, 그 사람들을 만나기는 했어요. 그들은 가난한 애들한
테 옷을 갖다주기도 하지요……. 아무래도 오늘 아침에는 그
사람들 집에 레노르와 앙리를 데려가야겠어요, 내게 단돈 백
수라도 주면 좋으련만."

다시 침묵이 흘렀다. 마외는 채비를 끝냈다. 그는 잠시 꼼짝

않다가 이윽고 힘없는 목소리로 결론지으며 말했다.

"당신은 뭘 바라? 늘 이렇잖아. 수프라도 어떻게 끓여 봐……. 그런 얘기 해 봐야 아무런 해결책도 없어. 저 땅속으로 들어가 일하는 게 낫지."

"물론이죠."라 마외드가 대답했다. "촛불 좀 꺼 줘요. 내 생각이 무슨 색깔인지 볼 필요도 없으니까."

마외는 촛불을 껐다. 자카리와 장랭은 이미 내려가고 있었다. 그는 그들 뒤를 따라갔다. 그러자 털양말을 신어 무거운 그들의 발밑에서 나무 계단이 삐걱거렸다. 그들 뒤로 작은 곁방과 침실은 다시 어둠 속에 빠져들었다. 애들은 자고 있었고, 알지르의 눈꺼풀은 이미 감겨 있었다. 그러나 애들 엄마는 어둠 속에 눈을 뜬 채 있었고 에스텔은 지친 여인의 늘어진 젖을 잡아당기며 새끼 고양이처럼 가르랑거리고 있었다.

아래층에서는 카트린이 먼저 주철 벽난로를 살피고 있었다. 가운데 석쇠가 있고 두 개의 화덕이 달려 있는 난로 안에서는 석탄불이 끊임없이 타고 있었다. 회사에서 매달 각 가정에 갱도에서 주워 모은 딱딱한 석탄인 토탄을 800리터씩 배급해 주었다. 이 토탄은 불붙이기가 힘들어서 매일 저녁 그녀는 재로 불을 덮어 불이 오래가게 두었다. 아침이 되면 작은 석탄 조각들을 정성껏 골라내 엎으면서 재를 털어 내기만 하면 되었다. 그녀는 석쇠 위에 작은 주전자를 올려놓고는 찬장 앞에 몸을 웅크리고 앉았다.

그 방은 1층 전체를 차지하는 꽤 큰 방으로, 초록 사과색으로 칠이 되어 있고 플랑드르식으로 깔끔했으며 흰 모래가 박혀 있는 바닥 타일은 물로 잘 씻겨 있었다. 니스 칠을 한 전나무 찬장 외에 가구로는 같은 목재의 식탁과 의자들이 있었다. 벽에 붙어 있는 강렬한 채색 삽화들과 회사가 준 황제와 황후의 초상화, 덕지덕지 금칠한 병사들과 성인들의 초상화는 그 방의 헐벗은 모습과 강렬한 대조를 이루고 있었다. 다른 장식물이라고는 찬장 위에 있는 장미색 마분지 상자와 문자판이 울긋불긋한 뻐꾸기시계밖에 없었다. 시계가 요란하게 똑딱거리는 소리가 텅 빈 천장을 메우는 것 같았다. 계단 문 옆에는 지하실로 통하는 문이 또 하나 있었다. 깔끔한데도 불구하고 전날 밤부터 들어차 있는 익힌 양파 냄새가 이 더운 공기를, 석탄의 매캐함이 늘 섞여 있는 이 무거운 공기를 탁하게 만들고 있었다.

카트린은 열려 있는 찬장 앞에서 생각에 잠겼다. 빵은 한 덩이밖에 없었고 하얀 치즈는 넉넉했으나 버터는 겨우 얇은 조각 하나뿐이었다. 그런데 네 명이 먹을 타르틴[9]을 만들어야 했다. 마침내 그녀는 결심을 하고는 빵을 얇게 썰어서 한 조각에는 치즈를 얹고 다른 한 조각에는 버터를 문지른 다음 그 두 개를 맞붙였다. '브리케'라고 부르는 이것은 매일 아침 수갱에 가져가는 두 겹의 타르틴이다. 이윽고 아버지 몫인 큰 것에서 장랭 몫인 작은 것까지 엄정하게 배분된 네 개의 간단한 식사가 식탁에 가지런히 놓였다.

카트린은 자신이 맡은 집안일에 전념하는 것 같았지만 자

---

9) 버터나 잼을 바른 빵 조각.

카리가 말해 준 총감독과 라 피에론 사이에 얽힌 이야기를 생각하고 있는 게 틀림없었다. 그녀는 입구의 문을 살짝 열고 밖을 힐끗 쳐다보았다. 여전히 바람이 불어 댔고 불빛이 늘어나 탄광촌 집들의 나지막한 정면 위로 줄을 이었다. 잠에서 깨어난 사람들의 희미한 웅성거림이 일고 있었다. 벌써 문들이 다시 닫히고 노동자들의 검은 행렬이 어둠 속에서 멀어져 가고 있었다. 문을 열고서 추위에 떨고 있다니 어리석은 짓이었다. 광차 탑재대 적재부인 피에롱은 6시에 일을 하러 갈 예정이므로 지금은 분명 자고 있을 테니 말이다! 그러나 그녀는 그대로 서서 그 집 정원의 다른 쪽을 응시했다. 건너편 집 문이 열리자 그녀는 호기심이 타올랐다. 그러나 나오는 사람이라고는 피에롱 부부의 어린 딸 리디뿐이었다. 그 아이는 수갱으로 출발하는 참이었다.

그녀는 쉭쉭 하는 증기 소리에 몸을 돌리고는 문을 닫고 서둘러 뛰어갔다. 물이 끓어 넘쳐서 불이 꺼졌다. 커피는 더 이상 남아 있지 않았다. 그녀는 전날의 커피 찌꺼기에 물을 타는 것으로 만족해야 했다. 그러고는 커피포트에 흑설탕을 넣었다. 바로 그때 아버지와 두 형제가 내려왔다.

"젠장!" 자카리가 커피 잔에 코를 갖다 대더니 소리쳤다. "머리에 기별도 오지 않을 커피군!"

마외는 체념한 모습으로 어깨를 으쓱 치켜올렸다. "상관없어. 따뜻하니까 어쨌든 좋잖아."

장랭은 빵 부스러기들을 모아 커피에 담갔다. 카트린은 커피를 마신 뒤 커피포트에 남은 커피를 양철 수통들에다 모두

부어 넣었다. 네 사람 다 선 채로 연기 나고 침침한 촛불 빛 속에서 음식을 급하게 삼켰다. "드디어 갈 준비가 된 거야?" 아버지가 말했다. "우리가 연금 받아 놀고 먹는 줄 알겠어!"

그런데 그들이 문을 열어 둔 층계로부터 목소리가 들려왔다. 라 마외드가 소리쳤다.

"빵 다 먹어들, 애들 줄 국수가 좀 있으니까!"

"예, 예!" 카트린이 대답했다.

그녀는 불을 재로 다시 덮고 남은 수프를 석쇠 한쪽에 괴어 놓았다. 할아버지가 6시에 돌아와 따뜻한 수프를 먹게 될 것이었다. 각자 찬장 밑에서 자기 나막신을 찾아 신고 수통에 달린 끈을 어깨에 메고는 등의 셔츠와 웃옷 사이에 브리케를 끼워 넣었다. 남자들이 먼저 나가고, 소녀가 뒤따라 나가면서 촛불을 끄고 문을 잠갔다. 집은 다시 어둠에 싸였다.

"아하! 우리 같이 가는구먼." 옆집 문을 잠그던 사람이 말했다. 아들 베베르를 대동한 르바크였다. 그 아들은 열두 살짜리 소년으로 장랭의 친한 친구였다. 놀란 카트린은 웃음을 참으며 자카리에게 속삭였다. 뭐야? 부틀루는 이제 남편이 나갈 때까지 기다리지도 않나 봐!

이제 탄광촌에서는 불빛이 꺼져 갔다. 마지막 문이 쾅 닫히자 모든 것이 다시 잠들고 여자들과 아이들은 더 널찍해진 침대에서 다시 잠이 들었다. 그리고 불 꺼진 마을로부터 숨을 헐떡이는 르 보뢰까지 세찬 바람 속에 느릿느릿 걸어가는 그림자들의 행렬이 이어졌다. 광부들이 일하러 출발한 것이었다. 그들은 거추장스러운 양팔은 가슴에다 팔짱을 끼고 어깨를 흔들며 걸었다. 그들 등 뒤로 브리케가 각자에게 곱사등을 만들어 주고 있었다. 얇은 무명천 옷을 입은 그들은 추위에 떨면서도 더 서두르지는 않았고, 길을 따라 가축 떼 같은 발걸음으로 뿔뿔이 걸어갔다.

# 3

　마침내 폐석장에서 내려온 에티엔은 르 보뢰에 들어섰다. 일자리가 있는지 물으면서 말을 건네자 사람들은 고개를 저으며 모두들 갱내 총감독을 기다려 보라고 말했다. 사람들은 검은 구멍투성이에다 방방과 층층이 뒤얽혀 위험해 보이고 조명까지 어두운 건물들 가운데 그를 내버려 두었다. 반쯤 부서진 침침한 계단을 올라 그는 흔들거리는 구름다리에 이르렀고 이어서 선탄장을 가로질러 갔는데 어찌나 깜깜하던지 부딪히지 않으려고 두 손을 앞으로 뻗은 채 걸어야 했다. 갑자기 그의 앞에서 노란색의 거대한 두 눈이 어둠을 꿰뚫었다. 그는 도르래 탑 아래로 수갱의 입구가 있는 석탄 하치장에 들어선 것이었다.

　갱내 감독[10] 중 한 명인 리숌 영감이 때마침 수납계 사무실로 가고 있었다. 그는 마음씨 좋은 헌병 같은 얼굴에 일자로 뻗은 회색 콧수염이 있는 뚱보였다.

"여기에 일손 하나 필요하지 않습니까? 어떤 일이든지요." 에티엔이 다시금 물었다.

리숌은 필요 없다고 대답하려다 생각을 고치고는 멀어져 가면서 다른 사람들과 마찬가지로 대답했다.

"갱내 총감독인 당사르 씨를 기다리시오."

램프 네 개가 그곳에 세워져 있었고, 빛을 모두 수갱으로 반사하는 반사경들이 쇠 난간들이며 신호 지렛대들이며 굄목들이며 두 대의 케이지가 미끄러져 다니는 유도 장치용 널판들 모두를 강렬하게 비추고 있었다. 나머지 다른 곳은, 교회의 둥근 중앙 홀처럼 널따란 방이 너울대는 거대한 그림자들로 가득 찬 채 어둠에 잠겨 있었다. 단지 저 끝에서 램프 창고만이 빛을 발하고 있었고, 수납계 사무실에는 희미한 램프가 꺼져 가는 별처럼 빛나고 있었다. 채탄이 다시 시작되어서 주철판 위에서 줄곧 천둥소리가 울렸고, 광차가 구르는 소리와 하역부들이 뛰어가는 소리가 끊임없이 났으며, 이 꺼멓고 시끄러운 모든 것들이 뒤흔들리는 움직임 가운데 구부린 그들의 기다란 등줄기들이 드러났다.

순간 에티엔은 귀가 먹먹하고 눈앞이 안 보여 꼼짝 못 하고 있었다. 그의 몸은 얼음장 같았고 사방에서 들이치는 바람을

10) 이 명칭은 이 소설에서 우리나라 탄광의 항장, 십장, 감독의 역할을 포괄하는 의미의 직책명으로 쓰이고 있다.

맞고 있었다. 이윽고 그는 강철과 구리 부분들이 빛나는 기계에 이끌려 몇 걸음을 내디뎠다. 그 기계는 수갱 뒤로 이십오 미터 떨어진 더 높은 홀에 있었는데 벽돌 토대에 워낙 튼튼히 자리 잡고 있어서 기름이 쳐진 엄청난 크랭크암이 부드럽게 오르락내리락하며 벽에 진동 한번 주는 일 없이 400마력의 힘을 다해 전속력으로 움직이고 있었다. 기계공은 운전대에 서서 신호 소리를 들으며 지시판에서 눈을 떼지 않았다. 지시판에는 수갱이 여러 층에 걸쳐 가느다란 수직 홈으로 표시되어 있었고, 그 홈을 따라 케이지[11]들을 표시하는 끈에 매달린 납들이 오르내리고 있었다. 그리고 출발 때마다 기계가 다시 움직이면 보빈들이, 즉 반지름이 오 미터이고 그 축들의 강철 케이블 두 개가 반대 방향으로 감겼다 풀렸다 하는 두 개의 거대한 바퀴가 어찌나 빠른 속도로 돌아가는지 회색 먼지로밖에 보이지 않았다.

"어, 조심해요!" 커다란 사다리를 끌고 가던 하역부 세 명이 외쳤다. 에티엔은 하마터면 으깨져 죽을 뻔했다. 눈이 어둠에 익숙해지자 삼십 미터도 더 되는 강철 벨트로 된 케이블들이 공중으로 치달아 도르래 탑으로 단숨에 올라가 그 위를 지난 뒤 수갱 속을 수직으로 내려가 채탄 케이지에 연결되는 것이 보였다. 높은 종탑과 닮은 철근 골조물 하나가 도르래들을 지지하고 있었다. 이것은 소리도 없고 부딪침도 없는 새의 활강이자 고속 질주인 듯, 엄청난 무게를 지닌 철선의 끊임없는 왕

---

11) 수갱에 설치된 권양 장치의 하나로 사람 또는 광차를 싣고 위아래로 운반하는 기기를 말한다.

복이었다. 철선은 초속 십 미터의 속도로 1만 2000킬로그램까지 끌어 올릴 수 있었다.

"제기랄, 조심 좀 하라니까!" 하역부들이 다시금 소리쳤다. 그들은 왼쪽 도르래를 보러 가려고 사다리를 다른 쪽에 밀어 놓았다.

에티엔은 석탄 하치장으로 천천히 돌아왔다. 머리 위로 그렇게 철선이 거대하게 날아오르는 통에 그는 얼이 빠졌다. 광차 구르는 소리로 귀청이 찢어질 듯해 케이지를 조종하는 모습을 바람 속에 떨면서 바라보았다. 수갱 가까이에서는 신호 소리가 나고 있었다. 육중한 지렛대 망치를 줄로 바닥에서 당겨 올렸다가 통나무 받침대 위에 떨어뜨리도록 되어 있었다. 한 번 치면 정지하고, 두 번 치면 내리고, 세 번 치면 올리라는 신호였다. 그 신호는 폭동을 진압하는 곤봉 소리같이 쉬지 않고 울려 댔고 낭랑한 종소리도 함께 났다. 다른 한편으로는 그 조종을 지휘하는 하역부가 확성기로 기계공에게 소리쳐 명령하는 바람에 더욱 소란스러웠다. 이 소란 속에서 케이지들이 나타났다가는 빠져 들어가고 비워졌다가 채워지고는 했는데 에티엔은 이 복잡한 작업들을 하나도 이해할 수 없었다.

그는 한 가지만은 잘 이해했다. 수갱은 한입에 이삼십 명씩 삼켜 대는데 어찌나 쉽사리 꿀꺽하는지 그는 사람들이 지나가는 것 같지가 않았다. 4시가 되자마자 노동자들의 입갱[12]이 시작되었다. 그들은 바라크에서 맨발로 와서 램프를 든 채 삼삼

---

12) 작업하러 갱 속에 들어가는 것. 입항이라고도 한다.

오오 짝을 지어 숫자가 채워지기를 기다렸다. 철제 케이지는 소리도 없이 미끄러지듯 갑자기 나타나는 밤 짐승처럼 어둠 속에서 올라와 고정 장치 위에 멈췄고, 케이지의 네 층에는 석탄이 가득한 광차가 층마다 두 대씩 실려 있었다. 하역 인부들은 각기 다른 하역대에서 광차들을 꺼냈고, 비었거나 아니면 갱목을 미리 실어 놓은 다른 광차들을 집어넣었다. 그리고 빈 광차에는 광부들이 다섯 명씩 포개져 탔는데 모든 칸에 타면 한 번에 마흔 명까지 탔다. 확성기를 통해 지시가 떨어졌는데 둔탁해서 알아듣기 어려운 고함 소리였다. 그사이 아래에서는 사람의 몸을 실은 것을 알리기 위해 '고기라고 알리는' 신호 줄을 네 번 잡아당겼다. 그러자 케이지는 가볍게 흔들린 다음 소리 없이 가라앉으며 돌처럼 떨어져 갔고 케이지 뒤로는 케이블만 진동하며 내달렸다.

"여기는 깊은가요?" 에티엔은 그의 옆에서 졸리는 기색으로 기다리던 광부에게 물어보았다.

"554미터요. 그런데 바닥 위로 광차 탑재대가 네 곳 있고 첫 번째 것은 320미터 지점에 있다오." 광부가 대답했다.

다시 올라오는 케이블을 바라보며 둘 다 입을 다물었다. 에티엔은 말을 계속했다.

"그런데 이 케이블이 끊어지면?"

"오! 이게 끊어지면⋯⋯."

광부는 몸짓으로 말을 끝맺었다. 그의 차례가 돌아온 것이었다. 케이지는 지칠 줄 모르고 거침없이 움직이며 다시 나타났다. 그는 동료들과 함께 그 안에 쪼그려 앉았고 케이지는 다시 가라앉았다. 그러더니 사 분이 될까 말까 싶은 사이에 다시 솟아 올라와 한 차분의 사람들을 또 집어삼켰다. 삼십 분 동안 수갱은 광부들이 내리는 광차 탑재대의 깊이에 따라 더 탐욕스런 혹은 덜 탐욕스런 아가리로 그렇게 사람들을 집어삼켰다. 항상 허기진 듯 민중 전체를 소화시킬 수 있는 그 거대한 창자들은 끊임없이 움직였다. 수갱은 사람들로 채워지고 또 채워지고 암흑은 죽어 있는 듯했으며, 케이지는 여전히 조용하고 게걸스럽게 텅 빈 곳에서 올라왔다.

결국 에티엔은 폐석장 위에서 느꼈던 불안감에 다시 사로잡혔다. 뭐 하러 고집부리나? 이곳 총감독은 다른 사람들처럼 나를 돌려보낼 텐데. 막연한 두려움에 그는 문득 결심했다. 그는 걸어 나가다 보일러 건물 앞에서 딱 멈춰 섰다. 활짝 열린 문을 통해 각기 두 개의 화실이 연결되어 있는 일곱 대의 보일러가 보였다. 뿌연 수증기 가운데서 삑삑거리며 증기를 내뿜는 소리 속에 화부 한 사람이 화실들 중 하나에 석탄을 채워 넣고 있었는데 불타오르는 화실의 열기가 문턱까지 느껴졌다. 청년은 온기를 느끼자 기뻐하며 다가갔고, 그때 수갱에 도착하던 일단의 새로운 광부들을 만났다. 마외 가족과 르바크 가족이었다. 소년같이 부드러운 표정을 하고 선두에 서 있는 카트린을 보고 그는 마지막으로 부탁을 감행해 보자는 미신적인 생각이 떠올랐다.

"이봐요, 친구, 여기 일꾼 필요하지 않나? 무슨 일이든?"

카트린은 어둠 속에서 들려오는 갑작스런 목소리에 깜짝 놀라 겁을 조금 먹은 채 그를 바라보았다. 그러나 그녀 뒤에서 마외가 그 말을 듣고는 대답차 잠시 얘기를 나누었다. 아니, 아무도 필요 없소. 길을 헤매는 이 가엾은 일꾼이 그의 관심을 끌었다. 청년이 떠나자 그는 다른 동료들에게 말했다.

"봐! 우리도 저렇게 될 수 있어……. 불평하지 말자고. 죽도록 힘든 일거리조차도 모든 사람에게 주어지는 건 아니거든."

일행은 들어가서 곧장 바라크로 갔다. 그곳은 거칠게 초벽을 바른 넓은 방으로 맹꽁이자물쇠로 잠겨 있는 가구들로 둘러싸여 있었다. 가운데에는 문이 없는 화덕 같은 철제 난로가 벌겋게 달아올라 있었는데 석탄이 어찌나 가득 채워져 있는지 강렬한 빛을 내며 타올랐고 석탄 조각들이 탁탁 소리를 내며 바닥의 흙에 굴러 떨어졌다. 방을 밝혀 주는 것이라고는 이 벌건 불뿐이었는데, 이 불은 핏빛으로 반사되어 때가 긴 널빤지들을 따라 시커먼 먼지로 더러워진 천장까지 춤을 추고 있었다.

마외 가족이 도착했을 때 뜨거운 열기 가운데 웃음이 터져 나오고 있었다. 서른 명가량의 광부들이 불꽃을 등지고 서서 즐거운 표정으로 불을 쬐고 있었다. 갱내의 습기를 견디기 위해 모두들 몸속에 불기운을 듬뿍 담아 가려고 내려가기 전에 이렇게 들르는 것이었다. 그런데 오늘 아침에는 라 무케트를 놀려 먹느라 더 즐거워들 하고 있었다. 그녀는 열여덟 살된 광차 운반부로 웃옷과 바지가 틀어질 정도로 가슴과 엉덩이가 크고 성격이 좋은 처녀였다. 그녀는 마부인 아버지 무크 영감과 오빠 무케와 함께 레키야르에서 살고 있었다. 다만 일하는 시간은 서로 같지 않아서 그녀는 혼자 수갱에 들어갔다. 그리고 그녀는 여름에는 밀밭 가운데서, 겨울에는 벽에 기대어 그 주의 애인과 함께 쾌락에 빠져들었다. 광부들 전체가 그녀를 거쳐 갔고 정말로 동료들 사이를 한 바퀴 돌았지만 별 탈은 없었다. 어느 날 누군가가 그녀에게 마르시엔의 못 제조공과 관계했다고 비난하자 그녀는 분노로 폭발할 지경이 되었다. 그녀는 자신은 자존심이 세서 자신이 광부 이외의 다른 사람과 있는 것을 보았다고 누군가가 자랑삼아 말한다면 자기 팔을 잘라 버리겠다고 소리를 질러 댔다.

"그럼 그 키다리 샤발이랑은 더 이상 아닌 거야?" 다른 광부가 히죽거리며 말했다. "너는 그 꼬마를 고른 거냐? 그런데 그 꼬마에게는 사다리가 필요하겠던걸! ……나는 너희 둘을 레키야르 뒤에서 보았다고. 그 증거로 그 꼬마가 말뚝 위에 올라서 있었다는 걸 말해 주지."

"그래서?"라 무케트가 넉살 좋게 대꾸했다. "그게 당신이랑 무슨 상관이야? 당신한테 밀어올려 달라고 부탁하지도 않았는데."

그러자 이 거침없는 음담에 남자들의 웃음소리는 더욱 요란해졌고 난롯불에 반쯤 익은 그들의 어깨까지 들썩였다. 한편 그녀 또한 요란하게 웃더니, 기형적으로 지나치게 튀어나온 육체와 상스러운 옷차림새로 인해 우스꽝스럽고 육감적인 모습을 보여 주며 남자들 사이를 돌아다니는 것이었다.

하지만 즐거움은 이내 가라앉았다. 라 무케트가 마외에게 플뢰랑스는, 그 키 큰 플뢰랑스는 더 이상 오지 못할 거라고 말한 것이다. 그녀는 전날 밤 침대에서 죽은 채로 발견되었는데 어떤 사람들은 심장마비라고 하고 또 어떤 사람들은 일 리 터나 되는 즈니에브르[13]를 너무 빨리 마신 탓이라고도 했다. 그러자 마외는 크게 낙심했다. 또 운 나쁜 일이 생긴 것이다. 여자 광차 운반부를 한 명 잃었는데 당장 대체할 사람이 없었다! 그는 도급을 받아 일하고 있었는데, 그의 막장에 소속된 사람들은 네 명의 채탄부로 그와 자카리, 르바크 그리고 샤발이었다. 그들에게 광차를 밀어 줄 사람이 이제 카트린밖에 없다면 일이 고생스러워질 터였다. 그때 갑자기 그가 소리쳤다.

"아! 일거리를 찾던 그 청년!"

때마침 당사르가 바라크 앞을 지나고 있었다. 마외는 그에게 사정을 얘기하고 그 청년을 고용하도록 허가해 달라고 요청했다. 그리고 그는 앙쟁에서처럼 회사가 명시적으로 여자 광차 운반부들을 청년들로 바꾸고 싶어 한다는 점을 강조했다. 총감독은 우선 미소를 지었다. 품행이나 위생 같은 것에는 개의치 않고 자기네 딸들의 일자리를 걱정하는 광부들에게 갱내에서 여자들을 몰아내려는 계획은 보통 반감을 일으키기 때문이었다. 그는 망설이다 결국 허락했지만 탄광 기사인 네그렐씨가 자기 결정을 승인한다는 조건하에서라고 토를 달았다.

"어어!" 자카리가 외쳤다. "그 남자가 계속 빠르게 걸어갔다면 멀리 갔을 거야!"

"아니야." 카트린이 말했다. "그 사람이 보일러 앞에 멈춰 서

---

13) genièvre. 노간주나무 열매로 만든 술, 진(gin). 네덜란드, 벨기에, 프랑스 북부, 독일 등지에서 마시던 대중적인 술이다.

있는 걸 봤어.”

“그럼 얼른 가 봐, 이 게으름뱅이야!” 마외가 소리쳤다.

처녀는 달려갔고, 그동안 한 무리의 광부들이 다른 사람들에게 난로를 양보하고 수갱 쪽으로 올라갔다. 장랭은 아버지를 기다리지 않고 순진한 뚱보 소년 베베르와 몸이 허약한 열 살 난 소녀 리디와 함께 램프를 받으러 갔다. 그들보다 앞서 나선 라 무케트는 이들을 더러운 애송이들 취급하면서 만약 그들이 그녀를 꼬집는다면 따귀를 때려 줄 거라고 소리 질렀다.

실제로 에티엔은 보일러 건물 안에서 화부와 얘기하고 있었다. 화부는 화실에 석탄을 채우고 있었다. 에티엔은 밤중에 돌아갈 생각을 하니 몹시 한기가 느껴졌다. 그런데 떠나기로 결심하는 순간 어깨 위에 누군가의 손이 놓이는 것을 느꼈다.

“따라와요.” 카트린이 말했다. “일거리가 있으니.”

처음에 그는 알아듣지 못했다. 이윽고 그는 기쁨이 솟구쳐 처녀의 두 손을 힘차게 움켜잡았다.

“고마워, 친구……. 아! 자네는 정말 좋은 녀석이야!”

그들을 비춰 주는 보일러 화실의 붉은빛 속에서 그녀는 그를 쳐다보며 웃기 시작했다. 그녀는 아직 날씬하고 틀어 올린 머리를 끈 달린 모자 속에 감추고 있는 자신을 그가 남자인 줄 아는 것이 재미있었다. 그 역시 만족해서 웃고 있었다. 그들은 양볼이 불그레한 채 서로 마주 보며 둘 다 한동안 웃고 있었다.

마외는 바라크 안에 들어가 자기 사물함 앞에서 몸을 쭈그리고 나막신과 두툼한 털양말을 벗고 있었다. 에티엔이 들어서자 네 마디 정도의 짧은 말로 모든 것이 결정되었다. 일당은 삼십 수이고 힘든 일이지만 금방 배울 수 있으리라는 것이었다. 채탄부는 그에게 신발을 계속 신으라고 조언했고 그에게 낡은 가죽 모자를 하나 빌려주었는데, 머리를 보호하기 위한 것으로 영감과 그의 자녀들은 이것을 거들떠보지도 않았다. 연장들을 사물함에서 꺼내자 그중에는 바로 플뢰랑스의 삽이 있었다. 그러고 나서 마외는 가족들의 나막신과 양말 그리고 에티엔의 보따리를 사물함에 집어넣더니 갑자기 화를 냈다.

"이 게으름뱅이 샤발은 도대체 뭘 하는 거야? 또 돌 더미 위에서 어느 계집애를 깔고 있는 게지! ……우리는 오늘 삼십 분 지각이라고."

자카리와 르바크는 말없이 어깨를 불에 쬐고 있었다. 자카리가 마침내 입을 열었다.

"아빠가 기다리는 사람이 샤발이에요……? 그 사람은 우리보다 먼저 도착해서 곧장 입갱했는데요."

"뭐라고! 넌 그걸 알면서 내게 아무 말도 안 했단 말이냐! ……자, 자, 서두르자."

두 손을 덥히고 있던 카트린은 일행을 따라가야 했다. 에티엔은 그녀가 지나가게 한 다음 그녀 뒤를 따라 올라갔다. 다시금 그는 어두운 계단들과 통로들로 되어 있는 미로 속을 여행했다. 거기서는 그들의 맨발이 낡은 실내화같이 둔탁한 소리를 냈다. 그러나 램프 창고는 불이 휜했다. 유리를 끼운 그 방은 층층이 수백 개의 데이비램프[14]들을 정렬해 놓은 선반들로 가득 차 있었고, 전날에 검사하고 닦아 놓은 그 램프들은 촛불이 휘황찬란한 예배당 속의 초들처럼 불이 켜져 있었다. 창구에서 노동자마다 자기 번호가 찍힌 램프를 집어 들었다.

그러고 나서 각자 점검해 보고는 직접 램프를 닫았다. 그 사이 탁자에 앉아 있는 기록원은 대장에다 입갱 시간을 적고 있었다. 자기 밑에 새로 고용한 운반부의 램프를 받기 위해 마외가 나서야 했다. 또 한 번 점검이 있었다. 노동자들이 검사원 앞을 지나면 검사원이 모든 램프들이 잘 닫혔는지 확인했다.

"쳇! 여긴 따뜻하지도 않아." 카트린이 덜덜 떨면서 중얼거렸다.

에티엔은 고개를 끄덕이기만 했다. 그는 바람이 휩쓰는 널따란 홀 가운데서 수갱을 앞에 두고 있었다. 물론 자신이 용감하다고 생각하는 터였지만 케이블들이 기계의 축들에 전속력으로 풀렸다 감겼다 하며 끊임없이 날아오르는 광경 앞에서, 광차들의 굉음과 둔탁한 신호 소리와 확성기의 숨가쁜 고함 소리 가운데 휩싸이자 불쾌한 감정이 그의 목을 조여 왔다. 케이지들은 밤 짐승의 매끄러운 동작처럼 오르내리며 줄곧 사람들을 집어삼키고 있어서 그 구멍의 아가리가 사람들을 마셔 버리는 것 같았다. 이제 그의 차례였다. 그는 몹시 추

---

14) 1815년에 영국의 화학자이자 발명가인 험프리 데이비가 만든 초기의 탄갱용 안전등.

위를 타며 신경질적인 침묵을 지키고 있어서 자카리와 르바크에게 비웃음을 샀다. 이들 둘 다 이 낯선 사람을 고용한 것이 탐탁지 않았고, 르바크는 특히 자기 의견을 묻지 않아서 자존심이 상했다. 그래서 자기 아버지가 청년에게 이것저것 설명해 주는 소리를 듣고 카트린은 기뻤다.

"보게, 케이지 위에는 추락 방지 장치가 있어서 케이블이 끊어질 경우 유도 장치에 쇠갈고리들이 박힌다네. 저건 작동을 하지, 아! 늘 그런 건 아니고……. 그리고 수갱은 위에서부터 아래까지 널빤지들로 막은 세 구획으로 나뉘어 있네. 가운데에는 케이지들이 오르내리고 왼쪽 구획에는 사다리들이 있는 통기승[15]이지……."

그러나 그는 말을 멈추고 소리를 지나치게 크게 내지는 않으면서 투덜거렸다.

"젠장, 여기서 우리더러 무얼 하라는 거야! 이렇게 우리를 얼어 죽게 해도 되는 거야!"

갱내 감독 리숌은 철망 없는 램프를 모자 가죽에 못으로 고정시키고 그 역시 내려가려다 마외가 불평하는 소리를 들었다.

"조심해. 누가 들을지 몰라!" 리숌은 동료들에게 여전히 호인인 늙은 광부로 아버지처럼 중얼거렸다. "작업은 해야 하잖아……. 자! 다 왔어. 자네 사람들하고 올라타게."

---

15) 수갱의 일부 구획을 이루는 것으로, 환기를 위한 수직 통로 또는 갱도. 비상용 혹은 구조용으로 사다리들이 설치되어 있다.

실제로 철판 밴드와 작은 그물코 철망이 부착된 케이지가 정지 장치에 수직으로 걸쳐져 그들을 기다리고 있었다. 마외, 자카리, 르바크 그리고 카트린은 안쪽 광차에 미끄러지듯 탔다. 그런데 다섯 사람이 그 안에 타야 했기 때문에 에티엔도 차례가 되자 거기로 들어갔다. 그러나 좋은 자리들은 차 버려서 그는 처녀 곁에 찡겨 있어야 했는데 그녀의 팔꿈치가 그의 배를 찌르곤 했다. 그가 램프 때문에 당황하자 사람들이 웃옷 단추 하나에 램프를 걸라고 조언해 주었다. 하지만 그는 그 말을 듣지 못해 램프를 어설프게 손에 들고 있었다. 탑승은 위와 아래로 계속되었고 가축을 혼란스럽게 마구 집어넣는 것 같았다. 도대체 출발을 할 수 없는 걸까, 무슨 일이지? 그는 오래전부터 초조해지는 것 같았다. 드디어 요동이 있자 그는 몸이 흔들렸고 이어서 모든 것이 가라앉았다. 주위 사물들이 날아 올라갔고 그는 추락에 대한 두려운 현기증을 느꼈으며 그 추락은 내장을 잡아당기는 것 같았다……. 그 느낌은 골조들이 빙빙 달아나는 가운데 석탄 하치장의 두 개 층을 지나면서 빛이 보이는 동안 계속되었다. 그러다 수갱의 암흑 속으로 떨어지자 그는 더 이상 자기 감각도 명확히 느끼지 못하고 얼떨떨한 채로 있었다.

"자, 우리는 출발한 거야." 마외가 태평하게 말했다.

모두들 편안한 모습이었다. 때때로 그는 자신이 내려가는 건지 아니면 올라가는 건지 자문해 보았다. 케이지가 유도장치에 닿지 않고 곧장 내려갈 때는 움직이지 않는 것 같았다. 그러다 이어서 널빤지들이 춤을 추듯 갑작스럽게 진동하면 그는 큰 사고가 날까 봐 공포를 느꼈다. 더욱이 그는 자신이 얼굴을 바짝 대고 있는 철망 뒤로 수갱의 벽면들을 제대로 분간할 수 없었다. 그의 발치로는 포개진 몸뚱이들이 램프 불빛에 희미하게 보이고 있었다. 단지 옆 광차에 타고 있는 감독의 철망 없는 램프만이 등대처럼 빛나고 있었다.

"이건 직경이 사 미터라네." 마외가 그에게 가르쳐 주려고 계속 설명했다. "방수벽을 꼭 다시 해야 돼. 왜냐하면 물이 사방에서 스며드니……. 자, 지하수원에 도착했네, 알겠나?"

에티엔은 그때 이 소나기 같은 소리가 무엇인지 궁금하던 참이었다. 소나기가 시작할 때처럼 맨 처음에는 케이지 지붕으로 굵은 물방울 소리들이 들렸다. 그런데 이제는 빗물이 늘어나서 넘쳐흐르더니 진짜 홍수로 바뀌는 것이었다. 아마도 지붕에 구멍이 난 모양이었다. 물줄기 하나가 그의 어깨 위로 흘러내리더니 살 속까지 적셨다. 공기는 얼음장같이 차가워졌고, 어둡고 습한 곳으로 빠져 드는 그때 섬광 속을 지나갔는데 그것은 번갯불에 보듯 순간적으로 사람들이 움직이는 동굴을 하나 본 것이었다. 이제 일행은 다시 허공 속으로 떨어지고 있었다. 마외가 말했다.

"저게 첫 번째 광차 탑재대야. 지하 320미터지. 속력을 보게."

그는 램프를 들어 전속력으로 달리는 기차 밑의 레일처럼 달아나는 유도 장치의 널빤지 하나를 비추었다. 그것 말고는 여전히 아무것도 보이지 않았다. 빛들이 날아 올라가는 가운데 세 개의 또 다른 광차 탑재대들이 지나갔다. 귀를 먹먹하게 하는 빗물이 어둠을 때리고 있었다.

"엄청 깊군요!" 에티엔이 중얼거렸다.

이러한 추락이 몇 시간 전부터 계속되고 있는 것 같았다. 그는 움직일 엄두도 못 낸 채 특히 카트린의 팔꿈치에 시달리면서 부자연스런 자세로 인해 고통스러웠다. 그녀는 말 한마디 없었고 그는 단지 그녀가 자기에게 기대 온기를 주고 있다는 것을 느낄 뿐이었다. 마침내 깊이 554미터의 바닥에서 멈추자 그는 이 하강이 겨우 일 분 남짓이었다는 것을 알고는 놀랐다. 그러나 정지 장치가 고정되는 소리와 함께 발밑에 견고한 땅이 느껴지자 그는 갑자기 즐거워졌다. 그는 농담을 하면서 카트린에게 반말을 했다.

"너는 살 속에 무얼 갖고 있기에 그렇게 따뜻하냐……? 네 팔꿈치가 분명 내 배 속에 있는 것 같아."

그러자 그녀 또한 웃음을 터뜨렸다. 자신을 아직도 남자로 알고 있다니 멍청하기도 하지! 눈이 막혀 있는 건가?

"내 팔꿈치는 당신 눈 속에 박혀 있는 모양인데." 그녀가 대답하자 주위에서는 폭소가 터져 나왔고, 놀란 청년은 전혀 영문을 알지 못했다.

노동자들은 케이지에서 나와 광차 탑재대 홀로 들어갔다. 바위를 파서 만든 그 홀은 돌을 쪼아 천장을 둥글게 만들어 놓았고 철망 없는 커다란 램프 세 개가 불을 비추고 있었다. 주철판 위에서는 적재부들이 가득 찬 광차들을 세차게 굴리고 있었다. 지하 저장고 같은 냄새가 벽에서 스며 나오고 있었는데, 인근 마구간에서 흘러나온 더운 김이 섞인 신선한 초석 냄새였다. 거기에는 네 개의 갱도가 입을 딱 벌리고 있었다.

"이쪽이야." 마외가 에티엔에게 말했다. "아직 도착한 게 아니야. 우리는 이 킬로미터는 족히 더 가야 해."

광부들은 나뉘어서 그룹을 지어 시커먼 굴속으로 사라졌다. 열댓 명가량이 왼쪽 굴로 막 들어섰다. 에티엔은 마외 뒤에서 맨 마지막으로 걸어갔고 마외 앞에는 카트린과 자카리 그리고 르바크가 걸어갔다. 암석층을 가로질러 가는 훌륭한 운반 갱도였는데, 암석이 워낙 단단해서 그 갱도는 부분적으로 버팀벽만 설치하면 되었다. 그들은 작은 불꽃의 램프를 들고 한 사람씩 줄지어 말 한마디 없이 계속 나아갔다. 청년은 걸음을 뗄 때마다 부딪혔고 레일에 발이 걸려 쩔쩔맸다. 조금 전부터 어렴풋이 들려오는 소리에 그는 불안해졌다. 그것은 멀리서 울리는 뇌우 소리 같은 것으로 그 격렬함이 땅속 깊은 곳으로부터 점점 커져 오는 듯했다. 그것은 그들을 빛으로부터 차단해 놓는 거대한 암반 덩어리를 그들 머리 위로 눌러 부수는 낙반의 굉음이었을까? 빛줄기 하나가 어둠을 꿰뚫었고 그는 바윗돌이 흔들리는 것을 느꼈다. 그리고 동료들처럼 그가 벽을 따라 비켜섰을 때 그는 광차 행렬에 매여 있는 큼직한 흰색 말이 그의 얼굴 앞으로 지나가는 것을 보았다. 제일 앞칸에는 고삐를 잡은 베베르가 앉아 있었고 장랭은 맨 뒤칸 가장자리를 양손으로 움켜잡고 맨발로 뛰어가고 있었다.

다시들 걷기 시작했다. 더 멀리서 십자로가 나타났고 두 개의 새 갱도가 나 있었는데 거기서 일행은 또 나뉘어 광부들은 점점 광산의 모든 채굴 현장으로 분산되었다. 이제 운반 갱도에는 갱목이 괴여 있었고, 참나무 동발들이 천장을 받쳐 주어서 붕괴하기 쉬운 암석에 골조 석벽 같은 구실을 하고 있었다. 그 뒤로는 운모로 반짝이는 편암 석판들과 광택 없고 울퉁불퉁한 거친 사암 덩어리가 보였다. 가득 차거나 비어 있는 광차들의 행렬이 끊임없이 지나가고 교차했고, 유령처럼 달려가는 희미한 짐승들의 그림자 가운데 천둥소리 또한 실려 갔다. 어느 광차 차고의 복선 선로 위에는 길고 시커먼 뱀 같은 것이 잠자고 있었는데 이는 멈춰 서 있는 광차 행렬이었다. 매여 있는 말은 콧김을 내뿜고 있었고 어찌나 짙은 어둠 속에 잠겨 있는지 희미한 엉덩이가 마치 천장에서 떨어진 돌덩어리 같았다. 환기 문들이 덜거덕거리며 천천히 다시 닫혔다. 앞으로 나아갈수록 갱도는 더 좁아지고 더 낮아졌으며 천장이 들쭉날쭉해서 계속 등을 구부려야 했다.

에티엔은 머리를 호되게 부딪혔다. 가죽 모자가 아니었더라면 그는 머리통이 갈라졌을 것이었다. 어쨌거나 그는 자기 앞에 어두운 윤곽이 램프 불빛에 드러나 보이는 마외의 사소한 동작까지도 조심스레 따라 했다. 부딪히는 인부는 아무도 없었다. 그들은 볼록 튀어나온 곳은 나무 마디든 바위의 튀어나온 곳이든 모두 알고 있는 게 틀림없었다. 청년은 또한 땅이 점점 더 축축하고 미끄러워져서 고생했다. 때때로 그는 진짜 늪지대를 통과했는데 진창에 발이 빠지는 통에 그것을 알 수 있을 뿐이었다. 그러나 무엇보다 그를 놀라게 한 것은 온도의 갑작스런 변화였다. 수갱 아래쪽이 아주 서늘한 편이라면, 운반 갱도에는 탄광의 모든 공기가 지나가면서 얼음장 같은 바람이 불어 댔는데, 그 바람은 좁은 버팀벽 사이에서 더욱 격렬해져서 폭풍이 되었다. 이어서 단지 환기를 위해 힘들게 얻은 몫의 바람을 받는 다른 갱도들로 깊이 들어가면 바람은 가라앉고 더위가 심해졌는데 납과 같이 무겁고 숨막히는 더위였다.

마외는 더 이상 입을 열지 않았다. 그러던 그가 오른쪽의 새 갱도로 접어들자 몸도 돌리지 않고 에티엔에게 단지 다음과 같은 말만 했다.

"기욤 탄맥일세."

그들의 막장이 바로 이 탄맥에 있었다. 에티엔은 첫 몇 걸음을 성큼성큼 걷자마자 머리와 팔꿈치에 상처를 입었다. 경사진 천장이 워낙 낮아졌기 때문에 이삼십 미터에 걸쳐 그는 몸을 절반으로 구부리고 걸어야만 했다. 물이 발목까지 차올랐다. 이렇게 200미터를 나아가자 갑자기 그의 눈앞에서 르바크, 자카리 그리고 카트린이 사라졌다. 그들은 그의 앞에 벌어져 있는 가느다란 틈 사이로 증발한 것 같았다.

"올라가야 되네." 마외가 말을 이었다. "자네 램프를 단춧구멍에 걸고 갱목을 꼭 붙들게."

마외 역시 사라졌다. 에티엔은 그의 뒤를 따라가야만 했다. 탄맥에 남겨 놓은 이 좁은 수직 통로는 광부들 전용이었고 다른 모든 보조 통로들과 통해 있었다. 그 통로의 폭은 석탄층이 있었던 두께여서 육십 센티미터가 될까 말까 할 정도였다. 아직 서투른 그는 어깨와 엉덩이를 납작 옴츠리고 갱목들에 달라붙어 손목의 힘으로 나아가느라 쓸데없이 근력을 소모하며 기어 올라갔는데 청년이 날씬해서 그나마 다행이었다. 십오 미터를 더 올라가자 첫 번째 보조 통로가 나왔다. 그러나 계속 올라가야 했다. 마외 일행의 막장은 그들이 지옥이라고 부르는 여섯 번째 통로였다. 그리고 통로들은 십오 미터 간격으로 층층이 있었고 등과 가슴을 긁히면서 이 갈라진 틈새를 통해 올라가는 일이 한없이 계속되었다. 에티엔은 헐떡거렸다. 마치 육중한 바윗돌이 그의 사지를 으스러뜨려서 손은 뽑혀 나가고 다리는 타박상을 입은 것 같았고, 무엇보다도 공기가 부족해서 몸속의 피가 살갗을 뚫고 나오려 하는 듯한 느낌이 들 지경이었다. 어느 통로에서 희미하게, 그는 몸을 웅크린 두 마리 짐승을 보았다. 하나는 작고 또 하나는 뚱뚱했는데 광차를 밀고 있었다. 그들은 이미 일을 시작한 리디와 라 무케트였다. 그런데 그는 이제 막장 두 개의 높이만큼을 기어 올라가야 했다. 그는 땀으로 눈앞이 안 보였고 다른 사람들을 따라잡을 일이 막막했다. 다른 사람들은 사지를 민첩하게 놀려 암석을 죽죽 미끄러지며 스쳐 가는 소리가 들렸다.

"힘내요, 다 왔어!" 카트린의 목소리가 들려왔다.

그러나 그가 막상 도달하자 막장 안쪽에서 다른 목소리가 소리쳤다.

"에이, 도대체 뭐야! 사람 무시하는 거야……? 나는 몽수에서 이 킬로미터나 와야 하는데 내가 일착으로 여기에 와 있다니!"

기다리느라 화를 내는 사람은 뼈마디가 튀어나오고 얼굴 윤곽이 뚜렷한, 스물다섯 살의 키 큰 홀쭉이 샤발이었다. 에티엔을 보자 그는 놀라며 멸시에 찬 태도로 물었다.

"저건 뭐예요?"

마외가 사정을 얘기하자 그는 중얼거리며 덧붙였다.

"그럼 사내 녀석들이 계집애들 빵을 가로채는 거로군!"

두 남자는 갑자기 불타오르는 본능적 적개심에 이글거리는 시선을 주고받았다. 에티엔은 모욕감을 느꼈으나 아직 영문을 몰랐다. 침묵이 자리 잡고 모두들 일을 시작했다. 마침내 탄맥마다 광부들로 점점 채워졌고, 층마다 갱도마다 갱도 끝의 막장에서 작업이 시작되었다. 탐욕스러운 수갱은 하루치 식사분인 700명가량의 광부들을 집어삼켰고, 그들은 이 시각 거대한 개미집 속에서 사방으로 땅을 뚫어 벌레가 고목을 파먹듯 땅속에 벌집 구멍을 내면서 힘겹게 일하고 있었다. 그리고 이 무거운 침묵과 깊은 지층이 짓누르는 가운데 바위에 귀를 갖다 댔다면, 채탄 케이지를 올리고 내리고 하는 케이블이 날아오르는 소리부터 채굴 작업장 속에서 연장들이 석탄을 물어뜯으며 쪼아 내는 소리에 이르기까지, 작업 중인 인간 곤충들이 내는 진동 소리를 들을 수 있었을 것이다.

에티엔이 몸을 돌리자 다시금 카트린과 몸이 착 붙게 되었다. 그런데 이번에는 봉긋해지는 가슴을 알아차렸고 그의 몸에 스며들던 따뜻함이 대뜸 이해되었다.

"너 그럼 여자애였니?" 당황한 그가 중얼거렸다.

그녀는 유쾌한 표정으로 낯도 붉히지 않고 대답했다.

"물론이지……. 정말! 참 빨리도 아는구나!"

# 4

네 명의 채탄부는 이제 막 채굴 면의 오르막 비탈 전체에 걸쳐, 한 사람 위쪽에 다른 사람이 있는 방식으로 자리 잡고 몸을 길게 뻗었다. 캐낸 석탄이 굴러가지 않게 막고 있는 갈고리 달린 널빤지들로 구획이 지어져 그들은 각자 탄맥의 사 미터가량을 맡고 있었다. 그런데 이 탄맥은 너무나 얇아서 이곳의 두께는 오십 센티미터가 될까 말까 하여, 그곳에서 그들은 천장과 벽 사이에 납작 엎드린 자세로 무릎과 팔꿈치로 기어갔고 몸을 돌렸다가는 어깨를 다치기 십상이었다. 그들은 석탄을 캐기 위해 모로 누워서 목을 비튼 자세로 두 팔을 올려 짧은 손잡이가 달린 곡괭이를 비스듬하게 휘둘러야 했다.

맨 아래에는 자카리가 있었고 르바크와 샤발이 그 위에 층 층이 자리 잡았으며 마지막으로 맨 위에는 마외가 있었다. 각자 편암층을 캐고 있었는데 곡괭이로 그것을 파 들어갔다. 그러고 나서 그 탄층에다 두 개의 수직 홈을 만들어 내고는 윗부분에 쇠로 된 쐐기를 박아 석탄덩이를 떼어 냈다. 석탄은 기름졌고 석탄덩이는 부서져 조각들이 배와 허벅지를 따라 굴러 내렸다. 그들 아래로 널빤지로 막힌 곳에 이 조각들이 쌓이면 채탄부들은 좁은 틈에 갇혀 보이지 않았다.

가장 고통스러운 사람은 마외였다. 위에는 온도가 삼십오 도까지 올라갔고 바람도 통하지 않았으며 나중에는 숨이 막혀 죽을 지경이었다. 그는 앞을 잘 보기 위해 램프를 머리 가까이에 못으로 고정시켜야 했다. 그런데 이 램프가 머리통을 뜨겁게 하더니 나중에는 피를 불태우는 것 같았다. 그리고 습기 때문에 고통이 특히 심해졌다. 그의 위쪽으로 얼굴에서 몇 센티미터 정도 거리에 있는 바위는 물이 흥건해서 굵은 물방울들이 집요한 리듬으로 끊임없이 같은 자리에 떨어지는 것이었다. 목을 틀어도 목덜미를 젖혀도 소용이 없었다. 물방울들은 계속 그의 얼굴을 때리고 부서지며 찰싹찰싹 소리를 냈다. 십오 분쯤 지나자 그는 땀에 뒤덮인 데다 몸이 젖어서 빨랫감처럼 더운 김이 피어오르고 있었다. 이날 아침에는 물방울 하나가 그의 눈을 계속 괴롭혀 그는 욕설을 내뱉었다. 그는 채탄 작업을 멈추려 하지 않고 곡괭이를 크게 휘둘렀다. 그 곡괭이질로 바위 사이에서 격렬히 흔들려 그는 마치 언제라도 완전히 깔려 납작해질 위험에 처해 있는 책갈피 사이의 진딧물과도 같았다.

말 한마디 오가지 않았다. 그들은 모두 곡괭이로 찍어 댔고, 그 찍어 대는 소리는 먼 곳에서 울려오는 듯 희미하고도 불규칙하게 들렸다. 소음은 죽은 듯한 공기 속에서 메아리치지도 않고 목쉰 듯한 소리를 냈다. 그리고 그 어둠은 날아오르는 석탄 먼지들로 두꺼워지고 눈을 짓누르는 가스로 더 무거워진, 알지 못할 암흑인 것 같았다. 램프의 심지들은 철망 덮개 밑에서 불그스름한 점들을 만들고 있을 뿐이었다. 아무것도 분간이 가지 않았다. 납작하고 비스듬한 넓은 굴뚝처럼 뚫려 올라간 막장은 열 번의 겨울이 남긴 검댕이 깊은 밤의 어둠을 쌓아 놓은 것 같았다. 유령 같은 형상들이 거기에서 분주히 움직였다. 둥근 엉덩이, 뼈마디가 굵은 팔 하나, 범죄를 저지르려는 듯한 더럽고 거친 얼굴 하나가 희미한 빛에 힐끗 보였다. 때로는 떨어져 나오는 석탄덩어리들의 면과 모서리가 갑자기 수정이 빛나듯 반짝였다. 그러고는 모든 것이 암흑 속으로 다시 떨어졌다. 곡괭이들이 둔탁한 소리를 내며 힘껏 찍어 내는 가운데, 무거운 공기와 비 오듯 떨어지는 지하수 속에 이제는 숨이 차 헐떡이는 소리와 답답함과 피곤함으로 투덜대는 소리밖에 없었다.

전날 흥청거린 탓에 팔심이 풀린 자카리는 갱목을 괴어야 한다는 구실로 작업에서 곧 손을 놓았다. 그런 핑계를 대고 나면 그는 어둠 속을 멍하니 바라보며 나지막하게 휘파람을 부는 데 열중했다. 채탄부들 뒤로는 탄맥이 삼 미터가량 비어 있었다. 그것은 시간을 아낄 욕심으로 위험에도 아랑곳하지 않고 바위를 받치는 예방책을 아직 이행하지 않았기 때문이었다.

"어이! 귀족 나리!" 청년이 에티엔에게 외쳤다. "갱목 좀 건네줘."

카트린한테서 삽 다루는 법을 배우고 있던 에티엔은 막장에 갱목을 올려다 줘야 했다. 전날 쓰고 남은 갱목이 약간 남아 있었다. 사람들은 보통 매일 아침 갱목을 탄층의 크기에 맞게 완전히 잘라서 내려보냈다.

"서둘러 좀, 빌어먹을 게으름뱅이야!" 새로 온 광차 운반부가 참나무 네 토막을 두 팔에 안고 쩔쩔매며 석탄 가운데서 서투르게 몸을 추켜올리는 것을 보자 자카리가 다시 말했다.

그는 손잡이가 짧은 곡괭이로 천장에 홈을 낸 다음 벽에다 홈을 내고는 갱목의 양끝을 고정시켰다. 그렇게 해서 갱목이 암석을 받치는 것이었다. 오후가 되면 매립부들은 채탄부들이 파내서 갱도에 남겨 놓은 흙을 가지고 탄맥 중 채탄이 끝난 구덩이들을 메웠고 갱목들도 같이 묻어 버렸다. 하지만 운반을 위해 아래쪽 갱도와 위쪽 갱도만은 남겨 두었다.

마외가 끙끙대는 소리를 멈췄다. 마침내 자신이 캐던 덩어리를 떼어 낸 것이었다. 그는 땀이 철철 흐르는 얼굴을 옷소매에 닦고는 뒤에서 자카리가 올라가 하려는 작업에 신경이 쓰여 말했다.

"그건 놔둬." 그가 말했다. "점심 먹고 해 보자고. 우리 광차 몫을 지불받으려면 캐내는 게 낫겠지."

"그런데 저게 내려앉고 있어요." 자카리가 대답했다. "봐요, 갈라진 틈이 있어요. 무너질까 봐 겁나요."

그러나 아버지는 어깨를 으쓱 치켜올렸다. "아! 천만에! 무너지다니! 그래 봐야 처음 있는 일도 아니고 결국 빠져나오게 될 거다." 그는 결국 화를 내고 말았고 자기 아들을 채굴 면으로 돌려보냈다.

모두들 기지개를 켜고 있었다. 르바크는 누운 채로 조금 전 사암 하나가 떨어지면서 입은 상처로 피가 나는 왼쪽 엄지손가락을 살펴보면서 욕을 하고 있었다. 샤발은 더위를 식히려고 성난 듯이 셔츠를 벗어 버려 웃통이 알몸이 되었다. 그들은 이미 석탄으로 시커멨는데, 몸에 뒤집어쓴 가는 석탄가루들이 땀에 녹아서 개천이나 늪지대처럼 흘러내렸다. 그러다 마외가 제일 먼저 더 아래쪽 바위에 머리를 바짝 대고 곡괭이질을 다시 시작했다. 이제 물방울이 이마에 어찌나 집요하게 떨어지는지 물방울이 그의 두개골에 구멍을 내려는 것처럼 느껴졌다.

"신경 쓸 필요 없어." 카트린이 에티엔에게 말해 주었다. "저 사람들은 늘 시끄러워."

그러고는 친절한 소녀답게 교육을 계속했다.

석탄이 실린 모든 광차는 막장에서 떠난 상태로 갱 밖에 도착하고, 수령인이 그 광차를 작업장별 계산에 넣을 수 있도록 특수한 토큰으로 표시되며, 따라서 광차를 가득 채우도록 그리고 불순물이 없는 석탄만을 싣도록 각별히 유의해야 한다. 만약 그러지 않으면 광차는 수령이 거부된다는 것이었다.

눈이 어둠에 익숙해진 청년은 빈혈기로 안색이 더욱 하얀 그녀를 바라보았다. 그는 그녀의 나이를 짐작할 수 없었다. 그녀가 너무 연약해 보여서 열두 살쯤 되었을 거라고 생각했다.

하지만 그녀가 사내애처럼 무람없고 그를 좀 거북하게 만들 정도로 천진난만하며 부끄러움도 모르는 것으로 보아 나이를 좀 더 먹은 것 같았다. 그는 그녀가 마음에 들지 않았다. 그녀는 관자놀이께에 끈 달린 모자를 푹 눌러 썼는데 그는 그녀의 피에로같이 창백한 얼굴이 너무 말괄량이 같다고 생각했다. 그러나 그를 놀라게 한 것은 이 아이의 힘, 능숙함이 밴 다부진 그 힘이었다. 그녀는 일정하고 재빠르게 짧은 삽질을 해서 그보다 더 빨리 광차를 채웠다. 그러고 나서 그녀는 천천히 단번에 광차를 떠밀어서 낮은 암석 밑을 부딪치지도 않고 유유히 지나 경사면까지 가게 했다. 그는 죽어라 밀었지만 광차는 탈선하고 그는 옴짝달싹 못 하고 있었다.

사실 그곳은 전혀 순탄한 길이 아니었다. 막장에서 경사면까지는 육십 미터가량 되었는데 매립부들이 아직 넓혀 놓지 않은 갱도는 창자와 같아서 천장 곳곳이 연달아 튀어나와 있어 높이가 아주 불규칙했다. 어떤 장소에서는 석탄을 가득 실은 광차가 겨우 지나갈 정도여서, 광차 운반부는 머리통에 금이 가지 않으려면 몸을 납작 숙이고 무릎을 꿇고 광차를 밀어야 했다. 더군다나 갱목들은 휘어서 부러져 있었다. 너무 약한 목발처럼 중간 부분이 부러져서 그 부러진 부분이 길고 허옇게 드러나는 갱목들이 보였다. 이 부러진 갱목에 긁히지 않도록 조심해야 했다. 허벅지만큼이나 굵은 참나무로 만들었지만 그 통나무 갱목들이 부러져 나가도록 천천히 붕괴가 진행되는 가운데, 갑자기 자기 등이 으스러지는 소리를 듣게 되지나 않을까 하는 은근한 불안감을 지닌 채 사람들은 배를 땅에 깔고 기어서 지나갔다.

"또!" 카트린이 웃으며 말했다.

에티엔이 민 광차가 가장 힘든 길목에서 방금 탈선한 참이었다. 축축한 땅 위로 휘어지는 이 레일에서 그는 도무지 광차를 똑바로 밀어내지 못했다. 그래서 욕설을 퍼붓고 화를 내며 광차 바퀴와 미친 듯이 씨름했지만 그 엄청난 노력에도 불구하고 바퀴들을 제자리에 되돌려 놓을 수는 없었다.

"기다려 좀." 처녀가 말을 이었다. "화를 내면 절대로 안 될 걸." 그녀는 능숙하게 뒷걸음질로 미끄러져 들어가 광차 밑에 엉덩이를 넣었다. 그리고 허리에 한 번 힘을 주어 광차를 들어 올리더니 제자리에 놓았다. 무게가 700킬로그램 나가는 것이었다. 그는 놀라고 창피하여 더듬더듬 변명을 늘어놓았다.

그녀는 단단하게 버틸 수 있도록 갱도 양쪽으로 다리를 벌려서 갱목들에 발을 대고 버티는 법을 그에게 보여 줘야 했다. 모든 근육과 어깨와 허리로 밀 수 있도록 몸은 기울이고 두 팔은 꼿꼿하게 힘을 주어야 했다. 한번은 운반하는 동안 그가 그녀를 따라갔는데, 엉덩이를 내밀고 두 손은 워낙 낮게 대고 내달리는 모습이 서커스에서 일하는 난쟁이 짐승들 중 하나처럼 네발로 종종걸음을 치는 것 같았다. 그녀는 땀을 흘리며 헐떡였고 뼈마디에서는 우두둑하는 소리가 났지만 습관적인 무관심으로 불평 한마디 하지 않았다. 마치 그와 같이 몸을 구부리고 사는 것이 모두에게 공통된 비참상이라는 것 같았다. 그런데 그는 그처럼 해내지 못했다. 머리를 낮추고 그렇게 걸으면 신발이 거추장스러워지고 몸이 부서지는 것 같았다. 몇 분이 지나면 이러한 자세는 형벌이자 참을 수 없는 고통이 되었고 그는 너무나 고통스러워서 잠시 무릎을 꿇고 앉아 등을 펴고 숨을 들이쉬었다.

그러고 나자 경사면에서는 새로운 고역이 시작되었다. 그녀는 그에게 광차를 빠르게 모는 법을 가르쳐 주었다. 한 광차 탑재대로부터 다른 탑재대에 걸쳐 모든 막장과 통하는 이 경사면의 위와 아래에는 소년 갱부가 한 명씩 있었다. 위에는 제동수, 아래에는 수납원이었다. 열두 살에서 열다섯 살 먹은 이 망나니들은 서로 고약한 말들을 외쳐 대고 있었다. 그래서 그들의 주의를 끌기 위해서는 더 심한 말로 외쳐야 했다. 그때 올려 보내야 할 빈 광차가 한 대 나오자 수납원은 바로 신호를 보냈고, 제동수가 제동기를 풀자 여자 광차 운반부는 가득 찬 광차를 빠른 속력으로 몰아 그 무게로 빈 광차가 올라가게 했다. 아래쪽으로는 안쪽 갱도에서 말들이 수갱까지 끌고 가는 광차들이 행렬을 이루었다.

"야! 이 빌어먹을 굼벵이들아!" 카트린이 경사면 안에서 소리를 질렀다. 경사면은 갱목들이 완전히 설치된 데다 길이가 백 미터쯤 되어 확성기처럼 울렸다.

소년 갱부들은 쉬고 있는 모양이었다. 둘 중 아무도 대답하지 않았다. 모든 층에서 광차 운반이 중단되었다. 마침내 어느 소녀가 가냘픈 목소리로 말했다.

"분명 라 무케트 위에 누구 하나가 올라타고 있을 거야." 엄청난 웃음소리가 천둥 치듯 터져 나왔다. 갱 전체의 여자 광차 운반부들이 배를 잡았다.

"쟤는 누구야?" 에티엔은 카트린에게 물었다. 카트린은 그에게 어린 리다라고 일러 주었다. 그녀는 말괄량이로 그런 일에 대해 더 잘 알고 있었고, 인형 같은 팔을 가졌지만 성인 여자만큼 힘차게 광차를 밀었다. 그리고 라 무케트로 말하자면 그녀는 능히 동시에 두 소년 갱부와 한데 뒤엉켜 있을 수 있는 인물이었다.

그러나 광차를 빨리 몰라고 소리치는 수납원의 목소리가 들려왔다. 틀림없이 갱내 감독 한 명이 아래를 지나가는 모양이었다. 아홉 개 층에서 운반이 재개되었고, 이제는 소년 갱부들의 규칙적인 신호 소리와 짐을 너무 많이 실은 암말처럼 김을 뿜으며 경사면에 도착하는 여자 광차 운반부들의 콧바람 소리만 들렸다. 허리를 공중으로 치켜들고, 입고 있는 남자용 바지는 엉덩이가 터져 나올 듯 팽팽하며, 네발로 기는 자세를 하고 있는 이 처녀들 중 하나와 광부가 마주칠 때면 짐승 같은 충동이 수갱에 불어닥치고 수컷의 급격한 욕망이 불타오르는 것이었다.

그리고 갱 속에서 에티엔은 운반할 때마다 막장의 숨 막힘, 규칙적으로 둔탁하게 울리는 지친 듯한 곡괭이질 소리, 작업에 매달려 있는 채탄부들의 고통스러운 한숨을 다시 대하게 되었다. 네 사람 모두 벗어 젖혔고 석탄과 뒤범벅이 되어 모자에 이르기까지 검은 진흙투성이였다. 어느 순간에는 헐떡이는 마외를 끌어내야 했고, 석탄이 갱도 위로 미끄러져 가도록 널빤지들을 치워야 하기도 했다. 자카리와 르바크는 탄맥에 대해 화를 내고 있었다. 그들 말로는 탄맥이 단단해져서 그들의 도급 조건이 나빠질 거라는 것이었다. 샤발은 몸을 돌려 잠시 등을 대고 누운 채 에티엔에게 욕을 퍼부었다. 에티엔이라는 존재가 정말로 그의 화를 돋운 것 같았다.

"게으른 뱀 같은 놈! 계집애만 한 힘도 없는 것이! 그러고도 네 광차를 채우길 바라는 거냐! 그런 거야? 네 녀석 두 팔을 아끼려고……? 제기랄! 네 녀석이 우리에게 광차 한 대라도 퇴짜 맞게 하면 네 몫 십 수는 내가 압수할 테다!"

이 도형장 같은 곳의 일이라도 찾은 것이 그때까지는 너무나 행복했기에, 막노동자와 숙련 노동자 사이의 거친 위계질서를 받아들이며 청년은 대답을 회피했다. 그러나 발은 피투성이인 데다 사지는 심한 경련으로 뒤틀리고 몸통은 철제 벨트에 꽉 조여 그는 이제 더 이상 걸을 수 없었다. 다행히도 열시가 되어 채굴 작업장에서는 점심 식사를 하기로 했다.

마외는 시계를 차고 있었지만 쳐다보는 법이 없었다. 별 없는 이 어둠 속에서 그는 오 분도 틀리는 적이 없었다. 모두들 자신의 셔츠와 웃옷을 다시 걸쳤다. 그리고 그들은 작업장에서 내려와 광부들에게 아주 습관이 되어 버린 자세로 팔꿈치를 옆구리에 대고 엉덩이는 발뒤꿈치에 얹은 채 쭈그리고 앉았다. 이 자세는 앉기 위해 포석이나 들보도 필요로 하지 않아서 그들은 탄광 밖에서도 이 자세를 견지했다. 그러고 나서 각자 자기 브리케를 꺼내 오전 작업에 대해 이따금 언급하며 두꺼운 빵 조각을 엄숙하게 물어뜯었다. 서 있던 카트린은 마침내 에티엔과 합류했는데 그는 좀 더 떨어진 곳에서 갱목에 등을 기댄 채 레일을 가로질러 몸을 쭉 펴고 있었다. 그곳에는 물기가 거의 없는 자리가 하나 있었다.

"당신은 안 먹어?" 그녀가 브리케를 손에 들고 입안이 가득 찬 채 물었다.

그러고 나서 그녀는 돈 한 푼 없고 아마도 빵 한 조각도 없이 어둠 속을 배회했을 이 청년을 떠올렸다.

"내 거 나누어 먹을래?"

그런데 그가 배 속이 쓰라려 목소리가 떨리면서도 배가 고프지 않다고 잡아떼며 거절하자 그녀는 쾌활하게 말을 계속했다.

"아! 정말 당신 까다롭네……! 그렇지만, 자! 나는 여기만 뜯어 먹었어, 당신한테는 이쪽을 줄게."

그녀는 벌써 타르틴을 둘로 쪼갰다. 청년은 자기 몫인 절반을 먹으면서 단번에 먹어 치우지 않도록 조심했다. 그리고 그녀가 자신의 허벅지가 떨리는 것을 보지 못하게 허벅지 위에 두 팔을 내려놓았다. 그녀는 사이좋은 동료같이 평온한 표정으로 그의 곁에 냉큼 배를 깔고 엎드려서 한 손으로는 턱을 괴고 다른 한 손으로는 천천히 빵을 먹었다. 두 사람 사이에 있는 램프 불빛이 그들을 비추고 있었다.

카트린은 한동안 말없이 그를 쳐다보았다. 그녀는 갸름한 얼굴에 검은 콧수염이 있는 그를 잘생겼다고 생각하는 게 틀림없었다. 그녀는 희미하게 기쁨의 미소를 지었다.

"그럼 당신은 기계공인데 철도 회사에서 해고됐다는 거구나……. 어쩌다?"

"내가 상사의 따귀를 갈겼기 때문이야."

종속과 수동적 복종이라는 생각을 물려받은 그녀는 충격을 받아 아연실색했다.

"내가 술을 마셨었다는 걸 말해야겠군." 그가 말을 계속했다. "그리고 술을 마실 때면 나는 돌아 버리게 돼. 나 자신도 먹어 치우고 다른 사람들도 먹어 치우려 할 정도로……. 그래, 나는 작은 잔으로 두 잔만 마셔도 사람 하나를 먹어 치우고 싶어……. 그러고는 이틀간 앓지."

"술을 마셔서는 안 돼." 그녀가 진지하게 말했다.

"아! 겁먹지 마. 난 나를 알아!"

그러고 그는 머리를 흔들었다. 그는 화주(火酒)[16]에 대한 증오, 술주정뱅이 족속의 마지막 자손이 지닐 증오를 지니고 있었다. 술에 찌들고 망가진 그 모든 조상들 때문에 자기 육신이 고통받아서 겨우 술 한 방울이라도 그에게는 독이 되었던 것이다.

"길거리로 쫓겨나고선 엄마 때문에 걱정이야." 한입 삼키고 난 다음 그가 말했다. "엄마는 불행한 처지지……. 그래서 나는 이따금씩 백 수짜리 동전을 엄마에게 보냈어."

"그럼 당신 엄마는 어디 있어?"

"파리에……. 라 구트도르가에서 세탁소를 해."

침묵이 흘렀다. 그 일들을 생각하니 심리적으로 동요되어 그의 검은 눈은 생기가 없어졌다. 그 동요란 자신이 젊어서 건강하기 그지없는데도 알 수 없는 유전적 결함을 지니고 있을

---

16) l'eau-de-vie. 도수가 높은 증류주.

지도 모른다는 순간적인 불안감이었다. 한동안 그는 갱내의 어둠 속에 시선이 잠긴 채로 있었다. 그리고 이 깊은 곳, 무섭고 숨 막히는 땅덩어리 아래에서 그는 자신의 어린 시절과 예쁘고 씩씩했던 어머니를 다시 떠올려 보았다. 그의 어머니는 아버지에게 버림받자 다른 남자와 결혼한 후에 아버지와 다시 관계를 갖게 되어, 그녀를 갉아먹는 두 남자 사이에서 살면서 그들과 함께 타락하여 술과 오물 속을 뒹굴고 있었다. 먼 그곳에서의 일이었다. 그는 집 앞의 길이 떠올랐고, 가게 가운데에 있는 더러운 속옷하며 집에 악취를 풍기던 술기운들, 그리고 턱이 부서질 정도로 따귀를 맞은 일 등 세세한 일들이 되살아났다.

그는 느린 목소리로 말을 계속했다. "이제 삼십 수 가지고는 엄마에게 선물도 할 수 없을 거야……. 분명 엄마는 굶주려서 죽을 거야."

그는 절망적으로 어깨를 으쓱 치켜올렸고, 다시금 자기 몫의 타르틴을 물어뜯었다.

"마실래?" 카트린이 수통 마개를 열며 물었다. "아! 이건 커피야. 당신한테 괜찮을 거야……. 그렇게 삼키면 목이 메잖아."

그러나 그는 거절했다. 그녀의 빵을 반이나 차지한 것만으로도 충분히 신세졌다는 것이었다. 그러나 그녀는 친절한 표정으로 고집하다 마침내 다음과 같이 말했다.

"자, 그럼 내가 당신보다 먼저 마실게. 당신이 그렇게 예의를 차리니까……. 다만 이제 당신은 더 이상 거절할 수 없어, 거절하면 나쁜 사람이야."

그러고는 그에게 수통을 내밀었다. 그녀는 무릎을 꿇은 채 몸을 다시 일으켰고, 그는 바로 자기 곁에서 두 개의 램프 불빛을 받고 있는 그녀를 바라보았다. 왜 그녀가 못생겼다고 생각했을까? 얼굴에 석탄가루로 분칠을 해서 새까매진 그녀가 그에게는 야릇한 매력을 지닌 것처럼 보였다. 어둠이 뒤덮은 그녀의 얼굴에서 무척 큰 입 속의 치아는 하얗게 빛을 발했고, 두 눈은 커지면서 암고양이 눈처럼 초록빛 반사광을 내며 반짝였다. 적갈색 머리 타래 일부가 모자 밖으로 삐져나와 귀를 간질이자 그녀는 웃었다. 그녀는 더 이상 그렇게 어려 보이지 않았고 적어도 열네 살 정도는 된 것 같았다.

　"너를 기쁘게 하기 위해서야." 그는 물을 마시고 그녀에게 수통을 돌려주면서 말했다. 그녀는 두 번째 모금을 삼키고 그에게도 한 모금 마시게 했다. 함께 마시고 싶어서라고 했다. 한 입에서 다른 입으로 옮겨 다니는 이 홀쭉한 수통을 가지고 그들은 재미있어 했다. 불현듯 그는 그녀를 껴안고 입맞춤을 해야 하는 게 아닌가 하는 생각이 들었다. 그녀의 도톰한 입술이 연한 장밋빛에 석탄가루로 윤기가 흘러 그는 커져 가는 욕망으로 괴로웠다. 그러나 릴에서는 아주 천한 부류의 매춘부들만 상대한 터라 가족과 지내는 여자 광부는 어떻게 대해야 하는지 아직 몰랐기 때문에 그는 그녀 앞에서 겁을 먹고 감히 어찌 할 용기가 나지 않았다.

　"너는 열네 살이지?" 그가 다시 빵을 베어 물고서 물었다.

　그녀는 놀라서 거의 화를 내다시피 했다.

　"뭐라고! 열네 살! 천만에, 나는 열다섯 살이야……! 그래,

나는 몸집이 크지 않아. 우리 탄광촌에서는 계집애들이 빨리 자라는 법이 거의 없거든."

그는 그녀에게 계속 물어보았고 그녀는 뻔뻔함이나 창피함 없이 모든 것을 말해 주었다. 더욱이 그녀는 공기가 나쁘고 피곤한 일터에 몸담고 있는 탓에 여성으로서의 성숙도 지체된 터라 그는 그녀가 숫처녀이고 어리다고 느꼈지만, 그녀는 남자와 여자의 일에 대해 모르는 것이 없었다. 그녀를 난처하게 하려고 라 무케트 이야기로 말을 돌리자, 그녀는 아무렇지 않게 아주 유쾌한 목소리로 깜짝 놀랄 이야기들을 해 주었다. 아! 라 무케트는 정말 막된 짓을 했다! 그리고 그가 그녀에게도 애인이 있지 않은지 알고 싶어 하자 그녀는 농담 투로 자기 어머니의 마음을 거스르고 싶지 않다, 하지만 언젠가는 반드시 생길 것이라고 대답했다. 그녀는 어깨를 구부리고서 세상사와 남자들을 겪을 준비가 되어 있는 듯 체념한 부드러운 표정으로, 땀에 젖은 차가운 옷 속에서 살짝 떨고 있었다.

"모두 함께 살다 보면 애인을 갖게 되는 거 아냐?"

"물론."

"그리고 그건 아무에게도 해를 주지 않아……. 신부에게 아무것도 말하지 않으면 돼."

"아! 신부라, 나는 개의치 않아……. 그렇지만 검은 인간이 있어."

"뭐라고, 검은 인간?"

"수갱에 다시 나타나서 행실 나쁜 계집애들의 목을 비트는 늙은 광부 말이야."

그는 그녀가 자신을 놀리는 게 아닌가 염려하며 그녀를 바라보았다.

"그런 엉터리 얘기를 믿다니 그럼 넌 아무것도 모르는 거냐?"

"천만에, 알지. 나는 읽을 줄도 쓸 줄도 알아. 그래서 우리 집에서 도움이 돼. 아빠 엄마 시대에는 배우지들 못했으니까."

그녀는 정말 무척이나 사랑스러웠다. 그녀가 타르틴을 다 먹으면 그는 그녀를 안고서 그 도톰한 장밋빛 입술에 키스할 참이었다. 수줍은 결심이자 격렬한 생각이었기에 그의 목소리가 조여들었다. 여자애의 몸에 입혀진 웃도리와 바지, 남자용 옷들이 그를 흥분시키고 괴롭혔다. 그는 마지막으로 입에 문 것을 삼켰다. 그는 수통에 든 것을 마시고는 그녀가 다 비우도록 돌려주었다. 이제 행동할 순간이 왔다. 그래서 그는 안쪽에 있는 광부들을 조심스럽게 힐끗 바라보았는데 그 순간 한 그림자가 갱도를 가로막았다.

얼마 전부터 샤발이 멀찌감치 서서 그들을 바라보고 있었다. 그는 앞으로 나아가며 마외가 자신을 볼 수 없다는 것을 확인했다. 그리고 카트린이 땅바닥에 앉아 있었으므로 그는 그녀의 어깨를 움켜쥐고 그녀의 머리를 뒤로 젖힌 후 에티엔에게는 신경 쓰지 않는다는 투로 태연하게 거친 키스로 그녀의 입술을 짓이겨 댔다. 이 키스에는 일종의 소유 표시이자 질투에 찬 결심이 담겨 있었다.

그러나 처녀는 반항했다.

"날 좀 놔둬, 제발!"

그는 그녀의 머리를 잡은 채 그녀의 눈 속을 들여다보았다. 커다란 매부리코가 달린 그의 검은 얼굴에서 붉은 콧수염과 턱수염이 이글거렸다. 그리고 마침내 그는 그녀를 놓아주더니 말 한마디 없이 가 버렸다.

에티엔은 전율로 인해 얼어붙었다. 기다리다니 바보 같은 짓이었다. 분명 지금은 때가 아니다. 그는 그녀에게 키스하지 않을 것이다. 그녀는 그가 조금 전 그 남자처럼 하려 한다고 생각할 것이기 때문이다. 자존심에 상처를 입은 그는 몹시 절망감을 느꼈다.

"왜 거짓말했어?" 그가 낮은 목소리로 말했다. "저 사람이 네 애인이구나."

"천만에, 맹세해!" 그녀가 소리 질렀다. "우리 사이에 그런 건 없어. 저 사람은 때때로 장난치고 싶어 해······. 저 사람은 여기 출신도 아니고 6개월 전에 파드칼레에서 왔다고."

둘 다 일어서서 다시 일을 시작하러 갔다. 그가 너무나 냉랭해져서 그녀는 슬픈 듯했다. 그녀는 그가 샤발보다 더 잘생겼다고 생각하는 것 같았고 그를 더 좋아하는 것 같았다. 그녀는 친절하게 대하고 위로해 줘야 한다는 생각에 괴로웠다. 그래서 그 청년이 희미하고 넓은 테를 이루며 파랗게 불타는 램프를 놀라서 들여다보자 그녀는 최소한 그의 기분을 바꿔 주려고 했다.

"와 봐, 무언가 보여 줄 테니까." 그녀는 친근한 표정으로 속삭였다.

그녀는 그를 막장 안쪽으로 데려간 후 그에게 석탄 속의 갈라진 틈을 주목하게 했다. 가볍게 부글거리면서 새의 휘파람 같은 작은 소리가 새어 나왔다.

"손을 대 봐, 바람이 느껴지지……. 갱내 가스야."

그는 깜짝 놀랐다. 모든 걸 폭파시켜 버리는 그 끔찍한 것이 고작 이거였다는 건가? 그녀는 웃으며 그날따라 가스가 많아서 램프 불꽃이 그렇게 파란 것이라고 말했다.

"언제쯤 수다를 끝낼 거냐? 이 게으름뱅이들아!" 마외가 거친 목소리로 소리쳤다.

카트린과 에티엔은 자신들의 광차를 서둘러 채웠고 등줄기를 뻗어 갱도의 울퉁불퉁한 천장 아래로 기다시피 하여 광차들을 경사면까지 밀어 놓았다. 두 번째 운반을 시작하자마자 그들은 땀으로 흠뻑 젖었고 그들의 뼈에서는 다시금 우드득거리는 소리가 났다.

막장에서는 채탄부들의 작업이 재개되었다. 종종 그들은 몸이 식지 않도록 점심 시간을 줄였다. 그리고 태양과 그토록 멀리 떨어진 곳에서 말없이 게걸스럽게 먹어 치운 그들의 브리케는 그들의 위장을 납덩이처럼 묵직하게 채워 주었다. 그들은 모로 누워 곡괭이를 더욱 세게 두들겨 댔고, 많은 수의 광차를 채워 넣어야 한다는 한 가지 생각뿐이었다. 그토록 거칠게 앞을 다투는 돈벌이의 열기 속에 모든 것은 사라졌다. 철철 흘러서 사지를 붉게 하는 물을, 고정된 자세에서 오는 경련을, 지하실에 둔 화초처럼 그들을 창백해지게 하는 이 어둠의 숨막힘을 그들은 이제 느끼지 못했다. 그러나 낮 시간이 경과할수록 공기는 더욱 나빠졌고 램프의 연기, 입김의 악취, 질식

할 것 같은 갱내 가스 등으로 뜨거워져 이 공기는 거미줄처럼 눈을 괴롭히건만 밤에 환풍이 이루어져야만 이 모든 것을 쓸어내 줄 것이었다. 두더지 굴속에서, 땅덩어리의 무게 아래에서, 불덩어리가 된 가슴은 숨이 끊길 듯한 채 그들은 여전히 곡괭이로 찍어 대고 있었다.

# 5

마외는 자기 웃옷에 둔 시계를 보지도 않은 채 일을 멈추고
말했다.

"곧 1시야……. 자카리, 다 됐냐?"

젊은이는 얼마 전부터 갱목을 설치하고 있었다. 일을 하는
도중 그는 멍한 시선으로 전날에 했던 크로스[17) 게임을 떠올
리며 누워 있는 참이었다. 그는 몽상에서 깨어나 대답했다.

"예, 충분할 거예요, 내일 봐 보죠."

그리고 그는 막장의 자기 자리에 돌아가 앉았다. 르바크와
샤발 역시 곡괭이를 놓고 있었다. 휴식 시간이었다. 편암덩어

---

17) 정해진 구간에서 나무 공을 스틱으로 쳐서 먼저 도달하는 것을 겨루는
놀이.

리들이 갈라지고 있는 천장의 바위를 쳐다보며 모두들 맨 팔로 얼굴을 닦았다. 그들은 거의 작업 얘기만 했다.

"또 한 번 운수도 좋군! 무너지는 땅을 맡았으니……. 그 작자들은 도급을 줄 때 이런 걸 감안하지 않았어."

"사기꾼 놈들!" 르바크가 투덜댔다. "그놈들은 우리를 땅속에 처넣을 궁리만 해."

자카리는 웃기 시작했다. 일과 나머지 것은 무시했지만 회사를 욕하는 말을 들으니 재미있었다. 마외는 평소의 담담한 태도로 지층의 성질이 이십 미터마다 바뀐다고 설명했다. 바로 알고 말해야지 아무렇게나 예측할 수 없다는 것이었다. 이어서 다른 두 사람이 회사 책임자들에 대해 험담을 계속하자 그는 걱정스러워서 주위를 둘러보았다.

"쉿! 그만해!"

"자네가 옳아." 마찬가지로 목소리를 낮춘 르바크가 말했다. "위험해."

마치 탄맥 속에도 주주들의 귀가 달려 있는 양 끄나풀들에 대한 강박관념이 이 깊은 곳에서까지 그들에게서 떠나지 않았다.

샤발이 도발적인 표정을 지으며 아주 큰 소리로 덧붙였다. "그래도 만약 그 돼지 같은 당사르 놈이 저번 날 같은 말투로 내게 말하면 그놈 배 속에 벽돌을 처박을 거야……. 그놈이 피부가 고운 금발과 즐기는 것은 상관하지 않아."

이번에는 자카리가 웃음을 터뜨렸다. 갱내 총감독과 라 피에론의 애정 행각은 수갱에서 끊임없는 농담거리였다. 막장 아래쪽에서 자기 삽에 기대 있던 카트린 자신도 배꼽을 잡고 웃었고, 한마디 말로 에티엔에게 귀띔을 해 주었다. 그와 반면에 마외는 두려움에 사로잡혀 더 이상 숨기지 않고 화를 냈다.

"너 입 좀 닥치지 않을래? ……불행이 닥치길 원하면 너 혼자 있을 때를 기다려서 그렇게 해."

그가 여전히 말하고 있는데 위에 있는 갱도에서 발소리가 들려왔다. 그와 거의 동시에 인부들끼리는 애송이 네그렐이라고 부르는 탄광 기사가 갱내 총감독 당사르를 대동하고 막장 위쪽에 나타났다.

"내가 뭐랬어!" 마외가 중얼거렸다. "땅속에서 솟아 나오는 자들이 항상 있다니까."

엔보 씨의 조카인 폴 네그렐은 스물여섯 살 청년으로 호리호리하고 잘생겼으며 곱슬머리에 갈색 콧수염이 있었다. 뾰족한 코와 강렬한 눈 때문에 그는 귀여운 흰족제비 같았고 회의적인 지성을 가진 듯 보였다. 이것은 광부들과의 관계에 있어서 절대적인 권위로 변했다. 그는 광부들과 같은 옷차림이었고 그들처럼 석탄으로 더럽혀져 있었다. 그리고 그들이 존경심을 갖게 하기 위해, 무너진 흙 밑에서든 갱내 가스 폭발 때든 맨 앞장을 서서 가장 힘든 곳들을 통과하다 뼈가 부러질 정도로 용기를 내보였다.

"당사르, 여기 맞소?" 그가 물었다.

두툼한 얼굴에 육감적인 큰 코를 가진 벨기에인 갱내 총감독은 지나치게 공손한 태도로 대답했다.

"예, 네그렐 씨……. 여기 이 사람이 오늘 아침에 고용한 사람입죠."

두 사람 다 막장 가운데로 미끄러져 내려갔다. 그들은 에티엔을 올라오게 했다. 기사는 램프를 들고 아무런 질문도 없이 그를 바라보았다.

"좋아." 마침내 그가 말했다. "나는 길거리에서 모르는 사람들을 긁어모으는 걸 별로 좋아하지 않아……. 절대로 다시는 그러지 마시오."

그러고 나자 그는 운반에 있어서 작업에 필요한 것들이라든지, 여자들을 소년들로 교체하고 싶다는 바람 등 그에게 하는 설명은 전혀 듣지 않았다. 채탄부들이 다시 곡괭이질을 하는 동안 그는 천장을 살펴보기 시작했다. 갑자기 그가 소리쳤다.

"이봐요, 마외, 당신은 사람들을 나 몰라라 하는 거요……? 당신들 모두 여기서 죽게 생겼어, 빌어먹을!"

"아! 이건 튼튼합니다." 마외가 태연히 대답했다.

"뭐가 튼튼해! 아니, 바위가 벌써 내려앉고 있잖아. 그런데 당신들은 마지못한 태도로 이 미터도 더 띄워서 동발들을 박고 있어! 아! 당신들은 정말 모두가 똑같아. 갱목 설치에 필요한 시간을 쓰느라 탄맥을 포기하기보다는 차라리 머리통이 납작해지겠다 이거지! 내 눈앞에서 당장 저걸 받치시오. 갱목을 두 배로 대요, 알겠소?"

광부들이 안전에 대해서는 자기들이 훌륭한 전문가라고 말하며 이의를 제기하자 그는 화를 냈다.

"자아, 어서! 당신들 머리통이 부서지면 당신들이 그 결과를 책임질 거야? 천만에! 회사가 당신 아니면 당신 마누라들한테 연금을 줘야 할 거란 말이야……. 다시 말하지만, 나는 당신들을 잘 알아. 저녁때까지 광차 두 대를 더 채워 넣으려고 당신들은 목숨을 바치겠지."

마외는 분노가 점점 치밀어 올랐지만 여전히 차분하게 말했다.

"저희한테 돈을 충분히 지급해 주시면 갱목을 잘 설치할 텐데요."

탄광 기사는 대답도 없이 어깨를 으쓱 치켜올렸다. 그는 막장을 따라 다 내려간 다음, 아래쪽에서 단지 다음과 같이 말을 맺을 뿐이었다.

"한 시간 남았으니 모두들 일에 달라붙어요. 경고하건대 당신들 작업장은 벌금 삼 프랑을 물어야 하오."

이 말에 채탄부들은 낮은 소리로 투덜댔다. 오직 계급의 힘만이 그들을 억누르고 있었으니, 소년 갱부들로부터 갱내 총감독에 이르기까지 모두들 상관 앞에 허리를 굽혀야 하는 군대식 계급이었던 것이다. 그렇지만 샤발과 르바크는 화난 몸짓을 했고 마외는 그들을 눈빛으로 달래고 있었으며 자카리는 비웃으며 어깨를 으쓱 치켜올렸다. 그러나 가장 부르르 떨고 있는 사람은 아마도 에티엔이었을 것이다. 이 지옥 속에 있게 된 후로 반항심이 서서히 그를 부추기고 있었다. 그는 등줄기를 낮게 웅크리고 체념한 태도로 있는 카트린을 바라보았다. 이 죽음 같은 암흑 속에서 그토록 힘든 일을 죽어라 하면서도 매일 먹는 빵값 몇 푼조차 벌지 못하는 것이 있을 수 있는 일인가?

그사이에 네그렐은 계속 머릿짓으로 예예 하기만 하는 당사르와 함께 가 버렸다. 그런데 그들의 언성이 다시 높아졌다. 그들은 다시 막 멈춰 서서 갱도에 댄 갱목을 점검하고 있었는데 그것은 막장 뒤쪽에 있는 갱도로 채탄부들이 십 미터에 걸쳐 관리하고 있었다.

"저들은 사람이 죽든 말든 무시한다고 내가 당신한테 말하지 않았소!" 기사가 소리 질렀다. "빌어먹을! 당신, 도대체 당신은 감독도 하지 않소?"

"물론 합지요, 물론 하고말고요." 갱내 총감독은 더듬거리며 말했다. "저들에게 똑같은 말을 되풀이하느라 지쳐 있습죠."

네그렐은 거칠게 불렀다.

"마외! 마외!"

모두들 내려왔다. 그는 말을 계속했다.

"이걸 봐요들, 이게 지탱하겠소……? 날림으로 만들어 놨어. 동발들이 이미 더 이상 지탱하지 못하는 이 널말뚝을 보라고. 얼마나 급하게 설치했으면……. 젠장! 갱도 보수비가 왜 그렇게 많이 드는지 알겠군. 안 그렇소? 당신들이 책임지는 동안만 이렇게 지탱되면 좋겠지! 그런 다음 모두 무너져 내리면 회사가 대부대의 수리공들을 동원해야 하고……. 저 아래 좀 봐요, 아주 결딴을 내 놨군."

샤발이 말하려 했지만 그가 말문을 막았다.

"그만둬, 나는 당신이 또 무슨 말을 하려는지 알아. 돈을 더 지급해 달라는 거지, 안 그래? 자, 그럼 당신들이 회사 측으로 하여금 무슨 일을 하게 만들지 미리 얘기해 주지. 그래, 당신들의 갱목 작업 수당을 별도로 지불해 줄 거야, 그리고 그에 비례해서 광차에 실은 석탄값에서 뺄 거라고. 그래 가지고 당신들한테 득이 될지 보자고. 우선은 당장 여기에 갱목을 다시 설치해요. 내일 들를 테니까.”

그리고 그의 위협에 충격을 받은 사람들을 버려두고 그는 멀어져 갔다. 그의 앞에서는 그토록 공손하던 당사르가 뒤에 잠시 머무르더니 광부들에게 거칠게 말했다.

“당신네들, 나를 욕먹게 만들다니, 당신네들이 말이야……. 내가 당신네들에게 매길 벌금은 삼 프랑 정도가 아니야, 나라면 말이야! 조심들 해!”

그리고 그가 떠나자 이번에는 마외가 분통을 터뜨렸다.

“빌어먹을! 부당한 건 부당한 거야. 나는 말이야, 평화로운 걸 좋아해. 서로 이해하는 유일한 방법이니까. 그렇지만 결국 저 인간들이 당신들을 미치게 만들 거야……. 당신들 들었지? 광차 한 대당 가격은 낮추고 갱목 작업비는 따로라니! 우리에게 돈을 덜 줄 방법이 또 하나 생겼군……! 빌어먹을, 젠장!”

그는 퍼부어 댈 누군가를 찾았는데, 그때 팔을 늘어뜨린 카트린과 에티엔이 눈에 띄었다.

“나한테 갱목들 좀 갖다주지 못해! 너희들은 이 상황에 관심이 있냐? …… 그냥 발로 걷어차 줄 테다.”

에티엔은 이런 폭언에 아무런 악감정도 갖지 않고 갱목을 가지러 갔지만, 그 상관들에게 너무나 화가 치밀어 광부들이 너무 착한 아이 같다고 생각했다.

르바크와 샤발은 욕지거리를 해 대는 걸로 마음을 풀었다. 자카리까지 모두들 화를 내며 갱목을 설치했다. 삼십 분 가까이 큰 망치로 갱목을 끼워 박느라 삐걱거리는 소리만 들렸다. 그들은 더 이상 입을 열지 않고 숨을 헐떡거리며, 할 수만 있었다면 어깨로 밀어붙여 올려 놓았을 바위에 분노를 쏟아 냈다.

"이제 그만해!" 분노와 피로로 지친 마외가 마침내 말했다. "1시 30분이라. 아! 꼴좋은 하루군, 우리는 오십 수도 못 받을 거란 말이야……! 가 버릴 테다. 지긋지긋해."

아직도 삼십 분가량 작업이 남아 있었지만 그는 옷을 갈아 입었다. 다른 사람들도 그를 따라 했다. 막장을 보는 것만으로도 그들은 속이 뒤집혔다. 여자 광차 운반부가 다시 운반을 시작하자 그들은 그녀의 열성에 화를 내며 그녀를 불렀다. 석탄이 발이 달렸으면 혼자 알아서 나갈 거라는 것이었다. 그리고 그들 여섯 명은 각자 연장을 팔 밑에 끼고 출발했다. 아침에 온 길로 수갱으로 되돌아가려면 이 킬로미터를 다시 가야 했다.

채탄부들이 아래로 미끄러져 내려가는 동안 카트린과 에티엔은 좁은 갱도에서 지체하고 있었다. 그들이 지나가도록 길 가운데 멈춰 선 꼬마 리디를 만난 것이었다. 아이는 라 무케트가 코피를 너무 많이 흘려서 어딘지 모를 곳으로 얼굴을 씻으러 갔는데, 사라진 지 한 시간이 되었다고 그들에게 얘기해 주었다. 그러고 나서 그들과 헤어지자, 진흙투성이의 지친 꼬마는 곤충 다리 같은 팔다리를 뻗어 다시금 광차를 밀었다. 그

애는 너무나 무거운 짐과 싸우는 가냘픈 흑개미 같았다. 그들은 누운 자세로 이마의 거죽이 벗겨질까 봐 어깨를 납작 붙인 채 내려갔다. 그리고 작업장의 모든 엉덩이들이 문질러 대 반들반들해진 바위를 따라 너무나 빨리 내려가는 바람에 그들은 때때로 갱목을 붙잡고 있어야 했는데, 엉덩이에 불이 나지 않기 위해서 그러는 거라면서 농담을 주고받았다.

　아래로 가자 그들은 단둘이 있게 되었다. 멀리 갱도 모퉁이로 붉은 별빛들이 사라져 갔다. 들뜬 기분은 가라앉았고, 그녀가 앞장선 채 그들은 지쳐 무거운 발걸음으로 걷기 시작했다. 램프들은 그을음을 내고 있었고, 연기 자욱한 안개 같은 것에 묻혀 있는 그녀가 간신히 보일 정도였다. 그런데 그녀가 여자라는 사실에 그는 심란했다. 그녀에게 입 맞추지 않은 자신이 바보처럼 느껴진 데다 샤발에 대한 기억이 입맞춤을 방해했기 때문이다. 그녀는 분명 거짓말을 한 것이다. 그 남자는 그녀의 애인이고 그들은 토탄 더미들 위에서 같이 잤을 것이다. 그녀가 이미 창녀같이 엉덩이 짓을 하는 걸 보면 알 만했다. 근거 없이 그는 마치 그녀가 자기를 속이기라도 한 것처럼 그녀에게 뚱해졌다. 그렇지만 그녀는 순간순간 몸을 돌려 그에게 장애물을 알려 주며 그를 다정하게 만들려고 애쓰는 것 같았다. 그토록 외진 곳에 있으니 사이좋은 친구로서 실컷 웃을 수도 있을 텐데! 마침내 그들이 운반 갱도에 다다르자 그는 자신의 우유부단함에 대한 괴로움이 덜해졌다. 반면에 그녀는 마지막으로 한 번 더 슬픈 눈빛을 지으며, 그들이 더 이상은 되찾지 못할 행복에 대한 아쉬움을 드러냈다.

이제 그들 주위로는 지하의 삶이 우르릉거렸다. 감독들이 끊임없이 지나다니고 말들의 빠른 걸음에 끌려가는 광차 행렬들이 오갔다. 램프들은 별처럼 어둠 속을 끊임없이 수놓았다. 그들은 암벽에 기대어 비켜서서 사람들과 짐승들의 그림자에 길을 내주어야 했고, 그러면 지나가는 그들의 숨결이 얼굴에 와 닿았다. 자신의 광차 행렬 뒤에서 맨발로 뛰어가던 장랭이 그들에게 무언가 짓궂은 말을 했지만 그들에게는 우뢰 같은 바퀴 소리 때문에 들리지 않았다. 그들은 계속 나아갔다. 그녀는 이제 말이 없었고, 그는 아침에 지나온 십자로도 길도 알아보지 못한 채 그녀 때문에 땅속에서 점점 길을 잃고 있다고 생각했다. 그리고 무엇보다도 고통스러운 것은 추위였다. 막장에서 나오자 더욱더 심한 추위가 엄습해 와서 그는 수갱에 다가갈수록 더욱 몸이 떨렸다. 좁은 버팀벽들 사이로 갱도 속의 바람이 다시금 폭풍처럼 불어 댔다. 결코 도달하지 못할 것이라고 절망한 그 순간 갑자기 그들은 광차 탑재 홀로 들어서게 되었다.

샤발은 의심으로 입을 일그러뜨린 채 그들을 힐끗 쳐다보았다. 그와 마찬가지로 말이 없는 다른 사람들은 땀에 젖은 채 살을 에는 바람을 맞으며 끓어오르는 분노를 꾹 참고 있었다. 그들은 너무 일찍 도착해서, 삼십 분이 지나기 전에는 올려 줄 수 없다며 거절당했다. 말 한 마리를 내려보내기 위해 복잡한 작업을 하고 있어서 더욱 그렇다는 것이었다. 뒤흔들리는 고철덩어리가 귀가 먹먹해지는 소리를 내는 가운데 적재부들이 광차들을 또 세차게 밀어 넣자, 케이지는 시커먼 구멍에서 억수같이 떨어지는 빗물 속으로 날아올라 사라져 갔다. 아래는 물웅덩이로, 철철 흐르는 물로 가득 찬 십 미터 깊이의 유수조(溜水槽) 또한 진흙의 습기를 뿜어내고 있었다. 옷을 흠뻑 적시는 이 물보라 속에서 사람들은 끊임없이 수갱 주위를 돌며 신호 줄을 당기고 지렛대의 손잡이를 눌러 댔다. 철망 없는 램프 세 개의 불그레한 빛이 커다란 그림자들의 움직임을 뚜렷하게 드러내서, 급류 곁에 있는 산적들의 대장간 같은 이 지하 홀이 악당들의 소굴처럼 보였다.

마외는 마지막으로 애써 보았다. 그는 6시부터 일을 맡고 있는 피에롱에게 다가갔다.

"어이, 우리 좀 올라가게 해 줄 수 없겠나."

그러나 튼튼한 팔다리를 지닌, 온화한 얼굴에 젊고 잘생긴 적재부는 겁을 먹은 몸짓으로 거절했다.

"안 돼요, 감독한테 요청해요……. 내가 벌금을 물게 돼요."

다시금 불평의 소리들이 일었다가 잦아들었다. 카트린은 몸을 기울여 에티엔의 귀에 대고 말했다.

"마구간 보러 가 보자. 거긴 정말 기분 좋은 곳이야!"

그들은 들키지 않고 빠져나와야 했다. 그곳에 가는 것은 금지되어 있었기 때문이다. 마구간은 짧은 갱도 끝의 왼쪽에 있었다. 바위를 쪼아 내고 벽돌로 둥근 천장을 만든 곳으로, 길이가 이십오 미터에 높이가 사 미터로 말 스무 마리를 들여놓을 수 있었다. 실제로 그곳은 쾌적했고, 살아 있는 짐승들의 기분 좋은 온기와 깨끗하게 유지된 신선한 잠자리용 짚이 상쾌한 냄새를 풍겼다. 단 한 개 있는 램프는 야등처럼 안온한 빛을 발하고 있었다. 쉬고 있던 말들이 아이 같은 커다란 눈망울을 하고 고개를 돌렸다가 서두르는 법 없이 자신들의 귀리를 다시 먹기 시작했다. 살찌고 건강한 말들은 모든 이들로부터 사랑받는 일꾼이었다.

그런데 카트린은 구유통 위쪽 아연판에 쓰여 있는 이름들을 큰소리로 읽는 순간, 그녀 앞에서 갑자기 누가 몸을 일으키는 것을 보고 가볍게 비명을 질렀다. 몸을 일으킨 사람은 짚더미에서 자고 있다 깜짝 놀라서 나온 라 무케트였다. 그녀는 일요일의 농탕질로 너무 피곤하면 월요일에 스스로 자기 코를 주먹으로 세게 친 다음 물을 찾으러 간다는 핑계로 막장을 벗어나 이곳에 와서 짐승들과 함께 따뜻한 잠자리 짚 속에 파묻혔다. 그녀에게는 몹시 약한 그녀의 아버지는 곤란한 입장에 처할 위험을 무릅쓰고 그녀를 봐줬던 것이다.

바로 그때 대머리에 작달막하고 초췌하지만, 쉰 살이 된 고참 광부로서는 드물게 아직 몸집이 뚱뚱한 아버지 무크가 들어왔다. 마부가 된 이후 그가 씹는 담배를 어찌나 많이 씹어 댔던지 검은 입속 잇몸에서 피가 나고 있었다. 두 사람이 자기 딸과 같이 있는 것을 보자 그는 화를 냈다.

"너희들 모두 거기서 뭐 하고 있는 거냐? 어서 나와! 이곳에 사내를 데리고 오는 년들……! 내 짚 속에서 더러운 짓을 하러 오다니 말도 안 돼."

라 무케트는 그 말이 우스워서 배를 잡고 웃었다. 그러나 난처해진 에티엔은 자리를 떴고 카트린은 그에게 미소를 지었다. 셋이 모두 광차 탑재대로 돌아오고 있을 때 베베르와 장랭도 광차 행렬을 이끌고 도착하는 중이었다. 케이지 조작을 위해 멈춰 서자 처녀는 그들의 말에 다가가 에티엔에게 그 말에 관해 얘기해 주면서 손으로 말을 쓰다듬었다. 바타유[18]라는 이름의 그 말은 탄광의 최고참 말로 지하 갱내에서 십 년간 일해 온 백마였다. 십 년 전부터 이 굴속에서 살면서 마구간의 똑같은 구석을 차지하고는, 다시는 햇빛을 못 본 채 어두운 갱도들을 따라 똑같은 일을 하고 있었다. 살이 토실토실 찐 데다 윤기 나는 털에 선량한 모습을 한 그 말은 지상의 불행을 피해 그곳에서 현자의 삶을 사는 것 같았다. 더욱이 어둠 속에서 이 말은 아주 약아졌다. 일하는 길에 아주 익숙해져 환기 문을 머리로 밀어 열기도 하고 너무 낮은 장소에서는 부딪히지 않으려고 몸을 낮추기도 했다. 그 말은 또한 자신이 일주한 왕복 횟수를 세는 것 같았다. 규정된 수만큼 운반하고 나면 더 이상 운반하기를 거부해서 구유통으로 데려다줘야 했다. 이제 나이가 들자 그 고양이 같은 눈은 때때로 우수에 싸였다. 아마도 흐릿한 몽상 속에서 마르시엔 가까이에 있는 자신이 태어난 방앗간을, 넓은 초원으로 둘러싸여 있고 늘 바람을 받으며 스카르프 강가에 굳건히 서 있던 그 방앗간을 희미하게 다시 보는지도 몰랐다. 거대한 램프 같은 무엇인가가 공중에서 불타고 있었는데, 그것에 대한 정확한 추억은 짐승의 기억력으로는 떠올리기 어려운 것이었다. 그렇기에 그 말은 머리를 숙이고 늙은 사지가 달린 몸을 떨며 태양을 상기하려

18) 말의 이름인 바타유(Bataille)는 보통 명사로는 전투라는 뜻이 있다.

고 헛되이 노력하고 있었다.

그사이에 수갱에서는 작업이 계속되었고 신호 망치가 네 번 두들겨지자 사람들은 말을 내려보냈다. 그런데 이것은 항상 조마조마한 일이었다. 말이 극심한 공포감에 사로잡힌 나머지 죽어서 바닥에 도착하는 일이 종종 있었기 때문이다. 그물 안에 묶인 말이 위에서 정신없이 몸부림쳤다. 이어서 발밑에 땅이 닿지 않는 것을 느끼자마자 화석처럼 굳어서 살거죽 한번 떨지 않고 휘둥그레 뜬 눈은 한곳을 응시한 채 사라져 갔다. 이 말은 유도 장치 사이로 지나가기에는 몸집이 너무 컸기 때문에 케이지 아래에 매달면서 말의 머리를 잡아 내려 옆구리에 묶어야 했다. 내리는 데 거의 삼 분이 걸렸고 신중을 기하기 위해 케이지의 속도를 늦췄다. 아래에서도 불안이 커지고 있었다. 뭐라고? 말이 어둠 속에 매달린 채 지나오게 내버려 둔다고? 드디어 말이 나타났는데 돌처럼 꼼짝 않고 동공은 공포로 확장된 채 시선이 고정되어 있었다. 트롱페트[19]라는 이름의 겨우 세 살 된 갈색 말이었다.

"조심해." 내려오는 말을 받는 책임자인 무크 영감이 소리쳤다. "말을 이리 옮겨, 아직은 풀지들 말게."

이윽고 트롱페트를 커다란 덩어리처럼 주철판 위에 눕혔다. 말은 여전히 움직이지 않았고 이 어둡고 끝없는 굴, 소음이 울려 대는 이 깊은 홀의 악몽을 꾸고 있는 것 같았다. 사람들이 말을 감싼 그물을 풀기 시작하자 조금 전부터 풀려나 있던 바

---

19) 트롱페트(trompette)는 보통 명사로 쓰일 때 악기 트럼펫을 뜻한다.

타유가 다가가 지상에서부터 떨어져 내려온 동료의 냄새를 맡으려고 목을 길게 뻗었다. 인부들이 농담을 하면서 더 크게 둘러쌌다. 어럽쇼! 새로 온 말에게서 무슨 좋은 냄새를 맡은 게야? 그러나 바타유는 조롱 소리에 아랑곳하지 않고 활기를 띠었다. 바타유는 아마도 그 말에게서 전원의 향기를, 풀 속에 담긴 햇빛의 잊었던 냄새를 찾은 듯했다. 그러더니 바타유는 갑자기 경쾌한 음악처럼 울려 퍼지는 울음소리를 터뜨렸는데 거기에는 연민의 흐느낌이 녹아 있는 것 같았다. 그것은 확 풍겨 오는 옛것에 대한 환영과 기쁨이었으며 죽어야만 다시 지상으로 올라가게 될, 또 하나 늘어난 죄수에 대한 애수였다.

"아! 바타유 저 동물 녀석!" 노동자들은 그들이 총애하는 짐승의 이 촌극으로 즐거워져 소리쳤다. "저 녀석이 동료랑 얘기하는구면."

트롱페트는 줄을 풀어 줬는데도 여전히 움직이지 않았다. 마치 그물이 자신을 조여드는 것을 계속 느끼는 양 공포에 사로잡혀 모로 누워 있었다. 마침내 사람들은 채찍을 한 번 휘둘러 그 말을 일으켜 세웠는데 녀석은 어리둥절한 채 사지를 크게 부르르 떨었다. 그러자 무크 영감은 서로 친해지고 있는 두 짐승을 데려갔다.

"자, 이제 우리 차례가 됐나?" 마외가 물었다.

케이지 안에 있는 것을 모두 치워야 했고, 더욱이 다시 올라가는 시간까지는 아직 십 분이 더 남았다. 광부들이 점점 채굴 작업장을 빠져나와 모든 갱도에서 돌아오고 있었다. 그곳에는 벌써 쉰 명가량의 사람들이 몸이 젖은 채 떨면서 폐렴으로 사방에서 숨을 헐떡이고 있었다. 피에롱은 온화한 인상을 지녔는데도 딸 리디가 시간 전에 막장을 떠났다는 이유로 따귀를 때렸다. 자카리는 몸을 후끈하게 하려고 라 무케트를 엉큼스레 꼬집었다. 아무튼 불만은 커져 갔고 샤발과 르바크는 광차 한 대분당 가격을 낮추고 갱목 작업비를 별도로 지급하겠다는 기사의 위협에 대해 얘기했다. 그러자 그 계획에 아우성이 쏟아졌고, 지하 600미터가량의 이 좁은 구석에서 폭동이 싹트고 있었다. 곧 더 이상 말을 참을 수 없어서, 석탄 칠갑인 데다 기다리느라 몸이 얼어붙은 사람들은 회사가 갱 속에서 노동자들의 절반을 죽이고 나머지 절반은 굶어 죽게 한다고 비난했다. 에티엔은 전율을 느끼며 듣고 있었다.

"서둘러들! 서두르자고!" 갱내 감독 리숌이 적재부들에게 거듭 말했다. 그는 엄하게 다스릴 의사는 조금도 없었고, 못 듣는 척하면서 광부들을 올려 보내기 위해 조작을 서둘렀다. 그렇지만 불평 소리들이 워낙 거세서 그는 참견하지 않을 수 없었다. 그의 뒤에서는 사람들이 늘 이렇게 계속될 수 없으며 어느 날 아침 탄광이 박살 날 것이라고 외쳐 댔다.

그는 마외에게 말했다. "분별력 있는 자네가 저들의 입 좀 다물게 해. 가장 강한 자가 아닐 때는 가장 현명한 자가 되어야 하는 법이야."

그런데 마외는 마음을 가라앉히고 마침내는 걱정에 싸였지만 나설 필요가 전혀 없어졌다. 갑자기 말소리들이 뚝 그쳤기 때문이다. 점검을 마치고 돌아오던 네그렐과 당사르가 둘 다 땀에 젖은 채 갱도에서 튀어나왔다. 습관적인 규율대로 사람들은 열을 지어 섰고, 그동안 기사는 말 한마디 없이 무리 사이를 지나갔다. 그는 광차 하나에 타고 총감독은 다른 광차에 탔다. 광부들 사이에서는 상관들을 뚱뚱한 고기라고 일컬었다. 그 신호로 줄을 다섯 번 잡아당기자 케이지는 음울한 침묵 가운데 공중으로 치달았다.

# 6

다른 네 사람과 꽉 끼인 채 지상으로 올려 주는 케이지를 타고 가던 에티엔은 길을 따라 배고픈 노정을 다시 계속하기로 결심했다. 빵값조차도 벌지 못하면서 그 지옥 속으로 다시 내려가느니 차라리 당장 죽는 편이 나았다. 그의 위쪽에 쑤셔 박혀 있는 카트린은 이제 그의 옆구리에 감각을 무디게 할 만큼 기분 좋은 온기를 주지 못했다. 그리고 그는 어리석은 짓들은 생각지 않고 멀리 떠나고 싶었다. 더 많은 교육을 받은 그로서는 이 가축 떼 같은 광부들이 지닌 체념을 마음속으로 조금도 공감하지 못했고, 결국에는 어느 상관이든 목 졸라 죽이고 말 것이기 때문이었다.

갑자기 그는 앞이 안 보였다. 케이지가 너무 빨리 올라가는 바람에 한낮의 햇빛에 얼이 빠진 그는 벌써 낯설어진 이

밝은 빛 속에서 눈꺼풀을 껌벅거렸다. 그래도 케이지가 고정 장치 위에 안착하는 것을 느끼자 마음이 놓였다. 운반부 한 사람이 문을 열자 노동자들이 광차에서 물결처럼 쏟아져 나왔다.

"이봐, 무케." 자카리가 운반부의 귀에다 대고 속삭였다. "우리 오늘 저녁 볼캉20)에 갈까?"

볼캉은 몽수에 있는 카페 콩세르21)였다. 무케는 소리 없이 턱이 빠지도록 크게 웃으면서 왼쪽 눈으로 윙크했다. 자기 아버지처럼 작고 뚱뚱한 그는 내일에 대한 걱정 따위는 없이 모든 걸 먹어 치우는 녀석 같은 뻔뻔한 얼굴을 지니고 있었다. 바로 그때 라 무케트가 자기 차례가 되어 나오자 그는 오빠의 애정 표시로 그녀의 허리를 큰 소리가 나도록 철썩 때렸다.

에티엔은 램프들의 흐릿한 불빛 가운데 위태롭게 보였던 곳이 교회의 높은 중앙 홀 같은 석탄 하치장임을 겨우 알아보았다. 그곳은 휑뎅그렁하고 더러울 뿐이었다. 먼지투성이 창을 통해 흐릿한 빛이 들어왔다. 홀 아래쪽에 구리로 된 부분이 빛을 발하고 있는 증기 기관만이 자리 잡고 있었다. 윤활유를 칠한 강철 케이블들이 잉크에 젖은 리본처럼 내달리고 있었다. 그리고 높은 곳에 있는 톱니바퀴들, 그것들을 받치고 있는 거대한 골조, 케이지들, 광차들 등 지천으로 있는 이 모든 금

20) volcan. 화산이라는 뜻.
21) café-concert. 식사와 음료를 들면서 음악이나 쇼 따위를 즐길 수 있는 극장식 카페.

속이 고철의 거친 회색으로 방을 어둡게 하고 있었다. 바퀴들이 쉬지 않고 우르릉거리는 소리는 주철 바닥을 뒤흔들었고, 다른 한편으로는 이렇게 운반되는 석탄에서 미세한 석탄가루가 올라와 바닥과 벽과 도르래 탑의 들보까지 시커멓게 칠하는 것이었다.

그런데 유리창이 나 있는 수납인의 작은 사무실에 걸린 토큰 게시판을 쳐다본 샤발이 화를 내며 돌아왔다. 그들이 작업한 광차 두 대를 쳐 주지 않은 것을 확인한 것이다. 한 대는 정해진 양을 싣지 못했고 다른 한 대는 석탄의 질이 떨어진다는 이유에서였다.

"끝내주는 날이군." 그는 소리쳤다. "또 이십 수를 깎이다니……! 그래, 돼지가 제 꼬리 쓰듯 팔을 쓰는 게으름뱅이들을 고용해야 하니 말이야!"

그리고 에티엔을 향한 곁눈질로 자기 생각을 마저 말해 주었다. 에티엔은 주먹질로 대답하고 싶은 충동을 느꼈다. 이어서 그는 자신이 떠나는 이상 무슨 소용인가 싶었다. 그 일로 그는 결심을 확고하게 굳혔다.

"첫날에는 잘할 수 없어." 마외가 분위기를 진정시키려고 말했다. "내일은 더 잘할 걸세."

그래도 싸우고 싶은 욕망에 휩싸여 모두들 날카로워져 있었다. 그들이 램프를 반납하려고 램프 창고를 지나갈 때 르바크는 램프 관리인을 움켜잡고 자기 램프를 잘 닦아 놓지 않는다고 비난했다. 그들은 불이 여전히 타고 있는 바라크에서야 조금 누그러졌다. 석탄을 너무 많이 채워 넣은 것 같았다. 난로는 시뻘겠고 창문 없는 넓은 방은 불타오르는 것 같아서 벌건 불빛이 벽에 반사되어 피가 흐르는 것처럼 보일 정도였다. 다들 기쁨에 차서 웅성거렸고, 서로 떨어져서 불을 쬐는 사람들의 등마다 김이 피어오르고 있었다. 허리를 델 지경이 되자 배를 익혔다. 라 무케트는 속옷을 말리려고 태연히 바지를 내렸다. 사내애들이 놀려 댔고 모두들 웃음을 터뜨렸다. 그녀가 그들에게 갑자기 엉덩이를 내보였기 때문이다. 이 몸짓은 그녀가 극도로 경멸한다는 표시였다.

"난 갈래." 샤발이 사물함에 자신의 연장을 쟁여 넣고는 말했다.

아무도 움직이지 않았다. 단지 라 무케트만이 둘 다 몽수로 간다는 구실을 대고 서둘러 그의 뒤를 따라 빠져나갔다. 하지만 사람들은 계속 농을 주고받았다. 모두들 그가 더 이상 그녀를 원하지 않는다는 것을 알고 있었던 것이다.

한편 생각에 잠겨 있던 카트린은 아버지에게 나지막하게 얘기했다. 그녀의 아버지는 놀라더니 머리를 끄덕이며 동의했다. 그리고 보따리를 돌려주려고 에티엔을 부르며 말했다.

"들어 보게." 그는 중얼거리듯 말했다. "만약 자네가 돈이 없으면 보름치 임금을 받기 전에 굶어 죽고 말 거야. 내가 어디선가 자네에게 돈을 빌려다 줬으면 하나?"

젊은이는 잠시 당황했다. 마침 그는 자기 몫 삼십 수를 받아서 떠날 참이었던 것이다. 그러나 그는 수치심 때문에 처녀 앞에서 가만히 있었다. 그녀는 그를 뚫어지게 쳐다보았는데, 아마도 그가 이곳 일을 싫어한다고 생각하는 것 같았다.

"자네도 알겠지만, 내가 자네한테 약속할 수 있는 건 아무 것도 없어." 마외가 말을 계속했다. "거절하면 그걸로 끝이고."

그러자 에티엔은 싫다고 하지 않았다. 사람들은 빛 주기를 거절할 게 뻔했다. 게다가 그런다면 그는 조금도 얽매일 것이 없으니 빵 한 조각을 먹은 뒤 언제고 떠날 수 있을 것이었다. 그러고 나서 그는 카트린이 자신에게 도움을 주게 되어 행복해 하며 기뻐하고 예쁜 웃음과 우정 어린 시선을 보내자 거절하지 못한 것이 불만스러웠다. 이 모든 게 무슨 소용인가?

마외 가족은 나막신을 다시 신고 각자 사물함을 잠근 다음 몸이 덥혀지자마자 한 사람씩 떠나는 동료들을 따라 바라크를 나섰다. 에티엔은 그들을 따라갔고 르바크와 그의 아들이 무리에 합류했다. 그런데 선탄장을 지나가던 그들은 격렬한 싸움에 발걸음을 멈췄다.

날아오른 먼지로 들보들은 시커멓고 커다란 차양 덧문들로는 쉬지 않고 바람이 불어 드는 널따란 창고 안에서 싸움이 벌어졌다. 석탄을 실은 광차들이 석탄 하치장에서부터 곧바로 도착하면 광차 하역기가 기다란 철판 홈통들로 되어 있는 투입구를 향해 광차를 기울였다. 그러면 이 홈통들의 좌우 계단에 삽과 갈퀴로 무장한 여자 선탄부들이 올라서서 돌들을 집어 내고 깨끗한 석탄을 밀어내면, 그것들이 깔때기 통을 통해 선탄장 밑에 설치된 선로 위의 화차 속으로 떨어지는 것이었다. 폐결핵을 앓는 소녀처럼 순종적이며 가냘프고 창백한 필로멘 르바크가 거기에 있었다. 파란색 모직 천 조각으로 머리를 보호하고 양손과 양팔이 팔꿈치까지 시커메진 채 그녀는 어느 마귀할멈 같은 여자의 아래쪽에서 탄을 고르고 있었다. 이 마귀할멈은 라 피에론의 어머니이자 사람들이 라 브륄레[22]라는 별명을 붙인, 올빼미 눈에 수전노의 돈지갑처럼 입을 옹다문 고약한 여자였다. 그녀들은 서로 움켜잡고 있었는데, 젊은 여자는 늙은 여자가 자기의 돌들을 하도 긁어 가서 자기는 십 분 동안 바구니 하나도 채우지 못할 정도라고 비난했다. 그녀들은 바구니당 임금을 받기에 이런 싸움이 끊임없이 되풀이되었다. 틀어 올린 머리는 산발이 되고 벌건 얼굴들 위에는 손자국이 시꺼멓게 찍혀 있었다.

"그 할망구를 한 대 갈기라니까!" 위쪽에서 자카리가 자기 애인에게 소리쳤다. 모든 선탄부들이 웃어 댔다. 그러자 라 브륄레는 표독스럽게 청년에게 달려들었다.

"이봐, 더러운 놈아! 네놈은 저 애한테 배게 한 두 애 녀석의 아비임을 인정하기나 해! ……그럴 수가 있냐, 비실비실한 열여덟 살짜리 계집애한테 말이야!"

마외는 저 앙상한 노파가 어떻게 생겨 먹었는지 좀 보겠다면서 내려가는 자기 아들을 말려야 했다. 감독관 하나가 달려오자 선탄부들은 다시 갈퀴로 석탄을 뒤지기 시작했다. 투입구의 위에서부터 아래까지 이제는 악착스레 돌을 다투어 집어내는 여자들의 둥근 등밖에 보이지 않았다.

밖에서 바람이 갑자기 잔잔해졌고 습기 찬 냉기가 회색 하

---

22) la Brûlé. 불에 탄 사람, 화형에 처해진 사람, 광신도 등 다의적 의미가 있다.

늘에서 내려왔다. 광부들은 어깨를 펴고는 팔짱을 끼고 뿔뿔이 흩어져 출발했다. 허리를 흔들며 걸을 때마다 얇은 무명옷 밑으로 커다란 뼈가 드러나 보였다. 백주에 그들은 흡사 진흙탕 속에 곤두박질한 검둥이 무리처럼 지나갔다. 몇몇은 자기 몫의 브리케도 다 먹지 않았다. 속옷과 웃옷 사이에 지닌 남은 빵 때문에 그들은 곱사등이처럼 보였다.

"아! 저기 부틀루가 오는군." 자카리가 조롱조로 말했다.

르바크는 걸음을 멈추지 않고 자기 집의 하숙인과 두어 마디 말을 주고받았다. 서른다섯 살인 그는 갈색 머리의 덩치 큰 젊은이로 온화하고 정직해 보였다.

"수프는 준비되었나, 루이?"

"그럴걸."

"그럼 오늘은 집사람이 나긋나긋한 거야?"

"응, 나긋나긋한 것 같아."

폐갱을 메우는 다른 광부들이 도착해 그 새로운 무리가 하나씩 수갱으로 빠져들어 갔다. 3시의 입갱이었는데 그들은 수갱이 먹어 치우는 또 다른 사람들로, 채탄부들의 도급 작업을 교대하러 갱도에 내려가는 것이었다. 탄광은 결코 휴업하는 법이 없었다. 사탕무밭의 지하 600미터에는 바위 속을 뒤지는 인간 벌레들이 밤낮으로 일하고 있었던 것이다.

그사이 사내애들이 맨 앞에 걸어가고 있었다. 장랭은 외상으로 사 수어치 담배를 사기 위한 복잡한 계획을 베베르에게 털어놓았다. 한편 리디는 공손하게 떨어져서 오고 있었다. 카트린은 자카리, 에티엔과 함께 따라가고 있었다. 아무도 말을 하지 않았다. 카바레[23]인 라방타주 앞에 이르러서야 겨우 마외와 르바크가 그들과 합류했다.

"자아, 다 왔군." 마외가 에티엔에게 말했다. "들어가겠나?"

사람들은 서로 헤어졌다. 카트린은 샘물의 초록빛 투명함을 지닌, 시꺼먼 얼굴 때문에 수정 같은 눈이 더 깊어 보이는 그 커다란 눈으로 청년을 마지막으로 또 한 번 쳐다보면서 한동안 꼼짝 않고 있었다. 그녀는 미소를 짓고는 다른 사람들과 함께 탄광촌으로 가는 오르막길로 사라졌다.

주점은 마을과 수갱 사이 두 길이 만나는 곳에 있었다. 2층짜리 벽돌집으로, 위에서 아래까지 석회를 하얗게 바르고 창문 주위는 파란 하늘색의 넓은 테두리 장식으로 밝게 꾸며져 있었다. 문 위에 못으로 박은 네모난 간판에는 노란색 글씨로, '라스뇌르가 경영하는 주점, 라방타주에서'라고 쓰여 있었다. 뒤로는 산울타리로 둘러싸인 키유[24] 시합장이 펼쳐져 있었다. 그런데 회사의 널따란 대지 안에 박혀 있는 이 조그만 땅을 사려고 온갖 노력을 했던 회사는 이 주점이 벌판 한복판에 싹을 틔운 양 바로 르 보뢰의 입구에 있는 것을 유감스러워했다.

"들어가게." 마외가 에티엔에게 다시 말했다.

작은 홀은 밝고 횅했고, 흰색 벽에 테이블 세 개와 열두 개가량의 의자 그리고 부엌 찬장만큼이나 큰 전나무 목재 카운

---

23) cabaret. 노동자들이 식사도 할 수 있던 주점.
24) quilles. 구주희. 땅바닥에 키유라 불리는 방망이 모양의 나무 핀 아홉 개를 세워 놓고 손으로 공을 던져 쓰러뜨리는 일종의 볼링 게임.

터가 있을 뿐이었다. 기껏해야 열 개가량의 맥주 조끼[25]와 리쾨르 술병 셋, 물병 하나에, 스테인리스 꼭지가 달린, 맥주를 담는 작은 아연 통이 있었다. 그 밖에 그림, 선반, 놀이 기구 따위는 어느 하나도 없었다. 바니시를 칠해 번들거리는 주철 난로에서는 석탄덩이가 조용히 타고 있었다. 바닥의 포석 위에 얇게 깔린 하얀 모래가 물에 젖은 듯한 이 고장의 끊임없는 습기를 빨아들이고 있었다.

"맥주 한 잔." 마외는 뚱뚱한 금발 처녀에게 주문했다. 그녀는 이웃집 여자의 딸로 가끔씩 홀을 지키곤 했다. "라스뇌르는 있나?"

처녀는 주인이 곧 돌아올 거라고 대답하면서 맥주 통의 꼭지를 틀었다. 광부는 목구멍을 틀어막고 있는 먼지들을 쓸어내기 위해 단숨에 반 잔을 비웠다. 그는 함께 온 동료에게는 아무것도 권하지 않았다. 손님이라고는 한 사람뿐으로 물에 젖고 몸이 더러워진 또 다른 광부가 깊은 생각에 잠긴 표정으로 테이블 앞에 앉아 묵묵히 맥주를 마시고 있었다. 세 번째로 또 한 사람이 들어와 손짓으로 술잔을 받아 마시고는 한마디 말도 없이 돈을 내고 가 버렸다.

그리고 면도한 둥근 얼굴의 뚱뚱한 남자가 사람 좋은 미소를 지으며 나타났다. 삼 년 전에 파업이 일어난 뒤 해고당한 전직 채탄부 라스뇌르였다. 서른여덟 살인 그는 훌륭한 노동자로 말을 잘했고, 앞장서서 모든 요구를 해서 마침내 불만에

---

25) 손잡이가 달린 맥주잔.

찬 사람들의 우두머리가 되었다. 많은 광부의 아내들처럼 그의 아내는 이미 가게 하나를 하고 있었다. 그래서 길거리로 쫓겨나자 그는 주점 주인이 되었다. 돈을 마련해서는 마치 회사에 도전이라도 하듯 르 보뢰 맞은편에 주점을 연 것이었다. 그의 주점은 번창했고 그는 구심점이 되었으며 자신이 옛 동료들의 가슴에 조금씩 불어넣은 분노 덕택에 부를 쌓았다.

"이 사람이 내가 오늘 아침 고용한 청년이네." 마외가 대뜸 설명했다. "자네 집 방 두 개 중에 빈방이 있나? 그리고 보름 동안은 이 청년에게 외상으로 해 주겠나?"

라스뇌르의 넓적한 얼굴은 순식간에 커다란 불신감을 드러냈다. 그는 에티엔을 한번 살펴보더니 구태여 유감을 표시하려고도 하지 않고 대답했다.

"두 방 다 손님이 들었어, 불가능해."

청년은 거절당하리라고 예상하고 있었다. 그런데도 그는 고통을 느꼈고 떠날 생각에 자신이 갑자기 난감해 한다는 사실에 놀랐다. 아무래도 좋다. 내 몫 삼십 수를 받으면 떠날 것이다. 한쪽 테이블에서 술을 마시던 광부는 떠났다. 다른 사람들이 하나씩 마찬가지로 목구멍의 때를 벗기기 위해 들어왔고 그다음에는 똑같이 엉덩이를 흔드는 걸음걸이로 다시 걸어 나갔다. 그것은 기쁨도 정열도 없는 단순한 씻어 내기였으며 한 가지 욕구를 말없이 충족시키는 것이었다.

"그리고 아무 일도 없나?" 자기 맥주를 조금씩 마셔 가던 마외에게 라스뇌르가 친근한 어조로 물었다. 마외는 고개를 돌려 에티엔이 홀로 있는 것을 보았다.

"또 싸웠지……. 그래, 갱목 작업 때문에."

그는 싸운 이야기를 했다. 선술집 주인은 얼굴이 상기되었다. 다혈질인 그는 흥분하자 얼굴이 부어올랐고 그의 살과 눈에서 불길 같은 것이 뻗어 나왔다. 마침내 그는 분통을 터뜨렸다.

"아, 좋아! 그들이 석탄 수매 가격을 낮출 생각을 한다면 그들은 끝장날 거야."

그는 에티엔이 신경 쓰였다. 하지만 곁눈질하면서 말을 계속했다. 그는 말을 생략하기도 하고 암시도 하며 직접 거명하지는 않고 사장인 엔보 씨, 그의 아내, 그의 조카인 애송이 네그렐 등에 관해 얘기했고, 이렇게 지속될 수는 없는 법이고 조만간 박살 날 것이라고 거듭 말했다. 너무도 궁핍하다고 하면서 그는 문을 닫는 공장들과 일자리를 떠나는 노동자들을 예로 들었다. 한 달 전부터 그는 매일 빵을 육 파운드 넘게 제공하고 있다고 했다. 전날 들은 말로는, 인근의 수갱 소유자인 드뇔랭 씨가 어떻게 버텨 내야 할지 모르고 있다는 것이었다. 더군다나 그는 불안감을 주는 이야기들이 상세하게 빼곡히 적힌 편지를 릴에서부터 방금 받은 참이었다.

"자네 알지." 그는 속삭였다. "어느 날 저녁 자네가 여기서 본 그 사람한테서 온 편지라네."

그러나 그는 말을 중단해야 했다. 이번에는 그의 아내가 들어왔기 때문이다. 큰 키에 깡마르고 성격이 불같은 그녀는 코가 길고 광대뼈 부분은 보라색이었다. 그녀는 정치에 있어서 남편보다 훨씬 더 급진적이었다.

"플뢰샤르의 편지." 그녀가 말했다. "아! 그 사람이 이곳의 지도자라면 사태가 곧 호전될 텐데."

얼마 전부터 듣고 있었던 에티엔은 무슨 사정인지 알 수 있었으며, 궁핍과 복수를 생각하며 흥분했다.

불쑥 튀어나온 이름에 그는 전율했다. 그는 자기도 모르게 큰 소리로 말했다.

"나도 플뢰샤르라는 사람을 알아요."

사람들이 쳐다보자 그는 덧붙였다.

"그래요, 나는 기계공인데 릴에서 그가 내 십장이었죠. 유능한 사람이었어요. 나는 그와 자주 얘기를 나눴습니다."

라스뇌르는 그를 다시 살펴보았다. 그의 얼굴이 순간 변하면서 갑자기 호감을 드러냈다. 마침내 그는 아내에게 말했다.

"마외가 자기 휘하의 광차 운반부인 이 양반을 데리고 왔는데 위층에 빈방이 하나 없는지, 우리가 보름 동안 외상으로 해 줄 수 없는지 알고 싶어 하는군."

그러자 몇 마디 말로 결정이 났다. 세입자가 그날 아침에 나가서 방 하나가 비었다는 것이다. 그러고 나서 매우 열이 오른 술집 주인은 더욱더 얘기를 늘어놓았다. 자기는 많은 다른 사람들처럼 들어주기 힘든 요구는 하지 않고 가능한 것만을 고용주들에게 요구했다고 연거푸 말했다.

그의 아내는 어깨를 으쓱하며 절대로 자기 권리를 원한다고 말했다.

"좋은 저녁 되게." 마외가 말을 가로막았다. "이 모든 게 갱으로 내려가는 걸 막지는 못할 거고, 사람들이 내려가는 한 결국 죽는 사람이 생기겠지…‥. 보게, 자네는 삼 년 전에 그곳에서 나온 이후로 활기에 차 있네."

"그래, 나는 많이 회복됐지." 라스뇌르는 기분 좋게 말했다.

에티엔은 문간까지 가서 떠나는 마외에게 고맙다고 말했다. 하지만 이 광부는 말 한마디 덧붙이지 않고 고개를 끄덕였다. 청년은 탄광촌 길을 힘들게 올라가는 그를 바라보았다. 손님들 시중을 들고 있던 라스뇌르 부인은 얼굴을 씻을 수 있도록 방으로 안내할 테니 에티엔에게 잠시 기다려 달라고 말했다. 이곳에 머물러야 하나? 그는 다시 망설임에 사로잡혔다. 큰길을 다니는 자유를, 그리고 자신의 주인이라는 기쁨으로 참아냈던 햇빛 아래 허기를 그리워하게 되니 불편한 심정이었다. 돌풍 가운데 폐석장에 도착한 이후 깜깜한 갱도에서 배를 깔고 지하에서 보낸 시간들까지 그는 그곳에서 수년간 산 느낌이었다. 그 일을 다시 하는 것이 혐오스러웠다. 그 일은 부당하고 너무나 힘들며, 눈멀고 짓눌리는 짐승이 되는 셈이라는 생각이 들자 인간으로서의 자존심이 들고일어났다.

이처럼 고뇌하는 동안 광활한 들판 위를 떠돌던 그는 점차 그 들판이 눈에 들어왔다. 그는 놀랐다. 어둠 속에서 본모르 영감이 손짓으로 그곳을 가리켰을 때 그는 지평선이 이러하리라고는 상상하지 못했기 때문이다. 그는 눈앞에 펼쳐진 르 보뢰를 분명히 다시 보게 되었다. 나무와 벽돌로 지은 건물들 하며 역청을 칠한 선탄장, 판암으로 만든 지붕 밑의 도르래 탑, 증기 기관이 있는 홀과 연한 적색의 높은 굴뚝 등 이 모든 것이 위협적인 모습으로 습곡 지대에 빼곡하니 자리 잡고 있었다. 그리고 건물들 주위로 채굴물 집하장이 펼쳐져 있었다. 그는 그것이 그렇게 넓으리라고 상상하지 못했다. 집하장은 저장된 석탄이 솟아오르는 물결을 이루어 잉크 호수 같았으며 인도교의 레일들을 지탱하는 높은 지지대들이 비죽비죽 늘어서 있었다. 한쪽 구석에는 베어 낸 숲의 수확물처럼 비축된 갱목들이 복잡하게 쌓여 있었고, 오른쪽으로는 폐석장이 시야를 가로막고 있었다. 폐석장은 거인들의 바리케이드처럼 거대했고 오래된 부분은 이미 풀로 덮여 있었다. 다른 쪽 끝부분은 일 년 전부터 타오르는 땅속 불에 타서 짙은 연기를 뿜어 대며, 뿌연 회색 편암과 사암 가운데로 핏빛의 기다란 녹 자국을 표면에 남기고 있었다. 이어서 들판이 펼쳐졌다. 일 년 중 이 시기에는 텅 비어 있는 끝없는 밀밭과 사탕무밭, 제대로 자라지 못한 버드나무 몇 그루가 여기저기 서 있고 억센 식물들이 우거진 늪지, 그리고 가느다랗게 늘어선 포플러 나무들이 경계를 짓는 아득한 초원이 보였다. 아주 멀리로는 도시들이 작은 흰 점들처럼 보였다. 북쪽에 있는 것은 마르시엔이고 남쪽에 있는 것은 몽수였다. 다른 한편, 동쪽으로는 헐벗은 나무들이 그리는 보랏빛 선으로 방담 숲이 지평선까지 이르러 있었다. 그리고 납빛 하늘 아래 이 겨울 오후의 침침한 빛 가운데서 르 보뢰의 모든 검정이, 날아다니는 모든 석탄 가루가 들판을 덮쳐서 나무에 그 가루를 뿌리고 길을 뒤덮고 대지에 씨를 뿌리는 것 같았다.

에티엔이 바라보다 특히 놀라게 된 것은 운하 때문이었다. 그것은 운하로 만들어진 스카르프강으로, 그가 밤에는 보지 못했던 것이었다. 이 운하는 르 보뢰에서부터 마르시엔까지 일직선으로 이어지는데, 팔 킬로미터나 되는 무광택의 은색 띠 같았다. 낮은 땅 위에 건설된 것으로, 큰 나무들이 길가에 늘어서 있는 가로수 길처럼 보였고 양쪽의 초록색 둑과 거룻배의 주홍색 뱃고물이 미끄러져 가는 파리한 강물이 풍경을 이루며 끝없이 흘러가고 있었다. 수갱 가까이에는 부두가 하나 있었는데 인도교로 온 광차들로부터 직접 석탄을 실을 수 있는 배들이 정박해 있었다. 그다음으로 운하는 갑자기 구부러져서 늪지를 비스듬히 가로질러 갔다. 그리고 이 훤히 트인 들판의 영혼 전체가, 석탄과 철을 운반하면서 큰길처럼 이 들판을 가로질러 가는 이 기하학적인 운하 속에 있는 것 같았다.

에티엔의 시선은 운하에서 고원 위에 세워진 탄광촌으로 거슬러 올라갔다. 그는 탄광촌의 붉은 기와들만 알아볼 수 있을 뿐이었다. 그다음으로 그의 시선은 르 보뢰 쪽으로 돌아와 점토질의 비탈길 아래쪽에 있는, 그 자리에서 만들어지고 구워지는 거대한 두 무더기의 벽돌에서 멈췄다. 회사 철도의 지선이 나무 울타리 뒤를 지나 수갱으로 연결되고 있었다. 폐갱 매립을 하는 마지막 광부들을 내려보내고 있는 게 틀림없었다. 사람들이 미는 화차 한 대만이 날카로운 비명을 질러 대고 있었다. 이제 미지의 암흑과 알 수 없는 천둥소리 그리고 이름 모를 별들의 타오르는 빛은 없었다. 멀리서 용광로와 코크스로들은 여명이 밝아 오자 빛이 바랬다. 거기에는 쉴 새 없는 펌프의 배기 소리만 남아 끊임없이 똑같은 거칠고 긴 숨을, 그가 이제 그 회색 연기로 알아볼 수 있는 식인귀의 숨을 내쉬고 있었는데, 아무것도 그 배를 채워 줄 수는 없었다.

그때 에티엔은 갑자기 결심했다. 그는 저 위 탄광촌 입구에 있는 카트린의 맑은 눈을 다시 보는 것 같기도 했다. 아마도 그것은 차라리 르 보뢰에서 불어오는 항거의 바람이었는지도 모른다. 왠지 모르지만 그는 고통을 겪고 싸우기 위해 탄광으로 다시 내려가고자 했다. 그리고 본모르가 언급하던 그 사람들을, 그리고 만 명의 굶주린 사람들이 그 존재를 알지도 못한 채 바친 살을 잔뜩 먹고 웅크리고 있는 신을 분노에 찬 채 생각했다.

2부

# 1

라 피올렌이라 불리는 그레구아르가의 저택은 몽수에서 동쪽으로 이 킬로미터 떨어진 주아젤 길 위에 자리하고 있었다. 그 집은 지난 세기 초에 지어진 것으로 특징적인 건축 양식도 없이 네모지고 커다랬다. 맨 처음 저택에 딸려 있던 널따란 대지 중에서 담으로 둘러싸여 있어 관리하기 쉬운 삼십 헥타르 정도만 남아 있었다. 사람들은 무엇보다도 그 고장에서 가장 탐스러운 과일과 채소들로 유명한 그 집의 과수원과 채소밭에 대해 이야기하곤 했다. 정원은 없었지만 작은 숲이 정원을 대신했다. 오래된 보리수가 심겨 있는 큰길, 창살 대문에서부터 집 층계까지 300미터에 달하는 나뭇잎 궁륭 터널은, 마르시엔에서 보니까지 큰 나무들이라고는 손을 꼽을 정도인 이 훤히 트인 들판에서는 명소 중 하나였다.

그날 아침 그레구아르 가족은 8시에 일어났다. 오랫동안 깊은 잠을 자는 그들은 여느 때 같으면 오늘보다 거의 한 시간은 더 잔 다음에야 움직였을 것이다. 그러나 간밤의 폭풍우로 그들은 신경이 곤두섰다. 그래서 바람이 부서뜨려 놓은 것은 없는지 남편이 곧바로 보러 간 사이에 그레구아르 부인은 실내화와 플란넬 가운 차림으로 부엌에 막 내려온 참이었다. 키가 작고 살찐 몸집에 벌써 쉰여덟 살이 된 그녀는 머리칼은 눈부시게 희고 통통한 얼굴은 놀란 인형 같았다.

"멜라니," 그녀는 요리사에게 말했다. "반죽이 준비되었으니 오늘 아침에는 브리오슈[26]를 만드는 게 어때요? 아가씨는 삼십 분이 지나기 전에는 일어나지 않을 거야, 그러니 초콜릿 시럽과 함께 브리오슈를 먹을 수 있겠지……. 안 그래요? 깜짝 놀랄 거야."

삼십 년 전부터 그들의 시중을 들어 온 깡마르고 늙은 요리사는 웃기 시작했다.

"그 말씀이 맞아요, 기분 좋게 놀랄 걸요……. 화덕에 불을 붙여 놨으니 오븐이 뜨거울 거예요. 에, 그리고 오노린이 저를 좀 도와줄 거고요!"

오노린은 스무 살가량 된 처녀였는데 어렸을 때 이 집에서 거두어 키워서 지금은 침실 하녀로 일하고 있었다. 하인 전부라고 해 봐야 이 두 여자 외에는 마부 프랑시스밖에 없었고 힘든 일은 그가 도맡아 했다. 남녀 정원사 두 명은 채소, 과일,

---

26) 둥글게 부푼 모양에 작고 둥근 꼭지가 달린 빵.

꽃 그리고 가금들을 돌보았다. 시중드는 일이 가부장적이며 가족적인 온화함 속에 이루어지고 있어 이 작은 세계의 사람들은 사이좋게 지내고 있었다.

침대 속에서 브리오슈라는 깜짝 선물을 계획한 그레구아르 부인은 오븐에 빵 반죽 넣는 것을 보려고 남아 있었다. 부엌은 엄청나게 넓었고, 극도의 청결함 그리고 부엌을 가득 채우고 있는 냄비와 취사도구와 단지들의 엄청난 양으로 보아 중요한 곳이라는 사실을 짐작할 수 있었다. 그곳은 훌륭한 음식에서 나는 좋은 냄새가 풍겼다. 선반과 찬장은 식료품으로 넘쳐났다.

"빵을 노릇노릇하게 잘 구워야 하겠죠?" 그레구아르 부인이 식당을 지나며 당부했다. 집 전체를 덥히는 난방기가 있었지만 석탄 난로가 이 방을 즐겁게 만들어 주었다. 그러나 호화스러운 것은 아무것도 없었다. 커다란 식탁, 의자들, 마호가니 찬장이 있었고, 몸이 푹 파묻히는 안락의자 두 개만이 그들이 편안함을 좋아하고 음식을 천천히 소화시키며 행복해 한다는 것을 드러내 주었다. 그들은 결코 응접실에 가는 법 없이 가족끼리 그곳에 머물렀다.

바로 그때 그레구아르 씨가 돌아왔다. 눈처럼 흰 곱슬머리를 지닌 그는 두툼한 퍼스티언[27] 웃옷을 입고 있었다. 그 역시 예순 살 된 나이치고는 얼굴이 장밋빛이었으며 정직하고 선해 보이는 큼직한 윤곽을 지니고 있었다. 그는 마부와 정원

---

27) 무명이 섞인 마직물.

사를 만나고 온 참이었다. 크게 부서진 것은 없고 굴뚝의 도관 하나만이 깨졌을 뿐이었다. 매일 아침 그는 라 피올렌을 한 차례 둘러보기를 좋아했다. 이 저택은 그리 크지 않아 걱정거리가 별로 없었고 이 저택으로부터 소유주가 느낄 수 있는 모든 행복을 길어 내고 있었다.

"그런데 세실은?" 그가 물었다. "그 애는 아직 일어나지 않은 거요?"

"통 모르겠어요." 그의 아내가 대답했다. "그 아이의 기척을 들은 것 같은데 말이에요."

식탁이 차려졌고 흰색 식탁보 위에 사발 세 개가 놓였다. 오노린을 보내 아가씨가 뭘 하고 있는지 알아보라고 했다. 그러나 그녀는 곧 도로 내려와 마치 위층 방 안에서 말하는 듯 웃음을 참고 목소리를 낮춰 말했다.

"오! 나리와 마나님께서 아가씨를 보신다면! ……아가씨는 자고 있어요. 오! 아가씨는 예수님처럼 자고 있어요……. 상상도 못 하실 정도예요, 바라보기만 해도 기쁩답니다."

아버지와 어머니는 감동 어린 눈길을 주고받았다. 아버지는 미소 지으며 말했다.

"보러 가겠소?"

"이 딱한 귀염둥이!" 그녀는 중얼거렸다. "갈게요."

그들은 함께 올라갔다. 그 방은 그 저택에서 유일하게 호화스러운 방이었다. 파란 실크 벽지가 발려 있고, 파란 줄무늬가 있는 하얀색의, 래커 칠을 한 가구들이 갖춰져 있었다. 부모가 응석받이 딸의 비위를 맞춰 준 방이었다. 침대의 희미한 흰색 가운데서 처녀는 커튼의 벌어진 틈으로 새어 들어오는 어렴풋한 빛을 받으며 드러난 팔에 볼을 베고 자고 있었다. 그녀는 예쁘지는 않았지만 무척 건강하고 튼튼했으며 열여덟 살치고 성숙해 있었다. 그러나 신선한 우유같이 매끈한 살결을 지니고 있었고, 밤색 머리에 동그란 얼굴에는 양볼 사이에 고집 세 보이는 작은 코가 자리 잡고 있었다. 이불은 미끄러져 내려와 있었고, 그녀는 너무나 가만히 숨을 쉬고 있어 이미 풍만하게 자란 그녀의 가슴은 들썩이지도 않았다.

"그 몹쓸 바람 때문에 저 애가 눈을 못 붙였을 거예요." 어머니가 부드럽게 말했다.

아버지는 손짓으로 그녀에게 조용히 하라고 했다. 두 사람다 몸을 기울이고는 숫처녀의 벌거벗은 모습을 보여 주는 이딸을 지극한 애정으로 바라보고 있었다. 그들이 그렇게 바랐지만 더 이상 기대하지 않았을 때에야 뒤늦게 얻은 딸이었다. 그들은 그녀가 완벽하고 별로 살찌지 않았으며, 그녀를 충분히 먹이지 못한다고 여기고 있었다. 그녀는 그들이 얼굴을 자기 얼굴에 마주 대고서 가까이 있다는 걸 느끼지 못한 채 여전히 자고 있었다. 그러나 움직이지 않던 그녀의 얼굴에 가벼운 떨림이 일었다. 그들은 그녀가 깰까 봐 염려하며 발끝으로 살금살금 걸어 나갔다.

"쉿!" 그레구아르 씨가 문가에서 말했다. "저 애가 잠을 못잤으면 자도록 두어야지."

"귀염둥이 딸이 원한다면요." 그레구아르 부인이 맞장구쳤다. "우리는 기다려야죠."

그들은 내려가 식당의 안락의자에 앉았다. 그 사이 하녀들은 아가씨가 잠꾸러기라고 흉을 보면서도 불평은 하지 않고 초콜릿을 화덕 위에 올려놓았다. 그레구아르 씨는 신문을 집어 들었고 그 부인은 발치를 덮는 커다란 털이불을 떴다. 집 안은 무척 따뜻했고 조용한 집에서는 소리 하나 나지 않았다.

그레구아르가의 재산은 모두 다 몽수 탄광의 주식에 투자되어 있었고 그에 대한 배당금으로 매년 약 4만 프랑을 받고 있었다. 그들은 회사 창설 때부터 가지고 있는 그 주식의 기원에 대해 흡족해 하며 이야기하곤 했다.

십팔 세기 초엽에 사람들은 릴에서부터 발랑시엔까지 미친 듯이 석탄을 찾기 시작했다. 채굴권 취득자들은 나중에 앙쟁 회사를 설립했는데 그들의 성공은 모든 사람들을 열에 뜨게 했다. 읍마다 토질을 조사했고 회사들이 설립되었으며 밤사이에 채굴 허가권들이 생겨났다. 그러나 당시에 끈질기게 매달리던 사람들 중 데뤼모 남작이 가장 영웅적인 수완으로 존경을 받았다. 소득 없는 첫 탐사, 수개월간 작업한 후에 버려지는 새 수갱들, 갱도를 메워 버리는 붕괴 사고, 갑작스런 침수로 익사한 인부들, 땅속에 내던진 수십만 프랑, 행정상의 말썽, 주주들의 난리, 그리고 자기들과 먼저 협상하기를 거부하면 왕이 부여하는 채굴 허가권도 인정하지 않기로 작정한 지주 귀족들과의 투쟁 등 끊임없는 난관 속에서 그는 사십 년 동안 지칠 줄 모르고 투쟁했다. 그는 마침내 몽수에서 허가를 받고 채굴하기 위해 데뤼모 포크누아 주식회사를 설립했다. 수갱에서 조금씩 이윤이 나기 시작할 때 인근에 있던 쿠니 백작 소유의 쿠니 채굴 허가지와 코르니유 에 즈나르 주식 회사 소유의 주아젤 채굴 허가지가 경쟁하면서 엄청난 타격을 가해 그의 회사는 파산할 뻔했다. 다행히 1760년 8월 25일 세 군데의 채굴 허가지 사이에 협정이 맺어져 하나로 합병되었다. 그렇게 몽수 탄광 회사가 설립되었고 그것이 오늘날 여전히 존재하고 있는 것이다. 지분 분할을 위해 당시 화폐 단위 체계에 준하여 전 자산을 이십사 수로 나누었고 각각의 일 수는 십이 드니에로 나뉘어 총 288드니에가 되었다. 일 드니에는 만 프랑이었으므로 자산은 거의 300만 프랑에 달했다. 파산 직전에 승자가 된 데뢰모는 분할에서 육 수 삼 드니에를 차지했다.

그 당시 남작은 300헥타르의 토지가 딸려 있는 라 피올렌을 소유하고 있었고, 수하에 관리인으로 피카르디 출신의 청년인 오노레 그레구아르를 두고 있었다. 그는 세실의 아버지 레옹 그레구아르의 증조부이다. 몽수 협정 당시 저축해 둔 돈 5만 프랑가량을 양말 속에 감추고 있었던 오노레는 자기 주인의 확고한 신념에 벌벌 떨면서 복종했다. 그는 멋진 오 프랑짜리 은화로 1만 리브르[28]를 꺼내 투자하는 것이 자기 자식들에게 물려줄 돈에서 이 액수만큼을 훔치는 게 아닌가 하는 공포심에 사로잡힌 채 일 드니에를 받아 들었다. 실제로 그의 아들 외젠은 아주 약소한 배당금을 받았다. 그런데 부르주아 행세를 한 데다 어리석게도 손해 막심한 동업을 해서 아버

28) 옛 화폐의 단위. 19세기까지는 연금액을 나타낼 때 프랑 대신 쓰였다.

지의 유산 중 나머지 4만 프랑을 까먹고 몹시 궁색하게 살았다. 그러나 드니에의 수익이 점점 올라가 손자 펠리시앵에 이르러 재산이 불기 시작했다. 그리하여 그는 옛날에 관리인이었던 할아버지가 그의 유년 시절에 불어넣어 주었던 꿈을 실현시킬 수 있었다. 그것은 분할된 라 피올렌을 매입하는 것으로, 그는 국가 재산인 땅을 아주 헐값에 사들였다. 그러나 뒤이은 시절은 좋지 않았다. 그는 혁명으로 인한 재앙의 종식과 나폴레옹의 처참한 몰락을 기다려야 했다. 그런데 증조부가 걱정하며 소심하게 투자한 덕을 본 사람은 놀라운 재산 증식을 보게 된 레옹 그레구아르였다. 그 약소했던 1만 프랑은 회사의 번창과 함께 불어나길 거듭했다. 대뜸 1820년부터 이 돈은 1만 프랑이라는 백 퍼센트 수익을 가져다주었다. 1844년에는 2만 프랑을 가져다주었고 1850년에는 4만 프랑을 가져다주었다. 이 년이 지나자 드디어 배당금은 5만 프랑이라는 엄청난 숫자에 육박했다. 릴의 주식 시장에서 드니에의 시세가 100만 프랑으로 매겨져 한 세기만에 그 가치가 백 배로 뛰었다. 시세가 100만 프랑에 도달하자 사람들이 팔라고 충고했지만 그레구아르 씨는 온화하게 미소 지으며 거절했다. 6개월 후 산업 위기가 발발해 드니에는 60만 프랑으로 떨어졌다. 그러나 그는 여전히 미소 지으며 조금도 후회하지 않았다. 이제 그레구아르 집안은 그들의 탄광에 끈질긴 신념을 갖게 되었기 때문이다. 주가는 다시 오를 것이다, 하느님은 그렇게 요지부동이지 않으실 것이다. 그리고 이 종교적인 신념에는 주식에 대한 깊은 감사의 마음이 섞여 있었는데, 그 주식은 한 세기 전부터 가족들이 아무런 일을 하지 않아도 되게 먹여 살려 주었던 것이다. 그것은 그들이 이기심으로 숭배해 마지않는, 그들에게 신과 같은 것이었다. 그들 가정의 은인으로, 그들을 게으름의 커다란 침대 속에 흔들어 재워 주고 진수성찬의 식탁에서 그들을 살찌워 주었다. 이것은 대대로 이어져 왔다. 운명을 의심함으로써 운명의 비위를 거스를 위험을 왜 무릅쓰겠는가? 그런데 그 신실함 속에는, 100만 프랑에 해당하는 드니에를 서랍에 넣어 둔다면 그것이 갑자기 폭락하지나 않을까 걱정하는 미신적인 공포와 두려움이 깃들어 있었다. 그들은 수많은 광부들, 즉 굶주린 자들이 대를 이어 가며 거의 매일 그들의 필요에 따라 그들을 위해 채굴하는 땅속에 투자하는 드니에가 더 안전하다고 여겼다.

게다가 이 집안에는 복이 비 오듯 쏟아졌다. 그레구아르 씨는 아주 젊었을 적에 마르시엔의 어느 약사 딸과 결혼했다. 그녀는 못생기고 돈 한 푼 없는 아가씨였지만 그는 그녀를 사랑했고, 그녀는 행복해 하며 모든 것을 그에게 바쳤다. 그녀는 집 안에 틀어박혀 살았고 남편이 눈앞에 있으면 황홀했으며 남편의 뜻을 거스르는 법이 없었다. 그들은 취미가 달라서 갈라지는 법도 없었고 유복함이라는 같은 이상을 향해 그들의 욕망은 합해졌다. 그들은 이처럼 애정과 서로에 대한 보살핌으로 사십 년을 살아온 것이었다. 그것은 규칙적인 생활이었다. 아무 이견 없이 4만 프랑을 써 버린 것, 저축한 돈을 세실을 위해 쓴 것에서 보듯 그녀의 뒤늦은 출생으로 가계가 잠시 뒤흔들렸을 뿐이다. 그들은 오늘날도 여전히 딸의 투정이라면 모두 들어주었다. 또 한 마리의 말, 또 다른 마차 두 대, 파리에서 온 화장대 등을 사 주었다. 하지만 그들은 이런 데서 한층 더 기쁨을 맛보았다. 자신들은 몸치장을 개인적으로 몹시 혐오해서 젊었던 시절의 유행을 지키고 있으면서도, 딸아이를 위해서라면 아무리 아름다운 것도 충분하지 않다고 생각했다. 그들은 유익하지 않은 지출을 어리석게 여겼다.

갑작스레 문이 열리더니 거센 목소리가 외쳤다.

"아니, 뭐야, 나를 빼고 식사를 해!"

세실은 잠이 깨자마자 내려왔는데 눈은 아직 잠 기운에 부어 있었다. 그녀는 겨우 머리를 틀어 올리고 하얀 모직 가운을 걸쳤을 뿐이었다.

"천만에." 어머니가 말했다. "보다시피 너를 기다리고 있잖니. 바람 때문에 잠을 못 잤겠구나, 가엾은 귀염둥이!"

처녀는 깜짝 놀라서 어머니를 바라보았다.

"바람이 불었어요? ……나는 아무것도 몰랐어요, 밤에 꿈쩍도 안 했어요."

그러자 그 말이 우스워 세 사람 모두 웃기 시작했다. 그리고 식사를 나르던 하녀들도 마찬가지로 웃음을 터뜨렸다. 아가씨가 단번에 열두 시간을 잤다는 사실에 집 안이 그토록 즐거워진 것이었다. 브리오슈가 나오자 다들 얼굴에 기쁨이 절정에 달했다.

"아니! 브리오슈를 구웠네?" 세실이 다시 말했다. "나를 놀라게 하는 거구나……! 정말 맛있겠다. 따뜻한 빵을 초콜릿에 담가 먹으면!"

그들은 마침내 식탁에 모여 앉았다. 초콜릿은 공기 속에서 김을 내고 있었으며 사람들은 오랫동안 브리오슈 얘기만 했다. 멜라니와 오노린은 남아서 빵 굽는 요령을 세세하게 가르쳐 주었고, 주인들이 이처럼 기분 좋게 먹는 것을 볼 때 과자를 만드는 일이 즐겁다고 말하면서 그들이 두툼한 입술로 빵을 삼키는 것을 보고 있었다.

그런데 개들이 맹렬히 짖어 대자 사람들은 월요일과 금요일에 피아노를 가르치러 마르시엔에서 오는 여선생이 도착했나 보다고 생각했다. 또 문학 선생도 한 사람 왔다. 처녀의 모든 교육은 이렇게 라 피올렌 저택에서 이루어졌다. 행복한 무지와 변덕에 싸인 아이는 성가신 질문을 하나라도 받으면 창밖으로 책을 던져 버렸다.

"드뇔랭 씨입니다." 오노린이 다시 들어오며 말했다.

그녀 뒤로 그레구아르 씨의 사촌인 드뇔랭이 격식을 차리지 않고 큰 소리로 말하며 옛 기병 장교의 힘찬 걸음걸이로 나타났다. 쉰 살이 넘었는데도 짧게 깎은 그의 머리와 두툼한 콧수염은 잉크 빛 검정색이었다.

"그래, 나요, 안녕하쇼? ……일어나지들 마세요!"

가족들이 환영하는 사이에 그는 자리에 앉았다. 가족들은 다시 초콜릿을 먹기 시작했다.

"자네 나한테 뭐 할 말 있나?" 그레구아르 씨가 물었다.

"아니, 아무것도요." 드뇔랭이 서둘러 대답했다. "기분 전환하려고 말 타고 나왔다가 형님 댁 대문 앞을 지나가게 되어 간단히 인사나 하고 싶었습니다."

세실은 그에게 그의 딸들인 잔과 뤼시의 안부를 물었다. 그녀들은 더할 나위 없이 잘 지내고 있으며, 잔은 그림 그리기에 매달려 있고 언니인 뤼시는 아침부터 저녁까지 피아노에 맞춰 노래 연습을 한다고 했다. 그런데 그의 목소리는 조금 떨리고 있었다. 그는 터져 나오는 즐거움 밑으로 불안을 감추고 있었다.

그레구아르 씨가 다시 말을 이었다.

"수갱은 다 잘되어 가나?"

"쳇! 이 빌어먹을 위기 때문에 동료들과 같이 곤경에 빠져 있죠……. 아, 번창하던 시절의 대가를 치르고 있는 거예요! 공장을 너무 많이 지었고 철도를 너무 많이 부설한 데다 엄청난 생산을 할 목표로 너무 많은 자본을 묶어 놓은 거죠. 그리고 지금은 돈이 잠자고 있으니 이 모든 것이 돌아가게 할 돈을 더 이상 구할 수 없단 말입니다……. 다행히 절망적이진 않아요. 어쨌든 나는 벗어날 겁니다."

그는 자기 사촌처럼 몽수 탄광 주식 일 드니에를 상속받았다. 그러나 사업가 정신이 강한 기술자인 그는 거부가 되고 싶은 욕구에 시달리다가 드니에가 100만 프랑에 도달하자 서둘러 팔아 버렸다. 몇 달 전부터 그는 한 가지 계획을 짜고 있었다. 그의 아내가 숙부로부터 방담의 작은 채굴지를 물려받았는데, 그곳에는 장 바르와 가스통마리의 두 수갱만 뚫려 있었다. 그곳들은 완전히 방치되어 있는 데다 기계류도 너무 고물이라 채굴을 해 봐야 채굴 비용만 겨우 메꿀 정도였다. 그런데 그는 가스통마리는 석탄을 마저 캐내기만 할 요량으로 놓아

두고, 장 바르는 더 파 내려가기 위해 보수하고 기계를 교체해 수갱을 확장할 꿈을 꾸고 있었다. 거기에서는 삽으로 노다지를 찾아낼 것이라고 그는 말했다. 그 생각은 옳았다. 다만 거기에 벌써 100만 프랑이 들어갔고, 큰 수익을 벌어들여 그의 생각이 옳다고 증명될 그 순간 이 빌어먹을 산업 위기가 터진 것이었다. 게다가 서투른 관리자로서 노동자들에게 갑작스레 호의를 베풀던 그는, 부인이 죽은 이후 사기까지 당했다. 또한 딸들에게 고삐를 풀어 주니 큰딸은 극단에 들어가겠다고 하고 작은딸은 살롱전에 풍경화 세 점을 출품하려 했으나 벌써 거절당했다. 하지만 둘 다 이런 몰락 가운데서도 웃음 지었으며 자신들에게 위협적인 궁핍 속에서도 아주 알뜰한 살림꾼으로서의 면모를 드러냈다.

"아시겠지만, 레옹 형님." 그는 머뭇거리는 목소리로 말을 이었다. "형님이 나와 같이 주식을 팔지 않은 것은 잘못한 겁니다. 이제 모든 게 몰락하고 있어요. 형님도 겪게 될지 몰라요……. 형님 돈을 내게 맡겼더라면 방담의 우리 탄광에서 엄청난 수익을 냈을 거예요!"

그레구아르 씨는 서두르지 않고 초콜릿을 다 먹었다. 그는 태평하게 대답했다.

"절대로 그렇게는 안 해! ……자네도 잘 알다시피 나는 투기는 하고 싶지 않아. 나는 조용히 살고 있지. 사업 걱정으로 골치 썩는 것은 너무나 바보 같은 짓일 거야. 그리고 몽수 주식으로 말하자면 값이 계속 떨어질지 몰라. 그래도 우리에게는 늘 충분할 거야. 그렇게 욕심 부려서는 안 된다니까, 나 원참! 그리고 내 말 들어 봐. 언젠가 후회할 사람은 자네야, 몽수는 값이 다시 오를 거고 세실의 후손들은 거기에서 계속 자기들의 흰 빵을 얻어 낼 테니 말일세."

드널랭은 거북한 미소를 지으며 그의 말을 듣고 있었다.

"그럼 만약 내가 형님더러 내 사업에 10만 프랑을 대 달라고 하면 형님은 거절하겠군요?" 그는 중얼거렸다.

그러나 그레구아르 가족의 불안해 하는 얼굴을 대하자 그는 그렇게 성급하게 이야기한 것을 후회하며, 절망적인 처지가 되면 다시 얘기할 요량으로 돈 빌릴 생각은 나중으로 미뤄 두었다.

"아! 그 정도는 아니에요! 농담이죠……. 그래요! 형님 생각이 옳을 겁니다. 다른 사람들이 형님께 벌어다 주는 돈이 가장 확실히 살찌게 하는 돈이죠."

그들은 화제를 바꿨다. 세실은 사촌들 얘기로 돌아와 사촌들의 취미에 몹시 놀라워하면서 대단히 관심을 보였다. 그레구아르 부인은 날씨가 좋아지는 대로 자기 딸을 사랑스런 사촌들에게 데려가겠다고 약속했다. 그렇지만 그레구아르 씨는 겉도는 표정을 한 채 대화에 끼지 않았다. 그는 큰 소리로 덧붙였다.

"나는 말이지, 내가 자네 입장이라면 더 이상 고집부리지 않고 몽수와 협상해 보겠네……. 그들이 무척 원하는 바야. 자네도 돈을 회수하게 될 거고."

그는 몽수 탄광과 방담 탄광 사이의 해묵은 적개심을 암시했다. 방담 탄광은 중요성이 별로 없는데도 불구하고 힘 있는 이웃은 그들 소유의 예순일곱 개 지역 안에 자기네 소유가 아닌 이 네모진 땅이 끼어 있다는 데 분통을 터뜨렸다. 그래서 방담 탄광을 죽이려는 노력이 수포로 돌아가자 방담 탄광이 허덕일 때 헐값으로 사들이려는 음모를 꾸미고 있었다. 전쟁은 쉬지 않고 계속되었다. 그들은 매번 상대방 갱도로부터 200미터 떨어진 곳까지 자기네 갱도를 굴착했다. 사장들과 기사들은 겉으로는 상호간에 예의를 지키고 있었지만 사실은 마지막 피까지 보려는 결투가 벌어지고 있었다.

드널랭의 두 눈이 불타올랐다.

"결단코!" 이번에는 그가 소리쳤다. "내가 살아 있는 한 몽수는 방담을 가지지 못할 겁니다……. 목요일에 엔보의 집에서 저녁 식사를 했는데 그가 내 마음을 떠보는 것이 뻔했어요. 이미 지난가을에도 높은 사람들이 회사에 와서 내게 온갖 달콤한 말을 하더군요. 그래요, 나는 그들을 잘 알아요. 그 후작들, 공작들, 장군들, 장관들을! 숲 모퉁이에서 속옷까지 뺏어 갈 강도들!"

그의 말은 끝없이 계속되었다. 또한 그레구아르 씨도 몽수 회사 측을, 즉 1760년 협정에 의해 임명된 여섯 명의 이사들을 두둔하지 않았다. 이 이사들은 회사를 독재자처럼 관리했고, 한 사람이 죽으면 나머지 다섯 명이 가장 유력하고 부유한 주주들 가운데서 새 동료를 선출하곤 했다. 합리적인 성향을 지닌 라 피올렌 저택의 소유자는, 이 이사들이 돈에 지나치게 집착하는 탓에 때때로 절도를 지키지 못한다는 의견이었다.

멜라니가 식탁을 치우러 왔다. 밖에서 개들이 다시 짖기 시작하자 오노린이 대문 쪽으로 가려 하는데, 더위와 포만감으로 숨이 가빠진 세실이 식탁에서 일어섰다.

"아니, 그냥 둬, 내 레슨 선생님일 거야."

드널랭도 일어섰다. 그는 처녀가 나가는 것을 보고는 미소지으며 물었다.

"그런데 애송이 네그렐과의 결혼은요?"

"정해진 건 아무것도 없어요." 그레구아르 부인이 말했다. "막연한 생각일 뿐이죠……. 곰곰이 생각해 봐야겠어요."

"그렇겠죠." 그가 외설스럽게 웃으며 말을 계속했다. "내 생각으로는 조카와 아주머니가……. 깜짝 놀랄 일은, 세실을 그토록 얼싸안으며 환영하는 사람이 엔보 부인이라는 점이죠."

그러자 그레구아르 씨가 화를 냈다. 그토록 품위 있는 데다 청년보다 열네 살은 더 많은 부인이! 망측스러운 일이었고 그는 그런 주제로 농담하는 것을 싫어했다. 드널랭은 여전히 웃으면서 그와 악수한 뒤 떠났다.

"이번에도 아니에요." 세실이 돌아와 말했다. "이번에는 아이 둘을 데리고 온 그 여자예요. 알죠, 엄마, 일전에 만났던 광부 아내요……. 그 사람들을 여기에 들어오게 해야 하나요?"

그들은 망설였다. 그 일행이 아주 더럽든? 아니 별로, 그리고 그들은 자기들의 나막신을 층계에 놓아둘 것이다. 아버지와 어머니는 벌써 커다란 안락의자에 몸을 쭉 펴고 앉아 있었다. 그들은 거기서 소화시키고 있었다. 그들은 나가봐야 할까 봐 걱정이 되어 결심했다.

"오노린, 들어오게 해."

그러자 굶주린 데다 몸이 얼어붙은 라 마외드와 그녀의 아이들이 들어왔다. 그처럼 따뜻하고 브리오슈 냄새가 향기롭게 풍기는 방 안에 들어오자 그들은 놀란 채 겁에 질려 있었다.

# 2

 닫혀 있는 방 안으로는 빛이 차양 덧문을 통해 회색 줄무
늬를 이루며 점차 미끄러져 들어와 부채꼴로 천장에 펼쳐졌
다. 막힌 방 안의 공기는 무거웠고 모두들 잠에 빠져 있었다.
레노르와 앙리는 서로 부둥켜안은 채, 알지르는 머리를 젖혀
자기 곱사등을 벤 채 자고 있었다. 본모르 영감은 자카리와
장랭의 침대를 독차지하고 입을 벌린 채 코를 골고 있었다. 작
은 방에서는 숨소리 하나 들리지 않았다. 거기에는 라 마외드
가 옆으로 늘어진 가슴을 에스텔이 빨게 하면서 잠들어 있었
고, 젖을 잔뜩 먹은 아기도 배를 가로 베고 곯아 떨어져 말랑
말랑한 가슴에 묻혀 숨 막힐 듯 자고 있었다.
 아래층에 있는 뻐꾸기시계가 6시를 알렸다. 탄광촌 집들의
전면을 따라 문소리가 연이어 나더니 보도블록 위로 나막신

들이 딸각대는 소리가 들렸다. 수갱으로 가는 여자 선탄부들이었다. 그러고는 7시까지 다시 조용했다. 이윽고 덧문들이 열렸고 벽들을 통해 하품 소리와 기침 소리가 들려왔다. 커피 가는 기계가 오랫동안 드르륵거렸지만 방에서는 아직 아무도 깨지 않았다.

그런데 갑자기 멀리서 따귀를 때리고 고함을 치는 소동이 일어나자 알지르는 벌떡 일어났다. 그녀는 시간을 깨닫고는 어머니를 흔들어 깨우러 맨발로 뛰어갔다.

"엄마! 엄마! 늦었어. 볼일이 있잖아……. 조심해! 에스텔을 깔아뭉개겠어."

그러고는 늘어져 있는 엄청난 가슴 아래 반쯤 질식해 있는 아기를 구해 냈다.

"빌어먹을 팔자!"라 마외드가 눈을 부비며 더듬더듬 말했다. "하도 뼈 빠지게 일했더니 하루 종일이라도 자겠네……. 레노르와 앙리에게 옷을 입혀라, 그 애들을 데려갈 테니. 그리고 너는 에스텔을 돌보렴. 이런 고약한 날씨에 병이라도 걸릴까 봐 저 애를 끌고 다니고 싶지 않구나."

그녀는 서둘러 씻고는 갖고 있는 것 중 낡았지만 가장 깨끗한 파란색 치마와 전날 천 조각 두 개를 대어 기운 회색 모직 웃옷을 걸쳤다.

"참, 수프는 어쩌지? 빌어먹을 팔자!" 그녀는 다시금 중얼거렸다.

어머니가 좌충우돌하면서 내려가는 동안 알지르는 방으로 돌아가 악쓰며 울기 시작한 에스텔을 데려갔다. 그러나 아이는 아기의 발광에는 익숙해 있어서 나이가 여덟 살인데도 아낙네처럼 아기를 달래고 어르는 꾀를 지니고 있었다. 아이는 아직 따뜻한 자기 침대에 아기를 가만히 눕히고는 손가락 하나를 빨도록 쥐어 주어 다시 잠재웠다. 때마침 잘 재운 것이었다. 또 다른 소동이 벌어졌기 때문이다. 그 소동으로 아이는 결국 잠이 깬 레노르와 앙리를 곧 화해시켜야 했다. 이 아이들은 잘 때만 정답게 서로 목을 끌어안을 뿐 사이가 좋은 적이 거의 없었다. 여섯 살 먹은 계집아이는 일어나자마자 자기보다 두 살 어린 남동생에게 달려들었고 사내애는 미처 대응도 못 하고 따귀를 얻어맞았다. 그 애들은 둘 다 바람을 불어넣은 듯 너무나 커다란 머리통에 노란 머리칼이 헝클어져 있었다. 알지르는 엉덩이 가죽을 벗기겠다고 위협하면서 여동생의 다리를 잡아당겨야 했다. 그다음으로는 세수를 하기 위해서, 또 계집아이가 형제들에게 옷을 하나 건네줄 때마다 난리법석이었다. 본모르 영감의 잠을 방해하지 않기 위해 차양 덧문들은 열지 않았다. 영감은 아이들이 엄청난 소란을 일으키는데도 계속 코를 골고 있었다.

"준비됐다! 위에 있는 너희들도 준비됐니?"라 마외드가 소리쳤다.

그녀는 덮개들을 열어 놓고 불을 들쑤신 후 석탄을 얹어 놓았다. 그녀는 노인이 수프를 몽땅 꿀꺽해 버리지 않기를 바랐다. 하지만 그녀는 냄비가 닦여 있는 것을 보고 사흘 전부터 간직해 둔 국수 한 줌을 익혔다. 버터 없이 물과 함께 삼킬 참이었다. 전날의 얇은 빵 조각 중 남은 것은 없을 터였다. 그런데 그녀는 카트린이 브리케를 준비하면서 기적같이 호두알 만큼 빵 조각을 남겨 놓은 것에 놀랐다. 단지 이번에는 찬장이 깨끗이 비어 있었다. 빵 껍질 하나, 식료품 찌꺼기 하나, 갉아 먹을 뼈다귀 하나 남아 있지 않았다. 메그라가 그들에게 외상을 사절한다고 고집을 부리고 라 피올렌의 부르주아들이 그들에게 백 수를 주지 않는다면 그들은 어떻게 될까? 남자들과 딸아이가 수갱에서 돌아오면 어쨌든 뭘 먹어야 할 텐데. 불행하게도, 먹지 않고 사는 법은 아직 발명되지 않았으니.

"내려들 와, 어서!" 그녀는 화를 내며 소리 질렀다. "진작 출발했어야 했다고."

알지르와 아이들이 나타나자 그녀는 작은 접시 세 개에 국수를 나눴다. 그녀는 배가 고프지 않다고 말했다. 카트린은 이미 전날의 커피 찌꺼기에 물을 부어 마시고는 다시 물을 부어 커피를 큰 잔으로 두 잔이나 마셨다. 커피가 어찌나 연한 색인지 녹물 같았다. 그래도 그것은 그녀를 지탱해 줄 것이다.

"내 말 들어 봐." 그녀는 알지르에게 거듭 말했다. "할아버지는 주무시게 두고 에스텔의 머리통이 깨지지 않게 주의해라. 그리고 에스텔이 깨서 너무 심하게 울면, 자! 여기 설탕 한 조각이 있으니까 그걸 녹여서 에스텔에게 몇 숟갈 먹여 줘……. 엄마는 네가 이제 철이 들었으니 이것을 먹어 버리지 않으리라는 걸 알고 있다."

"그럼 학교는, 엄마?"

"학교, 음, 다른 날 가면 되지……. 오늘은 네가 필요해."

"그럼 수프는? 엄마가 늦게 돌아오면 내가 만들어 둘까?"

"수프, 수프라……. 아니, 날 기다리렴."

불구의 몸으로 일찌감치 영리해진 알지르는 벌써 능숙하게 수프를 끓일 줄 알았다. 아이는 말귀를 알아들었는지 더이상 되묻지 않았다. 이제 탄광촌 전체가 잠에서 깨어나 아이들은 무리 지어 나무 밑창 구두를 질질 끄는 소리를 내며 학교에 가고 있었다. 시계가 8시를 알리자 왼쪽 르바크네 집에서 웅성거리며 떠드는 소리가 커졌다. 여자들의 하루가 시작된 것이다. 그들은 커피포트 주위에 서서 주먹을 허리에 얹고 혓바닥을 방앗간의 방아처럼 쉬지 않고 돌리는 것이었다. 두툼한 입술에 코는 납작한 삭은 얼굴 하나가 창유리에 대고서 소리쳤다.

"새로운 소식이 있어, 들어 봐."

"아니, 아니, 나중에!" 라 마외드가 대답했다. "볼일이 있어."

그러고는 따뜻한 커피 한 잔의 선심에 넘어갈까 봐 레노르와 앙리를 혼내면서 데리고 출발했다. 위층에서는 여전히 본모르 영감이 리듬에 맞춰 코를 골았고, 그 코 고는 소리가 집안을 잔잔히 흔들고 있었다.

밖으로 나서자 라 마외드는 바람이 더 이상 불지 않아 놀랐다. 갑자기 날씨가 풀려 하늘은 흙빛이고 벽들은 초록빛 습기로 끈적거리며 길들은 진흙으로 더러웠다. 이 진흙은 석탄고장 특유의 것으로, 물에 탄 검댕처럼 시커먼 데다 두툼하고 끈적해서 나막신이 벗겨질 정도였다. 곧이어 그녀는 레노르의 따귀를 올려붙였다. 계집아이가 삽 끝으로 끌어모으듯 나막신으로 진흙을 모으며 재미있어 했기 때문이다. 탄광촌에서 벗어난 그녀는 폐석장을 따라가다 질러가기 위해 이끼 낀 나무 울타리로 막혀 있는 공터 가운데로 난 울퉁불퉁한 길을 통해 운하 길을 따라갔다. 창고들이 줄지어 있었고 공장의 기다란 건물들과 높은 굴뚝들이 토해 낸 검댕이 변두리 산업 지역의 황폐한 전원을 더럽히고 있었다. 작은 포플러 숲 뒤로는 오래된 레키야르 수갱이 있었고, 무너진 도르래 탑은 거대한 골조들만 남아 있었다. 이윽고 라 마외드는 오른쪽으로 돌아서 큰 길로 접어들었다.

"기다려! 기다려! 더러운 돼지 같은 녀석아!" 그녀는 소리질렀다. "네가 만두를 만들게 시킬 테니까!" 이번에는 앙리가 진흙을 한 움큼 집어 반죽을 하고 있었다. 똑같이 따귀를 맞은 두 아이는 다시 명령을 따랐다. 아이들은 진흙더미 가운데 자신들이 남기는 발자국들을 곁눈질로 힐끔거렸다. 진흙 길에서 신발 밑창을 떼어 올리느라 벌써 지쳐 버린 아이들은 발걸음을 옮길 때마다 쩔쩔맸다.

마르시엔 쪽으로는 포장도로가 팔 킬로미터쯤 이어졌다. 길은 불그스름한 땅 사이로 더러운 기름에 적셔진 리본처럼 곧바로 뻗어 있었다. 그러나 반대쪽 길은 넓게 굴곡이 진 들판의 경사 위에 건설된 몽수를 통과하며 구불구불 뻗어 내려가고 있었다. 제조업 도시들 사이로 질서 정연하게 나 있는 부드러운 커브 길과 완만한 오르막길들로 이어지는 이 북쪽 길들은 점차 모습을 갖추며 하나의 지역 전체를 노동자의 도시로 만들려는 형세였다. 경쾌한 분위기를 내기 위해 어떤 것들은 노랗게, 또 어떤 것들은 파랗게, 또 다른 것들은 아마도 최종적으로 검정색에 바로 도달하게 하려는 듯 까맣게 칠해져 있는 등 울긋불긋하게 칠한 작은 벽돌집들이 경사 아래까지 좌우로 구불구불 내려가며 이어졌다. 공장장들의 집인 커다란 2층짜리 빌라 몇 채가 좁은 집들의 전면이 밀집해 이루는 선에 구멍을 내듯 자리 잡고 있었다. 마찬가지로 벽돌로 지은 교회는 날아다니는 석탄 먼지로 벌써 더럽혀진 네모난 종탑 때문에 마치 새로운 모델의 용광로 같았다. 그리고 설탕 공장들, 밧줄 공장들, 제분소들 사이로 가장 눈에 띄는 것은 댄스홀, 카페, 맥줏집으로, 술집이 어찌나 많은지 1000여 채의 가옥 중 500개가 넘었다.

창고와 공장이 널따랗게 늘어서 있는 회사의 창고가 가까워지자 라 마외드는 앙리와 레노르를 각각 오른손과 왼손으로 붙잡기로 결심했다. 저편에 사장인 엔보 씨의 저택이 있었다. 철책으로 길과 분리되어 있고, 정원에는 가느다란 나무들이 자라고 있는 일종의 널따란 별장이었다. 바로 그때 마차 한 대가 문 앞에 멈추더니 훈장을 단 신사 한 명과 털 코트를 입은 귀부인 한 명이 내렸다. 마르시엔 역에서 내린, 파리에서 온 방문객들인 듯했다. 현관의 흐릿한 빛 속에 나타난 엔보 부인이 놀라움과 기쁨의 환성을 질렀다.

"걸어들 좀, 느림뱅이들아!" 라 마외드는 진흙 속에서 자포자기한 두 꼬마를 잡아당기며 야단쳤다.

그녀는 메그라의 집에 도착하자 온 가슴이 두근거렸다. 메그라는 사장 바로 옆집에 살고 있었다. 오로지 담 하나가 그의 작은 집과 저택을 구분하고 있었다. 거기에는 창고가 하나 있었는데 쇼윈도가 없는 상점으로 문이 길가로 열려 있는 기다란 건물이었다. 그는 그 안에 식료품, 돼지고기, 과일 등 무엇이든 다 갖추고 있었고 빵, 맥주, 냄비 등을 팔았다. 르 보뢰에서 감독관이었던 그는 비좁은 매점에서 출발했다. 그러더니 상관들의 보호 아래 장사를 확장시켜 몽수의 소매상들을 점차 망하게 했다. 그는 상품들을 자기 가게에 집중시켰고, 탄광촌의 많은 고객들로 인해 더 싸게 팔면서 외상 판매를 더 많이 할 수 있게 되었다. 더욱이 그는 회사의 수하로 남아 있었다. 그래서 회사가 그에게 작은 집과 상점을 지어 준 것이다.

"이렇게 또 왔네요, 메그라 씨." 라 마외드는 때마침 자기 상점 문 앞에 서 있는 그를 발견하고 비굴한 표정으로 말했다.

그는 대꾸 없이 그녀를 바라보았다. 뚱뚱한 몸집을 지닌 그는 냉정하고 정중했으며 자신이 내린 결정은 결코 뒤집지 않는다는 자부심을 지니고 있었다.

"저어, 어제처럼 저를 돌려보내지는 않겠지요. 오늘부터 토요일까지 먹을 빵이 필요해요…… 물론 우리는 이 년 전부터 당신에게 육십 프랑을 빚지고 있지만요."

그녀는 짧은 말들로 고통스럽게 사정을 얘기했다. 그것은 지난 파업 때 진 옛날 빚이었다. 그들은 수없이 빚을 갚겠다고 약속했었다. 하지만 그럴 수가 없었다. 그에게 보름마다 사십 수를 주기에는 역부족이었다. 거기다 그저께 불행한 일이 생겼다. 신기료장수가 그들의 재산을 차압하겠다고 위협하는 통에 이십 프랑을 갚아야 했다. 그런 이유로 그들은 한 푼도 없는 처지가 되었다. 그렇지 않았다면 그들은 동료들처럼 토요일까지 버틸 수 있었을 것이다.

메그라는 배를 내밀고 팔짱을 낀 채 애원을 들으며 고개를 저었다.

"빵 두 개만요, 메그라 씨. 저도 염치가 있어요, 커피를 달라고는 안 해요……. 매일 삼 파운드짜리 빵 두 개만요."

"안 돼!" 마침내 그는 온 힘을 다해 소리 질렀다.

그의 아내가 나타났다. 고개를 들 생각조차 못 하고 장부 위에서 나날을 보내는 연약한 여자였다. 그녀는 이 불행한 여인의 간청하는 눈길을 마주칠까 봐 겁이 나서 몸을 피했다. 사람들은 그의 아내가 여자 광차 운반부들에게 부부 침대를 내준다고 수군댔다. 그것은 알려진 사실이었다. 어느 광부 한 사람이 외상 빚을 미루고 싶다면 그는 밉든 예쁘든 간에 비위를 맞출 줄 아는 자기 딸이나 아내를 메그라에게 보내기만 하면 되었다.

라 마외드는 여전히 눈길로 메그라에게 애원하다 그녀의 옷을 벗기는 듯한 작은 두 눈의 은근한 눈빛에 거북스러움을 느꼈다. 그녀는 화가 났다. 그녀가 젊어서 일곱 아이를 낳기 전이었다면 이해했을 것이다. 그녀는 자리를 떴다. 그녀는 개울에 버려진 호두 껍질들을 주워다가 들여다보고 있던 레노르와 앙리를 세차게 끌어당겼다.

"그래 갖고는 복을 못 받을 거예요. 메그라 씨, 명심해요!"

이제 그녀에게는 라 피올렌의 부르주아들만이 남았다. 그 사람들이 백 수를 주지 않으면 모두 누워서 굶어 죽는 수밖에 없었다. 그녀는 왼쪽의 주아젤 길로 접어들었다. 길모퉁이에 있는 회사 사무국은 벽돌로 지은 진짜 궁궐 같았다. 거기에서는 가을마다 왕족들, 장군들 그리고 정부 고관 같은 파리의 거물들이 와서 성대한 만찬을 열었다. 걸어가는 도중에 그녀는 벌써 백 수를 어떻게 쓸지 생각하고 있었다. 우선 빵과 커피, 다음으로 아침의 수프와 저녁의 스튜를 위해 버터 사분의 일 파운드, 감자 일 부아소[29]에다 끝으로 아마도 돼지 편육을 약간 살 것이다. 남편에게는 고기가 필요했다.

몽수의 본당 신부인 주아르 신부가 옷이 젖을까 봐 수단을 걷어 올리며 지나가고 있었다. 잘 먹고 지내는 살찐 고양이 같은 그는 세련되고 성품이 온화했다. 그는 노동자나 업주들의 비위를 건드리지 않기 위해 아무 일에도 관심을 갖지 않는 척했다.

"안녕하세요, 신부님?"

그는 걸음을 멈추지 않고 아이들에게 미소 짓더니 길 가운데 꼼짝 않고 있는 그녀를 내버려 두고 갔다. 그녀는 종교를 갖고 있지 않았지만 갑자기 이 신부가 그녀에게 무언가를 주지 않을까 생각했던 것이다.

그러고는 검고 끈적거리는 진흙 가운데 다시 행보를 시작했다. 아직도 이 킬로미터가 남았는데, 꼬마들은 이제 재미도 없고 낙심해 있어서 라 마외드는 애들을 더욱더 잡아끌어야 했다. 길 양편으로는 이끼 낀 나무 울타리로 둘러싸인 똑같은 공터들, 연기에 더러워지고 높은 굴뚝들이 솟아 있는 똑같은 공장 건물들이 펼쳐졌다. 그리고 들판 한가운데는 돛대처럼

---

29) boisseau. 약 십삼 리터.

서 있는 나무 한 그루도 없이 갈색 흙덩어리들이 널따란 바다를 이루듯 광활하게 평평한 땅이 방담 숲의 보랏빛 지평선까지 펼쳐져 있었다.

"안아 줘, 엄마."

그녀는 꼬마들을 하나씩 차례로 안았다. 길 곳곳에 물구덩이들이 생겨 있어서 그녀는 너무 더러운 모습으로 도착할까 봐 옷을 걷어 올렸다. 그녀는 세 번이나 넘어질 뻔했다. 이 고약한 길은 그 정도로 끈적거렸다. 그리고 마침내 그들이 층계 앞에 다다르자 커다란 개 두 마리가 어찌나 사납게 짖으며 그들에게 달려들던지 꼬마들은 무서워서 울부짖었다. 마부가 채찍을 들어야 했다.

"나막신을 벗어 놓고 들어와요." 오노린이 되풀이해 말했다.

식당 안으로 들어가자 애 엄마와 아이들은 갑작스런 훈훈함에 얼떨떨하고, 안락의자에 앉아 몸을 뻗고 있던 노신사와 노부인의 눈초리에 몹시 거북스러워져 꼼짝 않고 서 있었다.

"딸아." 노부인이 말했다. "네가 좀 돌보아 주렴."

그레구아르 부부는 적선하는 일을 세실에게 맡겼다. 그들은 그렇게 하는 것이 훌륭한 교육이라고 생각했다. 베풀어야 한다고 했고, 그들은 스스로 자신들의 집은 하느님의 집이라고 말하곤 했다. 더욱이 그들은 사람들에게 속아서 악행을 돕게 되는 건 아닐까 하고 끊임없이 걱정했기 때문에, 자기들이 현명한 방식으로 자선을 베풀고 있다고 자부하고 있었다. 그래서 그들은 십 수든 이 수든 결코! 결코 돈을 주는 법이 없었다. 가난한 자는 이 수라도 손에 들어오면 즉시 술을 마시는 데 써 버리기 때문이었다. 따라서 그들은 항상 현물로, 특히 따뜻한 옷들로 적선을 했고, 겨울에는 빈곤한 아이들에게 옷을 나누어 주었다.

"오! 가엾은 귀염둥이들!" 세실이 소리쳤다. "추위 속에 걸어와서 새파랗구나! 오노린, 장롱에서 보따리를 찾아 와."

하녀들 역시 끼니 걱정 없는 처녀들이 지닐 법한 동정심과 일말의 불안감을 품고 이 비참한 사람들을 바라보았다. 침실 담당 하녀가 올라가는 동안 요리사는 남은 브리오슈를 식탁에 놓아 두고는 넋을 놓고 두 손을 늘어뜨린 채 그 자리에 머물러 있었다.

"때마침 모직 드레스 두 벌과 삼각 숄이 있어요⋯⋯." 세실이 말을 계속했다. "곧 알게 되겠지만, 너희들을 따뜻하게 해 줄 거야, 가엾은 귀염둥이들아!"

라 마외드는 그제야 입이 다시 떨어져서 더듬거리며 말했다.

"정말 감사합니다, 아가씨⋯⋯. 모두들 정말 선량하시네요⋯⋯."

그녀는 눈에 눈물이 가득 고였고, 이제 백 수를 받을 수 있을 거라고 확신했다. 단지 그들이 선뜻 돈을 내주지 않으면 어떻게 달라고 할지 궁리하고 있었다. 침실 담당 하녀는 아직 나타나지 않았고 일순 당황스런 침묵이 흘렀다. 꼬마들은 엄마의 치마폭에 싸여서 눈을 크게 뜨고는 브리오슈를 뚫어져라 보고 있었다.

"아이는 둘밖에 없나요?" 침묵을 깨기 위해 그레구아르 부인이 물었다.

"오! 마님, 일곱이 있습니다."

다시 신문을 읽기 시작하던 그레구아르 씨는 펄쩍 뛰며 화를 냈다.

"일곱 명이라고, 아니 왜? 맙소사!"

"그건 경솔한 일이에요." 노부인이 중얼거렸다.

라 마외드는 어렴풋이 변명하는 몸짓을 했다. 어쩌란 말인가? 전혀 생각이 없어도 저절로 생겨나는 것을. 그리고 애들이 크면 돈을 벌어 와 집안이 유지된다. 그래서 그녀의 집안에 완전히 마비되어 가는 할아버지가 없다면, 또 아들들 중 둘과 맏딸만이라도 수갱에 내려갈 나이가 된다면 그들은 살아갈 수 있었다. 어쨌든 지금은 아무 일도 하지 않는 꼬마들을 먹여 살려야 했다.

그레구아르 부인이 다시 말을 이었다. "그럼 당신들은 오래 전부터 탄광에서 일했나요?"

소리 없는 웃음이 라 마외드의 창백한 얼굴을 환하게 했다.

"아! 예, 아! 예……. 저는요, 스무 살 때까지 탄광에 내려갔죠. 제가 둘째 아이를 낳았을 때 의사는 제가 죽을 거라고 했어요. 갱에 내려가는 것이 제 뼛속의 무언가를 고장 낸 것 같다는 이유였지요. 게다가 그때 저는 결혼을 했고 집에서 할 일이 꽤 많았답니다. 하지만 제 남편 쪽 집안은, 아시겠지만 그들은 아주아주 옛날부터 갱 속에서 일해 왔답니다. 할아버지의 할아버지까지 거슬러 올라가고, 잘은 몰라도 레키야르에서 첫 곡괭이질을 했을 맨 처음으로까지 올라가지요."

생각에 잠긴 듯한 그레구아르 씨는 이 불쌍한 여인과 아이들을 바라보았다. 그들의 살결은 밀랍 같고 머리는 탈색되어 있었다. 빈혈에 시달리고 굶주려 애처롭고 추한 모습으로 오그라들어 퇴락한 모습이었다. 다시금 침묵이 흘렀고 가스를 뿜어 대며 타는 석탄 소리밖에 들리지 않았다. 축축한 거실은 안락함의 묵직한 분위기를 지니고 있어서, 부르주아적 행복이 깃든 집 안이 잠에 빠지게 만들었다.

"얘는 도대체 뭐 하는 거야?" 세실이 참다못해 소리쳤다. "멜라니, 올라가서 그 애에게 보따리는 옷장 아래 왼쪽에 있다고 알려 줘."

그동안 그레구아르 씨는 이 굶주린 사람들의 광경이 그에게 불러일으킨 생각들을 큰소리로 매듭 지었다.

"이 세상에는 불행이 있다는 것, 그건 정말 사실이오. 그러나 이보시오, 선량한 부인. 노동자들이 별로 현명하지 못하다는 것도 말해야겠군……. 광부들은 농부들처럼 저축을 하는 대신 술을 마시고 빚을 져서 결국 자기 가족을 더 이상 먹여 살릴 수 없게 되는 거요."

"어르신 말씀이 옳습니다." 라 마외드가 공손하게 대답했다. "사람들이 항상 올바른 길을 가지는 않지요. 건달들이 불평을 할 때면 제가 되풀이하는 말이 바로 그겁니다……. 저로 말하자면 운이 좋았답니다. 제 남편은 술을 마시지 않거든요. 그래도 결혼식이 있는 주일에는 때때로 지나치게 마신답니다. 그렇지만 그 이상 심하게 마시는 일은 결코 없습니다. 죄송한 말씀이지만 저희가 결혼하기 전에는 남편이 진짜 돼지처럼 마셨으니 지금으로서는 더욱 신사가 된 셈이지요……. 그렇지만 보시다시피 남편이 절제를 한다고 저희가 별로 나아지는 것은 없습니다. 오늘처럼 집 안의 서랍을 모두 뒤엎어 봐도 동전 한 닢 떨어지지 않는 날이 있답니다."

그녀는 그들이 백 수짜리 동전을 내줄 마음이 들게 하려고 헤어날 길 없는 빚에 대해 설명하면서 맥없는 목소리로 계속 말했다. 처음에는 수줍던 그녀의 목소리가 이윽고 커지며 격렬해졌다. 그들은 한동안 보름마다 규칙적으로 빚을 갚았다. 그러나 어느 날 밀리기 시작하자 끝장이 났고 다시는 따라잡지 못했다. 빚구멍은 커지고 빚을 갚는 것조차도 불가능하게 되자 남자들은 일하는 것을 혐오했다. 어림도 없는 일이지! 죽을 때까지 곤경에 처해 있는 것이다. 게다가 모든 사정을 이해해야 한다. 광부는 먼지를 씻어 내기 위해 맥주 한 조끼가 필요한 것이다. 그렇게 시작되어 그는 더 이상 술집에서 나오지 못하게 되고 그러면 낭패스런 일들이 닥친다. 누구도 원망하지는 않지만 어쨌든 광부들이 충분히 벌지 못한다는 것은 분명하리라.

그레구아르 부인이 말했다. "내가 알기로는 회사에서 당신들에게 집세와 난방을 제공하는 것 같던데요."

라 마외드는 난로에서 불타오르는 석탄을 곁눈질로 바라보았다.

"예, 예, 저희에게 석탄을 주지요. 별로 좋지는 않지만 타기는 하죠……. 집세로 말하자면 매달 육 프랑밖에 안 된답니다. 그건 아무 소용도 없는 셈이고요. 집세를 내기가 정말 힘든 적이 자주 있습니다……. 그래서 오늘 누가 저를 조각낸다 해도 저에게서 이 수도 빼낼 수 없을 거예요. 아무것도 없는 곳에는 아무것도 없는 거죠."

주인과 부인은 이러한 빈곤의 넋두리가 점차 지겹고 불편해져서 포근하게 몸을 뻗은 채 침묵을 지키고 있었다. 그녀는 그들의 비위를 거슬렀을까 봐 걱정되어 실리적인 여자의 바르고 침착한 표정으로 말을 덧붙였다.

"오! 저는 불평을 하려는 것이 아닙니다. 사정이 이러하니 받아들여야죠, 저희가 발버둥 쳐 봐야 아무것도 바꿀 수는 없을 거고요……. 주인 어르신과 마님, 최선의 것은 이런 것이 아닐까요? 하느님께서 우리에게 주신 자리에서 자기 일을 정직하게 하려고 애쓰는 것 말입니다."

그레구아르 씨는 그녀를 크게 칭찬했다.

"선량한 부인, 당신이 그런 생각을 지니고 있으면 불행을 이겨 낼 수 있을 거요."

오노린과 멜라니가 마침내 보따리를 가져왔다. 세실이 보따리를 풀어 드레스 두 벌을 꺼냈다. 그녀는 그 옷들에 삼각 숄과 양말, 벙어리장갑까지 끼워 넣었다.

이 모두가 훌륭하게 어울릴 것이라 생각하며 그녀는 서둘렀고 하녀들에게 고른 옷들을 싸라고 했다. 그녀의 피아노 선생이 막 도착했기 때문에 그녀는 애 엄마와 애들을 문 쪽으로 떠밀었다.

"저희는 돈이 궁하답니다." 라 마외드는 더듬거리며 말했다. "저희에게 백 수짜리 동전이라도 주신다면……."

그녀는 목이 멘 소리로 말했다. 마외네는 자부심이 있어 결코 구걸은 하지 않았기 때문이다. 세실은 걱정스러워서 자기 아버지를 쳐다보았다. 그러나 그녀의 아버지는 의무감에 찬 표정으로 단호히 거절했다.

"안 돼요. 그건 우리 방식이 아니오. 돈을 줄 수는 없어요."

그러자 처녀는 애들 엄마의 참담한 표정에 마음이 흔들려 아이들을 만족시켜 주고 싶었다. 아이들이 여전히 브리오슈를 뚫어지게 바라보고 있어서 그녀는 빵에서 두 사람 분을 잘라 아이들에게 나누어 주었다.

"자! 너희들 거야."

그런 다음 그녀는 빵들을 도로 거둬들이더니 헌 신문지를 가져오게 했다.

"기다려. 너희 형제자매랑 같이 먹도록 하렴."

그녀는 자기 부모의 연민 어린 시선 속에서 그들을 완전히 밖으로 내보냈다. 먹을 빵이 없었던 불쌍한 꼬마들은 추위로 곱은 고사리 같은 손에 브리오슈를 소중히 들고 떠나갔다.

라 마외드는 아이들을 포장도로로 끌고 나섰다. 황량한 들판도, 시꺼먼 진흙도, 현기증 나는 광대한 납빛 하늘도 더 이상 눈에 들어오지 않았다. 몽수를 다시 지나가면서 그녀는 메그라의 집에 결연히 들어가 너무도 간절히 애원했다. 마침내 그녀는 빵 두 개, 커피, 버터 그리고 심지어 그녀가 원하던 백 수짜리 동전까지 빌릴 수 있었다. 메그라는 단기 고리로도 빌려주기 때문이었다. 그가 원하는 것은 그녀가 아니라 카트린이었다. 그가 그녀에게 식료품을 가져가려면 딸을 보내라고 당부하자 그녀는 그 사실을 알아차렸다. 두고 볼 일이었다. 그가

카트린의 얼굴에 바싹 다가가 입김을 불어 댄다면 카트린은
그의 따귀를 갈길 것이다.

# 3

240번 탄광촌의 작은 교회에서 11시 종이 울렸다. 벽돌로 지은 교회당에는 주아르 신부가 주일마다 미사를 올리러 왔다. 그 옆에 똑같이 벽돌로 지은 학교에서는 바깥의 추위 때문에 창문을 닫아 놓았는데도 불구하고 아이들이 더듬거리며 책 읽는 소리가 들려왔다. 서로 등지고 있는 작은 정원들로 나뉜 널따란 길들은 똑같은 모양의 집들로 이루어진 네 개의 커다란 연립주택 사이로 텅 비어 있었다. 겨울 날씨로 황폐해진 정원들은 이회암(泥灰巖) 토양의 우울함이 맴돌고 있었고 남은 채소들로 울퉁불퉁하고 더러웠다. 집집마다 수프를 끓이느라 굴뚝에는 연기가 피어올랐고 한 여자가 나타나 건물 전면을 따라 점점 멀리 가더니 문을 열고 사라졌다. 포장된 보도에는 비가 오지 않는데도 이쪽에서 저쪽 끝까지 홈통으로 내려온 물이 물통 속으로 뚝뚝 떨어지고 있었다. 그만큼 회색 하늘이 습기를 품고 있기 때문이었다. 광활한 고원 지대의 한 가운데에 단숨에 세워진 마을은 검은 상복의 가장자리 장식처럼 시커먼 길들에 면해 있었다. 밝은 것이라고는 규칙적으로 줄지어 있는, 소나기가 끊임없이 씻어 내리는 붉은 기와들뿐이었다.

라 마외드는 돌아오면서 수확한 감자가 아직 남아 있는 감독관 아내의 집에서 감자를 사기 위해 길을 돌아서 갔다. 이 평지에서 유일한 나무들인 비쩍 마른 포플러가 늘어선 뒤로는, 외따로 떨어진 건물들이 한 무리 있었는데 집들이 네 채씩 정원에 둘러싸여 있었다. 회사 측은 이 새로운 시도의 집들을 갱내 감독용으로 마련해 두었기 때문에 광부들은 이 외딴 마을을 '실크 스타킹' 탄광촌이라고 불렀다. 자신들의 비참함을 천진하게 빈정거리는 조로 자신들의 탄광촌을 '네 빚 갚아' 탄광촌이라고 호칭하는 것과 같은 식이었다.

"휴! 드디어 도착했구나." 보따리를 잔뜩 든 라 마외드가 다리는 다 풀리고 진흙투성이가 된 레노르와 앙리를 집 안으로 밀어 넣으며 말했다.

난로 앞에서는 알지르가 울부짖는 에스텔을 품에 안고 흔들어 주고 있었다. 설탕도 다 떨어져 어떻게 진정시켜야 할지 몰랐던 알지르는 아기에게 젖을 주는 시늉을 하기로 했다. 이 흉내는 자주 성공하곤 했다. 하지만 이번에는 여덟 살 된 불구 아이가 옷을 헤치고 빈약한 가슴에 아기의 입을 대게 해 봤지만 소용이 없었고, 살을 물어뜯어도 아무것도 나오지 않자 아기는 노여움이 폭발하고 말았다.

"아기를 건네주렴." 어머니가 짐을 내려놓자마자 소리쳤다. "걔 때문에 말 한마디 못 하겠구나."

그녀가 코르셋을 풀고 가죽 부대처럼 묵직한 가슴을 꺼내 물리자 악쓰던 아기는 기다란 가슴에 매달려 금세 조용해졌고, 드디어 이야기를 나눌 수 있었다. 게다가 집 안은 모든 것이 잘 정리되어 있었다. 집안일을 맡은 꼬마 계집아이가 난롯불도 관리하고 청소도 하고 방도 정돈해 놓은 것이다. 그리고 조용한 가운데 위에서는 할아버지가 코 고는 소리가 한순간도 멈추지 않고 똑같은 리듬으로 들려왔다.

"웬 물건들이 이렇게 많아?" 알지르가 식료품을 보고 미소 지으며 중얼거렸다. "엄마, 수프를 끓일까?"

식탁에는 옷 꾸러미 하나, 빵 두 개, 감자, 버터, 커피, 치커리 차 그리고 반 근의 돼지 편육 등이 가득 쌓였다.

"아! 수프!" 라 마외드도 피곤한 기색으로 말했다. "참소리쟁이를 꺾어 오고 파를 뽑아 와야 할 텐데……. 아니야, 나중에 남자들을 위해 그렇게 하고……. 감자를 삶아라, 버터를 조금 곁들여 먹도록 하자……. 그리고 커피도, 응? 커피를 잊지 말고!"

그런데 갑자기 브리오슈가 떠올랐다. 그녀는 잠시 쉬고 나서 활기를 되찾아 땅바닥에서 치고받는 레노르와 앙리의 손이 비어 있는 것을 보았다. 이 식충들이 오는 도중에 엉큼하게 브리오슈를 다 먹어 버렸구나! 그녀가 애들의 따귀를 갈기자 냄비를 불 위에 올려놓던 알지르는 엄마를 진정시키려 애썼다.

"동생들을 내버려 둬, 엄마. 내게 줄 빵이었다면 그 빵을 안 먹어도 나한테는 마찬가지란 걸 알잖아. 저 애들은 걸어서 그 렇게 멀리 다녀왔으니 배가 고팠을 거야."

정오의 종소리가 울리자 학교에서 나오는 아이들의 구둣발 소리가 들려왔다. 감자는 익었고 치커리 차로 절반 이상 양을 부풀린 커피는 커다란 빗방울이 떨어지는 듯 노랫소리를 내 며 필터에 걸러지고 있었다. 식탁 한 귀퉁이를 치우고 어머니 만 혼자 거기에서 먹고, 애들 셋은 무릎에다 음식을 놓고 먹 는 것으로 만족했다. 그러는 내내 꼬마 녀석은 소리 없는 식탐 에 사로잡혀 아무 말 없이 돼지 편육 쪽으로 몸을 돌렸다. 기 름이 밴 종이가 녀석을 지나치게 흥분시키고 있었던 것이다.

라 마외드는 손을 덥히기 위해 잔을 두 손으로 감싸고 커피 를 조금씩 마시고 있었는데, 그때 본모르 영감이 내려왔다. 보 통 그는 더 늦게 일어나고 그의 식사는 불 위에서 그를 기다리 고 있었다. 그런데 이날은 수프가 없어 그는 불평을 하기 시작 했다. 그러자 며느리는 항상 원하는 대로 하지는 못하는 법이 라고 말했고 그는 묵묵히 자기 몫의 감자를 먹었다. 이따금씩 그는 자리에서 일어나 위생상 재에다 가래침을 뱉으러 갔다. 그러고는 자기 의자에 쪼그리고 앉아 고개를 숙이고 생기 없 는 눈빛으로 입속에서 음식을 우물거렸다.

"아! 내가 깜빡 잊었어, 엄마." 알지르가 말했다. "옆집 아줌 마가 왔었는데……."

어머니가 말을 가로막았다.

"그 여편네는 참 귀찮아!"

전날 라 르바크가 자신에게 아무것도 빌려주지 않으려고 궁색한 형편을 한탄하던 것에 소리 없는 앙심이 끓어올랐다. 하지만 라 마외드는 세입자 부틀루가 보름치 방세를 미리 냈기 때문에 라 르바크에게 돈이 있다는 걸 알고 있었다. 탄광촌에서는 이웃 간에 돈을 빌려주는 법이 거의 없었다.

"참! 네 말 덕분에 생각나는구나." 라 마외드가 다시 말을 이었다. "커피 한 통 좀 싸 놓아라……. 라 피에론에게 갖다 줄 거니까, 그저께 빌려 왔거든."

딸아이가 꾸러미를 준비하자 그녀는 남자들의 수프를 불에 올려놓기 위해 곧 돌아오겠다고 덧붙여 말했다. 그러고 나서 그녀는 천천히 감자를 썹는 본모르 영감을 두고 에스텔을 품에 안고는 나갔다. 그사이 레노르와 앙리는 떨어진 감자 껍질을 서로 먹으려고 다투고 있었다.

라 마외드는 라 르바크가 자신을 부를까 봐, 돌아가는 대신 정원을 곧장 질러갔다. 아닌 게 아니라 그녀의 집 정원은 피에롱네 집 정원과 맞닿아 있고 두 정원을 가르는 낡은 철망에는 구멍이 있어서 그 구멍으로 이웃 간에 내왕하고 있었다. 거기에는 네 세대가 함께 쓰는 공동 우물이 있었다. 그 옆의 수줍은 듯한 라일락 숲 뒤에는 낡은 연장들이 가득한 나지막한 창고 같은 헛간이 있었는데, 사람들은 그곳에다 토끼를 한 마리씩 길러 축일이 되면 잡아먹었다. 시계가 1시를 알렸다. 커피 마실 시간이어서 문에도 창문에도 사람 그림자 하나 보이지 않았다. 폐갱 매립부 한 사람만이 입갱을 기다리며 머리를 들지도 않고 자기 채소밭 구획에서 가래질을 하고 있었다. 그런데 라 마외드는 다른 건물 정면에 도착했을 때 교회 앞에 신사 한 명과 귀부인 두 명이 지나가는 것을 보고 깜짝 놀랐다. 그녀는 잠시 멈춰 섰고, 그들을 알아보았다. 그들은 엔보 부인과 부인이 탄광촌에 초청한 손님들인 훈장 단 신사와 털 외투를 입은 귀부인이었다.

"아! 왜 이런 수고를 해요?" 라 마외드가 커피를 갖자 라 피에롱이 소리 질렀다. "급하지 않은데."

그녀는 스물여덟 살로 탄광촌에서 가장 미녀로 통했다. 갈색 머리에 이마는 좁은 편이며 눈이 크고 입술은 얇았다. 거기다 교태도 있고 암고양이처럼 깔끔했으며 애를 낳지 않아서 가슴은 예쁜 모양 그대로였다. 그녀의 어머니인 라 브륄레는 채탄부였던 남편이 탄광에서 죽어 과부가 되었다. 그녀는 자기 딸은 결코 광부랑 결혼시키지 않겠다고 다짐하며 딸을 공장으로 일하게 보냈는데, 딸이 나중에 하필 홀아비인 데다 여덟 살 된 딸아이가 있는 피에롱에게 시집을 가자 그 후로 화가 누그러질 줄 몰랐다. 하지만 남편이 그녀의 애인들을 눈감아 주고 이를 두고 수많은 수다와 말들이 오르내리는 가운데서도 그들은 행복하게 지냈다. 빚도 없었고 일주일에 고기를 두 번은 먹었으며 집은 어찌나 깨끗한지 냄비를 거울로 삼을 정도였다. 또 운 좋게도 회사에서 그녀에게 사탕과 비스킷을 팔도록 허락해 주어서 그녀는 창문 유리창 뒤로 두 개의 널빤지 위에 사탕과 비스킷 그릇들을 늘어놓았다. 하루에 육칠 수의 이윤이 남았고 때로 주일에는 십이 수를 벌기도 했다. 이런 행복 가운데, 업주들에게 남편의 죽음에 대한 원수를 갚으려고 늙은 혁명가같이 분노하며 울부짖는 어머니 라 브륄레와, 가족들의 노여움을 사서 허구한 날 따귀를 얻어맞는 꼬마 리디만이 문제였다.

"애가 벌써 이렇게 통통할 수가!" 라 피에론이 에스텔에게 미소 지으며 다시 말을 이었다.

"아! 애 때문에 얼마나 힘든지 말도 마!" 라 마외드가 말했다. "당신은 애가 없어서 다행이야, 적어도 깔끔하게 지낼 수 있잖아."

비록 집 안의 모든 것이 정돈되어 있고 라 마외드는 토요일마다 빨래를 하지만 그토록 깔끔한 방을 흘끗 쳐다보자 질투가 났다. 찬장 위에는 금빛 화병들이 놓여 있고, 거울 하나와 액자에 끼운 판화가 세 점 걸려 있는 그 방은 사치스럽기까지 했다.

가족들이 수갱에 가 있어서 그사이에 라 피에론은 홀로 커피를 마시고 있었다.

"나랑 한 잔 마셔요." 그녀가 말했다.

"아니, 괜찮아. 벌써 한 잔 마시고 나온 참이야."

"그럼 어때서요?"

사실 상관없었다. 두 사람은 천천히 커피를 마셨다. 비스킷과 사탕 그릇들 사이로 그들은 집 창문마다 작은 커튼들이 줄 지어 있는 맞은편 집들을 바라보았다. 가장 흰 커튼 또는 가장 더러운 커튼은 그 집 주부의 근면도를 말해 주고 있었다. 르바크네 커튼은 몹시 더러워 냄비 밑바닥을 닦은 행주 같왔다.

"저렇게 더러운 데서 살 수 있을까!"라 피에론이 중얼거렸다.

그러자 라 마외드가 말을 시작하더니 그칠 줄을 몰랐다. 아! 부틀루 같은 하숙인을 둘 수 있다면 형편이 좀 나아질 텐데! 수완만 있다면 하숙을 치는 것은 훌륭한 수입이다. 다만 하숙인과 동침해서는 안 되었다. 그러면 남편은 술을 마시고 아내를 때리며, 몽수에 있는 카페 콩세르의 여가수를 쫓아다닐 것이다.

라 피에론은 몹시 혐오하는 표정을 지었다. 여가수들이란 것들은 온갖 병을 옮긴다. 주아젤에서는 한 여가수가 수갱 하나의 광부 모두에게 병을 옮겼다.

"난 당신이 아들을 그런 사람들 딸과 어울리게 놔두는 게 놀라워요."

"아! 그럼, 좀 말려 보지 그래……! 그 집 정원이 우리 정원과 맞닿아 있거든. 여름이면 자카리는 라일락 숲 뒤에서 항상 필로멘과 있고 그 애들은 헛간에서 아무 거리낌 없이 그러고 있어서 우물에 물을 길러 가면 꼭 그 애들과 맞닥뜨린다고."

탄광촌 어디에서나 그런 난잡한 일이 벌어졌다. 사내아이와 계집아이들 모두 타락하여, 밤만 되면 헛간의 경사진 낮은 지붕 위에서, 그들 말로 하면 엉덩이를 까고 덤벼들었다. 여자 광차 운반부들은 대부분 레키야르나 밀밭까지 힘들게 가서 애를 만들지 않으면 거기서 첫 애를 만들었다. 그렇다고 심각한 문제를 일으키는 법은 없이 곧이어 결혼을 했고, 사내애들이 너무 일찍 그러기 시작하면 어머니들만 부아가 치밀 뿐이었다.

결혼한 아들은 가족에게 더 이상 도움을 주지 않기 때문이다.

"당신 입장이라면 나는 차라리 결론을 내겠어요." 라 피에론이 침착하게 다시 말을 이었다. "당신 아들 자카리는 그 애를 벌써 두 번이나 임신시켰으니 그 애들은 동거까지 할걸요……. 어쨌든 돈 벌어 올 일은 끝났어요."

라 마외드는 화가 나서 두 손을 내뻗었다.

"내 말 들어 봐. 걔들이 동거한다면 난 걔들을 저주할 거야……. 자카리는 우리를 돌봐야 하는 거 아니야? 우리가 돈을 얼마나 들였는데! 그러면 여자 하나 짊어지기 전에 우리에게 갚아야지……. 우리가 뭐가 되겠냐고, 응? 우리 애들이 당장 다른 사람들을 위해 일한다면? 그러면 죽는 게 낫지!"

하지만 그녀는 마음을 가라앉혔다.

"그냥 말이 그렇다는 거야. 앞으로 두고 볼 일이지……. 당신네 커피는 아주 진하네. 커피를 충분히 넣는구나."

그리고 십오 분 동안 다른 얘기를 한 다음 그녀는 남자들이 먹을 수프를 만들지 못했다고 소리치면서 황급히 자리를 떴다. 밖에서는 집에서 점심을 먹은 아이들이 학교로 돌아가고 있었고, 몇몇 여자들이 문간에 모습을 드러낸 채 엔보 부인을 보고 있었다. 그녀는 건물 앞을 지나가면서 초청 손님들에게 탄광촌을 손가락으로 가리키며 설명하고 있었다. 그들의 방문으로 마을이 술렁대기 시작했다. 폐갱 매립부는 한동안 가래질을 멈추었고, 정원에 있던 암탉 두 마리가 불안해 하며 겁을 먹고 달아났다.

라 마외드는 돌아오다가 라 르바크와 마주쳤다. 라 르바크는 외출하는 길에 의사 반데르하겐 씨에게 잠깐 들르려던 참이었다. 회사에서 고용한 이 의사는 키가 작은 사람으로 바쁘고 일에 치여 뛰어가면서 진찰을 했다.

"선생님, 저는 잠도 잘 못 자고 아픈 곳 투성이예요……. 암만 그래도 얘기는 해 주셔야죠." 그녀가 말했다.

그는 걸음을 멈추지 않은 채 두 여자에게 모두 반말로 대답했다.

"귀찮게 굴지 마! 당신은 커피를 너무 많이 마셔."

"제 남편은요, 선생님." 이번에는 라 마외드가 말했다. "선생님께서 그이를 보러 오셨으면 하는데……. 그이는 늘 다리에 통증이 있어요."

"당신이 남편을 녹초로 만들기 때문이야, 귀찮게 굴지 마!"

두 여자는 의사가 등을 보이며 가 버리는 것을 바라보면서 못 박힌 듯 서 있었다.

"들어와, 좀." 라 르바크가 이웃집 여자와 절망적인 어깻짓을 주고받더니 말을 이었다. "새로운 뉴스가 있어……. 그러니 커피 좀 마시자고, 아주 신선해."

몹시 망설이던 라 마외드는 힘이 빠졌다. 자! 그래도 한 모금 마시자. 그녀가 마음 상하지 않게. 라 마외드는 안으로 들어갔다.

방은 시꺼멓고 더러웠다. 창문과 벽은 기름으로 얼룩져 있었고 찬장과 식탁은 때가 끼어 있었다. 그리고 살림을 내팽개친 집에서 나는 악취가 목구멍까지 밀려 들었다. 난롯가에서는 부틀루가 양 팔꿈치를 식탁에 괴고 자기 접시에 코를 처박은 채 삶은 고기를 마저 먹고 있었다. 그는 서른다섯 살치고는 아직 젊었으며, 두툼한 어깨를 지닌 건장하고 온화한 청년이었다. 그 옆에는 필로멘의 첫 애이자 벌써 세 살이 되는 어린 아실이 그에게 기대어 서 있었다. 아실은 먹성 좋은 짐승이 말 없이 애원하는 표정으로 그를 쳐다보고 있었다. 갈색 수염을 풍성하게 기른 아주 다정한 하숙인은 이따금씩 그의 고기 중한 조각을 꼬마 입속에 집어넣어 주었다.

"설탕을 넣어서 줄 테니 기다려." 라 르바크가 커피포트에 흑설탕을 넣으며 말했다.

그녀는 부틀루보다 여섯 살이 더 많았는데, 보기에도 몰골이 끔찍할 정도로 삭았고 가슴은 배 위에, 배는 허벅지에 늘어져 있었다. 회색 털이 나 있는 넙적한 얼굴에 머리는 항상 형클어져 있었다. 그는 자연스럽게 그녀와 잤다. 그는 머리칼이 나오는 수프와, 석 달 동안 시트를 갈지 않는 침대와 마찬가지로 그녀에게서도 흠을 찾지 않았다. 그녀는 하숙비의 일부였으며, 그녀의 남편은 계산이 정확해야 친구 사이가 좋은 법이라고 즐겨 말하곤 했다.

"근데 당신한테 하려던 말은," 그녀가 말을 계속했다. "글쎄 엊저녁에 라 피에론이 '실크 스타킹' 쪽을 서성거리는 걸 누가 봤다는 거야. 당신도 아는 그 신사가 라스뇌르 뒤에서 그 여편네를 기다리고 있었고 둘이 운하를 따라 함께 사라졌대……. 어때? 꼴 좋지, 결혼한 여자가!"

"쳇!" 라 마외드가 말했다. "피에롱이 그 여편네와 결혼하기 전에는 갱내 감독들에게 토끼를 바쳤는데, 이제 자기 마누라를 빌려주니 돈은 덜 들겠네."

부틀루는 폭소를 터뜨리며 소스 바른 빵 조각 하나를 아실의 입에 던지듯이 넣었다. 두 여자는 라 피에론을 두고 속속들이 얘기했다. 그녀가 다른 여자보다 예쁠 것도 없는 바람둥이이며, 살갗의 구멍을 찾고, 씻고, 크림을 바르느라 늘 바쁘다는 등이었다. 어쨌든 남편이 그런 것을 좋아한다면 그건 그 사람이 상관할 일이었다. 야심이 커서 상사들에게 그저 고맙다는 말 한마디를 들으려고 그들의 밑을 닦아 주는 남자들이 있는 법이다. 두 사람은 이웃 여자가 필로멘의 막내아이인 아홉 달 된 계집아이 데지레를 데려다 주러 오자 그제야 이야기를 중단했다. 선탄장에서 점심을 먹는 필로멘은 그곳으로 아이를 데려오게 해서 석탄 가운데 잠시 앉아 아이에게 젖을 물리곤 했다.

"우리 꼬마 계집애는 잠시도 떼어 놓을 수가 없어. 곧바로 악을 쓰거든." 라 마외드는 품속에서 잠들어 있는 에스텔을 바라보며 말했다.

하지만 그녀는 얼마 전부터 라 르바크의 독촉하는 눈빛을 도저히 피할 수가 없었다.

"이봐, 어떻게든 결론을 내야지."

애초에 두 어머니는 얘기할 필요도 없이 결혼을 성사시키지 않기로 합의를 보았었다. 자카리의 어머니는 가능한 한 오랫동안 아들의 보름치 임금을 갖기를 원했고, 필로멘의 어머니는 딸의 보름치 임금을 포기할 생각에 발끈했던 것이다. 급할 건 전혀 없었고 필로멘의 어머니는 애가 하나뿐이라면 차라리 그 아이를 맡아 기르기를 원했다. 그런데 그 꼬마가 자라서 빵을 먹기 시작하고, 또 다른 애를 낳아 손해를 보게 되자 그녀는 손해는 보지 않으려는 여자인지라 맹렬하게 결혼을 강요했다.

"자카리는 자기 인생의 제비를 뽑은 거야." 그녀가 말을 계속했다. "더 이상 아무것도 막을 수 없어……. 자, 언제쯤 해야 할까?"

"좋은 계절로 미뤄 두자고." 거북해진 라 마외드가 대답했다. "이런 일은 지긋지긋해! 이 애들이 결혼할 때까지 기다리지도 못하고 같이 나가 살 작정을 하다니……! 맹세코, 좋아! 만약 카트린이 그런 바보짓을 한다면 카트린의 목을 졸라 버릴 거야."

라 르바크는 어깨를 으쓱 추켜올렸다.

"놔둬, 그 애도 다른 애들처럼 그렇게 될 텐데."

부틀루는 자기 집에 있는 듯 태연하게 빵을 찾으려고 찬장을 뒤졌다. 르바크가 먹을 수프를 만들 채소들과 감자와 파들이 껍질이 반쯤 벗겨진 채 식탁 한쪽에 널려 있었다. 라 르바크는 끊임없이 잡담을 하는 가운데 그것들을 열 번이나 집었다 놓았다 했다. 그러다 그녀는 다시 집어 들고 벗기는가 싶더니 또다시 놓아 버리고 창문 앞에 우뚝 섰다.

"저게 뭐야……. 아! 엔보 부인이 사람들과 같이 있구나. 저 사람들이 라 피에론의 집에 들어가네."

대뜸 두 여자 모두 라 피에론 얘기로 되돌아왔다. 오! 결코 빼먹는 법이 없지, 회사에서 탄광촌을 방문한 사람들을 곧장 저 여자 집으로 데리고 가지. 깨끗한 집이니까. 아마도 사람들에게 갱내 총감독과의 일을 얘기하진 않겠지. 선물은 차치하고라도, 3000프랑을 버는 애인들을 갖고 있으며 숙소와 난방을 제공받으면 분명 집을 깨끗하게 할 수 있지. 윗도리는 깨끗하더라도 아랫도리는 깨끗하지 않을걸. 그들은 방문객들이 맞은편에 머무는 동안 내내 수다를 떨었다.

"저기 그들이 나오고 있어."라 르바크가 말했다. "저 사람들이 한 바퀴 돌아보는데⋯⋯. 봐, 좀, 이 친구야, 내 생각에는 저 사람들이 당신네 집에 가는 것 같아."

라 마외드는 두려움에 사로잡혔다. 알지르가 식탁에 행주질이나 한번 했을까? 그리고 자신이 만들어야 할 수프가 준비되지 않았는데! 그녀는 "또 만나."라고 더듬거리며 인사를 하고 자리를 뜬 뒤 곁눈질 한번 하지 않고 달려서 돌아왔다.

그러나 모든 것이 반짝거렸다. 사려 깊은 알지르는 어머니가 돌아오지 않자 행주를 앞에 두르고 수프를 끓이기 시작했다. 난로 위 큰 솥에다 남자들이 돌아와 목욕할 물을 데우는 동안, 아이는 정원에서 마지막 남은 파를 뽑고 참소리쟁이를 꺾은 다음 채소를 꼼꼼히 씻었다. 앙리와 레노르는 우연히도 얌전했는데, 낡은 달력을 찢느라 온통 정신이 없었다. 본모르 영감은 조용히 파이프 담배를 피우고 있었다.

라 마외드가 숨을 헐떡이고 있을 때 엔보 부인이 문을 두드렸다.

"들어가 봐도 되겠죠? 우리의 훌륭하신 부인."

큰 키에 금발인 엔보 부인은 사십 대의 아름다운 성숙미가 있었지만 약간 뚱뚱했다. 그녀는 소매 없는 검은 벨벳 망토 안에 입은 청동색 실크 드레스가 더러워질까 봐 걱정하는 것을 별로 내색하지 않고, 애써 상냥하게 미소 지었다.

"들어오세요, 들어오세요." 그녀는 손님들에게 거듭 말했다. "우리는 성가시게 할 생각은 없습니다……. 어때요? 이 집도 깨끗하죠? 그런데 이 선량한 부인은 애가 일곱이나 있습니다! 우리 동네 집들은 모두 그렇죠……. 회사에서 사람들에게 매달 육 프랑에 집을 세주고 있다고 제가 여러분께 설명 드렸죠. 1층에는 큰 거실이 있고 위층에는 방이 두 개 있고, 지하 창고와 정원이 있답니다."

훈장을 단 신사와 털코트를 입은 귀부인은 파리로부터 온 기차에서 아침에 내린 터라 멍하게 눈을 뜨고는 낯선 나라에 온 것 같은 이 갑작스러운 광경에 당황스러운 얼굴이었다.

"그리고 정원이 있다고요." 귀부인이 되풀이했다. "어머나, 여기서 살아도 좋겠어요, 멋있어요!"

"우리는 사람들이 필요로 하는 것보다 더 많은 석탄을 제공한답니다." 엔보 부인은 말을 계속했다. "의사가 일주일에 두 번 방문하고요, 또 봉급에서 아무런 공제도 하지 않지만 나이가 들면 연금을 받지요."

"테바이드[30] 같군! 정말 코카뉴[31]야!" 신사가 감탄해 중얼거렸다.

---

30) 고대 이집트의 남부 지방을 가리키는 말로 평화롭고 금욕적인 생활을 하는 은둔지를 뜻한다.
31) 풍요로운 상상의 나라.

라 마외드가 서둘러 의자를 권했지만 귀부인들은 거절했다. 엔보 부인은 벌써 지쳤다. 지겨운 유배지 생활 중에 짐승들을 보여 주는 역할로 기분 전환하며 잠시 즐거웠지만, 그녀가 위험을 무릅쓰고 방문한 집들이 깨끗했음에도 불구하고, 궁핍한 곳의 역겨운 냄새에 금방 질렸다. 더욱이 그녀는 꾸며 낸 간단한 말들만 되풀이했을 뿐 가까이에서 일하며 고통받는 노동자 민중에게 더한층 신경 쓰는 법은 결코 없었다.

"예쁜 아이들이로군!" 귀부인은 그렇게 중얼거리면서도 내심 너무 커다란 머리통에 지푸라기색 머리칼을 헝클어뜨리고 있는 그 아이들이 끔찍하다고 생각했다.

라 마외드 공손하게 애들의 나이를 말해 주었고, 사람들은 예의상 그녀에게 에스텔에 대해서도 물어보았다. 본모르 영감은 공손하게 입에서 파이프를 뗐다. 하지만 사십 년간의 갱내 작업으로 몹시 피폐해진 그는 뻗정다리에 몸뚱이는 망가졌고 얼굴은 흙빛이어서 걱정스러워 보였다. 그리고 그는 격렬한 기침이 터져 나오자 검은 가래침을 보면 이 사람들이 난처해 할까 봐 차라리 침을 뱉으러 바깥에 나가기로 했다.

알지르는 대성공이었다. 행주치마를 두른 아이는 얼마나 깜찍한 꼬마 주부인가! 제 나이에 비해 그토록 신통한 딸아이를 둔 데 대해 사람들은 어머니를 칭송했다. 곱사등에 대해서는 아무도 언급하지 않았고, 거북함이 가득 담긴 연민의 시선이 가엾은 불구 아이를 끊임없이 향했다.

엔보 부인이 결론을 지었다. "이제 누가 여러분께 우리 탄광촌에 대해 물어본다면 여러분께서는 대답하실 수 있을 겁니다. 여러분께서 보신 대로 가족 중심적인 풍속을 따라 모두들 행복하고 건강하게 살고 있으며, 공기 좋고 평온해서 건강을 회복하러 올 만한 곳일 뿐이라고요."

"훌륭해요, 훌륭해!" 마침내 신사가 열광적으로 외쳤다. 그들은 희귀 동물 쇼 공연장에서 나오는 듯 황홀한 표정으로 그집을 나섰다. 라 마외드는 그들을 배웅하고는 그들이 아주 큰 소리로 얘기하며 서서히 떠나가는 동안 문간에 머물러 있었다. 길은 사람들로 가득했다. 손님들은 이 집 저 집 그들의 방문 소식이 퍼져 나와 본 여자들 무리 사이를 헤치고 지나가야 했다.

때마침 자기 집 문 앞에 있던 라 르바크는 호기심에 차서 달려온 라 피에론을 불러 세웠다. 두 여자는 모두 불쾌하게 놀라는 척했다. 아니 뭐라고, 저 사람들이 마외네서 자려고 했다고? 웃기지도 않아.

"그들은 그렇게 벌어도 늘 돈 한푼 없어! 쳇! 집안에 망조가 들었으니까!"

"내가 방금 알게 됐는데, 저 여자가 오늘 아침에 라 피올렌의 부르주아들 집에 가서 구걸을 했대. 저 여자 가족에게 빵을 내주길 거절했던 메그라가 빵을 주었고…… 메그라가 어떤 식으로 받아 내는지는 다들 알잖아."

"저 여자한테, 오! 아니야! 용기가 엄청 필요할걸…… 그는 카트린한테서 받아 내려는 거야."

"아! 내 말 좀 들어 봐, 저 여자가 방금 뻔뻔스럽게도 자기 딸 카트린이 그런 짓을 한다면 딸의 목을 졸라 버릴 거라고 내

게 말하지 않았겠어! …… 그 키 큰 샤발이 진작에 헛간 위에
서 그 애 엉덩이를 발가벗겼을 텐데 말이야!"

"쉿! ……사람들이 와."

그러자 라 르바크와 라 피에론은 태평한 모습으로, 무례한
호기심도 보이지 않고 방문객들이 나오는 것을 곁눈질하는 걸
로 만족했다. 그러고 나서 그녀들은 아직도 품 안에 에스텔을
안고 걸어 다니는 라 마외드를 손짓으로 열심히 불렀다. 그러
고는 세 여자 모두 꼼짝 않고 엔보 부인과 그 초대 손님들의
잘 차려입은 등짝들이 멀어져 가는 것을 보고 있었다. 그들이
삼십 보쯤 떨어지자 험담이 더욱 거칠게 다시 이어졌다.

"저 여자들은 몸뚱이에다 돈을 꽤나 들였군, 아마도 저 여
자들보다 값이 더 나가겠는데!"

"아! 물론이지……. 다른 여자는 몰라도 여기에 사는 저 여
자는 아무리 뚱뚱해도 나라면 사 수도 안 쳐주겠어. 사람들이
얘기하던데……."

"뭐? 무슨 얘기?"

"저 여자한테 남자들이 있다는 얘기지 뭐! ……우선 탄광
기사가 있고……."

"그 작은 말라깽이……! 오! 그 남자는 너무 작아서 시트
사이에서 잃어버릴걸."

"저 여자가 즐긴다면 무슨 상관이겠어……? 지겨워하는 표
정을 짓고 자기가 있는 곳을 결코 좋아하는 법이 없는 귀부인
을 보면 나는 신뢰가 가지 않아……. 우리 모두를 경멸하는
표정으로 저 여자가 엉덩이를 돌리는 꼴을 좀 봐. 저게 뭐야?"

구경꾼들은 여전히 느린 걸음으로 떠들면서 걸어갔는데 그 때 마차 한 대가 교회 앞 길에서 멈췄다. 마흔여덟 살쯤 된 신사가 마차에서 내렸다. 몸에 꽉 끼는 검정색 프록코트를 입은 그는 피부가 거무스름하고 얼굴은 권위주의적이고 엄격해 보였다.

"남편이다!"라 르바크는 자신의 말이 들리기라도 할 것처럼 목소리를 낮추어 중얼거렸다. 사장이 자기 아래 만 명의 노동자에게 고취시켰던 위계상의 두려움에 사로잡힌 것이었다. 하지만 저 남자는 마누라가 바람피울 상인 건 사실이군!

이제 탄광촌 사람들 모두가 나와 있었다. 여자들의 호기심은 높아 갔고 무리들은 서로 다가서서 군중을 이루었다. 한편에서는 코흘리개 아이들이 떼를 지어 입을 헤벌린 채 보도에서 어슬렁거리고 있었다. 학교 울타리 뒤로 발돋움하고 있던 교사의 파리한 얼굴도 잠깐 보였다. 정원 한가운데에서 가래질하던 남자는 가래에 발을 걸쳐 놓고 두 눈을 휘둥그레 뜨고 있었다. 험담하는 중얼거림들은 따르라기 소리처럼 점차 커져 마른 잎새들에 불어 대는 돌풍 같았다.

특히 라 르바크의 집 문 앞에 사람들이 많이 모여들었다. 여자 두 명이 앞으로 나서더니 열 명, 스무 명이 되어 갔다. 이제 듣는 귀가 너무 많아지자 라 피에론은 신중하게 입을 다물었다. 분별력 있는 사람들 중 하나인 라 마외드 역시 보는 것으로 만족했다. 그리고 그녀는 잠에서 깨어나 울부짖는 에스텔을 달래기 위해 대낮에 태연히 훌륭한 포유동물의 것과 같은 자신의 가슴을 꺼냈는데, 마치 그녀의 마르지 않는 젖샘으로 길어진 양 늘어져서 흔들렸다. 엔보 씨가 귀부인들을 마차 안에 앉게 한 뒤 마차가 마르시엔 쪽으로 달려가자, 왁자지껄한 소리가 마지막으로 터져 나왔다. 개미집에 혁명이나 일어난 듯한 소란 속에서 모든 여자들이 몸짓을 해 대며 서로 얼굴을 맞대고 이야기하고 있었다.

어느새 3시를 알리는 종이 울렸다. 폐갱 매립부들은 일하러 갔고 부틀루와 다른 사람들도 떠났다. 갑작스레 교회 모퉁이로 수갱에서 돌아오는 선두의 광부들이 나타났다. 얼굴이 시커메지고 옷이 흠뻑 젖은 그들은 팔짱을 끼고 등을 펴고 있었다. 그러자 여자들도 뿔뿔이 흩어졌다. 커피를 너무 많이 마시고 험담을 나눈 나머지 잘못을 저지른 주부의 당황한 심정으로 모두들 달음박질하듯 각자의 집으로 돌아갔다. 이제는 싸움을 예고하는 불안한 고함 소리밖에 들리지 않았다.

"아! 이런! 내 수프는! 그래, 내가 먹을 수프를 준비해 놓지 않았군!"

# 4

　마외가 에티엔을 라스뇌르의 집에 두고 돌아왔을 때, 카트린과 자카리, 장랭은 식탁에 앉아 자기 몫의 수프를 다 먹어 가는 중이었다. 수갱에서 돌아오면 모두들 배가 몹시 고파서 축축한 옷을 입은 채 몸도 씻기 전에 식사부터 했다. 아무도 서로 기다리지 않았고 식탁은 아침부터 저녁까지 차려져 있어 언제나 거기에는 작업하러 가야 할 시간에 따라 자기 몫의 음식을 삼키고 있는 사람이 있었다.

　마외는 문을 들어서자마자 먹을거리들을 보았다. 아무 말도 하지 않았지만 그의 걱정스럽던 얼굴은 환해졌다. 오전 내내 비어 있는 찬장과 커피와 버터가 없다는 생각이 그를 괴롭혔고, 막장에서 숨 막혀 하며 탄맥을 캐는 동안에도 그것이 고통스럽게 다시 떠오르곤 했다. 아내는 어떻게 했을까? 그녀가 빈손으로 돌아왔다면 우리는 어떻게 되는 걸까? 그런데 이렇게 모든 것이 있었다. 그녀가 나중에 어찌 된 일인지 얘기해 줄 것이다. 그는 만족해 하며 웃었다.

카트린과 장랭은 벌써 일어나 서서 커피를 마시고 있었다. 그사이 자카리는 수프로 배가 차지 않아 빵을 크게 잘라 내 버터를 바르고 있었다. 그는 접시 위에 있는 돼지 편육을 분명히 보았다. 하지만 그것은 건드리지 않았다. 고기가 한 사람 몫만 있으면 아버지 것이었다. 모두들 먹은 수프가 내려가도록 시원한 물을 크게 한 모금 들이마셨다. 보름치 임금을 받을 무렵에 마시는 맑고 좋은 물이었다.

"맥주는 없어요." 가장이 자기 차례가 되어 식탁에 앉자 라 마외드가 말했다. "돈을 좀 남겨 두고 싶었어요……. 하지만 당신이 원하면 애한테 맥주 일 파인트[32]를 사 오라고 할게요."

그는 환한 얼굴로 그녀를 바라보았다. 뭐라고? 아내가 돈도 갖고 있단 말인가!

"관둬, 관둬." 그가 말했다. "난 맥주 한 조끼 마셨으니까. 충분해."

그리고 마외는 접시 삼아 사발에 떠 놓은 빵과 감자, 파, 참소리쟁이 등으로 만든 진한 수프를 숟가락으로 천천히 떠먹기 시작했다. 라 마외드는 에스텔을 떼 놓지 않은 채 알지르를 도와서 남편에게 아무것도 부족한 것이 없도록 챙겨 주었고, 그의 가까이로 버터와 돼지 편육을 밀어 놓고는 커피를 따끈하

---

32) 일 파인트는 0.93리터이다.

게 데우려고 불 위에 다시 올려놓았다.

그동안 불 옆에서는 술통을 반 잘라 만든 함지 안에서 목욕이 시작되었다. 첫 번째로 목욕하는 카트린이 그 통을 미지근한 물로 채웠다. 그리고 그녀는 끈 달린 모자, 웃옷, 바지, 속옷까지 태연히 벗었다. 여덟 살 때부터 그러는 데 익숙해서 전혀 개의치 않았다. 그저 몸을 돌리고 배를 불 쪽으로 하고서 검은 비누로 몸을 박박 문질렀다. 아무도 그녀를 쳐다보지 않았고, 레노르와 앙리도 그녀의 몸을 보고 싶은 호기심이 더 이상 없었다. 몸이 깨끗해지자 그녀는 젖은 속옷과 다른 옷들을 바닥에 무더기로 남겨 놓고는 발가벗은 몸으로 계단을 올라갔다. 그러나 두 형제 사이에는 다툼이 벌어졌다. 자카리가 아직 먹고 있다면서 장랭이 함지 안에 뛰어들려고 서두른 것이다. 그러자 자카리는 자기가 카트린에게는 친절하게 먼저 물에 몸을 담그게 했지만, 개구쟁이들이 헹군 물에 몸을 담그고 싶지 않다고 소리치면서 장랭을 밀치며 자기 차례라고 주장했다. 장랭이 물속에 들어갔다 나오면 학교의 잉크병들을 채울 수 있을 지경이라 더더욱 양보할 수 없다는 것이었다. 그들은 결국 나란히 불 쪽으로 몸을 돌리고 같이 목욕하게 되었다. 서로 도와주기까지 하며 서로의 등을 밀어 주었다. 그리고 나서 누나처럼 벌거벗은 몸으로 계단 위로 사라졌다.

"옷을 엉망진창으로 만드는구나!"라 마외드가 옷을 말리러 갖다 놓기 위해 바닥에서 옷들을 집으며 중얼거렸다. "알지르, 걸레질 좀 해 주렴, 알았지!"

그런데 벽 너머에서 소동이 일어나 그녀는 말을 멈췄다. 남자의 욕지거리, 여자의 울음소리, 빈 호박이 부딪는 것 같은 둔탁한 소리들로 온통 싸움터 같은 소란이었다.

"라 르바크가 혼나고 있군." 숟가락으로 사발의 바닥을 긁고 있던 마외가 한가롭게 단정조로 말했다. "이상하네, 부틀루는 수프가 준비되어 있다고 했는데."

"아! 그래요, 준비 좋아하네!" 라 마외드가 말했다. "껍질도 안 벗긴 채소들이 식탁 위에 있던데요."

고함 소리는 한층 커졌고 벽을 뒤흔드는 엄청난 소동이 일더니 커다란 침묵이 흘렀다. 그러자 광부는 마지막 한 숟가락을 삼키면서 침착한 사법관 같은 표정으로 결론지었다.

"수프가 준비되어 있지 않다면 그럴 만하지."

그리고 한 컵 가득 물을 마신 뒤 그는 돼지 편육에 달려들었다. 그는 그것을 네모난 조각으로 자르고는 칼끝으로 찍어 빵에 얹어서 포크 없이 먹었다. 아버지가 식사할 때는 다들 말이 없었다. 그도 배가 고플 때는 말없이 먹기만 했다. 그는 그것이 평소에 먹던 메그라네 가게의 돼지 편육인 줄은 전혀 알아채지 못했고, 다른 데서 사 온 것이리라 생각했다. 그렇지만 그는 아내에게 아무것도 묻지 않았다. 그는 단지 노인네가 위에서 여전히 자고 있는지 물어보았을 뿐이다. 아니요. 할아버지는 습관대로 한 바퀴 산책하러 벌써 나가셨어요. 그러자 침묵이 다시 시작되었다.

그러나 바닥에 앉아 쏟아져 있는 물로 개울을 그리느라 재미있어 하던 레노르와 앙리가 고기 냄새에 고개를 들었다. 둘 다 아버지에게 가까이 다가가 작은애가 앞에 선 채 꼼짝 않고 있었다. 아이들의 눈은 고기 조각을 좇고 있었다. 고기 조각이 접시를 떠날 때는 희망에 차서 바라보다가 그 조각이 입속으로 들어가 버리면 비탄에 젖은 표정으로 바라보는 것이었다. 마침내 아버지는 창백한 얼굴로 입맛을 다시는 아이들의 식탐을 알아차렸다.

"애들도 고기를 먹었나?" 그가 물었다.

그런데 아내가 망설이자 그가 말했다.

"당신도 알지, 나는 이런 불공평함이 싫어. 애들이 고기 조각 하나를 구걸하려고 내 주위를 맴돌면 식욕이 사라진다고."

"물론 애들도 먹었어요!" 그녀는 화가 나서 소리 질렀다. "아, 좋아요! 당신이 저 애들 말을 들어주려면 저 애들에게 당신 몫과 다른 식구들 몫도 줘야 할 거예요, 저 애들은 배가 터지도록 먹을 테니까……. 안 그러니, 알지르. 우리 모두 돼지 편육을 먹었잖니?"

"물론이죠, 엄마." 이런 상황에서는 어른만큼 태연하게 거짓말을 하는 곱사등이 소녀가 대답했다.

사실대로 말하지 않으면 매를 맞는 레노르와 앙리는, 이러한 거짓말에 화가 나고 기가 막혀서 꼼짝 않고 있었다. 그들은 가슴이 터질 것 같았고, 다른 식구들이 고기를 먹었을 때 자기들은 없었다고 항의하고 싶은 마음이 굴뚝같았다.

"너희들은 좀 꺼져!" 어머니는 거실의 다른 쪽 끝으로 애들을 쫓으며 거듭 말했다.

"너희들은 매번 아버지 몫의 음식을 쳐다보는 걸 창피하게 여기렴. 그리고 설령 아버지만 고기를 드신다 해도 아버지는 일을 하시지 않니? 그런데 너희 몹쓸 놈들은 여태 돈을 축내기만 하니. 아! 그렇지. 거기다 너희들 몸뚱아리 크기보다 더 축내잖니!"

마외는 애들을 다시 불렀다. 그는 레노르를 왼쪽 허벅지 위에 앉히고 앙리는 오른쪽 허벅지 위에 앉혔다. 그리고 그는 애들과 간단한 저녁을 먹으면서 돼지 편육을 마저 먹었다. 그는 아이들에게 각자의 몫으로 고기 조각들을 작게 잘라 주었다. 아이들은 황홀해 하며 게걸스럽게 먹었다.

식사를 마치자 그는 아내에게 말했다.

"아니, 커피는 됐어. 우선 몸을 씻어야겠어…… 이 더러운 물을 버리게 좀 도와줘."

그들은 목욕통 손잡이를 움켜잡고 문 앞에 있는 개울에 물을 부었다. 그때 장랭이 마른 옷이랍시고 자기 형이 입어서 색이 바랠 대로 바래고 지나치게 큰 바지와 작업복을 입고 내려왔다. 열린 문으로 몰래 빠져나가려는 그를 보고 어머니가 불러 세웠다.

"너 어디 가니?"

"거기요."

"거기가 어디야? ……내 말 들어. 오늘 저녁에 샐러드를 만들 민들레를 따 와. 알았지! 내 말 들었니? 샐러드거리를 가져오지 않으면 혼날 줄 알아."

"알았어요! 알았다고요!"

장랭은 주머니에 손을 찌르고 나막신을 질질 끌며 열 살 된 미숙아처럼 야윈 허리를 흔들며 늙은 광부처럼 길을 나섰다.

이번에는 자카리 차례였다. 더 모양을 낸 그는 파란 줄무늬가 있는 검은색 털 스웨터를 걸치고 내려왔다. 아버지는 그에게 늦게 돌아오지 말라고 소리쳤고, 그는 파이프를 입에 물고 대답 없이 고개를 끄덕이며 나갔다.

목욕통은 다시 미지근한 물로 채워져 있었다. 마외는 느릿느릿 이미 웃옷을 벗고 있었다. 눈짓을 한 번 하자 알지르가 레노르와 앙리를 밖에서 놀게 데리고 나갔다. 아버지는 탄광촌의 많은 다른 집들에서 하듯 가족과 함께 목욕하는 것을 좋아하지 않았다. 그러나 그는 아무도 나무라지는 않았다. 애들이 같이 철벅거리는 것은 좋다고만 말할 뿐이었다.

"너 도대체 위에서 뭐 하는 거냐?"라 마외드가 계단으로 소리쳤다.

"제 원피스를 수선하고 있어요, 어제 찢어졌거든요." 카트린이 대답했다.

"잘됐다⋯⋯. 내려오지 마라, 아버지가 목욕하시니까."

그러자 마외와 라 마외드는 단둘이 남았다. 라 마외드는 에스텔을 의자 위에다 놓으려고 했는데 에스텔은 신통하게도 불가에서 기분이 좋은지 울부짖지 않았다. 아무 생각 없는 어린애의 멍한 눈은 부모를 향하고 있었다. 마외는 벌거벗은 채 통 앞에 쭈그리고 앉아 우선 머리를 물에 담근 다음 검은 비누로 문질렀다. 광부 종족은 이 검은 비누를 오랫동안 사용해서 머리칼이 노래진 것이었다. 그런 다음 그는 물속에 들어가 가슴과 배, 팔, 허벅지에 물을 묻히고 양손으로 힘차게 밀어 댔다. 그의 아내는 서서 그를 보고 있었다.

"이봐요." 그녀가 말을 시작했다. "당신이 집에 도착했을 때 당신 눈을 봤어요……. 걱정했지요? 이 먹을거리들을 보더니 얼굴에 주름살이 펴지더군요……. 라 피올렌의 부르주아들은 내게 한 푼도 주지 않았어. 오! 그들은 친절하기는 해요. 그들은 애들 옷을 줬어요. 내가 그들에게 간청한 것이 부끄러웠어요. 그런 부탁을 할 때면 부끄러움이 내 마음을 가로막으니까요."

그녀는 에스텔이 굴러떨어질까 봐 아이를 의자에 고정시키기 위해 잠시 말을 멈췄다. 가장은 궁금한 이야기를 재촉하는 법 없이 사정을 알게 될 때까지 참을성 있게 기다리며 살갗을 계속 문질러 댔다.

"메그라가 내 부탁을 거절했었다는 걸 말해야겠어요, 아! 어찌나 무자비한지! 개를 밖으로 내쫓듯……. 당신 내가 얼마나 힘들었는지 알겠죠! 털옷은 따뜻하기는 하지요. 하지만 배를 채워 주지는 않아요, 안 그래요?"

그는 고개를 들었지만 여전히 말이 없었다. 라 피올렌에서 아무것도 못 얻고 메그라에게서도 아무것도 못 얻었다. 그렇다면 어떻게 된 일인가? 그러나 여느 때처럼 그녀는 그의 등과 손이 닿지 않는 부분들을 씻어 주기 위해 소매를 막 걷어붙인 참이었다. 게다가 그는 그녀가 비누칠을 해서 팔목이 부러져라 온통 문질러 대는 걸 좋아했다. 그녀는 비누를 집어 들고 그의 어깨를 밭 갈듯이 문질렀고 그동안 그는 버티기 위해서 몸을 꼿꼿하게 했다.

"그래서 나는 메그라에게 다시 가서 말했지요, 아! 이렇게요……. 정말 인정머리라곤 하나도 없는 게 틀림없다, 정의가 있다면 당신에게 불행한 일이 일어날 거다……. 내가 그러니까 난처했던지 그가 눈길을 돌렸는데, 정말 도망이라도 가고 싶었겠죠……."

그녀는 등에서 엉덩이로 내려왔다. 그러고는 속력이 붙어 접혀 있는 다른 부분들의 때를 밀었다. 몸의 한 부분도 그냥 지나치지 않고 대청소하는 토요일을 맞은 냄비 세 개처럼 그의 몸을 반짝거리게 만들었다. 양팔로 수없이 문질러 대느라 그녀 자신도 온통 뒤흔들리며 땀을 흘리고 있었고 하도 숨이 차서 말을 할 때 목이 메었다.

"결국 그는 나더러 늙은 거머리라고 하더군요……. 우리에게 토요일까지 먹을 빵을 내주기로 했고, 가장 희한한 것은 그가 백 수를 빌려줬다는 거예요……. 게다가 그 집에서 버터, 커피, 치커리 차를 집어 들고, 돼지고기와 감자까지 가져오려고 했는데 그때 그가 투덜대는 걸 보았죠……. 칠 수어치의 돼지 편육과 십팔 수어치의 감자를 사서, 이제 스튜와 소고기 수프를 살 삼 프랑 칠십오 수가 남아 있어요……. 어때요? 내 생각에는 내가 오전을 허비한 것 같지는 않은데."

이제 그녀는 그의 몸에서 물기가 잘 마르지 않는 곳을 거친 수건으로 닦고 있었다. 그는 기분이 좋아져서, 장차 빚을 어떻게 갚을지는 생각지도 않고 너털웃음을 터뜨리며 그녀를 부둥켜안았다.

"날 좀 놔줘요, 어리석은 사람! 당신이 젖어 있어서 나도 젖는다고요……. 다만 나는 메그라가 무슨 속셈인지 걱정돼요……."

그녀는 카트린에 대해 말하려다 그만두었다. 아버지에게 걱정을 끼쳐 봐야 무슨 소용이 있는가? 말썽만 끊임없이 빚어낼 것이었다.

"무슨 속셈인데?" 그가 물었다.

"우리한테서 훔쳐 갈 속셈이요, 참! 카트린이 계산서를 꼼꼼히 따져 봐야 할 거예요."

그는 그녀를 다시 부둥켜안더니 이번에는 더 이상 놓아주지 않았다. 목욕은 늘 이런 식으로 끝나곤 했다. 그녀는 그의 살갗을 세차게 문지르고 그의 몸을 구석구석 리넨 천으로 닦으며 그의 팔과 가슴에 난 털을 간지름으로써 그의 원기를 회복시켰던 것이다. 더욱이 그 시간은 탄광촌의 동료들 집에서도 마찬가지로 어리석은 짓을 저지르는 시간이었다. 낳기 원하는 애들보다 더 많은 애들이 이때 생기는 것이었다. 밤에는 식구들의 눈이 있었다. 그는 하루 중 유일하게 즐거운 순간을 누리는 훌륭한 일꾼답게 농담을 하며 그녀를 식탁 쪽으로 밀었다. 그는 이 시간을 일컬어 자신을 위한 디저트, 돈 한 푼 들지 않는 디저트를 먹는 것이라고 했다. 그녀는 장난삼아 자신의 늘어진 몸매와 가슴을 조금 버둥거렸다.

"어리석기는, 아이고! 당신은 어리석어……! 에스텔이 우리를 보고 있다고요! 저 애 고개를 돌려 놓을 테니 기다려요."

"아! 설마! 석 달밖에 안 됐는데 저 녀석이 알까?"

다시 일어났을 때 마외는 마른 바지 하나만 걸치고 있었다. 깨끗한 몸으로 자기 부인과 재미를 보고 난 뒤에 웃통을 벗은 채 잠시 있는 것이 그의 즐거움이었다. 빈혈이 있는 처녀처럼 하얀 그의 피부에는 광부들이 '접붙인 자리들'이라고 말하는 긁힌 상처, 석탄에 베인 자국들이 문신처럼 남아 있었다. 그는 그것들을 자랑스럽게 드러냈고, 파란 무늬가 새겨진 대리석처럼 빛나는 그의 굵은 팔뚝과 널따란 가슴을 펴 보였다. 여름이면 광부들이 모두 그런 모습으로 문간에 나와 있었다. 축축한 날씨에도 불구하고 그는 문간에 잠시 나가 정원 너머에서 똑같이 가슴팍을 드러내고 있는 동료에게 외설스러운 말 한마디를 외쳤다. 다른 사람들이 나타났다. 보도에서 배회하던 아이들이 고개를 들고선, 바깥에 나온 노동자들이 몸은 지쳤지만 모두가 즐거워하는 모습을 보고 아이들 역시 웃어 댔다.

아직도 마외는 셔츠 하나 걸치지 않은 채 커피를 마시면서, 갱목 작업에 대해 탄광 기사가 화낸 얘기를 아내에게 해 주었다. 그는 차분해지고 긴장이 풀린 상태로 아내의 현명한 충고를 들으며 맞장구쳤다. 그녀는 이런 일들에 있어서 훌륭한 분별력을 보여 주었다. 그녀는 회사와 다투어 봐야 아무런 득도 없다는 것을 그에게 되풀이해서 말했다. 그러고 나서 그녀는 엔보 부인의 방문에 대해 얘기했다. 말은 하지 않았지만 두 사람은 그 사실이 자랑스러웠다.

"내려가도 돼요?" 카트린이 계단 위에서 물었다.

"그래, 그래, 아버지는 몸을 말리고 계셔."

처녀는 나들이옷을 입고 있었다. 짙은 청색의 낡은 포플린 드레스로 주름이 잡힌 부분은 벌써 색깔이 바래고 닳아 있었다. 거기다 검은색 명주 망사로 된 단순한 모자를 쓰고 있었다.

"어! 너 옷을 차려입었구나……. 대체 어디를 가려고?"

"모자에 달 리본을 하나 사러 몽수에 갈 거예요……. 옛날 건 떼어 버렸어요. 너무 더러워서요."

"그래, 돈은 있니, 너?"

"아뇨, 라 무케트가 십 수를 빌려주기로 했어요."

어머니는 그녀가 나가도록 내버려 두었다. 그러다 문간에서 딸을 다시 불러 세웠다.

"내 말 들으렴, 리본을 사러 메그라네 가게에는 가지 말아라……. 그 인간이 너에게 바가지를 씌울 거야. 우리가 금은보화 위에서 뒹굴고 있는 줄 알고 말이지."

목덜미와 겨드랑이를 더 빨리 말리려고 불 앞에 웅크리고 있던 아버지는 한마디 덧붙이는 데 그쳤다.

"밤에 길거리에서 배회하지 말아라."

마외는 오후에 정원에서 일했다. 벌써 그는 거기다 감자, 강낭콩, 완두콩을 심어 놓았다. 그는 전날부터 양배추와 상추의 모종을 임시 도랑에 심어 놓았다가 옮겨 심기 시작했다. 이 정원 구석은 그들에게 채소를 공급해 주었지만 감자는 늘 부족했다. 게다가 그는 재배법을 잘 알고 있는 터라 아티초크까지 키워 이웃들로부터 잘난 체한다고 손가락질을 받았다. 마외가 자기 채소밭에서 정지 작업을 하고 있을 때 마침 르바크는 아침에 부틀루가 심어 놓은 로메인 상추를 바라보면서 자기네 네모진 밭에서 파이프 담배를 피우던 참이었다. 하숙인이 열심히 가래질을 하지 않았다면 그곳에는 거의 쐐기풀만 자랐을 터였다. 그래서 철망 너머로 얘기가 오가게 되었다. 자기 아내를 패느라 지치고 흥분해 있던 르바크는 마외를 라스 뇌르의 주점에 끌고 가려 했지만 허사였다. 이봐, 맥주 한 잔이 그렇게도 겁나나? 키유 게임도 하고 동료들과 잠시 돌아다니기도 한 다음 돌아와 저녁을 먹자고. 수갱에서 나온 다음에는 그렇게 보내는 게 생활이지. 그래도 해가 될 건 없어. 하지만 마외는 고집했다. 자신이 상추들을 지금 옮겨 심지 않으면 다음 날 시들어 죽을 것이다. 사실 그는 아내한테 백 수에서 남은 돈 가운데 한 푼이라도 달라고 하고 싶은 마음이 조금도 없었기 때문에 신중하게 거절한 것이었다.

5시 종이 울렸다. 그때 라 피에론이 자기 딸 리디가 장랭과 함께 도망쳤는지 알아보러 왔다. 르바크는 베베르 역시 사라진 걸 보니 아마도 일이 그렇게 된 것 같다고 대답했다. 이 망나니 녀석들은 늘 함께 쏘다녔다. 민들레 샐러드 얘기를 해서 마외가 그들을 안심시키자, 그와 그의 동료는 지독히 노골적으로 그 젊은 여자를 놀려 대기 시작했다. 그녀는 화를 냈지만 그 험한 말들에 사실은 쾌감을 느껴서, 자리는 뜨지 않고 배에 손을 얹은 채 소리를 질러 댔다. 깡마른 여자가 그녀를 응원하러 왔는데 화가 나 더듬으며 말하는 것이 암탉의 꼬꼬댁 소리 같았다. 멀리 문간에 있던 다른 사람들도 편들면서 화를 냈다. 이제 학교가 파하여 아이들이 모두 돌아다니고 있었다. 재잘거리고 구르고 싸우고 하는 꼬마 녀석들로 붐볐다. 한편 카페에 가지 않은 아버지들은 서넛씩 그룹을 지어 갱 속에서처럼 무릎을 꿇은 웅크린 자세로 담 밑에서 드문드문 얘기를 나누며 파이프 담배를 피우고 있었다. 르바크가 라 피에론의 허벅지가 얼마나 딴딴한지 만져 보려 하자 그녀는 크게 화를 내며 가 버렸다. 그래서 그는 혼자 라스뇌르의 주점에 가기로 작정했고, 그러는 동안 마외는 여전히 상추를 심고 있었다.

해가 갑자기 기울자 라 마외드는 램프를 켰다. 그런데 딸도 아들들도 돌아오지 않아서 화가 났다. 그녀는 식탁 주위에 모두 모여 단 한 번이라도 식사를 같이 하는 일은 결코 생기지 않을 거라는 데 내기를 걸 수 있을 정도였다. 그리고 민들레 샐러드를 만들 일이 남아 있었다. 이 녀석은 화덕같이 어두운 시간에 뭘 따 올 수 있단 말이야! 샐러드가 한 접시 있으면 감자와 파와 참소리쟁이와 튀긴 양파에 화이트소스를 쳐서 익힌 다음 약한 불에 은근히 졸이고 있는 라타투유[33]와 아주 잘 어울릴 텐데! 집 안 전체에 튀긴 양파 냄새가 풍겼다. 이 좋은 냄새는 금방 역해지며 탄광촌 집 벽돌들에 워낙 고약한 냄새로 배어들어서 이 보잘것없는 요리가 풍기는 강렬한 냄새를 먼 들판에서도 맡을 수 있을 정도였다.

밤이 되어 정원에서 돌아온 마외는 곧 머리를 벽에 대고 의자에서 졸고 있었다. 저녁때면 그는 앉자마자 잠이 들었다. 뻐꾸기시계가 7시를 알렸고, 앙리와 레노르는 상을 차리는 알지르를 돕겠다고 고집부리다 방금 전에 접시 하나를 깨 먹었다. 그때 본모르 영감이 맨 먼저 돌아와 저녁을 먹고 수갱에 돌아가려고 서둘렀다. 그러자 라 마외드는 마외를 깨웠다.

---

33) ratatouille. 호박, 가지, 피망, 토마토, 양파, 마늘 가루 등을 넣어 볶아서 익힌 채소 스튜.

"먹읍시다. 할 수 없지……! 그 애들은 집을 찾아올 만큼은 다 컸으니까……. 샐러드가 유감이네요!"

# 5

에티엔은 라스뇌르의 주점에서 수프를 먹은 다음 르 보뢰를 마주 보고 있는, 그가 기거할 지붕 밑 좁은 방으로 다시 올라갔다. 그는 피로에 녹초가 되어 옷을 입은 채 침대에 쓰러졌다. 이틀 동안 그는 네 시간도 못 잤다. 해 질 무렵 그가 깨어났을 때 그는 자기가 있는 곳을 알아차리지 못하고 잠시 어리둥절해 있었다. 그는 몸이 너무나 불편하고 머리가 무거워 저녁을 먹기 전에 그리고 밤에 자기 전에 바람을 쐴 생각으로 힘들게 일어섰다.

밖은 날씨가 점점 더 포근해졌고 시커먼 하늘은 북쪽의 오랜 빗줄기들 중 하나를 품고 구릿빛이 되어 가고 있었다. 공기의 축축한 온기로 비가 다가오는 것을 느낄 수 있었다. 밤은 들판의 아득한 곳들을 삼켜 버리며 커다란 연무들과 함께 다가오고 있었다. 이 불그스름한 땅의 거대한 바다 위로 나지막이 깔린 하늘은, 이 시각에 어둠을 생기 있게 해 줄 바람 한 점 없이 시커먼 먼지로 녹아들어 가는 것 같았다. 그것은 죽은 자를 묻는 창백한 죽음의 슬픔 같은 것이었다.

에티엔은 오직 신열을 떨쳐 버릴 목적으로 무턱대고 앞으로 걸어갔다. 수갱 속은 벌써 어두워져 있었다. 아직 등불 하나 비치지 않는 르 보뢰 앞을 지나갈 때 그는 주간에 일하는 광부들이 나오는 것을 보려고 잠시 멈춰 섰다. 아마도 6시가 된 것 같았는데, 운반부와 광차 탑재대 적재부와 마부들이 어둠 속에서 희미한 모습으로 웃음 짓는 선탄장 처녀들과 섞여 떼 지어 가고 있었다.

맨 앞에는 라 브륄레와 그의 사위 피에롱이었다. 그녀는 그를 나무라고 있었다. 골라낸 돌을 계산할 때 감독관과 실랑이를 벌였는데 그가 그녀의 편을 들어 주지 않았기 때문이다.

"아! 빌어먹을 물컹이. 흥! 우리를 잡아먹는 개자식들 중 한 놈 앞에서 남자란 것이 그렇게 납작 엎드릴 수 있다니!"

피에롱은 대꾸하지 않고 태평하게 그녀의 뒤를 따라갔다. 그가 마침내 말했다.

"상관한테 대들어야 했단 말이군요. 충고 고맙습니다! 곤란한 지경을 당하려면 그래야죠!"

"그럼 엉덩짝을 디밀어 보든가!" 그녀가 소리 질렀다. "아! 맙소사! 딸년이 내 말을 들었더라면……. 그놈들이 그 애 아버지를 죽인 걸로 시원치 않다는 거야? 자네는 아마도 내가 고맙다고 말하길 바라겠지. 천만에, 자네 알겠어? 나는 그놈들을 죽여 버릴 거야!"

목소리가 멀어져 갔다. 에티엔은 매부리코에 흰머리는 산발을 한 그녀가 화가 나서 길고 가는 팔들을 휘저으며 사라져 가는 것을 보고 있었다. 그런데 그의 뒤쪽 두 젊은이의 대화에 그는 귀가 솔깃했다. 그는 자카리를 알아보았다. 자카리는 거기에서 기다리고 있었고 그의 친구 무케가 방금 다가온 참이었다.

"이제 오는 거니?" 무케가 물었다. "타르틴 한쪽씩 먹고 나서 볼캉으로 가자고."

"금방 갈게, 일이 있어."

"뭔데?"

운반부는 몸을 돌려 선탄장에서 나오는 필로멘을 보았다. 그는 무슨 일인지 알 만했다.

"아! 좋아, 그거구나……. 그럼 내가 먼저 출발한다."

"그래, 뒤따라갈게."

무케는 가다가 역시 르 보뢰에서 나오는 자기 아버지 무크 영감을 만났다. 그들 두 사람은 저녁 인사만 나누고는 아들은 큰길로 들어서고 아버지는 운하를 따라갔다.

자카리는 벌써부터 그녀가 저항하는데도 불구하고 늘 가던 외딴길로 필로멘을 밀고 갔다. 예전에는 그녀가 서둘렀다. 그러나 이제 그들은 둘 다 오래된 부부처럼 다투었다. 특히나 땅이 젖어 있고 들어가 누울 밀밭도 없는 겨울에 밖에서만 만나는 것은 조금도 즐겁지 않았다.

"천만에, 그게 아니야." 그는 조바심치며 중얼거렸다. "너한테 한 가지 얘기할 게 있어."

그는 그녀의 허리를 잡고 다정하게 데려갔다. 그러고는 폐 석장의 그늘 속에 이르자 그녀에게 돈이 있는지 물었다.

"뭘 하려고?" 그녀가 물었다.

그러자 그는 당황하면서 자기 가족에게 고통을 안길 이 프 랑의 빚에 대해 얘기했다.

"닥쳐……! 조금 전에 무케를 봤어. 너 그 더러운 여가수들 이 있는 볼캉에 또 가려는 거지."

그는 아니라고 하면서 자기 가슴을 두드리며 명예를 걸고 약속했다. 그러고는 그녀가 어깨를 으쓱하자 그는 갑자기 말 했다.

"네가 원한다면 우리랑 같이 가든가……. 알다시피 방해는 안 될 테니. 내가 여가수들과 무얼 하는지 보라고……! 갈래?"

"그러면 아기는?" 그녀가 대답했다. "늘 소리 질러 대는 아이 를 데리고 갈 수 있어? 돌아가게 놔줘. 분명 집 안이 난리통일 거야."

그러나 그는 그녀를 붙잡고 애원했다. 자아, 자기가 무케와 약속했으니 바보같이 보이지 않으려고 그러는 거다. 남자란 매 일 저녁 암탉들처럼 잠을 잘 수는 없잖은가. 설득 당한 그녀는 웃도리 옷자락을 걷어 올려 손톱으로 실을 끊은 다음 가장자 리 귀퉁이에서 십 수짜리 동전들을 꺼냈다. 그녀는 엄마한테 도둑맞을까 봐 수갱에서 일하고 받은 초과 근무 수당을 거기 에다 감춰 두고 있었다.

"보다시피 다섯 개뿐이야." 그녀가 말했다. "너에게 기꺼이 세 개를 줄게……. 다만 너희 어머니가 우리를 결혼시키기로 결심하게 만들겠다고 나한테 맹세해야 돼. 이렇게 허공에 뜬 생활은 이제 지겨워! 그걸 가지고 엄마는 내가 음식 한입 먹을 때마다 날 꾸짖는다고……. 맹세해, 우선 맹세하라고."

그녀는 병약하고 열정도 없고, 그저 생활에 지친 나이 든 처녀의 무기력한 목소리로 말했다. 그는 맹세코 성스럽게 약속한다고 큰 소리로 말했다. 그러고 나서 동전 세 개를 집고 그녀에게 키스하고, 그녀를 간질여 웃게 만들었다. 그녀가 안 된다고, 그리고 그래 봐야 전혀 즐겁지 않을 거라고 되풀이해서 말하지 않았더라면 그는 오랫동안 겨울이면 그들에게 부부 생활의 터전이 되어 준 이 폐석장 구석에서 끝까지 밀어붙여 정사를 벌였을 것이다. 그녀는 홀로 탄광촌에 돌아갔고, 그사이 그는 친구와 합류하기 위해 들판을 가로질러 갔다.

에티엔은 멀리서 영문을 알지 못한 채 단순한 약속이려니 여기면서 기계적으로 그들을 뒤쫓고 있었다. 수갱의 계집아이들은 조숙했다. 그는 공장 건물 뒤에서 기다리곤 했던 릴의 여공들을 떠올렸다. 그들은 가난 때문에 내놓은 자식이 되어 열네 살 때부터 몸을 망친 계집애들이었다. 그런데 또 다른 만남이 그를 더욱 놀라게 했다. 그는 걸음을 멈췄다.

폐석장 아래로 커다란 돌들이 미끄러져 내린 움푹한 곳에서 어린 장랭이 그의 오른쪽에 앉은 리디와 왼쪽에 앉은 베베르를 거칠게 야단치고 있었던 것이다.

"뭐야! 너희들 뭐라고 하는 거야? ……나는 말이다, 너희들이 따지면 따귀를 각각 한 대씩 더 갈겨 줄 거야……. 누가 그런 생각을 해냈냐고, 어서 말해 봐!"

사실 장랭이 그 생각을 해냈다. 다른 둘과 같이 민들레를 따며 한 시간 동안 운하를 따라 풀밭에서 뒹군 다음 샐러드용 채소 더미를 앞에 두자, 그는 자기 집에서는 다 못 먹을 것이라는 생각이 퍼뜩 들었다. 그래서 그는 탄광촌으로 돌아가는 대신 몽수로 가서, 베베르에게는 망을 보게 하고 리디는 부르주아 집에 가서 초인종을 울리게 하여 그 집에다 민들레를 주었던 것이다. 그는 이미 팔아 본 경험이 있는 터라 계집아이들은 원하는 대로 팔 수 있다고 말했다. 거래를 위한 열렬한 노력 끝에 민들레 더미 모두가 그 집에 건네졌다. 그런데 계집아이는 십일 수를 받았고, 민들레를 모두 손에서 턴 지금, 번 돈을 셋이 모두 나누고 있는 것이었다.

"이건 불공평해!" 베베르가 말을 내뱉었다. "셋이 똑같이 나누어야지……. 네가 칠 수를 가지면 우리는 각자 이 수밖에 못 갖잖아."

"뭐가 불공평해?" 장랭이 성을 내며 되쏘았다. "우선 내가 제일 많이 땄단 말이야!"

평소에 베베르는 겁먹고 칭찬하거나 자신을 끊임없이 희생자로 만드는 고지식함을 보이며 순종했다. 장랭보다 나이가 더 많고 힘도 더 셌지만 따귀를 맞고도 가만히 있곤 했다. 그런데 이번에는 이 모든 돈을 생각하니 그는 반항심이 생겼다.

"안 그러니? 리디, 저 녀석이 우리 것을 훔치는 거라고……. 공평하게 나누지 않으면 우리가 저 애 엄마한테 말하자."

장랭은 대뜸 그의 코밑에다 주먹질을 했다.

"다시 말해 봐, 엄마한테 갖다 줄 샐러드를 너희들이 팔아 치웠다고 너희 집에 가서 말할 테니. 그리고 멍청이 같은 놈아, 내가 십일 수를 셋으로 나눌 수 있겠니? 약아 빠진 네가 해 봐…… 자, 너희들 각각 이 수씩이다. 빨리 받아, 안 그러면 내 주머니에 도로 넣어 버릴 테니까."

베베르는 굴복하고 이 수를 받아 들었다. 덜덜 떨고 있는 리디는 아무 말도 못 했다. 리디는 장랭 앞에서 얻어맞는 어린 아내 같은 두려움과 상냥함을 갖게 되기 때문이었다. 그가 리디에게 이 수를 건네자 리디는 비굴한 웃음을 지으며 손을 내밀었다. 그런데 그는 갑자기 생각을 바꿨다.

"어? 너 이 돈으로 뭐 하려고……? 네가 이걸 감추어 놓을 줄 모르면 너희 엄마가 가로챌걸……. 너를 위해 내가 이걸 보관해 두는 게 낫겠다. 돈이 필요할 때 나한테 달라고 해."

그렇게 구 수는 사라졌다. 그는 그녀의 입을 막으려고 웃으면서 계집아이를 꼭 붙잡고는 폐석장 위에서 함께 뒹굴었다. 계집아이는 그의 어린 아내였다. 그들은 컴컴한 구석에서 같이 집의 칸막이 너머로, 또 문틈으로 듣고 본 사랑 행위를 시도해 보았다. 그들은 다 알고는 있었지만 너무 어려서 제대로 할 수는 없었고, 몇 시간이고 더듬으면서 못된 강아지들처럼 놀곤 했다. 장랭은 이것을 '아빠 엄마 놀이'라고 불렀다. 그리고 그가 계집아이를 끌고 갈 때면 계집아이는 뛰듯이 따라가, 종종 불쾌했지만 전혀 오지 않는 그 무엇인가를 기다리며 항상 굴종하는 가운데 본능의 감미로운 떨림에 자기 몸을 맡기는 것이었다.

베베르는 이런 놀이를 허락받지 못했고, 그가 리디를 만지려고만 하면 주먹세례를 받았기 때문에, 이들 둘이 그의 앞에서 전혀 아랑하지 않고 즐기면 그는 분노와 거북스러움에 시달리며 난처해 했다. 그래서 그는 한 가지 꾀를 내서, 누가 본다고 소리침으로써 그 아이들을 겁먹게 하고 방해하곤 했다.

"망했어, 저기 어떤 남자가 보고 있어."

이번에는 거짓말이 아니었다. 그 남자란 자기 갈 길을 계속 가기로 결심한 에티엔이었다. 애들은 펄쩍 뛰어 도망치고 그는 이 망나니들의 혼비백산에 재미있어 하면서 폐석장을 돌아 운하를 따라서 갔다. 아마도 그 애들 나이치고는 너무 일렀다. 하지만 어쩌랴. 그 애들은 너무나 노골적인 광경을 하도 보고 들어서 그들을 말리려면 묶어 놓아야 할 것이다. 그런데 에티엔은 왠지 슬퍼졌다.

백 걸음쯤 더 가자 그는 다시 쌍쌍의 남녀들과 마주쳤다. 레키야르에 도착한 것이었다. 그곳에 있는 폐허가 된 옛 수갱 주위에서는 몽수의 모든 처녀들이 자기 애인과 쏘다니고 있었다. 그곳은 공공연한 데이트 장소로, 외지고 인적 없는 구석이어서 여자 광차 운반부들이 헛간 위에서 감히 그럴 생각을 못 할 때 첫애를 만드는 곳이었다. 부서진 울타리들 사이로 모두에게 옛날 수갱의 채굴물 집하장의 자취가 보였다. 그곳은 공터로 바뀌었고 무너진 창고 두 개의 파편들과 아직 서 있는 커다란 받침대들의 잔해로 막혀 있었다. 버려진 광차들이 널려 있었고 반쯤 썩은 오래된 갱목들이 무더기로 쌓여 있었다. 한편 식물들이 이 땅 구석을 다시 빽빽하게 점령하여 무성한 풀숲을 이루어 가고 벌써 튼튼하게 자라나는 나무들이 솟아오르고 있었다. 그리하여 처녀들은 자신들을 위한 외진 구덩이들이 있어서 거기에 있으면 각자 자기 집에 있는 것 같았고, 놈팡이들은 들보 위에서, 갱목들 뒤에서, 광차들 안에서 그녀들을 범하곤 했다. 그들은 팔꿈치가 서로 닿을 정도여도 옆 사람들에게는 신경 쓰지 않고 자리를 잡았다. 멈춰 버린 기계 주위에서, 석탄을 토해 내는 데 지친 수갱들 가까이에서 벌어지는 이 일들은 창조의 앙갚음 같은 것으로, 본능의 채찍질 아래 겨우 여자가 될까 말까 한 소녀들의 배 속에 아이들을 심는 자유연애였다. 그런데 그곳에는 무크 영감이라는 관리인이 한 사람 있었다. 회사는 그에게 부서진 도르래 탑 밑에 있다시피 한 방 두 칸을 쓰게 해 줬는데, 마지막 골조들이 언제 무너져 깔아뭉갤지 몰랐다. 심지어 천장의 일부를 받쳐 놓아야만 했다. 그래도 거기에서 가족끼리 아주 잘 지냈다. 그는 무케와 한 방을 썼고 라 무케트는 다른 방을 썼다. 창문에는 이제 창유리가 하나도 남아 있지 않아서 그는 널빤지로 창문들을 막아 버리기로 했다. 환하지는 않았지만 따뜻했다. 게다가 이 관리인은 아무것도 관리하지 않고 자기 말들을 돌보러 르 보뢰에 다녔으며, 레키야르의 폐허를 살펴보는 일은 결코 없었다. 이 폐허에서는 단지 이웃한 수갱을 환기시키는 화실 굴뚝의 용도로 그 수갱을 보존하고 있었다.

그리하여 무케 영감은 이렇게 연인들 가운데서 여생을 보내게 된 것이었다. 라 무케트는 열 살이 되자마자 모든 잔해 더미 구석에서 농탕질을 쳤다. 리디처럼 겁먹고 아직 성숙하지 않은 장난꾸러기로서가 아니라 이미 풍만한 처녀로 수염 난 사내아이들과 어울렸다. 그녀의 아버지는 아무 할 말이 없었다. 그녀는 공손했고 결코 놈팡이를 집 안에 들이는 법이 없었기 때문이다. 또 그는 이런 일들에 익숙했다. 르 보뢰에 갈 때나 그곳에서 돌아올 때, 누추한 자기 집에서 나올 때마다 그는 한 발짝 걸음을 옮기기만 하면 풀 속에 누워 있는 한 쌍을 밟게 되는 것이었다. 밭의 다른 쪽 끝에서 수프를 끓이기 위해 나무를 줍거나 토끼에게 줄 풀을 찾으려 할 때는 더욱 가관이었다. 그럴 때 그는 몽수의 모든 처녀들의 탐욕스런 얼굴이 하나씩 일어서는 것을 보게 되었다. 다른 한편으로는 오솔길 위에 낮게 뻗어 있는 다리에 걸리지 않게 조심해야 했다. 더욱이 이 만남들은 점점 더 이상 아무도 성가시게 하지 않았으니, 단지 넘어지지 않으려고 주의하는 그 자신이나 그가 내버려 두는 그 계집아이들이나 다 마찬가지였다. 그는 자연의 일들 앞에 평화로운 호인으로서 조심스러운 발걸음으로 멀어져 가며 그녀들이 일을 마치도록 내버려 두었다. 다만 그 시간이 되면 그녀들이 그를 알아보듯이 그 역시 정원의 배나무에서 농탕질하는 음탕한 까치들을 아는 것처럼 그녀들을 알게 되었다. 아! 이 젊은이들은 얼마나 젊음을 탐하고 얼마나 젊음을 채워 넣는가! 때때로 그는 어둠 속에서 소란을 떨며 너무 큰 소리로 숨을 헐떡이는 계집아이들을 외면하면서 소리 없는 회한으로 턱을 주억거렸다. 단 한 가지만이 그를 언짢게 했다. 두 연인이 그의 방 벽에 기대 부둥켜안는 나쁜 버릇이 있었던 것이다. 문제는 그가 잠을 못 자게 한 것이 아니라 그들이 하도 밀어 대서 종국에는 벽이 무너진 것이었다.

저녁마다 친구인 본모르 영감이 무크 영감을 방문했다. 그들은 저녁 식사 전에 규칙적으로 똑같이 산책을 하곤 했다. 두 노인은 서로 거의 말을 하지 않았으며 같이 보내는 삼십 분 동안 겨우 열 마디를 할까 말까 할 정도였다. 하지만 그들은 그렇게 얘기할 필요도 없이 있으면서 옛일들을 생각하며 둘이서 공통으로 되새기는 것만으로 즐거워했다. 레키야르에서 그들은 들보 하나 위에 나란히 앉아 말 한마디를 내뱉고는 땅 쪽으로 코를 숙인 채 자신들만의 몽상에 빠지는 것이었다. 아마도 그들은 다시 젊어지고 있었으리라. 그들 주위에서는 놈팡이들이 자기 애인을 범하고 있었고, 입맞춤과 웃음소리가 속살거렸으며, 깔아뭉개진 풀들의 신선한 냄새 속에서 처녀들의 뜨거운 체취가 올라오고 있었다. 본모르 영감이 그토록 수줍은 광차 운반부였던 아내와 편하게 키스하려고 광차 위에 올려놓고서 범한 것이 벌써 사십삼 년 전 수갱 뒤에서였던 것이다. 아! 정말 옛날 얘기군! 그러고는 두 영감은 머리를 흔들며 마침내 헤어졌다. 보통 서로 저녁의 작별 인사도 하지 않았다.

그런데 이날 저녁에는 에티엔이 다가오자 본모르 영감은 탄광촌으로 돌아가려고 들보에서 일어나다가 무크에게 말했다.

"잘 자게, 친구……! 이보게, 자네 라 루시를 알았던가?"

무크는 잠시 말없이 있다가 어깨를 흔들고는 집으로 돌아가며 말했다.

"잘 자게, 잘 자게, 친구!"

이번에는 에티엔이 들보 위에 앉았다. 왠지 모르게 그의 슬픔은 커져 갔다. 노인의 등이 사라져 가는 것을 보며 그는 자신이 얼마 전 아침에 도착했다는 사실과 휘몰아치던 바람이 조용한 그 노인에게서 끄집어낸 많은 말들을 떠올렸다. 얼마나 비참한가! 이 소녀들은 정말 어리석게도 피로에 지친 몸으로 저녁마다 아이들을, 장차 노동을 해야 하고 고통받아야 할 살덩이들을 만들어 내고 있다! 그녀들은 차라리 불행이 다가올 때처럼 배 속을 틀어막고 허벅지를 꽉 오므려야 하지 않을까? 아마도 그는 이 시각 다른 사람들이 둘씩 둘씩 즐기러 가는 때에 자기만 홀로 있다는 답답함 속에서 이런저런 우울한 생각들이 드는 건지도 몰랐다. 눅눅한 날씨에 그는 숨이 좀 막혔고 빗방울들이 아직은 드문드문이긴 하지만 열에 들뜬 그의 손으로 떨어졌다. 그렇다, 모든 여자애들이 그런 일을 겪었고, 그건 이성보다 더 강한 것이었다.

바로 그 순간 에티엔이 어둠 속에 앉아서 꼼짝 않고 있을 때 몽수에서 내려오는 한 쌍이 그를 보지 못하고 스쳐 가면서 레키야르의 공터로 접어들었다. 숫처녀가 분명한 그 소녀는 낮고 속삭이는 소리로 애원하며 버둥대고 저항했다. 그런데도 젊은이는 말없이 헛간의 어두운 구석으로 그녀를 밀어붙였다. 아직 무너지지 않은 그 헛간 바닥에는 곰팡이가 슨 오래된 밧줄들이 쌓여 있었다. 그들은 카트린과 키 큰 샤발이었다. 하지만 에티엔은 그들이 지나갈 때 알아보지 못했다. 그저 그들을 눈으로 좇으며 자기 생각의 흐름을 바꾸어 놓는 관능에 사로잡혀 사태의 결말을 엿보았다. 그가 왜 끼어들겠는가? 계집아이들이 안 된다고 말하는 건 그건 그들이 우선 얻어맞고 싶다는 뜻이다.

240번 탄광촌을 나서면서 카트린은 포장도로를 따라 몽수에 갔었다. 그녀가 수갱에서 돈벌이를 시작하던 열 살 때부터 광부 가족들이 으레 그렇듯 완전한 자유 속에 이렇게 홀로 이 지역을 쏘다녔다. 그런데 열다섯 살인 그녀를 아무 남자도 범하지 않은 것은 그녀가 아직 초경을 하지 않아 사춘기가 늦은 덕이었다. 회사의 창고들 앞에 다다르자 그녀는 길을 건너라 무케트가 있으리라 확신하고 어느 세탁소 안으로 들어갔다. 라 무케트는 아침부터 저녁까지 차례로 커피를 한턱내는 여자들과 그곳에서 지내고 있었기 때문이다. 하지만 카트린은 낙심했다. 공교롭게도 라 무케트는 자기 차례가 되어 크게 한턱내는 바람에 그녀에게 약속한 십 수를 빌려줄 수 없었던 것이다. 사람들은 그녀를 위로하기 위해 따뜻한 커피 한 잔을 주었지만 그녀는 마다했다. 그녀는 자기 동료가 또 다른 여자에게 돈을 빌려서 주는 것은 원하지 않았다. 그녀는 절약해야겠다는 생각이 들었고, 지금 리본을 사면 그 리본이 자신에게 불행을 가져다줄 것이라는 일종의 미신적인 두려움이 들었다.

그녀는 서둘러 다시 탄광촌으로 가는 길로 들어섰다. 몽수의 마지막 집들이 있는 곳에 다다랐을 때 피케트 카페의 문간에 있던 한 남자가 그녀를 불렀다.

"어! 카트린, 어딜 그렇게 바삐 뛰어가냐?"

그 사람은 키 큰 샤발이었다. 그녀는 난처했다. 그가 불쾌하게 여겨져서가 아니라 웃고 싶은 기분이 아니었기 때문이다.

"들어와서 뭐 좀 마셔……. 달콤한 것을 작은 잔으로 한 잔, 어때?"

그녀는 상냥하게 거절했다. 밤이 될 것이고 집에서 그녀를 기다린다고 했다. 그는 그녀에게 다가가 길 가운데서 낮은 목소리로 간청했다. 오래전부터 그는 피케트 카페의 2층에 있는 자기 방으로 그녀가 올라가게 할 생각이었다. 그 예쁜 방에는 부부용 큰 침대가 있었다. 그래서 그녀는 그가 무서웠고 늘 그를 거절했다. 마음씨 착한 그녀는 웃으면서, 아이가 생기지 않는 주에 올라가겠다고 말했다. 그러고 나서 이런저런 얘기 끝에 어떻게 해서 그리 된지도 모르는 채 그녀는 자신이 파란 리본을 사지 못하게 된 일을 얘기하게 되었다.

"아니, 그럼 말이야, 내가 너한테 하나 사 줄게!" 그가 소리쳤다.

그녀는 마음속으로 리본을 갖고 싶다는 커다란 욕망에 시달리면서도, 또한 거절해야 한다고 느끼며 낯을 붉혔다. 그러다 빌리면 되겠다는 생각이 떠올라 그녀는 그가 쓰는 돈을 갚는다는 조건하에 받아들이기로 했다. 그리하여 그들은 다시 농담을 하게 되었다. 만약 그녀가 그와 잠자리를 하지 않으면 그녀가 그에게 돈을 갚기로 했다. 그런데 그가 메그라의 가게에 가자고 해서 또 다른 문제가 생겼다.

"아니, 메그라네 가게는 안 돼, 엄마가 안 된댔어."

"걱정 마, 어디에 가는지 말할 필요 있나! ……몽수에서 가장 예쁜 리본은 그 가게에 있단 말이야!"

키 큰 샤발과 카트린이 마치 결혼 선물을 사러 온 애인들처럼 자기 가게에 들어오는 것을 보고 메그라는 얼굴이 시뻘 게졌고, 비웃음 당하는 남자처럼 분노에 찬 채 파란 리본들을 보여 주었다. 젊은이들이 리본을 사고 나서 그는 황혼 속에 그들이 멀어져 가는 모습을 보려고 문간에 꼼짝 않고 서 있었다. 그러다 부인이 조심스런 목소리로 무언가를 물어보려하자 그는 그녀에게 달려들어 욕을 퍼부었다. 감사할 줄 모르는 그 더러운 인간들을 언젠가 회개하도록 만들 것이며, 그때는 모두들 땅에 엎드려 그의 발을 핥아야 할 것이라고 소리질렀다.

키 큰 샤발은 길을 따라 카트린과 동행했다. 그는 팔을 흔들며 그녀 가까이에서 걸어갔다. 그는 그저 허리로 그녀를 밀면서 내색하지 않고 그녀를 이끌고 있었다. 그는 그녀로 하여금 포장도로를 벗어나게 했고 그녀는 그들이 함께 레키야르로가는 길로 접어든 것을 문득 알아차렸다. 그러나 화를 낼 겨를이 없었다. 이미 그는 그녀의 허리를 잡고 달콤한 말들을 늘어놓으며 그녀를 얼떨떨하게 만들었다. 겁을 내다니 얼마나 어리석은가! 비단처럼 보드랍고 내가 먹어 버릴 정도로 보드라운, 너같이 귀여운 아이에게 나쁜 짓을 하겠어? 그러면서 그는 그녀의 귀 뒤와 목덜미에다 입김을 불어 그녀의 온몸을 짜릿하게 만들었다. 그녀는 숨이 막혀 대답하지 못했다. 실제로그는 그녀를 좋아하는 것 같았다. 토요일 저녁 촛불을 끈 뒤그녀는 그가 자신을 이런 식으로 붙잡으면 어떻게 될지 생각해 본 참이었다. 그리고 잠들면서 그녀는 쾌락에 한없이 약해져 자신이 더 이상 안 된다고 말하지 않는 꿈을 꾸었다. 그런데 오늘은 똑같은 생각에 왜 혐오감과 후회 같은 것을 느끼는 걸까? 그가 콧수염으로 그녀의 목덜미를 너무나 부드럽게 간질이는 동안 그녀는 눈을 감았고 그녀의 닫힌 눈꺼풀의 어둠 속으로 다른 남자의, 아침에 언뜻 본 사내의 그림자가 스쳐 갔다.

갑자기 카트린은 주위를 둘러보았다. 샤발은 레키야르의 잔해들 가운데로 그녀를 데리고 가고 있었다. 그녀는 무너진 헛간의 어둠 앞에서 오싹해 하며 물러섰다.

"아! 안 돼, 아! 안 돼." 그녀는 중얼거렸다. "부탁이야, 나를 놔줘!"

남자에 대한 두려움으로 그녀는 미칠 것 같았다. 여자가 진정 원해서 남자의 정복을 받아들이려 할 때조차 방어 본능으로 인해 근육이 긴장되는, 그런 두려움이었다. 그녀의 처녀성은 모르는 것이 없었지만 구타의 위협이나 그녀가 아직 알지 못하고 두려워하는 고통스런 상처를 남길 위협을 받은 것처럼 공포에 사로잡혔다.

"안 돼, 안 돼, 난 하고 싶지 않아! 난 너무 어리다니까……. 정말이야! 나중에, 내가 좀 더 성숙하면."

그는 나지막이 투덜거렸다.

"바보! 아무것도 두려워할 것 없다니까……. 그게 무슨 상관이야?"

그는 더 이상 말하지 않았다. 그는 그녀를 단단히 움켜잡더니 헛간 아래로 집어 던졌다. 그리고 그녀는 오래된 밧줄들 위로 자빠져 항거를 그만두었고, 성숙한 나이가 되기도 전에, 대를 물려 온 복종심으로 남성을 받아들였는데, 이 복종심은 어린 시절부터 그녀 종족의 딸들이 야외에서 겁탈 당하게 만드는 것이었다. 겁에 질린 그녀가 더듬거리는 말들은 잦아들었고 남자의 뜨거운 숨소리 외에는 더 이상 아무것도 들리지 않았다.

그동안 에티엔은 꼼짝 않고 듣고 있었다. 또 계집애 하나가 몸을 망치는구나! 그리고 그런 우스꽝스러운 짓을 보고 난 뒤 그는 어색함과 분노가 끓어오르는 일종의 질투 섞인 흥분에 사로잡혀 몸을 일으켰다. 그는 아무 거리낌 없이 들보들을 성큼성큼 넘어갔다. 그 두 사람은 지금 중도에 그만두기에는 너무나 열중해 있었기 때문이다. 그가 길에서 백 걸음쯤 가서 몸을 돌렸을 때 그들은 벌써 일어서 있었고, 그와 마찬가지로 탄광촌 쪽으로 돌아가는 듯한 모습에 그는 깜짝 놀랐다. 남자는 처녀의 허리를 다시 잡고 고맙다는 표정으로 그녀를 껴안으며 그녀의 목덜미에 대고 줄곧 말하고 있었다. 그리고 처녀는 서두르는 것 같았는데 무엇보다도 늦은 것에 화가 난 표정으로 빨리 돌아가고 싶어 했다.

그러자 에티엔은 한 가지 욕망, 그들의 얼굴을 보고 싶다는 욕망에 시달렸다. 바보 같은 짓이라는 생각에 그는 욕망에 굴복하지 않으려고 걸음을 재촉했다. 하지만 그의 발걸음은 저절로 느려져 첫 번째 가로등에서 그는 그림자 속으로 몸을 숨겼다. 그는 지나가는 카트린과 키 큰 샤발을 알아보고 깜짝 놀라서 못 박힌 듯 서 있었다. 그는 처음에 자기 눈을 믿을 수 없었다. 짙은 파란색 드레스를 입고 헝겊 모자를 쓴 저 처녀가 바로 그녀인가? 바지를 입고 보닛을 머리에 꼭 맞게 쓰고 있던 그 말괄량이란 말인가? 그녀가 그를 스쳐 지나갈 때 그녀를 알아보지 못한 것은 바로 그 때문이었다. 그러나 그는 더 이상 의심하지 않았다. 그가 그녀의 두 눈을, 그토록 맑고 깊은 샘물의 초록빛 투명함을 다시 보았기 때문이다. 정말 창녀였군! 그리고 그는 그녀를 경멸하면서 이유 없이 그녀에게 복수하고 싶은 맹렬한 욕구를 느꼈다. 더욱이 그녀가 처녀 같은 옷차림을 한 것이 어울리지 않았고 몹시 흉했다.

카트린과 샤발이 천천히 지나갔다. 그들은 누군가 그와 같이 자신들을 엿보는 줄은 꿈에도 모른 채, 그는 그녀의 귀 뒤에 키스하기 위해 그녀를 붙잡고 있었고 그녀는 웃음 짓게 하는 애무 속에 걸음이 다시 느려지기 시작했다. 뒤에 남아 있던 에티엔은 그들이 길을 가로막아서 화가 치밀었고, 보기만 해도 울화통이 터지는 이 광경을 그래도 지켜보면서 그들을 따라가는 수밖에 없었다. 그녀가 아침에 맹세했던 것, 즉 자신은 아직 그 누구의 애인도 아니라는 것은 사실이었다. 그런데 그녀의 말을 믿지 않았고 다른 사람처럼 하지 않으려다 그녀를 빼앗긴 그 자신! 그리고 방금 코앞에서 그녀를 앗아가게 내버려 두었고, 그들을 쳐다보느라 치사하게 즐거워할 정도로 어리석었던 그 자신이란! 이 사실에 그는 미칠 것 같아서 주먹을 움켜쥐었고, 분노가 치밀어 죽이고 싶은 욕구가 솟아 저 남자를 잡아먹을 것만 같았다.

산책은 삼십 분 동안 계속되었다. 샤발과 카트린은 르 보뢰가 가까워지자 다시 걸음을 늦추고는 운하 가장자리에서 두 번, 폐석장을 따라 세 번 멈추었다. 그들은 이제는 매우 즐거워하며 다정하게 장난을 쳤다. 에티엔 또한 들킬까 봐 멈춰 서고 똑같이 지체해야 했다. 그는 이제 격렬한 후회만을 간직하려 애썼다. 이 일은 그에게 교훈이 되어서 계집아이 다루는 법을 가르쳐 줄 것이다. 그러고 나서 르 보뢰를 지나 드디어 라스뇌르의 주점에 가서 자유롭게 저녁을 먹을 수 있었는데도, 그는 그들을 계속 좇아 탄광촌까지 따라갔다. 그는 카트린이 집에 돌아가도록 샤발이 놓아줄 때까지 십오 분 동안 기다리면서 그곳 어둠 속에 서 있었다. 그리고 그들이 더 이상 함께 있지 않다는 것을 확신하고서 다시 걷기 시작했다. 그는 힘겹게 땅을 밟으며 아무 생각도 않은 채 마르시엔 길로 아주 멀리 나아갔다. 방에 틀어박히기에는 너무나 답답하고 슬픈 심정이었다.

겨우 한 시간이 지난 9시경에, 에티엔은 새벽 4시에 일어나려면 먹고 자야 한다고 생각하면서 탄광촌을 다시 지나갔다. 마을은 벌써 잠들어 어둠에 묻혀 시커멨다. 닫힌 덧문으로는 불빛 하나 새어 나오지 않았고 코 골며 무거운 잠에 빠진 병영처럼 기다란 건물 정면들이 줄지어 있었다. 고양이 한 마리만이 홀로 빈 정원을 가로질러 달아났다. 그것은 하루의 끝이었고, 피로와 음식에 녹초가 되어 식탁에서 침대로 떨어진 노동자들의 뭉개진 모습이었다.

라스뇌르 주점의 불 켜진 홀에서는 그날 일을 마친 기계공 하나와 노동자 둘이 맥주를 마시고 있었다. 그러나 에티엔은 들어가기 전에 멈춰 서서 어둠 속을 마지막으로 바라보았다.

그는 자신이 강풍 속에 도착했던 그날 아침과 같은 광활한 어둠을 다시 바라보았다. 그의 앞에는 램프 불빛이 몇 개 꽂혀 있었고 사악한 짐승의 모습으로 웅크린 르 보뢰가 흐릿하게 보였다. 폐석장의 벌건 불덩이 세 개가 피 흘리는 달처럼 공중에서 타오르며, 때때로 본모르 영감과 그의 황색 말의 옆모습을 터무니없는 크기로 확대시켜 드러내고 있었다. 그리고 그 너머 훤히 트인 들판은 몽수며 마르시엔이며 방담 숲이며 사탕무와 밀의 광대한 바다 할 것 없이 모두를 어둠이 삼켜 버렸고, 거기에는 이제 멀리 있는 등대들처럼 높은 용광로의 파란 불꽃들과 코크스로의 벌건 불꽃들만이 빛나고 있었다. 밤이 조금씩 깊어 갔고, 비는 이제 단조로운 흐름 속에 이 허무를 빠뜨리면서 천천히 끊임없이 내리고 있었다. 다른 한편으로는 여전히 단 하나의 소리만 들려왔다. 밤낮으로 헐떡거리는 배수펌프의 거칠고 느린 숨소리였다.

3부

# 1

그다음 날부터 에티엔은 수갱에서 다시 일을 시작했다. 그는 익숙해져 갔고 처음에는 혹독해 보였던 이 일과 새로운 습관들에 생활을 맞춰 갔다. 뜻밖의 사건 하나가 첫 보름 동안의 단조로움을 깼다. 일시적인 열병에 걸려 마흔여덟 시간 동안 그는 침대에서 꼼짝하지 못했다. 팔다리가 쑤시고 머리는 타는 것 같은 반착란 상태에서 자신의 몸이 지나갈 수 없는 너무나 좁은 통로 속으로 광차를 밀고 가는 꿈을 꾸었다. 그 것은 그저 견습 과정에서 생긴 근육통과 과로 때문이어서 그는 곧 회복되었다.

그리고 나날들이 꼬리를 물면서 몇 주 그리고 몇 달이 흘러갔다. 이제는 그도 동료들처럼 새벽 3시에 일어나 커피를 마시고 라스뇌르 부인이 전날 준비해 둔 타르틴 두 개를 지니고 수갱으로 갔다. 수갱에 가는 길에 보통 자러 가는 본모르 영감을 만났고, 오후에 나올 때는 일을 하러 도착하는 부틀루와 마주쳤다. 그는 끈 달린 모자와 바지 그리고 무명 웃옷을 걸친 채 덜덜 떨었으며, 바라크의 커다란 난로 앞에서 등을 덥혔다. 그다음에는 성난 바람을 맞으며 석탄 하치장에서 맨발로 기다릴 차례였다. 그러나 구리가 점점이 박혀 있고 강철로 된 굵은 팔다리가 어둠 속 저 높은 곳에서 번쩍이고 있는 그 기계는 더 이상 그의 관심을 끌지 않았다. 흡사 밤새들의 시커멓고 소리 없는 날갯짓처럼 날아가듯 내닫는 케이블 선, 신호들, 외치는 명령들, 그리고 주철판들을 흔들어 대는 광차들의 야단법석 가운데서 끊임없이 솟아오르고 가라앉는 케이지들도 마찬가지였다. 그의 램프가 불이 잘 타지 않는 걸 보면 빌어먹을 램프 관리인이 청소를 안 해 둔 게 틀림없었다. 그는 장난꾼이 처녀들의 엉덩이를 찰싹 소리 나게 때리듯 무케가 사람들을 모두 실어 넣었을 때에야 언 몸이 풀렸다. 고정 장치를 벗어난 케이지는 구멍 속으로 돌멩이처럼 떨어져 내렸고 그는 빛이 사라지는 것을 보려고 고개를 돌리는 법도 없었다. 그는 추락할 수도 있다고는 결코 생각해 본 적이 없었고, 억수같은 빗속에 어둠 속으로 내려감에 따라 다시 집에 온 것같이 마음이 편했다. 아래의 광차 탑재대에서 피에롱이 위선적인 온화한 표정으로 그들을 내려 주면 광부들은 언제나 똑같이 가축 떼 같은 걸음으로 작업장에 갔다. 그는 이제 몽수의 길들보다 탄광의 갱도들을 더 잘 알게 되어서 여기에서는 돌아가야 하고 더 나아가면 몸을 낮추어야 하며 다른 데서는 물웅덩이를 피해야 한다는 것을 알았다. 그는 이 땅 밑 이 킬로미터에 너무나 익숙해져서 램프 없이 두 손을 주머니에 찌르고도 다닐 수 있을 정도였다. 그리고 매번 똑같은 이들을 마주쳤다. 감독이 지나가면서 노동자들의 얼굴을 비추어서 말을 끌고 가는 무크 영감, 콧바람 소리를 내는 바타유를 몰고 가는 베베르, 환기문을 다시 닫으려고 광차 대열 뒤로 뛰어가는 장랭, 그리고 자기들의 광차를 밀고 있는 뚱뚱한 라 무케트와 깡마른 리디가 보였다.

결국 에티엔도 막장의 습기와 답답함으로 고통받는 것이 훨씬 덜해졌다. 예전 같으면 좁은 수직 갱도에 손끝 하나 넣어 볼 시도도 해 보지 않았을 텐데 마치 몸이 녹아서 그 틈 사이로 통과할 수 있을 것처럼 올라가기에 아주 편해 보였다. 그는 석탄가루를 마시는 것에 개의치 않았으며, 어둠 속에서도 환히 보았고, 아침부터 저녁까지 젖은 옷을 몸에 걸치고 있는 느낌에 익숙해져서 땀을 흘리면서도 태연했다. 게다가 더 이상 서투르게 힘을 쓰지 않았고 일에 능숙해져서 동작이 너무 재빨라 막장 사람들을 놀라게 했다. 석 주가 지나자 그는 수갱에서 뛰어난 광차 운반부들 중 하나로 꼽혔다. 광차를 그보다 더 힘차게 경사면까지 밀고 가거나 또 그만큼 정확하게 몰고 가는 사람은 아무도 없었다. 작은 키 덕분에 그는 어디나 미끄러지듯 들어갈 수 있었으며, 여자의 팔처럼 가늘고 하얀 그의 양팔은 연약한 피부 속에 쇠가 들어 있는 것처럼 억세게 일을 해 나갔다. 피로로 헐떡일 때도 아마 자존심 때문인지 그는 결코 투덜대는 법이 없었다. 다만 사람들은 그가 농담을 이해

할 줄 모르는 것을 흠으로 여겼다. 누군가가 그에 대해 험담을 하면 그는 대번에 화를 냈다. 그럼에도 결국 그는 받아들여졌으며, 거의 매일 그를 기계적 기능만을 하도록 몰아가는 관행적인 중노동 속에서 진정한 광부로 인정받았다.

마외가 특히 에티엔에게 호감을 느꼈다. 그는 일 잘하는 사람을 존중하기 때문이었다. 그리고 다른 사람들과 마찬가지로 그는 이 청년이 자기보다 교육을 많이 받았다고 느끼고 있었다. 마외는 그가 글을 읽고 쓰고 작은 도면들을 그리는 것을 보았고, 자신은 그런 게 있는지조차도 몰랐던 것들에 대해 그가 얘기하는 걸 들었다. 그것은 놀라운 일이 아니었다. 광부들은 억센 사람들로 기계공들보다 머리가 더 둔하다. 하지만 마외는 굶어 죽지 않으려고 석탄에 달려드는 이 어린 친구의 힘찬 용기에 깜짝 놀랐다. 그렇게 빨리 적응하는 일꾼은 처음이었다. 그래서 채굴이 급해졌는데 채탄부 한 사람이라도 작업에 지장이 없기를 원할 때면, 그는 깔끔하고 견고하게 일을 해내리라 확신하며 이 젊은이에게 갱목 작업을 맡겼다. 상관들이 늘 이 빌어먹을 갱목 문제로 그를 들볶았기 때문에, 그는 매시간 탄광 기사 네그렐이 당사르를 동반하고 나타나서 소리지르고 트집을 잡고, 모든 것을 다시 작업하게 할까 봐 걱정하곤 했다. 그러고서 그는, 결코 만족할 줄 모르며 회사가 조만간에 극단적인 조치를 내릴 것이라고 되풀이해 말하는 상관들의 표정에도 불구하고, 자기 휘하의 광차 운반부가 해 놓은 갱목 작업이 이 윗분들을 더한층 만족시켰다는 것을 눈치챘다. 일이 지연되고 소리 없는 불만들이 수갱에서 끓어오르고 있었으며, 그토록 조용한 성품의 마외까지 주먹을 움켜쥐게 되었다.

처음에는 자카리와 에티엔 사이에 경쟁의식이 있었다. 어느 날 저녁 그들은 서로 따귀를 때리겠다고 위협했다. 하지만 자카리는 선량한 청년인 데다 자신이 좋아하지 않는 일에는 관심이 없어서 우정의 뜻으로 맥주 한 잔을 건네 오자 곧 진정되어 신참의 우월함 앞에 선뜻 고개를 숙였다. 르바크 역시 이제는 만족스런 표정을 했고, 광차 운반부와 정치 얘기를 나누더니 이 젊은이는 자기 생각이 있다고 말했다. 그런데 청년은 도급 노동자들 가운데서 오직 키 큰 샤발에게서만 소리 없는 적개심을 감지했는데, 그렇다고 그들이 서로 틀어져 있는 듯 보이지는 않았다. 오히려 그와 반대로 동료 사이가 되었기 때문이다. 단지 그들은 서로 조롱할 때면 상대방을 잡아먹을 듯한 눈빛으로 쏘아보았다. 그들 사이에서 카트린은 지치고 체념한 소녀의 일상 생활을 다시 시작해서 등이 휘게 광차를 밀었고, 이제는 자신을 도와주는 운반 동료에게 항상 상냥하게 대했고 다른 한편으로는 자기 애인의 뜻에 따르며 그의 애무를 공공연히 받아들였다. 이것은 인정된 상황이었으며 가족들도 눈감아 주는 부부인 셈이었다. 매일 저녁 샤발은 광차 운반하는 소녀를 폐석장 뒤로 데려갔고, 그러고 나서 그녀를 집 앞까지 데려다 준 다음 끝으로 그곳에서 모든 탄광촌 사람들이 보는 가운데 그녀에게 키스를 했다. 에티엔은 그런 일을 운명으로 받아들였다고 생각했지만, 막장 안에서 사내아이와 계집아이들이 으레 그러듯이 농담 삼아 외설스러운 말들을 던지면서 샤발과의 산책을 두고 그녀를 종종 놀리곤 했다. 그러면 그녀는 같은 어조로 대꾸하면서 애인이 그녀에게 어떻게 하는지 선선히 말해 주었다. 그러면서도 청년과 눈이 마주칠 때면 거북해 하고 안색이 창백해졌다. 그들 둘은 머리를 돌리고 때때로 말없이, 그들 사이에 묻어 둔 채 서로 따지지는 않는 그 어떤 것들 때문에 서로를 미워하는 표정으로 한 시간씩이나 있곤 했다.

봄이 되었다. 어느 날 에티엔은 수갱에서 나오면서 이 4월의 훈기를, 젊은 땅과 부드러운 초목과 맑은 대기의 향기를 얼굴에 느꼈다. 그리고 이제는 매번 수갱에서 나올 때마다 봄의 향기가 더욱 진해져서, 그 어떤 여름도 거두어 갈 수 없는 축축한 암흑에 싸인 채 갱 속의 영원한 겨울에서 열 시간 동안 작업하고 나오는 그를 더욱 따뜻하게 해 주었다. 해가 더욱 길어져 5월이 되자 그가 수갱에 내려갈 때면 아침 해가 떠올랐다. 진홍빛 하늘이 뽀얀 먼지 같은 여명의 빛으로 르 보뢰를 비추었으며 르 보뢰에서 솟아오르는 하얀 증기는 온통 장밋빛이었다. 더 이상 덜덜 떨지 않았고, 훈훈한 입김 같은 바람이 들판의 먼 끝에서부터 불어왔으며 종달새들은 아주 높이 날면서 노래했다. 그리고 3시가 되면 지평선을 타는 듯 불붙게 하고 석탄 때가 낀 벽돌들을 벌겋게 만드는 햇빛에 눈이 부셨다. 6월이면 밀들이 자라 사탕무밭의 어두운 녹색과 대비되는 청록색이 펼쳐졌다. 그것은 가느다란 바람에도 출렁이는 끝없는 바다였다. 그는 그곳이 나날이 늘어나고 자라는 것을 보았고, 때때로 저녁때면 그 바다의 초록빛이 아침보다 더 불어난 것 같아서 깜짝 놀랐다. 운하의 포플러 나무들은 잎새들로 치장했다. 폐석장에 풀들이 우거지고 꽃들이 들판을 뒤덮었으며 모든 생명이 이 땅으로부터 솟아올랐다. 하지만 이때 그는 이 땅속 저 밑에서 가난과 피로로 신음하고 있었다.

이제 저녁에 에티엔이 산책하면서 연인들을 놀라게 하는 곳은 폐석장 뒤가 아니었다. 그는 밀밭으로 그들의 행적을 따라갔고, 노랗게 익는 이삭들과 키 큰 빨간 개양귀비의 흔들림으로 음탕한 새들 같은 연인들의 보금자리를 알아챘다. 자카리와 필로멘은 오랜 부부같이 습관적으로 그곳으로 가곤 했다. 라 브륄레 노파는 항상 리디를 뒤쫓아 다니며 장랭과 함께 있을 때마다 끄집어내곤 했다. 둘은 어찌나 깊숙한 곳에 함께 숨어 있는지 그들을 밟아야만 달아날 마음을 먹었다. 라 무케트로 말하자면 그녀는 도처에 둥지를 틀었다. 들판을 지나기만 하면 머리는 잠겨서 사라지고 온몸이 뒤흔들리면서 그녀의 발만 위에서 헤엄치는 것을 볼 수 있었다. 하지만 이 모든 연인들은 분명 자유로운 모습으로 보였고, 청년은 단지 저녁마다 카트린과 샤발을 만날 때만 그러한 행위를 죄악시했다. 그가 가까이 다가가자 그들이 밀밭 한가운데로 쓰러지듯 숨는 것을 두 번 보았는데 줄기들이 죽은 듯이 움직임도 없었다. 또 한번은 그가 좁은 길을 따라가고 있을 때 카트린의 맑은 두 눈이 밀 높이께로 나타났다가 쏙 들어갔다. 그래서 그는 광활한 들판도 너무 좁게 여겨져 차라리 라스뇌르의 주점인 라 방타주에서 저녁을 보내기로 했다.

"라스뇌르 부인, 맥주 한 잔 주세요……. 안 되겠어요, 난 오늘 저녁에 외출하지 않을래요. 다리가 녹초가 됐거든요."

그리고 그는 습관적으로 안쪽 테이블에 앉아 머리를 벽에 기대고 있는 동료 쪽으로 몸을 돌렸다.

"수바린, 한 잔 안 하겠나?"

"고맙지만, 아무것도 안 마시겠네."

에티엔은 그곳에서 나란히 살고 있는 수바린을 알게 되었다. 그는 르 보뢰의 기계공으로 2층 에티엔의 방 옆에 있는 가구 딸린 방에서 기거하고 있었다. 그는 서른 살쯤 된 것 같았다. 마르고 숱이 많은 금발에 턱수염이 약간 있는 갸름한 얼굴이었다. 그의 하얗고 뾰족한 이, 가는 입과 코, 장밋빛 안색은 소녀 같고 고집스러우면서도 온화한 인상을 주었으며, 강철 같은 회색 눈빛의 섬광은 약간 사나운 인상을 주었다. 가난한 노동자인 그의 방에는 종이와 책이 들어 있는 궤짝 하나만 있었다. 그는 러시아인으로, 자신에 대해 결코 얘기하는 법이 없어 그에 대한 추측이 무성했지만 관심이 없었다. 외국인을 매우 경계하는 광부들은 부르주아 같은 그의 작은 손을 보고 그가 다른 계급 출신임을 눈치채고는, 처음에는 사고나 살인을 저지르고 징벌을 피해 달아난 자일 거라고 추측했다. 그 후 그가 자기 주머니에 있는 돈을 탄광촌 아이들에게 모두 나누어 주고 동료들에게 거만함 없이 워낙 우호적인 태도를 보이자 그들은 소문으로 떠도는 정치적 망명자라는 말에 안심하며 이제는 그를 받아들였다. 그 모호한 명칭에서 그들은 심지어 범죄 행위일지라도 변명거리가 있을 수 있음을 인정했으며 고통을 겪는 동지애도 품었던 것이다.

처음 몇 주 동안 에티엔은 수바린이 경계심이 많고 내성적이라고 생각했다. 그래서 나중에야 그의 사연을 알았다. 수바린은 툴라[34] 정부의 어느 귀족 집안의 막내아들이었다. 그는 상트페테르부르크에서 의학 공부를 하던 중 당시 러시아의 모든 젊은이들을 사로잡았던 사회주의적 열정에 따라 민중에 합류했고, 형제로서 그들을 알고 돕기 위해 육체 노동직, 기계공의 일을 배우기로 결심했다. 황제의 목숨을 노린 테러가 실패해 도망친 후 그는 지금 그 직업으로 먹고살게 되었다. 테러 전 한 달 동안 그는 어느 과일 저장고의 지하실에서 살았는데, 언제고 집과 함께 날아갈 위험에도 불구하고 길을 가로질러 굴을 판 뒤 폭탄을 설치하고 있었다. 가족에게서 버림받고 돈도 없었던 그는 프랑스 공장들의 명부에 외국인으로 등재되고 스파이로 여겨져 굶어 죽을 지경에 이르렀다. 그런데 호황기를 맞은 몽수 회사가 마침내 그를 고용한 것이다. 일 년 전부터 그는 일주일은 주간 작업, 또 일주일은 야간 작업을 하면서 절제심 있고 말이 없는 훌륭한 광부로서 일해 왔으며, 너무나 성실해서 상관들이 그를 모범으로 내세울 정도였다.

"자네는 도대체 목이 마르지도 않나?" 에티엔이 웃으면서 물었다. 그러자 그는 악센트가 거의 없는 부드러운 목소리로 대답했다.

---

34) 모스크바 남쪽 180킬로미터 지점에 위치한 툴라주의 주도로 12세기에 건설되어 16세기 바실리 3세 치하에서 모스크바 대공국의 중요한 성채 중 하나가 되었다.

"나는 뭘 먹을 때만 목이 마르거든."

에티엔은 여자들에 관한 농담을 걸면서 '실크 스타킹' 쪽 밀밭에서 그가 어느 여자 광차 운반부와 같이 있는 것을 보았다고 단언했다. 그러자 그는 완전히 태연하고 무관심한 표정으로 어깨를 으쓱 치켜올렸다. 여자 광차 운반부라니, 뭘 하려고? 그는 남자의 우정과 용기를 지니고 있는 여자는 사내아이이자 동료로 여겼다. 그렇지 않을 경우, 어떤 있을 수 있는 비겁한 행동을 가슴에 품어 봐야 무슨 소용이란 말인가? 여자와도 친구와도 그는 아무런 관계도 맺지 않고자 했으며, 자신의 혈통과 타인들의 혈통으로부터도 자유로웠다.

매일 저녁 술집이 비는 9시경에 에티엔은 이렇게 수바린과 얘기를 나누었다. 그는 맥주를 조금씩 마셨고 기계공은 끊임없이 담배를 피웠다. 결국에는 담배가 그의 가는 손가락들을 다갈색으로 물들였다. 수바린의 신비로운 두 눈은 꿈속에 잠겨 담배 연기를 따라갔다. 그의 왼손은 허공을 더듬으면서 신경질적으로 뭔가 일거리를 찾고 있었다. 습관적으로 그는, 집 안에 자유롭게 풀어놓고 길러서 친숙해진 토끼를 무릎에 올려놓았다. 항상 새끼를 배고 있는 어미 토끼는 토실토실했다. 그가 폴란드라고 부르는 이 암토끼는 그를 아주 좋아하게 되었고, 그의 바지 냄새를 맡으러 와서 몸을 일으키고는 그가 어린아이처럼 자신을 안아 줄 때까지 발로 그를 긁어댔다. 그러고서 그에게 기대어 몸을 웅크리곤 귀를 늘어뜨리고 두 눈을 감는 것이었다. 그러면 그는 이 훈훈하고 살아 있는 부드러움에 평온해진 표정을 지으며 무의식적인 동작으로 지칠 줄 모르고 그 회색 비단 같은 토끼털을 손으로 쓰다 듬었다.

"이보게." 어느 날 저녁 에티엔이 말했다. "플뤼샤르한테서 편지를 한 통 받았네."

거기에는 이제 라스뇌르만 남아 있었다. 마지막 손님도 떠나서 다들 잠자리에 들고 있는 탄광촌으로 돌아간 후였다.

"아!" 두 하숙인 앞에서 주점 주인이 소리쳤다.

"플뤼샤르는 지금 어떻게 되어 간대?"

에티엔은 두 달 전부터 릴의 그 기계공과 지속적으로 서신을 교환하고 있었다. 에티엔은 그에게 자신이 몽수 회사에 고용되었다는 것을 알려야겠다는 생각이 들었고, 그는 광부들 사이에서 할 수 있는 선전에 사로잡혀 에티엔을 교육시키고 있었다.

"관심 대상인 협회가 아주 잘 되어 간다고 합니다. 사방에서 가입한대요."

"자넨 말이야, 그 협회에 대해 어떻게 생각하나?" 라스뇌르가 수바린에게 물어보았다.

수바린은 폴란드의 머리를 부드럽게 쓸어 주다가 담배 연기를 훅 뿜어내며 평소의 차분한 표정으로 중얼거렸다.

"또 바보짓들이군!"

하지만 에티엔은 열광했다. 반골 성향이 충만한 그는 무지함이 처음으로 빚어내는 환상에 사로잡혀 자본에 대항하는 노동 운동에 뛰어든 것이었다. 관심의 초점이 된 것은 국제 노동자협회, 즉 런던에서 근래에 창설된 그 유명한 인터내셔널[35])이었다. 거기에는 훌륭한 노력이, 그 가운데 정의가 마침내 승리할 운동이 있지 않은가? 전 세계 노동자들이 자신들이 먹을 빵을 보장받기 위해 궐기하고 뭉친다면 국경은 더 이상 없어질 것이다. 얼마나 단순하면서 거대한 조직인가. 아래로는 읍 단위를 대표하는 지부가 있고, 같은 지방의 지부들을 통괄하는 연맹이 있고, 다음으로 국가, 또 그 위에 전 인류가 하나의 총회로 구현되어 통신 서기들이 각 국가를 대표하는 것이다. 여섯 달이 지나기 전에 지구를 점령하게 될 것이며, 업주들이 못되게 굴면 그들에게 법을 준수할 것을 명할 것이다.

"바보짓들!" 수바린이 되풀이해 말했다. "자네들의 카를 마르크스는 또 자연적인 힘들이 작용하도록 놔두려 하고 있군, 책략도 없고 음모도 없지 않은가? 벌건 대낮에 오직 임금 인상을 위해서…… 자네들의 발전이라는 말로 나를 귀찮게 하지 마! 도시 구석구석에 불을 지르게. 사람들을 베어 버려. 모든 걸 휩쓸어 버리게. 그래서 이 썩은 세상에 더 이상 아무것도 남아 있지 않게 되면 아마 그때 거기에서 더 좋은 세상이 다시 생겨날 걸세."

에티엔은 웃기 시작했다. 그는 동료의 발언을 항상 경청하지는 않았는데 그에게 이 파괴 이론은 일종의 우쭐거림으로 보였다. 더한층 실제적이고 안정된 사람의 분별력을 지닌 라스뇌르는 화도 내지 않았다.

"그럼 뭐야? 자네가 몽수에 지부를 하나 만들려고 시도해

---

35) 1864년 9월 28일에 결성된 제1차 인터내셔널을 가리킨다.

볼 건가?"

그것은 북부 연맹 서기장인 플뤼샤르가 원하는 바였다. 그는 만약 광부들이 언젠가 파업을 하면 연맹이 광부들에게 도움을 줄 거라고 강조했다. 마침 에티엔은 곧 파업이 있을 것으로 예상했다. 갱목 작업 건은 결과가 좋지 않을 것이고, 회사 측이 부당하게 한 가지 요구만 더 하더라도 모든 수갱의 사람들이 항거할 것이라고 생각했다.

"골치 아픈 건 회비 문제라네." 라스뇌르가 분별력 있는 어조로 확언했다. "전체 기금을 위해 매년 오십 상팀, 지부를 위해 이 프랑, 아무것도 아닌 것 같지만 그 돈을 내길 거부하는 사람들이 많을 거라고 나는 장담하네."

에티엔이 덧붙였다. "필요한 경우 우리가 저항 운동용 금고로 삼을 공제 조합을 여기에 하나 만들어야 하니까 더 그렇죠……. 상관없어요. 이런 일들을 생각해야 할 때죠. 나로서는 다른 사람들이 준비된다면, 언제든 준비되어 있습니다."

침묵이 흘렀다. 석유램프가 카운터에서 그을음을 내며 타고 있었다. 활짝 열려 있는 문으로 르 보뢰의 기계 화실에 석탄을 채워 넣는 화부의 삽질 소리가 또렷이 들려왔다.

"모든 게 그렇게 비싸다니!" 늘 입고 있는 검정 드레스로 인해 키가 커 보이는 라스뇌르 부인이 들어와 어두운 표정으로 듣고 있다가 다시 말을 이었다. "글쎄, 달걀 사는 데 이십이 수를 냈다니까요. 끝장을 내야 할 거예요."

이번에는 세 남자가 동감했다. 그들은 잇달아 비탄에 잠긴 목소리로 얘기했고 푸념이 시작되었다. 노동자는 더 이상 견뎌 낼 수 없고 혁명은 가난을 악화시키기만 했다. 89년 혁명[36] 이후 살찐 것은 부르주아들뿐이다. 그들은 너무나 게걸스럽게 먹어 살을 찌웠으며 노동자들이 핥아 먹을 음식 찌꺼기조차 남겨 놓지 않았다. 백 년 전부터 부와 행복이 놀랍게 성장하는 동안 노동자들이 합당한 몫을 받았는지 어디 누구든 말 좀 해 보실까? 노동자들은 자유롭다고 선언하면서 그들을 무시해 왔다. 그래, 굶어 죽을 자유는 있지. 노동자들은 이 굶어 죽을 자유를 자기 몫으로 살아 온 셈이야. 가난한 사람들을 자기들의 낡은 장화만큼도 생각하지 않는데, 나중에 배부르게 지낼 녀석들에게 표를 찍어줘 봐야 빵 그릇에 빵이 생기는 것도 아니지. 안 돼, 어떤 식으로든 끝장을 내야 해. 법에 의해서든 우정 어린 이해에 의해 신사적으로 이루어지든, 아니면 모든 걸 불태우고 서로를 잡아먹으며 야만스럽게 이루어지든, 늙은이들은 그 사태를 보지 못하더라도 아이들은 분명 보게 될 거야. 또 다른 혁명으로서 이번에는 노동자 혁명, 즉 위로부터 아래까지 사회를 청소하고 더 깨끗하고 정의롭게 사회를 재건할 대변혁 없이는 이 세기가 끝날 수 없을 테니까.

"끝장을 내야 해요." 라스뇌르 부인이 힘차게 다시 말했다.

"맞아, 맞아." 세 사람이 외쳤다. "끝장을 내야 해."

수바린은 이제 폴란드의 두 귀를 쓰다듬고 있었고 폴란드는 기분이 좋은지 코에 두 줄로 주름이 잡혔다. 그는 멍한 시선을 한 채 작은 소리로 자기 자신을 향해서인 듯 말했다.

---

36) 1789년의 프랑스 대혁명을 말한다.

"임금을 올릴 수 있을까? 임금은 임금 철칙에 의해 필요 불가결한 최소 금액으로, 노동자들이 말라 빠진 빵을 먹고 애들을 만들어 내기에 빠듯할 정도로 고정되어 있어……. 임금이 너무 떨어지면 노동자들이 굶어 죽지. 그러면 새로운 사람들에 대한 수요가 생겨 임금이 다시 올라가게 돼. 임금이 너무 높게 올라가면 노동자들이 너무 많이 공급되어 임금이 낮아지고……. 그게 텅 빈 배들의 균형이자 굶주림이라는 도형에 처하는 영원한 형벌인 것이지."

학식 있는 사회주의자가 논할 법한 주제들에 접근하면서 수바린이 그렇게 자신을 잊어버리고 말할 때면 에티엔과 라스뇌르는 그의 난처한 주장들에 거북해져 걱정스러워했고 무슨 대답을 해야 할지 몰랐다.

"알겠나들!" 그들을 바라보면서 그는 평소처럼 차분하게 다시 얘기를 계속했다.

"모든 걸 파괴해야 해. 그러지 않으면 또다시 굶주리게 될 거야. 그래! 무정부 상태, 더 이상 아무것도 없이 땅을 피로 씻어 내고 화재로 정화하고 말이지……! 그리고 나서 보는 거야."

"선생님 말씀이 정말 옳아요." 라스뇌르 부인은 자신의 혁명적인 과격성 가운데서도 아주 예의 있는 모습으로 단언했다.

에티엔은 자신의 무지함에 절망해 더 이상 토론하고 싶지 않았다. 그는 다음과 같이 말하며 일어섰다.

"자러 갑시다. 이 모든 것이야 어찌 되든 나는 3시에 일어나야 하니까."

이미 수바린은 입술에 달라붙어 있던 담배꽁초를 뱉어 버린 다음 뚱뚱한 암토끼의 배 밑을 조심스레 잡아 바닥에 내려 놓고 있었다. 라스뇌르는 술집의 문을 닫았다. 그들은 귀가 윙윙거리고 그들이 들추어낸 심각한 문제들 때문에 머리가 부어오른 듯 서로 말없이 헤어졌다.

그리고 저녁마다 덩그런 홀에서 에티엔이 다 비우는 데 한 시간이 걸리는 맥주 한 잔을 놓고 비슷한 대화가 이어졌다. 에티엔의 마음속에 잠들어 있던 불분명한 생각들의 축적물들이 흔들리고 확대되었다. 특히 지식욕에 사로잡힌 그는 이웃에게 책을 빌리려고 오랫동안 망설였다. 그런데 그 이웃은 불행히도 대부분 독일어와 러시아어로 된 책들만 갖고 있었다. 마침내 그는 협동조합에 관한 프랑스어 책 한 권을 빌렸는데, 수바린은 또 바보짓이라고 말했다. 그리고 주네브에서 발간되는 무정부주의 신문으로 수바린이 받아 보는 《르 콩바》[37]를 그도 정기적으로 읽었다. 하지만 그들이 매일 만나는 사이임에도 불구하고, 그는 수바린이 아무런 관심도 감정도 없고 재산도 없이 삶에 임시로 머무르는 양 늘 똑같이 폐쇄적이라고 생각했다.

에티엔의 상황이 나아진 것은 7월 초쯤이었다. 광산에서 이 단조로운 생활이 끊임없이 다시 시작되는 가운데 사고가 하나 발생했다. 기욤 탄맥의 채굴 현장들이 탄맥이 섞여 무너져 탄층이 온통 뒤죽박죽이 되었는데, 그것은 분명 단층이 가까워졌음을 알리는 것이었다. 그러고는 실제로 오래지 않아 이

---

37) '전투'라는 뜻.

단층을 맞닥뜨리게 되었다. 토양에 대해 잘 아는 탄광 기사들은 그때까지도 그 사실을 모르고 있었다. 이는 수갱을 발칵 뒤집어 놓았고, 사람들은 아마도 더 아래로 미끄러져서 단층의 건너편으로 사라졌을 법한 탄맥에 대해서만 얘기했다. 늙은 광부들은 석탄을 사냥하라고 풀어놓은 사냥개들처럼 벌써 콧구멍들을 벌름거렸다. 그러나 채굴 현장 사람들은 기다리느라 팔짱을 끼고만 있을 수 없었고, 회사는 새로운 도급을 경쟁 입찰에 부칠 것이라고 알리는 벽보를 붙였다.

어느 날 마외는 에티엔과 함께 갱에서 나오면서, 다른 채굴 현장으로 간 르바크 대신에 자기 도급의 채탄부로 들어오라고 제의했다. 이 청년을 매우 흡족해 하는 총감독과 탄광 기사와는 이미 합의되어 있었다. 그래서 마외가 자기를 점점 더 인정해 주자 기뻤던 에티엔은 이 갑작스런 제의를 수락하기만 하면 되었다. 저녁이 되자마자 그들은 벽보의 내용을 알아보려고 함께 수갱으로 돌아갔다. 경쟁 입찰에 부쳐진 막장들은 르 보뢰의 북쪽 갱도 안의 필로니에르 탄맥에 위치하고 있었다. 그 막장들은 이점이라고는 거의 없어 보이는 데다, 청년이 그에게 조건들을 읽어 주자 광부는 고개를 저었다. 실제로 다음 날 일하러 내려갔다가 젊은이를 데리고 탄맥을 보러 갔을 때 그는 청년에게 광차 탑재대가 멀리 떨어져 있는 점, 토양이 붕괴하기 쉬운 점, 석탄층이 아주 얇고 딱딱하다는 점을 지적했다. 그렇지만 먹고살려면 일을 해야 했다. 그래서 다음 일요일이 되자 그들은 입찰에 참가했다. 입찰은 바라크 안에서 벌어지고 있었고, 주임 기사는 없는 가운데 총감독의 도움을 받아 탄광 기사가 진행하고 있었다. 한쪽 구석에 세워진 조그만 연단을 마주 보고 광부 오륙백 명이 그곳에 있었다. 그리고 입찰이 어찌나 맹렬하게 이루어지는지 액수를 외치면 곧 다른 액수에 파묻히며 알아들을 수 없이 소란스러운 목소리만이 들렸다.

한순간 마외는 회사가 제안한 마흔 가지의 도급 중에서 하나도 따내지 못하는 게 아닐까 하는 두려움이 일었다. 경쟁자들은 공황이 올 거라는 소문으로 인한 불안과 실업에 대한 공포에 사로잡혀 가격을 낮췄다. 탄광 기사 네그렐은 이런 악착스러운 경쟁 앞에서 서두르지 않았고 입찰가가 가능한 한 가장 낮게 떨어지도록 내버려 두었다. 한편 당사르는 일을 빨리 성사시키려는 욕심으로 내놓은 장소들이 우수하다고 거짓말을 했다. 마외는 갱도 앞부분 오십 미터를 차지하기 위해 완강히 버티는 한 동료와 다툼을 벌여야 했다. 서로 번갈아 가며 광차당 일 상팀씩 낮췄다. 결국 마외는 낙찰자가 되긴 했지만 임금을 너무 많이 낮추었기 때문에 그의 뒤에 서 있던 리숌 감독은 입속말로 화를 냈다. 리숌은 그 가격으로는 결코 일을 해낼 수 없을 거라고 성이 나서 투덜거리며 팔꿈치로 그를 쿡 찔렀다.

그들이 입찰을 마치고 나오자 에티엔은 욕을 퍼부었다. 그러고는 장인이 심각한 일에 열중하는 동안 카트린과 함께 밀밭에서 어슬렁어슬렁 돌아오는 샤발 앞에서 분노를 터뜨렸다.

"제기랄!" 그는 소리쳤다. "이건 살육이야……! 제길, 오늘날에는 노동자한테 노동자를 잡아먹게 한다니까!"

샤발은 화를 냈다. 자기라면 결코 가격을 낮추지 않았을 거다! 그리고 궁금해서 온 자카리는 역겹다고 외쳤다. 그러나 에티엔은 소리 없는 격렬한 몸짓으로 그들의 입을 다물게 했다.

"끝장이 날 거요. 언젠가 우리가 주인이 될 거요!"

입찰 이후로 잠잠하던 마외는 정신이 든 것 같았다.

그는 거듭 말했다.

"주인이라……. 아! 빌어먹을 신세! 주인이 된다 해도 별로 이른 게 아니야!"

# 2

7월의 마지막 일요일은 몽수의 수호성인 축일[38]이었다. 토요일 저녁부터 탄광촌의 부지런한 주부들은 거실에 홍수라도 난 것처럼 바닥과 벽에 양동이로 물을 흠뻑 뿌리고 닦아냈다. 가난한 사람들 사정으로는 아주 값비싼 사치인 하얀 모래를 뿌려 놓았음에도 불구하고 바닥은 아직 마르지 않았다. 끝없이 평평하고 헐벗은 북부의 평원을 여름 뇌우로 짓누르며 질식시키는 하늘을 보니 그날은 몹시 더울 것 같았다.

마외네 집은 일요일이면 기상 시간이 뒤죽박죽이었다. 아버지는 5시부터 침대에서 화를 내며 옷을 입었지만 애들은 9시

---

38) Ducasse. 주로 벨기에와 북프랑스의 작은 마을이나 소도시에서 보호자로 받들던 성인을 기리며 축제를 벌이는 축일. 주보성인 축일이라고도 한다.

까지 늦잠을 잤다. 이날 마외는 파이프 담배를 피우러 정원에 갔다가 다시 들어와 기다리는 동안 타르틴 한 개를 혼자 먹었다. 그는 무엇을 해야 할지 잘 모르는 채 이렇게 아침을 보내곤 했다. 그는 물이 새는 목욕통을 고치고 누군가가 애들에게 준 황태자의 초상화를 뻐꾸기시계 밑에 붙였다. 그사이 다른 식구들이 하나씩 내려왔다. 본모르 영감은 햇볕에 앉으려고 의자 하나를 꺼냈으며, 라 마외드와 알지르는 곧바로 요리를 시작했다. 카트린은 방금 옷을 입힌 레노르와 앙리를 앞세우고 밀면서 나타났다. 11시 종이 울리고, 감자와 함께 끓고 있는 토끼 고기 냄새가 벌써 집 안에 들어찼을 때, 자카리와 장랭이 부은 눈으로 여전히 하품을 하면서 꼴찌로 계단을 내려왔다.

탄광촌은 축제로 흥분해 들떠 있었다. 다들 몽수로 무리 지어 가려고 서둘러 열심히 식사를 했다. 애들은 무리 지어 뛰어다니고 셔츠 바람의 남자들은 휴일이면 으레 그러듯 게으르게 엉덩이를 흔들며 헌 신발짝을 끌고 다녔다. 화창한 날씨에 활짝 열려 있는 문과 창문으로는 몸짓에 고함 소리로 들끓는 가족들로 온통 넘쳐나는 방들이 줄줄이 보였다. 그리고 건물의 한쪽 끝에서 다른 쪽 끝까지 토끼 고기 냄새가 진동했다. 이날만큼은 집 안에 늘 풍기던 튀긴 양파 냄새를 이 풍요로운 요리의 향기가 압도하고 있었다.

정오가 되자 마외 가족은 점심을 먹었다. 이 문간 저 문간에서 떠드는 소리들, 이웃집 여자들이 뒤섞여 불러 대고 대답하고, 물건을 빌려주고, 꼬마 녀석들을 한 대 찰싹 갈기며 쫓는다든지 데려온다든지 하는 끊임없는 소란 속에서도 마외네는 그다지 법석을 떨지 않았다. 더구나 그들은 석 주 전부터 자카리와 필로멘의 결혼 문제로 이웃인 르바크네와 냉전 중이었다. 남자들은 서로 만났지만 여자들은 이제 서로 외면했다. 이 불화로 라 마외드는 라 피에론과 가까워졌다. 그러나 라 피에론은 마르시엔에 있는 사촌 언니 집에서 축일을 보내겠다며 자기 어머니한테 피에롱과 리디를 맡겨 놓은 채 아침 일찍 떠났다. 사람들은 그 사촌 언니가 누군지 알았기에 놀려 댔다. 그 사촌 언니란 사실 콧수염을 기른 르 보뢰의 갱내 총감독이었던 것이다. 라 마외드는 수호성인 축일에 자기 가족을 내버려 두는 것은 별로 온당하지 못하다고 힘주어 말했다.

마외네 집에는 한 달 전부터 헛간에서 살을 찌워 잡은 뒤에 감자를 넣어 요리한 토끼 고기 외에도 기름진 수프와 쇠고기가 있었다. 보름치 임금을 바로 전날에 받은 것이다. 언제 그렇게 먹었는지 까마득한 진수성찬이었다. 사흘 동안 광부들이 아무 일도 안 하는 축제인 지난 화포제(火砲祭)[39] 때조차 토끼가 그렇게 살이 오르거나 연하지 않았다. 그래서 이빨이 나기 시작한 어린 에스텔부터 이빨이 빠지고 있는 본모르 영감에 이르기까지 열 쌍의 턱뼈들이 너무나 열심히 움직여서 뼈다귀들까지 남김없이 먹어 치웠다. 고기는 맛있었다. 하지만 그들은 잘 소화시키지 못했다. 고기를 구경하는 일이 매우 드물기 때문이었다. 음식이 모두 사라지고 저녁 식사 때 먹을

---

39) Sainte-Barbe. 포수(砲手)와 광부의 수호성녀 축일. 12월 4일.

삶은 고기 한 조각만 남았다. 배가 고프면 타르틴을 곁들일 것이었다.

제일 먼저 사라진 사람은 장랭이었다. 베베르가 학교 뒤에서 그를 기다리고 있었다. 그들은 한참 돌아다니다 라 브륄레가 외출하지 않기로 작정하고 곁에 붙들어 두려 한 리디를 꾀어냈다. 노파는 아이가 도망치는 것을 보고 고함을 지르며 깡마른 두 팔을 휘저었고, 그사이 피에롱은 이 소동이 지겨워져서, 아내 역시 쾌락을 즐기고 있다는 것을 아는 까닭에 아무런 양심의 가책도 없이 난봉 피우는 남편의 표정으로 태연히 산책하러 나갔다.

이어서 본모르 영감이 나갔고 마외는 바람을 쐬러 가기 전에 아내가 밖에서 자신과 합류할 것인지 물어보았다. 안 된다, 그녀는 꼬마들과 같이 나가면 정말 고역이어서 그럴 수 없다. 어쩌면 합류할지도 모른다. 잘 생각해 보면 다시 만나게 될 거다. 그는 밖으로 나선 뒤 망설이다가 르바크가 나갈 준비가 되었는지 알아보려고 이웃집으로 갔다. 그런데 거기서 필로멘을 기다리고 있는 자카리를 발견했다. 라 르바크는 노상 이야기하는 결혼 문제를 끄집어낸 참이었고, 마외 집안이 자기를 무시한다고, 또 라 마외드와 마지막 담판을 짓겠다고 소리 질렀다. 딸은 애인과 뒹굴고 있는데 딸의 아비 없는 자식들을 거두어들이는 것이 사람이 할 일인가? 필로멘이 태연히 보닛을 쓰자 자카리는 자기 어머니가 허락한다면 자신도 기꺼이 원한다고 거듭 말하면서 그녀를 데리고 나갔다. 게다가 르바크는 벌써 집에서 나간 터라 마외도 이웃집 여자를 자기 아내에게 떠

넘기고 급히 나갔다. 양 팔꿈치를 식탁에 괴고 치즈 한 조각을 다 먹어 가던 부틀루는 맥주 한잔 사겠다는 다정한 제의를 완강하게 거절했다. 그는 좋은 남편인 양 집에 남았다.

그사이 탄광촌은 점차 비어 갔고 남자들은 모두 줄줄이 떠나갔다. 한편 처녀들은 문에서 엿보다가 자기 애인의 팔짱을 끼고 반대편으로 출발했다. 샤발을 본 카트린은 아버지가 교회 모퉁이를 돌아가자 샤발과 함께 몽수로 가는 길로 빠지기 위해 서둘러 그와 합류했다. 아이들이 흩어져 버린 가운데 혼자 남은 어머니는 의자에서 일어날 기력도 없어 뜨거운 커피를 두 잔째 따라 조금씩 마셨다. 탄광촌에는 이제 여자들밖에 없었고, 서로 초대해서 식사 후라 아직 따뜻하고 기름기가 남아 있는 식탁 주위에서 커피포트에 남은 것을 비우고 있었다.

마외는 르바크가 라방타주에 있는 것을 눈치채고는 서두르지 않고 라스뇌르의 주점으로 내려갔다. 과연 주점 뒤의 울타리가 쳐진 좁은 정원에서 르바크는 동료들과 키유 게임을 하고 있었다. 게임을 하지 않고 서 있는 본모르 영감과 무크 노인은 너무나 열중해서 공을 지켜보느라 서로 팔꿈치로 툭 치는 인사도 잊어버리고 있었다. 뜨거운 태양이 수직으로 내리쬐어 주점을 따라 한 줄의 그늘만 있었다. 그리고 에티엔이 거기 있었다. 수바린이 방금 자신을 버려두고 방에 올라가 버리자 난처해 하며 테이블 앞에서 맥주 한 잔을 마시고 있었다. 그 기계공은 거의 매주 일요일마다 자기 방에 틀어박혀 글을 쓰거나 책을 읽었다.

"한 게임 하겠나?" 르바크가 마외에게 물었다.

그러나 마외는 거절했다. 너무 더웠고 벌써 목이 말라 죽을 지경이었다.

"라스뇌르!" 에티엔이 불렀다. "맥주 한 잔 좀 갖다 줘."

그리고 마외 쪽으로 몸을 돌리며 말했다.

"알겠소? 돈은 내가 낼 테니까."

이제는 모두들 서로 반말을 했다. 라스뇌르는 대개 서두르는 법이 없어서 세 번씩 불러야 했다. 미지근한 맥주를 갖고 온 사람은 라스뇌르 부인이었다. 청년은 목소리를 낮춰 그 집에 대한 불만을 얘기했다. 선량하고 생각이 올바른 사람들이지만 맥주는 한 푼도 줄 가치가 없고 수프도 형편없다! 만약 몽수로부터 걸어 다니는 것에 개의치 않았다면 이미 열 번은 하숙집을 옮겼을 것이다. 조만간 자신은 탄광촌에서 하숙할 가정집을 찾아내고 말 것이다.

"물론 그래야지." 마외는 평소의 느린 목소리로 되풀이해 말했다. "물론이고말고, 가정집에서 지내는 게 더 나을 거야."

그때 함성이 터졌다. 르바크가 키유들을 한번에 모두 쓰러뜨린 것이었다. 땅에 코를 박고 있던 무크와 본모르는 그 소동 가운데 말없이 열렬한 칭찬을 보내고 있었다. 그리고 사람들은 스트라이크에 즐거워하며 농담을 주고받았다. 울타리 너머로 라 무케트의 명랑한 얼굴을 발견하자 농담이 한층 무르익었다. 그녀는 한 시간 전부터 그곳에서 배회하다가 웃음소리가 들리자 용감하게 다가왔던 것이다.

"아니! 너 혼자야?" 르바크가 소리쳤다. "애인들은?"

"애인들요? 치워 버렸죠." 그녀는 아주 낯 두껍고 명랑한 태도로 대답했다. "애인을 찾고 있어요."

모두가 애인이 되겠다고 자청하며 외설스러운 말들로 그녀를 부추겼다. 그녀는 고개를 가로젓고는 더 크게 웃으며 상냥하게 굴었다. 그러나 그녀의 아버지는 쓰러진 키유에서 눈을 떼지 않고 게임을 구경하고 있었다.

"좋아!" 르바크가 에티엔 쪽으로 시선을 던지며 말했다. "네가 곁눈질하는 남자가 누군지 다 알겠구나, 우리 아가씨⋯⋯! 넌 그 사람을 강제로 범해야 할 거야."

이 말에 에티엔은 웃음을 터뜨렸다. 실제로 광차 운반부인 이 처녀는 그의 주위를 맴돌고 있었던 것이다. 그는 안 된다고 말하면서도 재미가 있었지만 그녀에 대한 욕망은 조금도 없었다. 그녀는 큰 눈으로 그를 뚫어지게 바라보면서 울타리 뒤에 몇 분 더 꼼짝 않고 있었다. 그러더니 그녀는 무거운 태양에 짓눌린 듯 갑자기 심각한 얼굴을 하고는 천천히 가 버렸다.

에티엔은 작은 소리로 몽수의 광부들이 공제 조합을 설립해야 할 필요성에 대해 마외한테 설명을 다시 계속했다.

"회사가 우리를 자유롭게 놔둔다고 주장하는 이상," 그는 반복해 말했다. "우리가 뭐가 두려워? 우리는 회사의 연금만 받을 뿐이고 회사는 우리에게 아무런 공제도 하지 않는 이상 자기들 마음대로 그 연금을 나눠 주고 있다고. 그러니까 회사의 의도와는 별도로, 즉각 필요한 경우에 최소한 우리가 의지할 수 있는 공제 조합을 설립하는 것이 신중한 처사일 거야."

그리고 그는 세부 사항들을 밝히고 조직을 논하며 모든 수고를 맡아 하겠다고 약속했다.

"나는 기꺼이 참여하겠네." 마침내 그의 말에 설득된 마외가 말했다. "단지 다른 사람들이……. 다른 사람들이 결심하도록 애써 주게."

르바크가 이기자 모두들 키유를 놓아두고 맥주잔을 비우러 갔다. 그러나 마외는 두 번째 잔은 거절했다. 이따가 보자, 하루가 끝난 것은 아니니까. 그는 피에롱이 생각나던 참이었다. 어디에 있는 걸까, 피에롱은? 아마 랑팡 카페에 있겠지. 그리하여 그는 에티엔과 르바크를 설득해 세 사람은 몽수로 출발했고, 그와 동시에 새로운 무리가 라방타주의 키유 게임장에 몰려들었다.

포장도로로 가는 도중에 카지미르 주점에 들르고 그다음으로 프로그레 카페에 들어가야 했다. 열려 있는 문으로 동료들이 그들을 불러서 거절할 도리가 없었다. 매번 맥주 한 잔씩 마셨으며 예의상 그들이 답례로 사면 두 잔을 마시게 되었다. 그들은 거기서 십 분 동안 머무르며 몇 마디 말을 나누곤 또 더 멀리 가서 다시 술 한잔을 시작했다. 그들은 매우 절제력 있고 자기 주량을 잘 알기 때문에 마실 수 있는 만큼 마셨다. 다만 불편한 점은 맥주가 너무 빨리 오줌으로 나온다는 것이었다. 오줌 색이 점점 더 바윗물처럼 맑아졌다. 랑팡 카페에서 그들은 맥주를 두 잔째 다 비워 가는 피에롱과 마주쳤다. 그는 건배를 거절하지 않기 위해 세 번째 잔을 들이켰다. 그들은 당연히 자기들의 잔을 비웠다. 이제 그들은 넷이 되었으며, 자카리가 티종 카페에 있는지 알아볼 요량으로 나섰다.

홀은 비어 있었고, 그들은 그를 잠시 기다리기 위해 맥주 한 잔을 시켰다. 그러고 나서 그들은 생엘루아 카페를 생각해 냈고, 거기에 가서 리숌 감독이 사는 술을 받아 마신 뒤 그때부터는 핑곗거리도 없이 단지 돌아다니기 위해 이 술집 저 술집을 헤매고 다녔다.

"볼캉으로 가자." 흥분한 르바크가 갑자기 말했다.

다른 사람들은 웃기 시작하더니 조금 망설이다가 이윽고 수호성인 축제로 점점 혼잡해지는 가운데 동료를 따라갔다. 볼캉의 좁고 긴 홀 안쪽에 마련된 널빤지 연단 위로 릴의 창녀들 중 퇴물인 다섯 명의 가수가 괴이한 몸짓을 하며 망측하게 파인 옷차림으로 연이어 등장하고 있었다. 손님이 그중 한 명을 연단의 널빤지 뒤로 불러내려면 십 수를 내야 했다. 그곳에는 특히 광차 운반부, 석탄 하역부들이 있었으며 열네 살짜리 소년 갱부에 이르기까지 수갱의 모든 젊은이들이 있었다. 그들은 맥주보다는 즈니에브르를 마시고 있었다. 몇몇 늙은 광부들도 이런 매매춘을 감히 시도했는데 탄광촌의 방탕한 남편들로 가정이 파탄 난 사람들이었다.

일행이 작은 테이블 주위에 앉자마자 에티엔은 르바크를 붙들고 공제 조합에 대한 자신의 생각을 설명했다. 그는 스스로 임무를 만들어 내는 새로 개종한 사람처럼 집요하게 선전 활동을 했다.

"각 회원은 매달 이십 수를 충분히 낼 수 있을 거야." 그는 되풀이해서 말했다. 이 이십 수들이 쌓이면 사오 년 안에 꽤 큰돈이 될 거야. 그리고 돈이 있으면 힘이 생기지 않겠어? 그 어떤 경우에라도……. 안 그래? 당신 생각은 어때?"

"나로서는, 부정하지는 않아." 르바크가 막연한 표정으로 대답했다. "나중에 얘기하세."

르바크는 몸집이 거대한 금발 여자에게 마음이 동했다. 마외와 피에롱이 맥주를 마신 다음 두 번째 사랑 노래를 기다리지 않고 떠나려 하는데 르바크는 남아 있기를 고집했다. 일행과 함께 밖으로 나온 에티엔은 자신들을 따라다니는 것 같은 라 무케트를 다시 발견했다. 그녀는 계속 주위를 서성이며 커다란 눈으로 그를 뚫어지게 바라보면서 "나를 원하니?" 하고 말하는 듯이 상냥한 아가씨의 웃음을 지었다. 청년은 농담을 하며 어깨를 으쓱 치켜올렸다. 그러자 그녀는 화난 몸짓을 하더니 군중 속으로 사라졌다.

"도대체 샤발은 어디 있는 거야?" 피에롱이 물었다.

"맞아." 마외가 말했다. "분명 피케트에 있을 거야……. 피케트로 가자."

그런데 세 사람이 피케트 카페에 도착했을 때 문간에서 싸우는 소리가 들려 멈춰 섰다. 자카리가 땅딸막하고 차분한 발롱[40] 사람인 못 제조공을 주먹으로 위협하고 있었다. 샤발은 양손을 주머니에 찌른 채 바라보고 있었다.

"어! 샤발이 저기 있군." 마외가 차분하게 말했다. "카트린과 함께 있네."

광차 운반부 소녀와 그녀의 애인은 족히 다섯 시간 전부터

---

40) wallon. 벨기에 남부 지방.

수호성인 축제 한복판을 거닐고 있었다. 몽수로 가는 길을 따라 울긋불긋하게 칠한 낮은 집들이 늘어서 있고, 구불구불하게 내려가는 이 큰길을 따라 태양 아래 흘러가는 사람들의 물결이 훤히 트인 헐벗은 들판 가운데서 헤매는 개미 떼들의 행렬 같았다. 늘 보는 시커먼 진흙은 말라서 검은 먼지가 올라와 소나기구름처럼 떠다녔다. 양쪽 길가 술집에는 사람들이 미어터져서 포장도로까지 탁자들을 늘어놓았다. 포장도로에는 행상들과 야외 상점들이 두 줄로 늘어서서 여자용으로는 삼각 숄과 거울을, 남자용으로는 칼과 챙 달린 모자들을 팔고 있었다. 당과류나 비스킷 같은 과자들도 물론 있었다. 교회 앞에서는 사람들이 활을 쏘고 있었다. 작업장 맞은편에서는 쇠공 놀이를 하고 있었다. 회사 건물 옆의 주아젤 길 모퉁이에 판자 울타리가 쳐진 곳에는 닭싸움을 보려고 사람들이 몰려들었다. 쇠발톱으로 무장한 커다란 붉은 수탉 두 마리가 찢어진 목에서 피를 흘리고 있었다. 더 멀리 메그라네 가게에서는 사람들이 앞치마와 바지를 따내려고 당구 시합을 벌이고 있었다. 그러고는 오랫동안 말이 없었는데, 군중들은 큰소리 한 번 내는 일 없이 잔뜩 먹고 마셨다. 야외에서 끓고 있는 튀김 냄비가 무더위를 더욱 부채질하는 가운데 맥주와 감자튀김 때문에 소리 없이 소화 불량에 시달리는 사람들이 점점 많아졌다.

샤발은 카트린에게 십구 수짜리 거울과 삼 프랑짜리 삼각 숄을 사 주었다. 그들은 한 바퀴 돌 때마다 무크와 본모르와 마주쳤다. 두 사람은 축제에 와서 생각에 잠긴 채 무거운 다리를 끌고 축제장을 나란히 지나다니고 있었다. 그러나 또 다른 사람을 만나고서 그들은 화가 났다. 공터 가에 세워진 경품 놀이 가게에서 장랭이 베베르와 리디더러 즈니에브르 술병들을 훔치라고 부추기고 있는 것이었다. 카트린은 남동생의 따귀를 갈겼고 꼬마 계집아이는 벌써 술병 하나를 갖고 달아나고 있었다. 이 사탄 같은 애들은 도형장에서 생을 마감하리라.

그러고는 라테트쿠페 주점 앞에 당도하자 샤발은 일주일 전부터 문에 벽보가 붙어 있던 방울새 경연 대회를 구경하기 위해 자기 애인을 그곳에 들여보낼 생각을 했다. 요청에 응해서 마르시엔의 못 제조공 열다섯 명이 각기 열두 개 정도의 새장을 들고 참가했다. 눈을 가린 방울새들이 꼼짝 않고 있는 어두운 작은 새장들은 벌써 술집 마당의 나무울타리 하나에 걸려 있었다. 한 시간 동안 자기의 노래 소절을 가장 많이 반복하는 방울새의 노래 횟수를 세는 것이 관건이었다. 못 제조공마다 석판을 들고 새장 가까이서 기록하고, 옆 사람들을 감시하며 자신 또한 감시당하는 것이었다. 방울새들이 노래를 시작했다. '시슈이외' 새들은 낮고 굵은 소리로 노래하고 '바티 즈쿠이크' 새들은 높은 소리로 노래했다. 처음에는 수줍은 듯 드문드문 몇 소절만 하다가 이윽고 서로 열이 올라 리듬이 빨라지더니 마침내는 경쟁욕에 불타서 떨어져 죽는 새들도 있었다. 못 제조공들은 목청을 돋워 새들을 격렬하게 다그쳤으며 새들에게 발론어[41]로 다시 한번, 다시 한번, 다시 한번 조

41) 벨기에 남부 지방에서 쓰는 프랑스어의 사투리.

금만 더 노래하라고 소리쳤다. 한편 백 명가량의 구경꾼들은 180마리의 방울새들이 똑같은 박자로 엇갈리며 반복하는 시끌벅적한 노래에 말없이 열광해 있었다. 일등상인 단철(鍛鐵)로 된 커피포트를 탄 것은 '바티즈쿠이크' 새 중 하나였다.

카트린과 샤발이 그곳에 있을 때 자카리와 필로멘이 들어왔다. 그들은 서로 악수하고 함께 있었다. 그런데 갑자기 자카리는 동료들과 같이 온 어느 못 제조공이 호기심에 자기 누이동생의 허벅지를 꼬집는 것을 목격하고 화를 냈다. 그러자 얼굴이 새빨개진 카트린은, 샤발이 자기가 꼬집히는 걸 내버려 두지 않으면 못 제조공들 모두가 샤발에게 덤벼들어 살인이 날지도 모른다는 생각에 떨면서 동생에게 가만있으라고 했다. 그녀는 그 남자가 하는 짓을 알아챘지만 조심하느라고 아무 말도 하지 않았던 것이다. 게다가 그녀의 애인은 히죽거리는 데 그쳤고 네 사람 다 그곳에서 나와서 그 일은 끝난 것 같았다. 그런데 그들이 맥주 한잔 마시러 피케트 주점에 막 들어갔을 때 그 못 제조공이 다시 나타나 싸움을 거는 투로 빈정거리며 그들의 얼굴에다 입김을 내뿜었다. 가족애로 화가 치민 자카리는 그 무뢰한에게 달려들었다.

"내 누이동생이란 말이야, 더러운 놈아! 기다려, 빌어먹을! 네놈이 내 누이동생에게 예의를 지키도록 만들어 줄 테니!"

사람들이 급히 둘을 갈라놓았고, 그와 반면에 샤발은 아주 차분하게 되풀이해 말했다.

"내버려 둬 좀, 나와 관계된 일이니까……. 말해 두지만 나는 저런 놈한테 신경 안 쓴다고!"

일행과 도착한 마외가 울고 있는 카트린과 필로멘을 진정시켰다. 이제 구경꾼들은 웃고 있었고 못 제조공은 사라져 버렸다. 피케트 카페에 세 들어 살고 있는 샤발은 이 일은 잊어버리자며 여러 잔의 맥주를 한턱냈다. 에티엔은 카트린과 건배해야 했으며, 아버지와 딸, 딸의 애인, 아들과 아들의 애인 모두가 "우리 모두의 건강을 위하여!"라고 정중하게 말하며 다같이 마셨다. 그리고 피에롱은 자신이 한잔 더 사겠다고 고집했다. 그러자 사람들이 대찬성하는 순간 자카리는 친구 무케를 보자 다시금 분노에 사로잡혔다. 그는 친구를 부르더니 그 못 제조공에게 복수하러 가겠다고 했다.

"나는 그놈을 죽여야 해! ……자! 샤발, 필로멘과 카트린을 맡아 줘. 곧 돌아올 테니."

이번에는 마외가 맥주를 샀다. 어쨌든 사내아이가 자기 누이의 복수를 한다면 나쁠 게 없었다. 그러나 무케를 보자 필로멘은 걱정을 멈추고 고개를 가로저었다. 분명 두 녀석은 볼캉으로 내뺀 게 틀림없었다.

수호성인 축일의 저녁이면 봉주아이외 댄스홀에서 축제가 마무리되었다. 이 댄스홀을 경영하는 사람은 과부 데지르[42]였는데, 쉰 살에 술통같이 뚱뚱하지만 너무나 활력이 넘쳐서 아직도 애인을 여섯이나 두고 있었다. 그녀의 말에 의하면 주중에 매일 한 명씩, 일요일에는 한꺼번에 여섯을 상대한다는 것이었다. 그녀는 삼십 년 전부터 광부들에게 부어 주었던 강과

---

42) Désir. 욕망이라는 뜻.

같은 맥주를 생각하며 감동에 젖어, 모든 광부들을 자신의 아이들이라고 불렀다. 그리고 또한 임신한 여자 광차 운반부들은 하나같이 자기 집에서 첫 경험을 가졌노라고 자랑했다. 봉주아이외는 두 개의 홀로 되어 있었다. 카운터와 테이블이 있는 바, 그리고 널따랗게 트인 곳을 통해 같은 평면으로 연결되는 댄스홀이 있었는데 댄스홀 바닥은 가운데만 널빤지로 되어 있었고 주위는 벽돌이었다. 댄스홀을 장식하는 것은 한 가지뿐이었다. 두 줄의 종이꽃 꽃줄이 천장의 한쪽 구석에서 다른 쪽 구석으로 매달려 서로 교차하고 있었는데, 서로 만나는 중심에 위치한 같은 종이꽃의 화관이 두 줄을 결합시키는 모양새였다. 한편에는 철공들의 수호성인인 성자 엘루아, 신기료 장수들의 수호성인인 성자 크레팽, 광부들의 수호성인인 성녀 바르브 등 성인들의 이름이 들어 있는 방패 꼴의 금빛 문장들이 벽을 따라 걸려 있어 온통 동업 조합들의 달력을 보는 듯했다. 천장이 너무 낮아서 설교단 정도의 크기인 연주석에 있는 세 명의 연주자들은 머리가 으스러질 지경이었다. 저녁때는 댄스홀의 네 구석에 석유램프를 조명 삼아 달아 놓았다.

이번 일요일에는 창문에 해가 환히 비치는 가운데 5시부터 사람들이 춤을 추었다. 그러나 7시경이 되어서야 홀에 사람들이 찼다. 밖에는 심한 비바람이 불어서 거대한 먼지들을 일으켰고, 그 먼지들은 사람들의 눈앞을 가리고 프라이팬에서 지글거렸다. 마외와 에티엔과 피에롱은 앉을 곳을 찾아 들어왔다가 봉주아이외에서 카트린과 춤을 추고 있는 샤발을 다시 만났다. 필로멘은 혼자서 그들을 쳐다보고 있었다. 르바크도 자카리도 다시 나타나지 않았다. 댄스홀 주위에는 의자가 없었기 때문에 카트린은 춤이 끝날 때마다 아버지의 테이블에 가서 쉬었다. 사람들이 필로멘을 불렀지만 그녀는 서 있는 것이 더 편했다. 날이 저물었고 세 연주자는 미친 듯이 연주했으며 홀 안에서는 이제 팔들이 뒤섞인 가운데 엉덩이와 가슴의 움직임만 보였다. 네 개의 램프에 불이 들어오자 환호성이 일고, 갑자기 모든 것이 환해져 벌건 얼굴과 살갗에 들러붙은 헝클어진 머리, 땀에 젖어 있는 쌍쌍의 강렬한 체취를 휩쓸어내며 펄럭이는 치마들이 보였다. 마외는 에티엔에게 라 무케트를 가리켜 보였다. 돼지 기름이 끼여 있는 콩팥처럼 통통하게 살찐 그녀는 깡마르고 키가 큰 운반부의 품에 안겨 격렬하게 돌고 있었다. 마음을 달래야 했던 그녀는 남자를 하나 낚은 것이 틀림없었다.

마침내 8시가 되었을 때 라 마외드가 에스텔에게 젖을 물린 채 알지르와 앙리, 레노르를 거느리고 나타났다. 그녀는 거기가 아닐 수도 있다는 염려도 하지 않고 남편을 찾으러 곧장 그곳으로 왔다. 저녁은 나중에 먹을 것이었다. 위장이 커피로 잠기고 맥주로 불룩해져서 아무도 배가 고프지 않았다. 그리고 다른 여자들이 당도했다. 라 마외드 뒤로 라 르바크가 필로멘의 자식들인 아실과 데지레의 손을 잡고 부틀루와 함께 들어오자 사람들은 수군거렸다. 그런데 두 이웃 여인은 뜻이 잘 맞는 듯 한쪽이 몸을 돌려 상대방에게 얘기하고 있었다. 두 여자는 오는 도중에 심한 언쟁을 벌였다. 라 마외드는 맏아들의 수입을 포기해야 하는 것이 유감스러웠지만, 자신이 아들을 계속 데리고 사는 것은 부당하다는 논리에 굴복해 자카리의 결혼을 허락했다. 이제 주 수입원이 사라지게 된 이상 가계 수지를 어떻게 맞출지 고민하며 주부로서 걱정스러웠지만 즐거운 표정을 하려고 애썼다.

"저기에 자리 잡지, 이웃댁." 마외가 에티엔, 피에롱과 술을 마시고 있는 테이블 가까이 있는 한 테이블을 가리키며 그녀가 말했다.

"제 남편이 여러분하고 같이 있지 않나요?"라 르바크가 물었다.

동료들은 그가 곧 돌아올 거라고 말했다. 부틀루, 애들 할 것 없이 모두가 자리를 좁혀 앉았는데 술 마시는 사람들로 미어터지는 가운데 너무나 비좁게 앉아서 두 테이블이 한 테이블처럼 합쳐졌다. 맥주를 주문했다. 필로멘은 자기 어머니와 애들을 보고 그쪽으로 가기로 했다. 그녀는 의자 하나에 앉으라는 말에 응했고 마침내 두 사람을 결혼시키기로 했다는 것을 알고는 만족하는 것 같았다. 사람들이 자카리를 찾자 그녀는 늘어진 목소리로 대답했다.

"저도 그 사람을 기다려요, 저쪽에 있어요."

마외는 아내와 시선을 주고받았다. 아내가 동의했단 말인가? 그는 심각해져서 말없이 담배를 피웠다. 부모들을 가난 속에 내버려 두고 이 아이들은 배은망덕하게도 하나씩 결혼할 테니 그 또한 장래에 대한 불안에 사로잡혔다.

사람들은 여전히 춤을 추었고 카드리유 춤이 끝나갈 쯤이 되자 댄스홀에는 다갈색 먼지가 자욱했다. 악기 밸브 하나가

곤경에 빠진 기관차처럼 날카로운 기적 소리를 냈다. 춤을 멈추자 사람들은 말처럼 김을 뿜어냈다.

"당신 기억 나?"라 르바크가 라 마외드의 귓가로 몸을 숙이며 말했다. "카트린이 어리석은 짓을 하면 목 졸라 죽이겠다고 말했잖아!"

샤발이 카트린을 가족들의 테이블로 다시 데려왔고, 둘 다 아버지 뒤에 서서 자기 잔을 비우고 있었다.

"쳇!"라 마외드가 체념한 표정으로 중얼거렸다. "말은 그렇게 하는 거지……. 하지만 내가 안심이 되는 건 딸애가 아직 애를 밸 수 없다는 사실이야, 아! 그건 분명히 확신해……. 그애까지 애를 낳아 결혼시켜야 한다고 생각해 봐! 그렇게 되면 우리는 무얼 먹고 살겠어!"

이제 코넷은 폴카 곡을 불어 댔다. 귀가 먹먹한 소리들이 다시 시작되는 동안 마외는 낮은 목소리로 아내에게 한 가지 생각을 말했다. 왜 자기들은 예컨대 하숙집을 찾고 있는 에티엔 같은 하숙인을 두지 않는가, 자카리가 곧 떠날 테니 집에 공간이 생길 것이고, 한쪽에서 잃는 돈을 다른 쪽에서 일부라도 벌어들일 수 있을 것이다. 라 마외드는 얼굴이 환해졌다. 분명 좋은 생각이니 그렇게 되도록 해야 했다. 그녀는 한 번 더 기아에서 해방된 것 같았고, 좋은 기분이 너무나 활짝 되살아나서 새로 한차례 맥주 한 잔씩을 샀다.

그동안 에티엔은 피에롱을 교화시키려고 애쓰면서 피에롱에게 공제 조합에 대한 계획을 설명했다. 그는 피에롱에게 조합에 가입하겠다는 약속을 받으면서 부주의하게도 자신의 진정한 목표를 발설하고 말았다.

"그리고 만약 우리가 파업을 하면 이 조합의 유용성을 알게 될 거예요. 우리는 회사에 아랑곳할 것 없이 회사에 저항하기 위한 기초적인 기금을 갖고 있게 되는 겁니다……, 어때요? 가입할 거죠?"

피에롱은 얼굴이 창백해지며 시선을 떨구었다. 그는 더듬거리며 말했다.

"생각해 볼게……. 잘만 하면 그게 가장 좋은 구제 기금이지."

그때 마외는 에티엔을 붙잡고 정직한 사람으로서 자기는 그를 하숙인으로 들이겠다고 솔직하게 제안했다. 에티엔 역시 동료들과 더 가까이 지내기 위해 탄광촌에서 살기를 무척이나 원했으므로 이 제안을 받아들였다. 몇 마디 말로 일이 결정되었고, 라 마외드는 애들이 결혼할 때를 기다리자고 했다.

바로 그때 자카리가 드디어 무케와 르바크와 함께 돌아왔다. 셋 모두 즈니에브르 냄새며 몸을 잘 돌보지 않는 여자들의 사향내 같은 시큼한 냄새 등 볼캉의 냄새들과 함께 돌아왔다. 그들은 거나하게 취해서 만족한 표정으로 서로를 팔꿈치로 쿡쿡 찌르며 히죽거리고 있었다. 자카리는 마침내 자신을 결혼시키기로 한 것을 알고 크게 웃다 목이 메었다. 필로멘은 평온한 어조로 자카리가 우는 것보다 웃는 걸 보는 게 더 좋다고 말했다. 의자가 모자라서 부틀루는 르바크에게 자기 의자의 반을 내주기 위해 물러앉았다. 그러자 르바크는 가족처럼 모두 모인 것을 보고 몹시 감동하여 한 번 더 맥주를 시켰다.

"젠장! 이렇게 자주 즐기지 못하다니!" 그는 소리 질렀다.

사람들은 10시까지 남아 있었다. 남편들을 찾아 데려가려고 여자들이 계속 당도했다. 애들 무리가 그 뒤를 따라왔다. 엄마들은 귀리 푸대같이 길고 누런 가슴을 스스럼없이 꺼내 볼이 통통한 갓난애들을 젖으로 칠갑했다. 한편 벌써 걸음마를 하는 꼬마들은 맥주를 잔뜩 먹고는 테이블 밑에서 네발로 기어 다니며 부끄러워하지도 않고 오줌을 싸 댔다. 그야말로 밀물과도 같은 맥주의 바다였으며, 과부 데지르의 맥주 통들은 배가 갈라져 맥주가 사람들의 배를 불룩하게 만들면서 코, 눈 등등 도처에서 흐르는 것이었다. 많은 사람들 틈에서 모두들 너무나 몸이 부풀어서 어깨나 무릎이 다른 사람에게 끼여 있는데도 그렇게 서로 팔꿈치가 닿는 것을 느끼고는 모두가 즐거워했으며 얼굴도 환하게 밝았다. 웃음이 계속 터져 나와 입들이 벌어져 귀밑까지 찢어졌다. 화덕 같은 더위로 찌는 듯했고 사람들은 편한 옷차림이어서 살이 드러난 곳들이 자욱한 파이프 담배 연기에 누렇게 물들고 있었다. 유일하게 불편한 점은 오줌 누러 가는 것이었는데 한 처녀는 이따금씩 일어나 안쪽 펌프 가까이로 가서 옷자락을 올렸다가 다시 돌아오곤 했다. 색종이 꽃줄 아래에서 춤추는 사람들은 이제 더 이상 서로가 보이지 않을 만큼 땀에 젖어 있었다. 소년 갱부들은 용기를 내어 허리를 부딪쳐서 광차 운반부 소녀들을 넘어뜨렸다. 그러나 몸 위로 남자 하나가 포개지면서 한 날라리 처녀가 넘어지자 코넷은 넘어진 그들을 미친 듯한 음악 소리로 뒤덮었고, 발 구르는 소리들이 그들을 뒤흔들어 마치 댄스홀 전체가 그들 위로 무너진 것 같았다.

누군가가 지나가면서 피에롱에게 딸 리디가 문간의 보도에서 가로누워 자고 있다고 알려 줬다. 그 아이는 훔친 술병에서 자기 몫의 술을 마시고는 취해 있었고, 피에롱은 아이를 목에 둘러메고 데려가야 했다. 한편 술이 더 센 장랭과 베베르는 그 광경을 우스워하며 멀리서 그를 따라갔다. 그것이 출발 신호가 되어 가족들은 봉주아이외에서 나왔다. 마외 가족과 르바크 가족은 탄광촌으로 돌아가기로 했다. 본모르 영감과 무크 노인도 똑같이 몽유병자 같은 걸음걸이로 묵묵히 자신들의 추억에 골몰한 채 몽수를 떠났다. 그리고 모두들 함께 귀갓길에 올라 마지막으로 축제장을 가로질러 갔는데 튀김 냄비들은 엉겨 붙고 카페로부터는 마지막 맥주가 시냇물처럼 길 가운데까지 흘러나왔다. 여전히 소나기가 쏟아질 듯했고 불이 켜져 있는 술집에서 사람들이 나와 어두운 들판 속으로 사라지면서 웃음소리가 높아졌다. 익은 밀밭에서 열띤 숨소리가 들려오는 걸 보면 이날 밤에 많은 아이들이 생겨날 게 틀림없었다. 사람들은 제각기 탄광촌에 당도했다. 르바크 가족이나 마외 가족 모두 식욕이 별로 없었지만 저녁을 먹었다. 마외 가족은 아침에 남긴 삶은 고기를 마저 먹다가 잠이 들었다.

에티엔은 좀 더 마시자며 샤발을 라스뇌르의 주점으로 데려갔다.

"난 가입하겠어!" 동료가 그에게 공제 조합 기금 건을 설명하자 샤발이 말했다. "잘해 보게, 자네는 좋은 친구야."

취기가 오르자 에티엔의 두 눈이 불타올랐다. 그는 외쳤다.

"그래, 한마음이 되자고……. 자네 알지, 난 말이야, 정의를 위해선 모든 걸, 술도 계집아이들도 줘 버릴 거야. 내 가슴을 뜨겁게 하는 건 한 가지밖에 없어. 그건 우리가 부르주아들을 쓸어 버릴 거라는 생각이지."

# 3

　8월 중순경 자카리가 결혼해 필로멘과 두 아이를 위해 회사로부터 탄광촌의 빈집 한 채를 얻게 되자 에티엔은 마외 집에 자리 잡았다. 청년은 처음 얼마간은 카트린 앞에서 거북함을 느꼈다.

　순간순간이 내밀한 생활이 되어 그는 도처에서 맏형을 대신했으며 큰누나인 카트린의 침대 앞에 있는 장랭의 침대를 같이 썼다. 잘 때와 일어날 때 그는 그녀 가까이에서 옷을 벗고 입어야 했으며 그녀가 옷을 벗고 다시 입는 것도 보았다. 마지막 속치마를 벗어 내리면 그녀는 빈혈증이 있는 금발 여인들이 그렇듯 투명한 눈과 같이 창백하게 희었다. 손과 얼굴은 벌써 망가졌어도 발뒤꿈치서부터 햇볕에 탄 선이 호박 목걸이처럼 뚜렷하게 드러나는 목에 이르기까지 우유에 담근

듯 그토록 하얀 몸을 보고 그는 끊임없이 마음이 동요했다. 그는 몸을 돌리는 척했다. 하지만 점차 그녀를 알게 되었다. 시선을 내리깔면 우선 그녀의 발이 보였고, 그다음으로 그녀가 이불 밑으로 미끄러져 들어갈 때 무릎이 얼핏 보였으며, 그녀가 아침에 항아리로 몸을 숙일 때면 작고 단단한 유방이 달린 가슴이 보였다. 그녀는 그를 쳐다보지 않은 채 서둘렀고, 십 초도 안 되어 옷을 벗고 알지르 곁에 누웠다. 뱀처럼 너무나 유연한 동작이어서, 그가 겨우 신발을 벗을 동안에 그녀는 침대 속으로 사라져 등을 돌린 채 묵직하게 틀어 올린 머리밖에 보이지 않았다.

더욱이 그녀는 화낼 일이 전혀 없었다. 어쩔 수 없는 일종의 강박관념으로 그는 그녀가 눕는 순간을 엿보긴 했지만 농담과 위험한 손장난은 삼갔다. 부모가 한집에 있었고, 또 그는 그녀에게 우정과 원망이 섞인 감정을 품고 있었다. 그래서 아무것도, 심지어 생리적인 욕구까지도 그들 사이에서는 비밀로 남아 있는 것이 없었다. 세수나 식사, 작업을 하는 동안에도 공동생활을 하는 것이 그들에게 자연스러운 생활이 되어, 그는 그녀를 욕망의 대상인 처녀로 취급할 수 없었다. 가족 사이에서 부끄러워하는 순간은 목욕할 때뿐이어서 이제 처녀는 위층 방에서 혼자 목욕했고, 남자들은 아래층에서 차례대로 했다.

그렇게 첫 달이 지나자 에티엔과 카트린은 저녁마다 촛불을 끄기 전에 옷을 벗고 방 안을 돌아다녀도 더 이상 서로가 보이지 않는 것 같았다. 그녀는 이제 서두르지 않았고, 속옷이 허벅지까지 올라갈 정도로 양팔을 들어 올려 침대가에서 머리를 묶는 옛 습관을 되찾았다. 때때로 그는 바지를 벗은 채 그녀를 도와 그녀가 잃어버린 핀들을 찾아 주기도 했다. 습관이 되자 벗고 있다는 수치심도 없어졌으며 그들은 그런 것이 자연스럽다고 생각했다. 그들은 전혀 나쁜 짓을 하지 않았다. 식구가 그토록 많은데 방이 하나밖에 없는 것이 그들 잘못은 아니었다. 그런데 죄스러운 것이라곤 아무것도 생각하지 않는 때에, 혼란스러운 감정이 그들을 다시 사로잡았다. 여러 날 저녁 동안 창백한 그녀의 몸을 더 이상 보지 못하다 갑자기 그는 새하얀 그녀를, 자신을 전율로 뒤흔들고 그녀를 범하고 싶은 욕망에 굴복할까 봐 몸을 돌리게 만드는 그 하얀색을 지닌 그녀를 보았던 것이다. 그녀는 어떤 날 저녁에는 분명한 이유 없이 수줍은 불안감에 빠져 마치 이 사내의 손이 자신을 잡는 것을 느낀 듯 시트 사이로 기어 들어갔다. 그러고 나서 촛불이 꺼지고 나면 그들은 몹시 피로한데도 잠들지 못하고 있다는 것을, 서로를 생각하고 있다는 것을 알았다. 그러고 나면 그들은 다음 날 내내 불안해 하고 뿌루퉁해 있었다. 그들은 동료로서 마음 편히 평온한 저녁을 보내는 것이 더 좋았기 때문이다.

에티엔은 웅크리고 자는 장랭 말고는 별로 불만이 없었다. 알지르는 작은 소리로 숨을 쉬었고 레노르와 앙리는 잘 때 눕힌 자세 그대로 아침까지 서로 안고 있었다. 컴컴한 집 안에는 마외와 라 마외드가 대장간의 풀무처럼 규칙적인 간격으로 코 고는 소리 외에는 아무런 소리도 나지 않았다. 요컨대 에티엔은 라스뇌르의 집보다 더 편하다고 생각했다. 침대도 괜찮았고 한 달에 한 번 시트도 갈아 주었다. 또한 그는 더 맛있는 수프를 먹게 되었고, 단지 고기를 구경하기가 힘들다는 것이 괴로웠다. 하지만 모든 식구들의 사정이 그러했고 하숙비 사십오 프랑으로는 식사 때마다 토끼 고기를 바랄 수 없었다. 그 사십오 프랑은 마외 가족에게 보탬이 되었다. 그들은 늘 자그만 빚을 남기긴 했지만 수지를 맞추게 되었다. 그리고 그들은 하숙인에게 감사를 표하며 그의 속옷을 빨고 기워 주고, 단추를 다시 달아 주고 옷들을 정리해 놓았다. 그는 주위가 깨끗하며 여성의 알뜰한 보살핌을 받고 있다고 느꼈다.

에티엔이 머릿속에서 웅성대는 생각들을 들은 것은 바로 이 시기였다. 그때까지 그는 동료들의 은연한 동요 가운데서 본능적인 반항심만 품고 있었다. 온갖 종류의 혼란스러운 의문들이 그에게 생겨났다. 왜 어떤 사람들은 빈궁한가? 왜 다른 사람들은 부유한가? 왜 빈궁한 사람들은 부유한 자들의 자리를 차지할 희망을 결코 갖지 못하고 그들의 발굽 아래 있는가? 그리고 첫 단계는 그 자신의 무지함을 깨닫는 것이었다. 비밀스런 수치심, 감추어진 슬픔이 그때부터 그의 마음을 갉아먹었다. 아무것도 몰랐으므로 그를 열광시키는 것들, 즉 만인의 평등이나 세상의 부의 공평한 분배 같은 것들에 대해 감히 얘기할 엄두를 내지 못했던 것이다. 그래서 그는 공부에 대해서, 학문에 미친 무지한 사람들이 그러하듯 방법론 없는 의욕에만 사로잡혔던 것이다. 이제 그는 자신보다 학식이 많고 사회주의 운동에 깊숙이 뛰어든 플뤼샤르와 정기적으로 서신을 주고받았다. 그는 자신에게 책들을 보내 달라고 해서 읽어 본 다음 그 책을 잘못 소화했음에도 그에 열광하게 되었다. 한 벨기에 의사가 탄광 사람들을 죽음으로 모는 병들에 대해 쓴 『광부의 위생』이라는 의학서가 특히 그러했다. 이해할 수 없는 학술적인 건조체의 정치경제학 논문들, 그를 뒤흔들어 놓은 무정부주의 책자들, 논쟁에 대비해 반박할 수 없는 입론들로 서 간직해 두는 옛날 신문들도 예외가 아니었다. 게다가 수바 린도 그에게 여러 책을 빌려주었고, 그중 협동조합에 관한 책 을 읽고 그는 화폐를 폐지하고 사회생활 전체를 노동에 기초 하는 국제 교역 연합을 한 달 동안 꿈꾸었다. 자신이 스스로 생각하고 있다는 것을 느낀 이후로 자신의 무지함에 대한 수 치심은 사라지고 그에게는 오만함이 생겼다.

처음 몇 달 동안 에티엔은 초심자의 황홀 상태에 빠져, 압 제자에 대한 고결한 분노가 가슴에 넘치고 피압제자들이 이 룩할 승리에 대한 염원에 몸을 던졌다. 하지만 책을 모호하게 이해한 그는 아직 하나의 체계를 만들지는 못하고 있었다. 그 자신 안에서 라스뇌르의 실제적인 요구들과 수바린의 파괴적 인 폭력이 뒤섞였다. 거의 매일 그들과 함께 회사에 대해 욕을 퍼붓고 라방타주를 나설 때면 그는 꿈속을 거닐었다. 한 장의 유리도 깨지 않고 한 방울의 피도 흘리지 않고 민중들이 완전 히 갱생하는 광경을 목도하는 것이었다. 더욱이 실행 수단이 불확실한 상태지만 그는 일이 아주 잘될 것이라고 믿고 싶었 다. 재건 계획을 세우려고만 하면 머리가 뒤죽박죽이 되기 때 문이었다. 그는 온건함과 모순으로 가득한 모습을 보이기까지

했다. 그는 때때로 사회 문제로부터 정치를 분리해야 한다고 되풀이해서 말했는데, 그것은 그가 책에서 읽은 말로, 자신이 살고 있는 둔감한 광부 사회에 말해 주면 좋으리라 생각한 것이었다.

이제 저녁마다 마외네 집에서는, 잠자러 올라가기 전에 삼십 분을 더 머물렀다. 에티엔은 항상 똑같은 얘기를 꺼냈다. 그의 성품이 세련되어진 이래 그는 탄광촌의 잡거 생활로 더욱 상심하게 되었다. 벌판 가운데 이 사람 저 사람 겹쳐져 너무도 비좁게 지내는 나머지 속옷을 갈아입으려면 옆 사람에게 엉덩이를 보일 수밖에 없을 정도였다. 그렇게 처넣어지다니, 우리가 짐승인가! 건강은 어떠하며 또 계집아이들과 사내아이들은 어쩔 수 없이 같이 타락하지 않겠는가!

"물론 돈이 더 있으면 더 편하겠지……" 마외가 대답했다. "어쨌든 이 사람 저 사람 포개져 사는 게 누구에게도 좋을 것이 없는 건 분명 사실이야. 그런 생활 끝에 사내들은 술꾼이 되고 계집아이들은 애나 배게 마련이지."

가족들은 거기에서 시작해 각자 한마디씩 했고, 그동안 램프의 석유는 튀긴 양파 냄새로 이미 나빠진 방 안의 공기를 더 나쁘게 만들고 있었다. 그렇다. 확실히 삶에 낙이 없다. 예전에는 노예선 죄수들이 형벌로 했던 일에 사람들은 진짜 짐승처럼 매달려 있으며, 자기 차례가 되기 전에 목숨을 잃는 일이 비일비재하다. 저녁 식탁에서 고기 구경도 못 하면서 온갖 고생을 한다. 먹을거리가 있고 먹기는 하지만 굶어 죽지 않고 견딜 정도로만 아주 조금 먹을 수 있었다. 빚에 짓눌리고, 자기 빵을 마치 훔치기라도 한 듯 쫓기며 먹는다. 일요일이 되면 사람들은 지쳐서 잠을 잔다. 유일한 낙이라고는 술에 취하거나 아내한테 애를 배게 하는 것이다. 하지만 맥주는 배가 나오게 하고, 아이는 나중에 부모를 나 몰라라 하지. 그래, 그래, 이거야말로 재미라곤 하나도 없어.

그때 라 마외드가 끼어들었다.

"심각한 것은, 아시겠지만, 이게 변할 수 없다고 사람들이 생각할 때예요……. 젊을 때는 행복이 올 거라고 생각하고 기대하며 살지요. 그러고 나서도 가난은 계속되고 사람들은 그 안에 갇혀 있어요……. 나는요, 아무에게도 해를 끼치고 싶지 않아요. 하지만 이런 부당함에 격분하게 될 때가 종종 있어요."

침묵이 흘렀고 모두들 막혀 있는 이 지평선에 대한 막연한 불안감 속에 잠시 숨을 내쉬었다. 단지 본모르 영감만이 그 자리에 함께할 때면 놀란 눈을 했는데, 그의 시절에는 이런 문제로 골치를 썩지 않았기 때문이다. 사람들은 석탄 속에서 태어나 더 요구하는 것도 없이 탄맥을 캤었다. 그런데 지금은 광부들에게 야망을 불어넣는 분위기가 흐르고 있었다.

"아무것도 얕봐서는 안 돼." 그가 중얼거렸다. "손 안의 좋은 맥주 한잔이면 좋은 맥주 한잔인 거야……. 상관들이란 흔히 악당들이지. 하지만 상관들은 늘 있는 자들이야, 안 그래? 그런 문제로 심사숙고하느라고 골치 썩어 봐야 소용없어."

에티엔은 대뜸 흥분했다. "뭐라고요! 노동자한테는 심사숙고하는 게 허용되지 않는다고요! 허어! 바로 그래서 상황이 곧 바뀔 겁니다. 왜냐하면 노동자가 이제는 심사숙고하니까요. 영감님 시절에는 광부들이 늘 땅속에서 바깥일에 대해서는 귀와 눈을 막고서 짐승처럼 갱 속의 석탄을 채굴하는 기계처럼 살았죠. 그래서 그들을 지배하는 부자들은 광부의 살을 뜯어먹는 데 뜻을 모으기 쉬웠고 광부를 사고팔기 쉬웠던 거예요. 광부는 짐작도 못 했죠. 하지만 이제 광부는 땅속에서 깨어나고 진짜 씨앗처럼 땅에서 싹트고 있습니다. 그래서 어느 날 아침 들판 한가운데에서 그 씨앗이 싹터 오르는 걸 보게 될 겁니다. 그래요. 그 씨앗은 사람들을, 정의를 회복할 사람들로 이루어진 군대를 밀어 올릴 겁니다. 대혁명 이래로 모든 시민들은 평등하지 않았던가요? 이제 다 같이 투표할 수 있는데, 노동자가 임금을 지불하는 고용인들의 노예로 남아 있어야 합니까? 큰 회사들은 자기네 기계들로 모든 걸 깔아뭉개고, 광부들은 같은 직업을 가졌던 사람들이 뭉쳐서 지킬 줄 알았던 옛 시절의 보장마저도 회사들에 대항해서 더 이상 갖고 있지 못합니다. 그것 때문에, 빌어먹을! 또 다른 것들 때문에 언젠가 모든 것이 끝장날 겁니다. 교육 덕택이죠. 탄광촌을 보기만 해도 됩니다. 할아버지들은 자기 이름을 쓸 줄 몰랐는데 아버지들은 이미 쓸 줄 알고, 아들들로 말하자면 그들은 선생님처럼 읽고 씁니다. 아! 점점 자라고 자랐습니다. 햇볕에 성숙한 사람들을 엄청나게 수확한 것이죠! 각자가 평생 동안 자기 자리에만 붙어 있지 않는 이상, 또 옆 사람의 자리를 차지할 야심을 가질 수 있는 이상, 왜 주먹을 휘두르며 최강자가 되려고 하지 않겠습니까?"

마외는 동요했지만 경계심에 가득 차 있었다.

"우리가 들고일어나자마자 그들은 노동 수첩[43]을 돌려줄걸." 그가 말했다. "노인네 말이 맞아. 보상으로 가끔씩 양 다리 한쪽 받아 먹을 희망도 없이 광부들만 늘 고생할 거야."

얼마 전부터 말이 없던 라 마외드가 꿈에서 깨어난 듯 말했다. "신부들이 얘기하는 게 사실이라면, 그래서 이 세상에서 가난한 사람들이 저세상에서는 부자라면 좋으련만!"

한바탕 웃음이 터져 그녀의 말이 끊겼다. 애들도 어깨를 으쓱 치켜올렸다. 모두들 갱내의 유령에 대해서는 은근한 공포를 지니고 있었지만 비어 있는 하늘은 웃음거리로 알았고, 바깥세상의 헛된 약속은 믿지 않게 된 사람들이었다.

"아! 흥, 신부들!" 마외가 소리쳤다. "그들이 그런 말을 믿는다면 자기들은 저 높은 하늘에서 좋은 자리를 차지하려고 덜 먹고 더 열심히 일할걸……. 아니야, 사람은 죽으면 끝이라고."

라 마외드는 한숨을 내쉬었다.

"아! 하느님! 아! 하느님!"

그러고는 무릎에 두 손을 떨군 채 한없이 낙담한 표정으로 말했다.

"그럼 정말 사실이군. 우리는 볼장 다 본 거네, 우린 말이야."

모두들 서로 쳐다보았다. 본모르 영감은 손수건에다 침을 뱉었고, 마외는 꺼진 파이프 담배를 입에 물고 있는 것을 잊고

---

43) Livret ouvrier. 1803년에 시행되기 시작한 제도로, 모든 노동자는 이 노동 수첩을 교부받아야 했으며 사직이나 해고 시 회사는 이 수첩을 노동자에게 돌려주었다.

있었다. 알지르는 식탁가에서 잠든 레노르와 앙리 사이에서 얘기를 엿듣고 있었다. 하지만 카트린은 에티엔이 자신의 사회적인 꿈이 지닌 멋진 미래를 펼쳐 보이고 자신의 신념을 소리쳐 말할 때, 턱을 손에 괸 채 맑고 커다란 눈으로 그를 지켜보았다. 그들 주위로 탄광촌은 잠자리에 들고 있었고, 이제는 어린애의 희미한 울음소리와 늦게 귀가한 술주정꾼의 싸움 소리 외에는 더 이상 아무 소리도 들리지 않았다. 방 안에서는 뻐꾸기시계가 천천히 울리고 있었고, 답답한 공기에도 불구하고 모래를 뿌린 바닥에서 신선한 습기가 올라오고 있었다.

"당치도 않은 생각이에요!" 청년이 말했다. "여러분은 행복하기 위해서 하느님과 그의 낙원이 필요한가요? 지상에서의 행복을 여러분 스스로 만들 수는 없나요?"

그는 열띤 목소리로 끝없이 말했다. 갑작스레 막힌 지평선이 터져 버리며 이 불쌍한 사람들의 어두운 삶에 한 줄기 빛이 비치는 것 같았다. 빈곤의 영원한 반복, 짐승같이 해야 하는 일들, 양털을 바치고 목이 베이는 가축 같은 신세 등 모든 불행이 쨍쨍 내리쬐는 햇볕에 씻긴 듯 사라졌다. 그리고 요술 나라의 찬란한 빛 가운데 정의가 하늘에서 내려왔다. 하느님은 죽었으니 평등과 우애가 지배하면서 정의가 인간들의 행복을 보장할 것이었다. 꿈에서처럼 모든 시민이 자기 일을 하며 살고 공동의 기쁨들 중 자기 몫을 취하는, 신기루 같은 광휘에 싸인 광활한 도시, 즉 새로운 사회가 하루 만에 솟아오른 것이었다. 낡고 썩은 세상은 무너져 가루가 되고, 자신들의 죗값을 치른 젊은 인류는 이제 단 하나의 노동자 민중만을 이루어서, 각자는 자신의 가치에 달려 있고 각자의 가치는 자신의 업적에 달려 있다는 신조를 갖는 것이었다. 이 꿈은 불가능 속으로 더 높이 올라갈수록 더욱 매혹적으로 느껴졌기에 끊임없이 커지고 아름다워졌다.

처음에 라 마외드는 어렴풋한 두려움에 사로잡혀 듣기를 거부했다. 아니다, 아니다, 그건 너무 멋지다. 그런 생각에 편승해서는 안 된다. 그런 생각은 그다음에는 생활을 혐오스럽게 만들고, 그러면 행복하기 위해서 모든 걸 죽여 없애야 할 것이기 때문이다. 에티엔의 말에 동요하고 매료된 마외의 눈이 빛나는 것을 보고 그녀는 불안해서 에티엔의 말을 가로막으며 소리쳤다.

"듣지 말아요, 여보! 저 사람은 동화 같은 얘기를 하고 있잖아요……. 부르주아들이 우리처럼 일하는 것에 동의할 것 같아요?"

하지만 그녀도 점차 매력을 느꼈다. 상상력이 깨어나 이 희망의 멋진 세계로 들어가며 그녀는 마침내 미소를 지었다. 한 시간이라도 슬픈 현실을 잊는 것은 그렇게 감미로웠던 것이다! 땅에 코를 박고 짐승들처럼 살 때는 결코 가질 수 없는 것들을 실컷 가지는 놀이를 할, 환상의 공간이 필요하다. 그녀를 열광시키고 젊은이와 의견을 같이하게 만든 것은 정의에 대한 생각이었다.

"그건, 당신 말이 옳아요!" 그녀가 외쳤다. "나는요, 정의로운 일을 위해서라면 끝까지 싸울 거예요……. 그래요, 정말이에요! 이번에는 우리가 인생을 즐긴다면 그건 정의로울 거예요."

그러자 마외는 결연히 불타올랐다.

"제기랄! 나는 부자가 아니지만 죽기 전에 그런 세상을 볼 수 있다면 백 수라도 내겠네……. 얼마나 큰 변혁인가! 안 그런가? 그런데 그런 세상이 금방 올까? 그렇게 되려면 뭘 어떻게 시작해야 할까?"

에티엔은 다시 말하기 시작했다. 낡은 사회는 삐걱거리고 있으며 몇 달 이상 지탱할 수 없을 것이라고 그는 단정적으로 말했다. 실행 수단에 관해서는 다소 모호한 입장을 취했다. 그는 무지한 사람들 앞에서 자신이 읽은 내용들을 뒤섞어, 자신도 종잡을 수 없는 설명들을 서슴없이 늘어놓았다. 모든 체계가, 손쉽게 승리하리라는 확신과 계급 간의 불화를 종식시킬 전 세계적인 화해라는 것으로 완화된 채 설명되었다. 고용주들과 부르주아들 가운데 있을 반항적인 인간들은 고려하지 않았지만 이들을 이치로 굴복시켜야 할 것이라는 것이었다. 그러자 마외 내외는 이해하는 표정이었으며, 쓰레기 같은 고대 세계에서 완전한 사회가 도래하기를 기다리던 초기 교회의 기독교도들처럼, 새로 믿는 신앙인들의 맹목적인 믿음을 품고 그 기적적인 해결책들을 인정하고 받아들였다. 어린 알지르는 들은 말들 몇몇을 그러모아서 아이들이 원하는 대로 놀고 먹는 아주 따뜻한 집을 그리며 행복을 상상해 보았다. 카트린은 꼼짝 않고 손에 턱을 괸 채 에티엔을 응시하다가 그가 말을 그치자 추위가 엄습한 듯 새하얘져서 가볍게 몸을 떨었다.

라 마외드는 문득 뻐꾸기시계를 쳐다보았다.

"9시가 넘었네, 이럴 수가! 내일은 영 못 일어나겠는걸."

그러자 마외 가족은 마음이 불편해지고 절망감에 빠진 채 식탁을 떠났다. 조금 전에 그들은 부자가 된 것 같았는데, 단번에 다시 진창 같은 신세로 떨어진 것이었다. 수갱으로 떠나는 본모르 영감은 이런 얘기들을 해 봐야 더 좋은 수프가 생기지는 않는다고 투덜거렸다. 한편 다른 식구들은 벽의 습기와 역겹고 답답한 공기를 느끼면서 줄지어 올라갔다. 탄광촌이 무겁게 잠들어 있는 가운데 위층에 올라간 카트린이 마지막으로 침대에 들며 촛불을 불어 껐고, 에티엔은 그녀가 잠들기에 앞서 열에 들뜬 듯이 몸을 뒤척이는 소리를 들었다.

이러한 이야기에 끼어들기 위해 이웃 사람들도 종종 몰려들곤 했다. 르바크는 분배라는 개념에 열광했으며, 신중한 피에롱은 사람들이 회사를 비난하기 시작하면 자러 갔다. 이따금 자카리가 잠시 끼었지만 그는 정치 얘기가 나오면 머리가 아파서 맥주 한잔 마시러 라방타주에 가는 것을 더 좋아했다. 샤발로 말하자면 한 술 더 떠서 피를 보기를 원했다. 거의 매일 저녁 그는 마외네 집에서 한 시간씩 보냈다. 그런데 이렇게 꾸준히 들르는 데에는 남모를 질투심이 있었는데, 그것은 바로 누가 자신에게서 카트린을 빼앗아 가지 않을까 하는 두려움이었다. 그는 이미 그녀에게 싫증이 나던 참이었지만 밤에 그녀 가까이에서 자고 그녀를 범할 수도 있는 남자가 등장한 뒤로는 다시 그녀가 소중해졌다.

에티엔의 영향력은 확대되어 그는 점점 탄광촌을 변화시키고 있었다. 그것은 은밀한 선전 운동이었고, 에티엔에 대한 모든 사람의 존경이 커지면서 더욱 힘을 얻고 있었다. 라 마외드는 조심스런 주부로서 경계하면서도 존경심을 가지고 그를 대했다. 그는 집세를 정확히 내고 술도 마시지 않고 도박도 하지 않고 늘 책에 코를 박고 있는 청년이기 때문이었다. 그리고 그녀가 이웃 여자들에게 똑똑한 청년이라고 소문을 내서, 이웃 여자들이 그에게 자신들의 편지를 써 달라고 부탁하며 귀찮게 굴었다. 그는 서신을 담당하고, 미묘한 일에 대해 각 가정의 상담을 해 주는 일종의 대리인이었다. 9월이 되자 그는 마침내 자신이 말했던 공제 조합을 설립했다. 아직은 탄광촌 주민들만 대상으로 했기에 불완전한 것이었다. 하지만 그는 아직 소극적인 회사가 자신을 더 이상 방해하지 않는다면 모든 수갱의 광부들이 가입하기를 진정으로 바라고 있었다. 얼마 전 그는 조합장으로 임명되었고, 서류 작성 작업으로 약간의 봉급까지 받았다. 이것으로 그는 꽤 넉넉해졌다. 결혼한 광부라면 수지를 맞추기 어렵지만, 식구가 없는 검소한 청년이라면 저축을 할 수 있는 법이다.

그때부터 에티엔에게는 서서히 변화가 일어났다. 가난 속에 잠들어 있던 멋과 안락에 대한 본능이 깨어나 그는 모직 옷을 사게 되었다. 그가 고급 부츠를 한 켤레 사자 대번에 지도자의 반열에 올라 탄광촌 전체가 그의 주위로 모여들었다. 그것은 감미롭게 자존심을 만족시켜 주어서 그는 처음 누리는 인기에 도취했다. 그렇게 젊은 데다 전날만 해도 막노동자였던 자신이 다른 사람들 위에서 지휘를 한다는 사실은 그를 자만심으로 꽉 차게 했고, 자신이 역할을 담당할 다가오는 혁명에 대한 꿈을 더욱 키우게 만들었다. 그는 얼굴 표정이 바뀌었고 근

엄해졌으며 자기 말에 도취한 듯 천천히 말했다. 한편 그는 태동하는 야망으로 그의 이론들에 불을 붙이며 전투적인 생각으로 치달았다.

그사이 가을이 다가왔고 10월의 추위로 탄광촌의 작은 정원들은 황량해졌다. 앙상해진 라일락 뒤에 있는 헛간 위에서 소년 갱부들은 이제 더 이상 광차 운반부 처녀들을 범하지 않았다. 남아 있는 것이라고는 하얀 서리가 진주처럼 내려앉은 양배추, 파와 저장된 상추 등 겨울 채소들뿐이었다. 다시금 소나기가 쏟아져 빨간 기와들을 두들겼고 세찬 물살 소리를 내며 빗물받이 홈통 아래의 통 속으로 흘러들곤 했다. 집집마다 닫힌 방 안에는 석탄이 채워진 난로가 역한 냄새를 풍기며 식을 줄 모르고 타오르고 있었다. 다시 혹독한 가난의 계절이 시작된 것이었다.

매섭게 춥던 10월 초 어느 날 밤, 에티엔은 아래층에서 나눈 이야기로 열에 들떠서 잠을 이룰 수가 없었다. 그는 카트린이 이불 밑으로 미끄러져 들어가 촛불을 불어 끄는 것을 바라보았다. 그녀는 아직도 이따금씩 서두르곤 했고, 그러다 너무 서투르게 몸을 내보이게 만드는 자신의 수줍음 때문에 괴로워했다. 그녀 또한 마음이 온통 동요하는 것 같았다. 어둠 속에서 그녀는 죽은 듯이 있었다. 하지만 그는 그녀도 자지 않는다는 것을 알고 있었다. 그리고 그가 그녀를 생각하듯 그녀도 그를 생각한다는 것을 느꼈다. 그들 사이의 이 같은 말없는 교감으로 그들이 그처럼 혼란스러워졌던 적은 일찍이 없었다. 일 분, 이 분, 시간이 흘렀지만 그도 그녀도 움직이지 않았고, 숨을 죽이려는 노력에도 불구하고 그들의 숨소리가 더욱 거북스러워졌다. 그는 두 번이나 일어나서 그녀를 껴안을 뻔했다. 결코 서로 만족시키지 못하면서 서로에게 커다란 욕망을 품는다는 것은 바보 같은 짓이었다. 도대체 왜 자신들의 욕망을 거스르며 이렇게 버틴단 말인가? 애들은 자고 있었고 분명 그녀는 당장 그를 원하고 있었다. 그녀가 숨을 죽이고 그를 기다리고 있다는 것, 그녀가 말없이 이를 악문 채 그를 두 팔로 감싸 안으리라는 것은 확실했다. 거의 한 시간이 지나갔다. 그는 그녀를 안지 않았고, 그녀는 그를 부르게 될까 봐 몸을 돌리지 않았다. 그들은 바로 곁에서 살수록 그들 스스로도 설명할 수 없는 수치심, 혐오감, 미묘한 우정 등으로 된 장벽이 더 높아지기만 했다.

# 4

"이봐요." 라 마외드가 남편에게 말했다. "임금 받으러 몽수에 가는 길에 커피 일 파운드하고 설탕 일 킬로그램 좀 사 와요."

그는 수선비를 아끼려고 구두를 다시 꿰매는 중이었다.

"알았어!" 그는 일손을 놓지 않고 중얼거렸다.

"정육점에도 좀 들러 주면 좋겠어요……. 송아지 고기 한 덩이 어때요? 고기 구경을 못한 지 너무 오래됐어요."

이번에는 그가 고개를 쳐들었다.

"당신은 그래, 내가 수천 수백 프랑이라도 받아 올 걸로 생각하는구만……. 그자들이 늘상 작업을 중단시키려고 빌어먹을 궁리를 해서 보름치 임금이 아주 형편없다고."

두 사람 다 말을 잃었다. 10월 말의 어느 토요일 아침 식사 후의 일이었다. 임금 지불로 야기된 혼란을 구실로 회사는 그날 또 모든 수갱에서 채굴 작업을 중단시켰다. 악화되는 산업 공황 앞에 겁을 집어먹고 이미 과다한 재고량을 더 늘리지 않기 위해 회사는 사소한 핑곗거리도 악용해 가며 만 명의 노동자에게 휴업을 강요했다.

"에티엔이 라스뇌르의 주점에서 당신을 기다리는 거 알죠. 그 사람을 데려가요. 당신 작업 시간이 모두 계산되지 않을 경우, 그가 당신보다 더 영리하게 일을 처리해 낼 테니까요."

마외는 그러겠다고 고개를 끄덕였다.

"그리고 그 양반들한테 아버님 건에 대해 얘기 좀 해요. 의사는 사장실 측과 한통속이라서…… 안 그래요, 아버님? 의사가 틀린 거고, 아버님은 더 일하실 수 있잖아요."

열흘 전부터 본모르 영감은 본인 말대로 다리가 뻣뻣해져서 의자에서 꼼짝도 못 했다. 그녀가 되풀이해서 물어보자 노인은 투덜거렸다.

"물론 나는 일할 거다. 다리가 아프다고 끝장난 건 아니지. 모든 게 그놈들이 나한테 연금 180프랑을 주지 않으려고 꾸며 낸 얘기들이라고."

라 마외드는 이제 노인이 벌어 오지 못할 임금 사십 수를 생각하며 고뇌에 차서 소리를 질렀다.

"맙소사! 이런 식으로 계속되면 우리는 곧 모두 죽게 될 거예요."

"죽으면 더 이상 배가 고프지 않겠지." 마외가 말했다.

그는 구두에 못을 더 박고는 출발하기로 했다. 240번 탄광촌은 4시쯤 임금을 받을 예정이었다. 그래서 남자들은 서두르지 않고 한 사람씩 느릿느릿 떠나갔고, 아내들이 뒤따라 나가며 곧장 돌아오라고 간청했다. 남편이 자기 처지를 잊고 술집에서 돈을 써 버리지 못하도록 심부름을 시키는 아내들이 많았다.

라스뇌르의 주점에는 에티엔이 소식을 들으러 와 있었다. 불안한 소문들이 떠돌았다. 갱목 작업에 대한 회사의 불만이 점점 더 커진다는 것이었다. 회사는 노동자들을 벌금으로 괴롭혔고, 충돌이 불가피한 듯했다. 더욱이 그것은 겉으로 드러난 분쟁일 뿐이었고, 그 밑으로는 온통 복잡하게 얽힌 심각한 사정들이 숨어 있었다.

에티엔이 도착했을 때 마침 몽수에서 돌아와 맥주 한 잔을 마시고 있던 동료 하나가 회계 사무실에 벽보 한 장이 붙어 있었다고 얘기했다. 그러나 그는 벽보의 내용이 무엇인지는 알지 못했다. 두 번째 동료 그리고 세 번째 동료가 들어왔다. 그리고 각기 다른 이야기를 가지고 왔다. 그렇지만 회사가 어떤 결정을 내린 것만은 확실한 것 같았다.

"자넨 말이야, 이 상황에 대해 어떻게 생각하나?" 에티엔이 수바린 곁에 앉으며 물어보았다. 수바린이 앉아 있는 테이블에는 음식 종류는 없이 담배 한 갑만 있었다.

기계공은 전혀 서두르지 않고 궐련 하나를 말고 난 뒤 말했다.

"쉽게 예상했던 일이지. 그들은 자네들을 끝까지 밀어붙일 거야."

그 혼자만이 상황을 분석하기에 충분할 만큼 명민한 지성을 지니고 있었다. 그는 예의 침착한 표정으로 설명했다. 위기에 타격받는 회사는 쓰러지지 않으려면 비용을 절감해야만 한다. 그러면 당연히 허리띠를 졸라매야 할 사람들은 노동자들일 테고, 회사는 어떤 핑계라도 꾸며 내서 그들의 임금을 깎을 것이다. 두 달 전부터 수갱의 채굴물 집하장에 석탄이 남아 있고 거의 모든 공장이 조업을 중단하고 있다. 설비를 가동하지 않으면 파산하게 될까 봐 감히 휴업을 하지 못하는 회사는 절충안으로 아마도 파업을 원하는 것 같다. 파업이 일어나면 회사에 고용된 광부들은 기가 꺾이고 임금을 덜 받고도 일할 것이기 때문이다. 마침내 새로 생긴 공제 조합은 회사를 불안하게 하고 미래에 대한 하나의 위협이 되는 반면에, 파업이 지금 한차례 일어나면 기금이 아직 별로 없을 때라 적립금을 바닥낼 것이므로 회사를 위해 공제 조합을 제거해 주는 일이 될 것이다.

라스뇌르는 에티엔 곁에 앉아 있었고, 두 사람 모두 깜짝 놀란 표정으로 듣고 있었다. 그들은 이제 큰 소리로 말할 수 있었다. 계산대에 앉아 있는 라스뇌르 부인밖에 남아 있지 않았던 것이다.

"말도 안 돼!" 주점 주인은 중얼거렸다. "일이 어떻게 그렇게 되지? 회사는 파업에서 아무 이득도 볼 게 없고 그건 노동자들도 마찬가지야. 제일 좋은 건 서로 합의하는 거라고."

매우 현명한 생각이었다. 그는 항상 합리적인 요구를 지지했다. 심지어 자신의 옛 하숙인이 급속도로 인기를 얻은 이후에도 그는 단번에 모든 걸 얻으려 하면 아무것도 얻지 못한다

고 말하면서 그가 지지하는 가능한 진보의 이론을 과장하여
언급했다. 맥주로 먹고사는 이 뚱뚱한 사람의 친절함 가운데
서는 은근히 질투심이 솟아나고 있었다. 자신의 술집에 사람
들의 발길이 뜸해지자 그것은 더욱 심해졌다. 르 보뢰의 노동
자들이 술을 마시러, 또 자신의 말을 들으러 오는 일이 줄어
든 것이다. 그래서 그는 광부였다가 해고되어 원한을 품고 있
었던 것도 잊고 때때로 회사를 두둔하기까지 했다.

"그럼 당신은 파업에 반대하는 거예요?" 라스뇌르 부인이
계산대를 뜨지는 않은 채 소리쳤다.

그가 그렇다고 대답하자 그녀는 그의 말을 막았다.

"저런! 당신은 배짱도 없군요. 이분들이나 얘기하게 놔둬요."

에티엔은 그녀가 갖다준 맥주잔을 바라보며 생각에 잠겼
다. 마침내 그가 고개를 들었다.

"우리 동료가 말한 이 모든 것은 분명 일어날 수 있는 일입
니다. 그들이 우리가 파업을 하도록 강요한다면 우리는 이 파
업을 실행해야 하겠죠. 플뤼샤르가 마침 그에 관해 아주 옳
은 얘기들을 써 보내왔습니다. 그 역시 파업에는 반대하는데,
그 이유는 결정적인 거라곤 아무것도 얻어 내지 못할 것이고
노동자가 고용자만큼이나 고통받기 때문이라더군요. 다만 그
는 파업이 우리 쪽 사람들에게 자신이 소속된 거대한 조직에
들어가도록 결심하게 만들 훌륭한 기회가 될 거라고 여긴답니
다. 이게 그 편지입니다."

실제로 플뤼샤르는 몽수의 광부들이 인터내셔널을 불신한
다는 것을 유감스럽게 여겼고, 분규가 생겨 회사에 대항해 싸

워야 한다면 그들이 일제히 인터내셔널에 가입하길 희망하고 있었다. 그의 노력에도 불구하고 에티엔은 인터내셔널 회원 카드 하나 만들어 놓을 수 없었지만 훨씬 더 환영받는 그의 공제 조합에는 자신이 가장 큰 영향력을 지니고 있었다. 그러나 이 조합의 금고는 아직 너무 부실해서 수바린의 말대로 금방 바닥날 것이었다. 그렇게 되면 숙명적으로 파업자들은 인터내셔널에 뛰어들어 모든 나라의 동료들에게 자기들을 도와 달라고 해야 할 것이다.

"조합은 얼마나 갖고 있나?"

"겨우 3000프랑." 에티엔이 대답했다. "그리고 아시다시피 회사 측은 그저께 나를 소환했어요. 하! 정말 점잖기도 하지, 그들은 나에게 되풀이해 말하기를, 자기들은 소속 노동자들이 예비 기금을 창설하는 걸 막지 않을 거래요. 하지만 나는 그들이 자기들이 그것을 통제하길 원한다는 걸 분명히 알아챘어요……. 어쨌든 그 문제로 싸움이 벌어질 겁니다."

주점 주인은 깔보는 표정으로 휘파람을 불면서 걸어 다니기 시작했다. 3000프랑이라고! 그걸 갖고 뭘 하려는 건가? 엿새 치 빵값도 안 될 거고, 외국인들, 영국 사람들이 도와주기를 기대하다간 당장 누워서 죽을지도 몰라. 안 돼, 이 파업은 너무 어리석은 짓이야!

그러자 평상시에는 자본에 대한 공통된 증오심으로 서로 뜻이 맞던 두 사람 사이에 처음으로 신랄한 말들이 오갔다.

"이봐, 자네는 어떻게 생각하나?" 에티엔이 수바린 쪽으로 몸을 돌리며 다시 말했다.

"파업? 어리석은 짓이지!"

그러고는 두 사람이 화가 나서 침묵하는 가운데 그는 부드럽게 덧붙였다.

"요컨대 당신들이 파업을 해야 직성이 풀린다면 나는 반대한다고 하진 않아. 그건 어떤 사람들을 파멸시키는가 하면 또 어떤 사람들을 죽일 테니까. 그래서 늘 그만큼 청소되는 거고……. 단지 이 속도로 세계를 변혁시키려면 천 년은 족히 걸릴 거야. 그러니 당신들 모두가 죽어 나자빠지는 이 도형장부터 폭파시키라고!"

그는 고운 손으로 르 보뢰를 가리켰다. 열려 있는 문을 통해 그곳의 건물들이 보였다. 그러다 뜻밖의 일로 그는 말을 멈추게 되었다. 그와 친숙한 살찐 암토끼 폴란드가 밖에서 겁 없이 다니다 한 무리의 소년 갱부들이 던지는 돌들을 피해 후다닥 뛰어 들어온 것이었다. 토끼는 놀라서 귀를 내려뜨리고 꼬리는 치켜올린 채 그의 다리 곁으로 피신하러 와서 발로 그를 긁어 대며 안아 달라고 애원했다. 그는 토끼를 무릎 위에 올려 두 손으로 감싸고는, 그 부드럽고 따뜻한 털을 쓰다듬으면으레 그러듯 꿈꾸는 듯한 반수 상태에 빠져들었다.

이와 거의 동시에 마외가 들어섰다. 마치 거저 주기라도 할 것처럼 맥주를 파는 라스뇌르 부인이 친절하게 권했지만 그는 아무것도 마시려 하지 않았다. 에티엔은 일어섰고 두 사람은 몽수로 출발했다.

회사의 자재 창고에서 임금을 받는 날이면 몽수는 화창한 수호성인 축일처럼 축제가 벌어진 듯했다. 모든 탄광촌에서 사람들이 몰려들었다. 회계 사무실은 아주 작았기 때문에 그들은 문간에서 기다리는 편이 나았다. 포장도로 위에 무리 지어 진을 치고 줄을 서서 길을 막고 있다시피 했고, 그 줄은 끊임 없이 다시 이어졌다. 행상인들은 그 기회를 이용하여 노점을 차리고는 도자기류와 돼지고기까지 진열해 놓았다. 그러나 수입을 올리는 것은 특히 카페와 주점들이었다. 광부들은 임금을 받기 전에는 카운터 앞에 가서 참고 기다렸고, 임금이 주머니에 들어오자마자 다시 돌아가 임금 축하주를 마셨기 때문이었다. 볼캉에서 임금을 다 날려 버리지만 않으면 그래도 현명한 편이었다.

마외와 에티엔은 무리들에 둘러싸여 앞으로 나아갈수록 그날따라 소리 없는 분노가 높아 가는 것을 느꼈다. 돈을 받자마자 술집에서 축내고 마는 여느 때의 데면데면한 분위기가 아니었다. 주먹들을 불끈 쥐고 거친 말들을 입에서 입으로 토해 내고 있었다.

"그럼 그게 사실이야?" 마외가 피케트 카페 앞에서 샤발과 마주치자 물었다. "그들이 치사한 짓을 했다고?"

하지만 샤발은 에티엔에게 곁눈질을 하면서 화를 내며 투덜대는 것으로 대답을 대신할 뿐이었다. 도급이 갱신된 이후 샤발은 다른 사람들과 같이 고용되었다. 그는 신참인데도 우두머리로 군림하는 동료에게 질투심에 사로잡혔다. 샤발의 말에 따르면 모든 탄광촌 사람들이 에티엔의 부츠를 핥아 주는 꼴이었다. 이는 사랑싸움으로 더 복잡해졌다. 그는 카트린을 레키야르나 폐석장 뒤로 데려갈 때마다 그녀가 어머니의 하숙

인과 같이 잠을 잔다고 상스러운 말들로 몰아세웠다. 그러고
는 그녀에 대한 난폭한 정욕에 사로잡혀 그녀가 죽을 지경이
되도록 애무하는 것이었다.

마외는 그에게 또 하나 물어보았다.

"르 보뢰 차례인가?"

그러자 샤발이 고개를 끄덕인 뒤 등을 돌리자 두 사람은 자
재 창고에 들어가기로 결심했다.

회계 사무실은 철망이 쳐져 둘로 나뉜 작은 직사각형 방이
었다. 대여섯 명의 광부들이 벽을 따라 놓여 있는 긴 의자들
에 앉아 기다리고 있었다. 회계원이 사무원 한 사람의 도움을
받으며, 손에 모자를 들고 창구 앞에 서 있는 어느 광부에게
임금을 지불하고 있었다. 왼쪽의 긴 의자 위의 암회색 회벽에
노란색 벽보가 새로 붙어 있었다. 그리고 그곳에는 아침부터
사람들이 끊임없이 지나가고 있었다. 그들은 둘 또는 셋씩 들
어와서 꿈쩍 않고 있다가 말 한마디 없이, 마치 누가 척추를
부러뜨리기나 한 것처럼 어깨를 흐느적거리며 떠나갔다.

마침 벽보 앞에 광부 두 사람이 있었는데 무지막지하게 생
긴 네모난 얼굴의 젊은이 한 명과 나이를 먹어 멍청해진 얼굴
을 지닌 깡마른 늙은이 한 명이었다. 그들 중 아무도 글을 읽
을 줄 몰라서, 젊은이는 입술을 움직이며 한 자 한 자 읽고 늙
은이는 멍청하게 바라보고 있을 뿐이었다. 많은 사람들이 이
처럼 보기만 할 뿐 이해하지 못했다.

"우리한테 저거 좀 읽어 주게." 마찬가지로 읽는 것에 자신
이 없는 마외가 같이 온 동료에게 말했다.

그러자 에티엔이 벽보를 읽기 시작했다. 그것은 회사가 모든 수갱의 광부들에게 하는 통보였다. 갱목 작업에 별로 성의가 없는 데 대해 벌금을 부과해 봐야 소용없어 진력이 난 회사는 채탄을 위하여 새로운 임금 지급 방식을 적용하기로 결정했다. 차후로 회사는 갱목 작업을 제대로 하는 데 필요한 양에 근거하여, 갱도로 내려 보내 사용한 갱목을 입방미터로 따져 갱목 작업에 대해 별도로 수당을 지급하겠다. 채굴한 석탄을 실은 광차의 대당 가격은 막장의 성격이나 떨어져 있는 정도에 따라 당연히 오십 상팀에서 사십 상팀으로 떨어질 것이다. 그리고 매우 알쏭달쏭한 계산법으로, 십 상팀 감소된 것이 갱목 작업 수당에 의해 정확히 충당된다는 것을 입증하려 했다. 그런데 이 새로운 방법에 따른 이득에 대해 각자 납득할 시간이 필요하므로 그 적용은 12월 1일 월요일부터 할 계획이라고 덧붙여 놓았다.

"거기 당신, 좀 작은 소리로 읽어!" 회계원이 소리쳤다. "이쪽 말소리가 안 들린다고."

탓하는 소리에도 아랑곳하지 않고 에티엔은 끝까지 읽었다. 그의 목소리는 떨렸고 그가 다 읽은 후에도 모두들 벽보를 계속 응시하고 있었다. 늙은 광부와 젊은 광부는 아직 기다리는 기색이었다. 그리고 나서 그들은 어깨가 축 처진 채 떠나갔다.

"제기랄!" 마외가 중얼거렸다.

그와 에티엔은 앉았다. 노란 종이 앞으로 행렬이 끊임없이 이어지는 가운데 그들은 고개를 숙이고 곰곰이 계산을 해 보았다. 자신들을 무시하는 게 아닌가! 그들은 결코 광차에서

깎인 십 상팀을 갱목 작업으로 만회하지 못할 것이다. 기껏 해 봐야 그들은 팔 상팀을 겨우 받을 것이고, 그러면 그들이 공들여 작업하느라 걸리는 시간을 차치하고라도 회사는 그들에게서 이 상팀을 훔치는 것이다. 결국 회사가 목표로 하는 것은 교묘하게 위장한 임금 삭감이다! 회사는 광부들의 주머니를 털어 경비 절감을 실현하려는 것이다.

"빌어먹을, 빌어먹을!" 마외가 고개를 쳐들며 되풀이해 말했다. "저걸 받아들인다면 우리는 멍청이들이야!"

그러나 창구가 비자 그는 임금을 받으러 다가갔다. 시간을 절약하려고 도급 반장이 회계 창구에 돈을 받으러 다녀와 작업반 사람들과 돈을 나누었다.

"마외와 그 작업반원들." 회계원이 말했다. "필로니에르 탄맥, 7번 막장."

회계원은 장부를 면밀히 검토하여 작성한 목록을 뒤지고 있었다. 그 목록은 감독들이 매일 작업장별로 채굴한 광차들의 수효를 기록한 것이었다. 이어서 그는 다시 말했다.

"마외와 그 작업반원들, 필로니에르 탄맥 7번 막장……. 135프랑."

회계원이 임금을 지급했다.

"죄송하지만, 회계원님." 놀라움에 사로잡힌 채탄부는 더듬거렸다. "계산이 틀린 것 아닙니까?"

작은 전율이 가슴속을 스치며 얼어붙은 그는 이 약소한 돈을 집지도 못하고 바라보기만 했다. 물론 그는 적으리라고는 예상했지만 임금이 그렇게 줄어들 수는 없었다. 회계원이 잘

못 계산한 게 틀림없었다. 자카리와 에티엔 그리고 샤발을 대신하는 다른 동료에게 각자의 몫을 주고 나면 그에게는 자기와 아버지와 카트린과 장랭의 몫을 합쳐 기껏해야 오십 프랑이 남을 뿐이었다.

"아니, 아니, 계산은 틀리지 않았소." 회계원이 말을 이었다. "두 번의 일요일과 휴업한 나흘은 빼야 하니까. 그래서 당신들이 일한 날은 모두 아흐레요."

마외는 이 계산에 따라 아주 나지막하게 덧셈을 해 보았다. 아흐레면 그의 임금은 약 삼십 프랑이고 카트린은 약 십팔 프랑, 장랭은 구 프랑이었다. 본모르 영감은 사흘만 일했다. 그래도 상관없다. 자카리와 두 동료의 구십 프랑을 더하면 분명 액수가 더 되어야 했다.

"그리고 벌금을 잊지 마시오." 회계원이 말을 맺었다. "갱목 작업이 부실해서 벌금이 이십 프랑이오."

채탄부는 절망적인 몸짓을 했다. 벌금 이십 프랑에다 휴업한 나흘! 그렇게 계산이 되었군. 본모르 영감이 일을 하고 자카리가 아직 살림을 차리지 않았을 때는 보름치 임금으로 150프랑까지 벌었는데!

"도대체 가져갈 거요, 말 거요?" 회계원이 참다못해 소리를 질렀다. "다른 사람이 기다리고 있잖소……. 가져가기 싫으면 말하시오."

마외가 두툼한 손을 떨면서 돈을 집으려고 결심한 순간 회계원이 그를 붙잡았다.

"잠깐, 여기 당신 이름이 있는데, 투생 마외 맞소……? 사무국장님이 당신과 얘길 좀 했으면 하시는군. 들어가 봐요, 혼자 계시니까."

노동자는 얼떨떨한 채로 오래된 마호가니 가구가 갖춰져 있고 빛바랜 녹색 천 커튼이 드리워져 있는 사무실 안으로 들어갔다. 그리고 그는 오 분 동안 사무국장의 얘기를 들었다. 사무국장은 창백한 얼굴의 키 큰 인물로, 자리에서 일어나지 않고 책상의 서류들 너머로 그에게 말을 건넸다. 그러나 그는 귀가 웅웅거려 알아들을 수가 없었다. 사무국장이 자기 아버지 이야기를 한다는 사실과 쉰 살의 나이에 사십 년을 근무했으니 150프랑의 연금을 주고 퇴직시키는 것을 검토 중이라는 말을 어렴풋이 알아들었다. 그런 다음 사무국장의 목소리가 더 딱딱해지는 것 같았다. 그는 마외를 질책했다. 마외가 정치에 관여한다고 비난하고, 그의 하숙인과 공제 조합에 대해 모종의 암시를 주기도 했다. 결론적으로, 마외는 수갱에서 가장 훌륭한 노동자들 중 하나인데 그런 미친 짓으로 자신을 위태롭게 하지 말라는 충고였다. 그는 반박하고 싶었지만 두서없는 말밖에 할 수 없었고, 열이 오른 손가락으로 모자를 비틀어 쥐고는 다음과 같이 더듬더듬 말하면서 물러나왔다.

"물론입죠, 사무국장님……. 약속드리지요……."

밖으로 나온 그는 자신을 기다리던 에티엔을 보자 분노를 터뜨렸다.

"나는 멍청이야, 무슨 대답이든 했어야 했는데……! 빵을 살 돈도 없이 또 바보짓만! 그래, 그 사람은 자네한테 반감을 품고 있고, 탄광촌이 나쁜 물이 들었다고 말하더군……. 그런데 어쩌겠어? 빌어먹을! 굽실거리며 감사하다고 말할 수밖에. 그 사람의 말이 옳다고, 가장 현명한 말씀이라고 말이야."

마외는 분노와 걱정으로 고통에 사로잡혀 입을 다물었다. 에티엔은 침울한 표정으로 생각에 잠겼다. 그들은 다시 길을 막고 있는 무리들 사이로 지나갔다. 격한 분노가 커져 가고 있었다. 소리 없는 민중의 격노와 격렬한 몸짓은 없지만 묵직한 이 군중 위로 무시무시한 뇌우 소리처럼 우르릉거리는 중얼거림이 커져 갔다. 계산할 줄 아는 몇몇이서 계산을 해 보았고 갱목 작업에 대해 회사가 이 상팀씩을 챙긴다는 말이 퍼지자 머리가 아주 우둔한 사람들까지도 격앙했다. 그것은 무엇보다도 이 형편없는 임금에 대한 분노였으며, 휴업과 벌금에 대한 굶주림의 항거였다. 이미 제대로 먹지도 못하는데 또 임금을 내리면 어떻게 된단 말인가? 술집에서 사람들은 큰소리로 화를 냈고, 분노로 너무나 목이 탔기 때문에 그날 받은 얼마 안 되는 돈마저 술집 계산대에 넘겨주고 말았다.

몽수에서 탄광촌으로 돌아오며 에티엔과 마외는 말 한마디 주고받지 않았다. 마외가 들어서자 아이들과 있던 라 마외드는 대뜸 그가 빈손이라는 걸 알아챘다.

"아이고, 친절하기도 하셔라!" 그녀는 말했다. "내가 말한 커피랑 설탕, 고기는요? 송아지 고기 한 덩이 산다고 망하는 것도 아니잖아."

그는 감정을 억누르느라 목이 메어서 아무 대답도 하지 못했다. 그러다 탄광 일로 굳어진 남자의 그 두꺼운 얼굴에 절망이 부풀어 오르더니, 굵은 눈물이 솟구쳐 나와 뜨거운 빗물처럼 떨어지는 것이었다. 그는 의자에 쓰러져 받아 온 오십 프랑을 식탁에 던지며 어린애처럼 울었다.

"자!" 그가 더듬거리며 말했다. "당신한테 갖다 주는 돈이야……. 이게 우리 모두가 일한 대가라고."

라 마외드가 에티엔을 쳐다보니 그도 말없이 지친 모습이었다. 그러자 그녀도 울었다. 보름 동안 오십 프랑을 가지고 아홉 명이 어떻게 산단 말인가? 맏아들은 자신들에게서 떠나갔고 노인은 더 이상 다리도 움직일 수 없는데. 그것은 곧 죽음을 의미했다. 그녀가 우는 소리에 충격을 받은 알지르는 엄마의 목에 매달렸다. 에스텔은 울부짖고 레노르와 앙리는 흐느껴 울었다.

이윽고 탄광촌 전체에서 똑같이 비참함에 울부짖는 소리가 들려왔다. 남자들이 돌아오자 집집마다 이 형편없는 월급의 재난 앞에서 한탄했다. 집집마다 문들이 열리고, 여자들은 닫혀 있는 집의 천장 아래에서는 자신들의 탄식이 견딜 수 없는 듯 울부짖으며 밖으로 나왔다. 여자들은 비가 부슬부슬 내리는 것도 느끼지 못하고 보도에서 서로를 부르며 손 안에 받아 쥔 돈을 서로 보여 주는 것이었다.

"봐요! 그들이 남편한테 고작 이걸 줬어. 우리가 죽든 말든 상관없다는 거 아니야?"

"나는요, 이거 봐요! 보름치 빵값도 안 돼요."

"또 나는 어떻고요! 좀 세어 봐요. 또 셔츠들을 팔아야 할 판이라고."

라 마외드도 다른 여자들처럼 집 밖으로 나갔다. 가장 격렬하게 울부짖는 라 르바크 주위로 한 무리가 모였다. 그녀가 그렇게 울부짖는 것은 그녀의 주정뱅이 남편이 돌아오지도 않았기 때문이었다. 그녀는 임금이 많든 적든 볼캉에서 다 녹아 버릴 것이라고 짐작했다. 필로멘은 자카리가 돈을 조금도 축내지 않도록 마외를 기다리고 있었다. 그래도 꽤 평온해 보이는 사람은 라 피에론밖에 없었다. 밀고자인 피에롱이 어떻게 했는지 몰라도 감독의 장부에 그는 동료들보다 늘 많은 시간을 작업한 것으로 되어 있었다. 그러나 라 브뢸레는 사위의 그런 행동이 비겁하다고 생각했고, 흥분한 여자들 편을 들며 무리 가운데서 깡마르고 꼿꼿한 모습으로 몽수 쪽을 향해 주먹질을 했다.

그녀는 엔보가를 지칭하지는 않고 소리쳤다. "오늘 아침 그들의 하녀가 마차를 타고 지나가는 걸 내가 보았다니까……! 그래, 두 필의 말이 끄는 마차를 그 집 요리사가 타고서 분명 생선을 사러 마르시엔에 가는 참이었어!"

아우성이 일고 격한 말들이 다시 시작되었다. 하얀 에이프런을 걸친 하녀가 주인의 마차를 타고 인근 도시의 시장에 간다는 얘기는 화를 돋웠다. 노동자들은 굶어 죽어가는 판에 그들은 그래도 생선이 필요했단 말인가? 아마 그들은 항상 생선을 먹지는 못할 것이다. 가난한 사람들의 세상이 올 테니까. 그리고 에티엔이 심어 놓은 생각들이 이 항거의 울부짖음 속에서 자라고 퍼져 나갔다. 그것은 약속된 황금기를 갈망하는 조바심이었으며, 무덤처럼 닫혀 있는 이 비참함의 지평선 너머에 있는 행복을 어서 갖고 싶은 조급한 마음이었다. 부당함이 극에 달했고 그들의 입에서 빵을 앗아 가는 이상, 그들은 자신들의 권리를 요구하고 말 것이었다. 특히 여자들은 더 이상 비참한 사람이 없는 진보의 이상향으로 곧장 돌격해 들어갔으면 했다. 거의 밤이 다 되었고 비는 한층 더 쏟아졌지만, 아이들이 날카로운 소리를 지르며 흩어지는 가운데 여자들은 아직도 눈물로 탄광촌을 가득 채우고 있었다.

저녁때 라방타주에서 파업이 결정되었다. 라스뇌르는 더 이상 반대하지 않았고 수바린은 첫걸음으로 파업을 받아들였다. 에티엔은 한마디로 상황을 요약했다. 회사가 기어코 파업을 원한다면 회사는 파업을 겪게 될 것이다.

# 5

일주일이 지나갔고, 분규를 기다리며 의심에 휩싸이고 우울한 상태로 작업은 계속되었다.

마외 가족의 보름치 임금은 더욱더 형편없어질 것으로 예상되었다. 그래서 라 마외드는 자신의 절제력과 양식에도 불구하고 신경이 날카로워졌다. 게다가 카트린은 감히 하룻밤을 외박할 생각을 하지 않았던가? 다음 날 아침 카트린은 몹시 지쳐서 돌아온 데다 그 일로 몸이 너무 아파서 수갱에 갈수 없었다. 그녀는 울면서 자신은 아무 잘못 없고 샤발이 도망치면 때리겠다고 위협하면서 자신을 붙잡아 두었다고 말했다. 샤발은 질투로 미치광이가 되어, 카트린의 가족이 그녀를 에티엔의 침대에서 같이 자게 하는 것을 잘 알고 있다면서 그녀를 집에 가지 못하게 막았다는 것이었다. 화가 난 라 마외드는 딸에게 그런 짐승 같은 놈은 다시는 만나지 말라고 하면서 몽수에 가서 그자의 따귀를 올려붙이겠다고 했다. 그러나 그래 봐야 하루가 허비될 뿐이고, 또 딸아이는 이제 애인이 생긴 이상 애인을 바꾸지 않기를 훨씬 더 바랐다.

이틀 후에는 또 다른 사고가 있었다. 월요일과 화요일에 르보뢰에서 조용히 일할 것으로 여겼던 장랭이 도망쳐서 베베르와 리디와 함께 허가 없이 늪지대와 방담 숲을 쏘다닌 것이었다. 그는 그 애들을 타락시켰는데 어떤 도둑질에, 또 조숙한 아이들의 어떤 놀이에 그 애들 셋이 다 탐닉했었는지 결코 알 길이 없었다. 장랭은 엄한 벌을 받았다. 어머니는 바깥 보도 위에서 겁에 질린 탄광촌 아이들을 앞에 두고 그의 볼기짝을 후려갈겼다. 도대체 이런 적이 있었나? 태어나면서부터 돈이 들었고 이제는 돈을 벌어 와야 하는 애들이! 그리고 이 고함 속에는 자신의 고생스러웠던 젊은 시절 추억이, 한배에서 태어난 아이들마다 나중에는 밥벌이 도구로 삼고 마는, 대대로 이어지는 비참함이 배어 있었다.

그날 아침 남자들과 소녀가 수갱으로 출발할 때 라 마외드는 침대에서 일어나 장랭에게 말했다.

"알겠냐, 못된 놈아, 한 번만 더 그러면 네 엉덩이 가죽을 벗겨 버릴 테다!"

마외가 맡게 된 새 작업장의 일은 고통스러웠다. 필로니에르 탄맥 중 이 작업장이 있는 부분은 좁아지는 곳이어서 채탄부들이 벽과 천장 사이에 짓눌려 채굴하느라 팔꿈치가 벗겨질 정도였다. 게다가 물기가 아주 많아서 물벼락을 맞을까 봐, 바위를 깨뜨리고 사람을 휩쓸어 가는 갑작스런 급류가 닥칠까 봐 시시각각 두려워해야 했다. 전날 에티엔은 곡괭이를 세차게 내려 박은 뒤 뺐다가 얼굴에 솟구치는 지하수 세례를 받았다. 그러나 그것은 하나의 경고에 불과했고 막장은 그 물로 단지 더 축축해지고 더러워졌을 뿐이다. 더욱이 그는 사고가 일어날 수 있다는 생각은 거의 하지 않았으며, 위험을 염려하지 않고 이제는 동료들과 함께 자신을 잊어버리고 일했다. 그들은 갱내 가스 속에 살고 있었지만 눈꺼풀에 그 무게를 느끼지 못했고, 속눈썹에 그 가스가 남겨 놓는 거미줄 베일 같은 것도 느끼지 못했다. 사람들은 때때로 램프 불꽃 색깔이 연해진 뒤 한결 파르스름해져야 갱내 가스를 떠올렸다. 그러면 광부 한 사람이 가스의 작은 소리, 틈마다 부글거리는 기포 소리가 들리는지 탄맥에 머리를 대어 보곤 했다. 그러나 그들을 끊임없이 위협하는 것은 낙반이었다. 갱목 작업을 늘 날림으로 하다 보니 불완전한 데다가 흙이 물에 젖어 물컹해져서 지탱하지 못했기 때문이다.

마외는 하루에 세 번씩 갱목을 보강하게 했다. 2시 30분이어서 사람들은 다시 올라갈 참이었다. 에티엔은 옆으로 누워서 석탄 한 덩어리를 거의 다 캐내고 있었는데, 그때 멀리서 천둥이 우르릉거리는 것 같은 소리가 갱 전체를 뒤흔들었다.

"이게 도대체 뭐지?" 그는 소리를 들으려고 곡괭이를 놓으며 소리쳤다.

그는 등 뒤에서 갱도가 무너져 내리는 것이라고 생각했다.

그런데 마외는 벌써 "낙반이야……. 빨리! 빨리!" 하고 말하며 갱의 내리막길로 미끄러져 내려갔다.

모두들 동지애로 서로를 걱정하며 서둘러 구르듯 뛰어 내려갔다. 죽음 같은 침묵이 자리 잡은 가운데 그들이 손에 쥔 램프들은 춤추듯 흔들렸다. 그들은 마치 네발로 뛰어가듯 등을 구부린 채 갱도를 따라 일렬로 달려갔다. 그리고 달음박질을 늦추지 않으면서 서로 묻고 짤막한 대답을 던졌다. 도대체 어디야? 아마 막장 속이겠지? 아니야, 아래쪽이야! 오히려 운반 갱도 쪽이야! 좁은 수직 갱도에 다다르자 그들은 거기로 몰려 들어가 타박상에도 아랑곳하지 않고 서로 포개져 떨어졌다.

전날 엉덩이를 두들겨 맞아 살갗이 아직도 벌건 장랭은 이날은 수갱에서 도망치지 않았다. 그는 맨발로 광차 대열 뒤에서 종종걸음으로 달리면서 환기문을 하나씩 도로 닫았다. 그리고 때때로 감독을 만날 염려가 없으면 마지막 광차에 올라타곤 했다. 거기서 잠들 수도 있어서 금지된 일이었다. 그러나 그에게 가장 큰 심심풀이 장난거리는 다른 대열이 지나도록 광차를 멈출 때 맨 앞에서 운전하고 있는 베베르를 찾아내는 것이었다. 그는 램프도 지니지 않고 슬그머니 다가가 동료를 피가 나도록 꼬집곤 했다. 그는 작은 초록색 눈을 어둠 속에 빛내며, 노랑머리에 커다란 귀와 마른 낯짝을 지닌 못된 원숭이처럼 장난을 쳤다. 병적으로 조숙한 그는 이해하기 힘든 지능과 난쟁이의 날렵한 재주가 있어 본능적인 동물성을 지닌 것 같았다.

오후에 무크는 일할 차례가 된 바타유를 소년 갱부들에게 데려다주었다. 그런데 말이 창고 안에서 헐떡거리자 장랭은 베베르에게 슬그머니 다가가 물어보았다.

"갑자기 서 버리다니 저 늙은 게으름뱅이가 왜 저러지……? 내 다리를 부러뜨리려는 건가."

베베르는 다른 광차 대열이 다가오자 기뻐하는 바타유를 붙들고 있느라 대답을 할 수 없었다. 이 말은 멀리서부터 다가오는 자기 동료 트롱페트를 냄새로 알아보았다. 수갱에 내려온 트롱페트를 본 그날부터 바타유는 트롱페트에게 커다란 애정을 느꼈다. 자신의 체념과 인내심을 부여하면서 젊은 친구 하나를 위로하고자 하는 어느 늙은 철학자의 애정 어린 동정이라 할 만했다. 잘 적응하지 못한 트롱페트는 자신이 맡은 광차들을 의욕 없이 끌었고, 어둠에 눈이 안 보여서 머리를 떨구고 끊임없이 태양을 그리워했다. 그래서 바타유는 트롱페트를 만날 때마다 머리를 뻗어서 콧김 소리를 내며 용기를 북돋아 주면서 애무하듯 몸을 핥아 주었다.

"빌어먹을!" 베베르가 욕을 했다. "저것들이 또 서로 몸을 빨고 있네!"

그리고는 트롱페트가 지나간 다음 그는 바타유에 관해 대답했다.

"쳇, 이 늙은 말은 약아빠졌어……! 이놈이 이렇게 멈춰 서는 건 돌이나 구멍 같은 장애물이 있다는 걸 알아챘기 때문이야. 조금도 다치지 않으려고 몸조심하는 거지……. 오늘은 저 말이 문을 지난 다음 저기에서 왜 저러고 있는지 모르겠어. 문을 밀더니 꿈쩍도 않고 있다고……. 너는 뭔가 이상하다고 느꼈니?"

"아니," 장랭이 말했다. "물이 있긴 해, 무릎까지 차올라."

대열은 다시 출발했다. 그리고 운반이 이어지던 중에 바타유가 머리로 환기문을 밀어 열더니 울어 대고 몸을 떨면서 앞으로 나아가기를 또다시 거부했다. 결국 그 말은 순식간에 결심을 하더니 내달렸다.

문을 다시 닫는 일을 맡은 장랭은 뒤에 남아 있었다. 그는 철벅거리며 걷고 있던 늪과 같은 곳을 몸을 구부리고 들여다보았다. 그런 다음 램프를 쳐들자 지하수가 끊임없이 스며나와 갱목들이 휘어 있는 것을 발견했다. 때마침 시코라고 불리는 채탄부 베를로크가 산후조리 중인 자기 부인을 다시 보려고 서둘러 막장에서 나왔다. 그도 멈춰 서서 갱목들을 살펴보았다. 그리고 자기 대열을 따라잡기 위해 소년이 뛰어가려는 순간 갑자기 와지끈 하는 소리가 엄청나게 크게 들리더니 낙반 더미가 남자와 소년을 집어삼켰다.

무거운 정적이 흘렀다. 무너지면서 일어난 바람에 갱도 위로 짙은 먼지가 피어올랐다. 광부들은 앞이 안 보이고 숨 막혀 하며 사방에서, 아주 먼 작업장에서도 춤추듯 흔들리는 램프를 들고 내려왔다. 램프들은 이 두더지 굴속에서 시커먼 사람들이 내달리는 것을 흐릿하게 비춰 주었다. 맨 앞 사람들이 낙반 더미를 마주치자 소리를 질러 동료들을 불렀다. 안쪽 막장에서 온 두 번째 팀은 무너져 내린 흙더미의 반대편에 있었는데 그 흙더미가 갱도를 막고 있었다. 사람들은 곧 천장이 기껏해야 십여 미터 정도 무너져 내린 것을 확인했다. 심각한 피해는 없었다. 그런데 무너진 더미에서 빈사 상태의 헐떡이는 소리가 새어 나오자 광부들은 가슴이 내려앉는 것 같았다.

베베르는 자기 광차 대열을 내버려 두고 되풀이해 말하면서 뛰어갔다. "장랭이 밑에 깔렸어요! 장랭이 밑에 깔렸어요!"

그 순간 마외는 자카리와 에티엔과 함께 좁은 수직 갱도에서 굴러 내려왔다. 그는 절망적인 분노에 사로잡혀 욕설만 내뱉었다.

"빌어먹을! 빌어먹을! 빌어먹을!"

마찬가지로 카트린과 리디, 라 무케트가 달려와 암흑으로 더욱 무시무시한 혼란 가운데서 흐느끼며 무서워서 울부짖기 시작했다. 사람들은 그들을 조용히 시키려고 했지만 그들은 헐떡이는 소리가 들릴 때마다 미칠 것 같아 더욱 큰 소리로 울부짖었다.

갱내 감독 리숌이 탄광 기사 네그렐도 당사르도 수갱에 없는 것을 유감으로 여기며 뛰어서 당도했다. 그는 바윗돌에 귀를 대고 들어 보았다. 마침내 그는 신음이 어린애의 것이 아니라고 말했다. 분명 어른 남자 한 사람이었다. 마외는 벌써 스무 번도 넘게 장랭을 불러 보았다. 숨소리 하나 들리지 않았다. 소년은 깔려 죽은 게 틀림없었다.

헐떡거리는 소리는 여전히 단조롭게 계속되었다. 사람들은 고통받고 있는 사람에게 말을 걸며 이름을 물어보았다. 대답으로 헐떡거리는 소리만이 돌아왔다.

"서두르자고!" 벌써 구조대를 조직한 리숌이 되풀이해 말했다. "얘기는 나중에 하고."

광부들은 양쪽에서 곡괭이와 삽을 들고 낙반 더미에 달려

들었다. 샤발은 마외와 에티엔 곁에서 말 한마디 없이 작업했다. 자카리는 흙 운반을 지휘했다. 퇴갱 시간이 되었고 아무도 식사를 하지 않은 터였다. 그러나 동료들이 위험에 처해 있는 한 누구도 식사하러 가지 않았다. 하지만 아무도 돌아오지 않으면 탄광촌에서 불안해 할 테니 여자들은 돌려보내자고 누군가 제안했다. 카트린도, 라 무케트도, 심지어 리디까지도 흙 파내는 것을 도우면서, 생사를 알고 싶은 마음에 그 자리에 못 박힌 듯 떠나려 하지 않았다. 그러자 르바크가 간단한 피해를 일으킨 낙반 사고가 나서 사람들이 복구 작업을 하고 있다고 알리는 심부름을 맡았다. 4시쯤 되자 노동자들은 한 시간도 안 되어 하루 분의 일을 했다. 만약 또 다른 바윗돌들이 천장에서 미끄러져 떨어지지 않았더라면 흙더미의 절반은 치웠을 것이다. 마외는 미친 듯이 고집을 부리며 일했고 다른 사람이 그와 잠시 교대하려고 다가가자 격렬한 몸짓으로 거절했다.

"살살 해!" 마침내 리숌이 말했다. "다 되어 가니까…… 그들을 죽게 해서는 안 돼."

실제로 헐떡이는 소리가 점점 더 뚜렷해졌다. 끊임없이 헐떡이는 소리가 작업하는 사람들을 안내하고 있었다. 그리고 이제 그는 곡괭이 바로 아래에서 헐떡이는 것 같았다. 그런데 갑자기 소리가 멈췄다.

모두들 어둠 속에서 죽음의 냉기가 지나가는 것을 느끼고는 몸서리를 치면서 말없이 서로를 바라보았다. 그들은 땀에 젖고 근육은 끊어질 정도로 팽팽해진 채 곡괭이질을 해 댔다.

한쪽 발이 드러났다. 사람들은 그때부터 손으로 흙을 치우고 팔다리를 하나씩 끄집어냈다. 머리는 다치지 않았다. 램프 불로 비추어 보고 그가 시코임이 여기저기 전해졌다. 척추가 바위에 부러진 그는 몸은 아주 따뜻했다.

"담요로 싸서 광차에 싣게." 감독이 명령했다. "이젠 꼬마 차례야, 서두르자고!"

마외가 마지막으로 곡괭이질을 하자 구멍이 생겨 반대편에서 낙반 더미를 파내는 사람들과 대화를 나누었다. 그들은 소리를 질렀다. 두 다리는 부러졌지만 아직 숨이 붙은 채 기절해 있는 장랭을 방금 발견한 것이었다. 아버지가 소년을 품에 안고 데려왔다. 그는 이를 악문 채 자신의 고통을 계속 제기랄! 이라는 욕만으로 토해 내고 있었다. 카트린과 다른 여자들은 다시 울부짖기 시작했다.

사람들은 신속하게 대열을 만들었다. 베베르는 바타유를 데려와 두 대의 광차에 연결했다. 첫 번째 광차에는 에티엔이 붙잡고 있는 시코의 시신을 눕혔고, 두 번째 광차에는 의식이 없는 장랭을 마외가 무릎 위에 안고 앉아서 환기문에서 잡아 뜯은 모직 천 조각으로 덮어 주었다. 사람들은 보통 걸음으로 출발했다. 광차마다 하나씩 걸린 램프가 붉은 별빛을 이루었다. 그리고 뒤로는 광부들이 줄지어 쉰 명가량이 그림자를 드리우며 일렬로 따라갔다. 이제 그들은 피로로 기진맥진해서 전염병에 걸린 가축 떼가 지니는 음울한 죽음의 분위기를 띤 채 발을 질질 끌며 진흙탕 속을 미끄러지듯 지나갔다. 광차 탑재대에 도착하기까지는 거의 삼십 분이 소요됐다. 짙은 어둠 가운데 이 지하 수송 행렬은 두 갈래로 갈라지고 돌고 다시 펼쳐지는 갱도들을 따라 끝없이 계속되었다.

광차 탑재대에 먼저 와 있던 리숌은 빈 케이지 한 대를 마련해 두도록 명령했다. 피에롱은 곧 광차 두 대를 실었다. 광차 한 대에는 마외가 다친 아들을 무릎 위에 누이고 있었고, 다른 광차에는 에티엔이 시코의 시신이 움직이지 않도록 품에 안고 있었다. 노동자들이 다른 층에 포개져 들어가자 케이지가 올라갔다. 이 분이 걸렸다. 수갱 내벽으로부터 아주 차가운 낙숫물이 떨어졌고 사람들은 한시바삐 빛을 다시 보고 싶어서 공중을 쳐다보았다.

다행히 의사 반데르하겐의 집에 보낸 소년 갱부가 그를 찾아서 데리고 왔다. 장랭과 사망자는 일 년 내내 커다란 난로에 불이 타오르고 있는 감독의 방으로 옮겨졌다. 거기에는 더운 물을 담은 양동이들을 나란히 놓고 발을 씻어 줄 준비가 되어 있었다. 그리고 바닥에 매트리스 두 개를 펼쳐 놓은 다음 거기다 남자와 소년을 눕혔다. 그 방에는 마외와 에티엔만 들어갔다. 밖에서는 여자 광차 운반부들과 광부들, 뛰어온 장난꾸러기들이 한 무리를 이루어 낮은 소리로 얘기하고 있었다.

의사는 시코를 힐끗 보더니 중얼거렸다.

"틀렸어……! 당신들이 씻겨 줘도 되겠군."

감독관 두 사람이 옷을 벗긴 다음 석탄으로 시커메지고 작업하느라 땀 범벅이 되어 더러운 시신을 해면 타월로 씻어 냈다.

"머리는 아무렇지도 않아." 장랭이 누워 있는 매트리스 앞에 무릎을 꿇고 앉은 의사가 다시 말했다. "가슴도 괜찮고……. 아! 두 다리를 다쳤군."

그는 모자의 끈을 풀고 웃옷을 걷어 올리고 바지와 속옷을 잡아당기며 유모처럼 능숙하게 아이의 옷을 벗겼다. 그러자 검은 먼지와 누런 흙으로 더럽혀진 데다 그 위에 핏자국들이 얼룩져 있는, 곤충같이 마른 그 가엾은 어린 몸뚱이가 드러났다. 뭐가 뭔지 전혀 알아볼 수 없어서 아이도 씻겨야 했다. 그런데 해면 타월로 씻어 내자 아이는 더욱 말라 보였고 살갗이 너무 창백하고 투명해서 뼈가 보일 정도였다. 비참한 종족의 마지막 퇴화이며, 바윗돌에 짓눌려 반쯤 으스러져서 고통받는, 아무것도 아닌 이 존재의 모습은 연민을 자아냈다. 아이를 깨끗이 씻어 내자 허벅지에 입은 두 군데의 타박상이, 하얀 살갗 위에 두 개의 벌건 자국이 보였다.

기절했던 장랭은 깨어나자 비명을 질렀다. 침대 발치에서 두 손을 늘어뜨리고 서 있던 마외는 아이를 바라보았다. 굵은 눈물이 그의 눈에서 쏟아졌다.

"어? 자네가 이 애 아버지인가?" 의사가 고개를 들며 물었다. "울지 말게. 보다시피 죽지 않았잖아……. 차라리 나를 도와주게."

그는 두 군데에 단순 골절을 확인했다. 하지만 오른쪽 다리는 우려되었다. 어쩌면 절단해야 할 듯싶었다.

그때 마침내 소식을 들은 탄광 기사 네그렐과 당사르가 리솜과 함께 도착했다. 탄광 기사는 격분한 표정으로 감독의 얘기를 들었다. 그는 분노를 터뜨렸다. "항상 그 빌어먹을 갱목 작업이 문제야! 사람들을 거기 묻게 될 거라고 수없이 말하지 않았던가! 그런데 갱목을 더 튼튼하게 대라고 하면 이 짐승 같은 것들은 파업하겠다는 얘기나 한다고! 최악의 일은 이제 회사더러 손해를 배상하라고 할 판이라는 거야. 엔보 씨가 기뻐하시겠구먼!"

"이 사람은 누군가?" 그는 사람들이 시트로 감싸고 있는 시신 앞에서 묵묵히 있는 당사르에게 물었다.

"시코라고, 훌륭한 노동자였죠." 총감독이 대답했다. "애가 셋인데…… 불쌍한 녀석!"

의사 반데르하겐 씨는 장랭을 당장 집으로 옮기라고 했다. 6시를 알리는 종이 울렸고 벌써 저물녘이 되어서 시신을 옮기는 것이 나을 것 같았다. 탄광 기사는 영구차를 한 대 준비하고 들것을 가져오라고 명령했다. 다친 아이는 들것에 눕히고, 매트리스에 눕힌 사망자는 영구차에 실었다.

문어귀에는 여자 광차 운반부들이 계속 진을 치고는 사태를 살펴보려 지체하고 있는 광부들과 얘기하고 있었다. 감독의 방이 다시 열리자 모인 사람들 사이에 침묵이 흘렀다. 이내 새로운 행렬이 이루어졌다. 영구차가 앞에, 들것이 뒤에, 그 뒤로 사람들이 줄지어 따라갔다. 일행은 탄광의 채굴물 집하장을 떠나 탄광촌의 언덕길을 천천히 올라갔다. 11월의 첫 추위로 헐벗은 광활한 들판을 납빛 하늘에서 떨어지는 수의처럼 밤이 서서히 뒤덮고 있었다.

그때 에티엔은 마외에게 라 마외드가 충격을 덜 받도록 카트린을 보내 그녀에게 이 일을 미리 알리라고 아주 나지막이 충고했다. 비탄에 잠긴 표정으로 들것을 따라가던 아버지는 몸짓으로 응낙했다. 그래서 처녀는 집으로 뛰어갔다. 거의 다 와 갔기 때문이다. 하지만 이미 이 영구차, 잘 알려져 있는 이 음침한 상자는 사람들의 주의를 끌었다. 여자들은 미친 듯이 보도 위로 나왔고 서너 명은 모자도 쓰지 않고 불안에 떨며 뛰어나왔다. 여자들은 금방 서른 명 그리고 쉰 명이 되었으며 모두들 똑같은 공포로 숨이 막히는 듯했다. 그럼 사망자가 한 명인 건가? 누구지? 르바크가 사고 이야기를 했을 때 모든 여자들은 안심했지만, 이제는 여자들로 하여금 과장된 악몽에 빠져들게 했다. 한 명이 아니라 열 명이 죽었고 영구차가 이렇게 한 명씩 실어 올 거야.

카트린은 불길한 예감에 사로잡혀 불안에 떨고 있는 어머니를 발견했다. 그리고 더듬거리며 첫마디를 꺼내자마자 대뜸 어머니는 소리를 질렀다.

"아버지가 돌아가셨구나!"

처녀가 아니라고 하며 장랭 얘기를 해도 소용이 없었다. 어머니는 그 말을 듣지도 않고 뛰어나갔다. 그리고 영구차가 교회 앞으로 빠져나오자 그녀는 새파랗게 질려서 기절했다. 문간에 서 있던 여자들은 충격으로 말을 잃은 채 목을 길게 빼고 있었고, 다른 여자들은 그 행렬이 어느 집 앞에서 멈춰 설지 알게 될 것이라는 생각에 와들와들 떨며 따라갔다.

영구차가 지나가자 라 마외드는 그 뒤에서 들것을 따라오는 마외를 발견했다. 그리고 들것이 자기 집 문 앞에 놓이고 두 다리가 부러졌지만 살아 있는 장랭을 보자 마음속에 너무나 급격히 반발심이 일어나서, 분노로 숨이 막히고 눈물도 흘리지 못하며 더듬더듬 말했다.

"이게 웬 꼴이야! 이제는 우리 애를 병신으로 만들어 놔……? 양쪽 다리가, 하느님 맙소사! 나더러 어떡하란 말이야?"

"입 좀 다물라고!" 장랭을 치료하려고 따라온 의사 반데르하겐 씨가 말했다. "저 애가 그곳에서 죽었더라면 좋았겠나?"

그러나 라 마외드는 알지르와 레노르, 앙리가 눈물을 흘리는 가운데 더욱 격분했다. 다친 아이를 올리는 것을 돕고 의사에게 필요한 것을 갖다주면서 그녀는 운명을 저주했다. 불구자들을 먹여 살릴 돈을 어디서 구하라는 말이냐고 물어 댔다. 노인으로는 충분치 않아서, 그래, 아들 녀석까지 다리를 못 쓰게 되다니! 그녀는 끊임없이 넋두리를 늘어놓았다. 한편 이웃집에서는 또 다른 절규와 찢어지는 한탄이 들려왔다. 시신 앞에서 울고 있는 시코의 아내와 아이들이었다. 깜깜한 밤이 되었고, 기진맥진한 광부들은 이 커다란 절규가 가로지르는 가운데 음울한 침묵에 빠진 탄광촌에서 마침내 저녁을 먹었다.

석 주가 지났다. 장랭은 절단은 피하게 되어서 두 다리를 보전할 수 있었지만 절름발이가 될 것이었다. 조사를 한 후 회사는 어쩔 수 없이 보조금 오십 프랑을 주었다. 그리고 불구가 된 소년이 회복되는 대로 그를 위해 낮일 자리를 찾아 주겠다고 약속했다. 그래도 가난은 더욱 심해졌다. 아버지가 너무도 충격을 받아서 고열로 앓아누웠기 때문이다.

마외는 목요일부터 수갱으로 돌아가 일을 다시 시작했다. 일요일 저녁때 에티엔은 회사가 예고한 위협을 실행할지 그

여부를 알려고 여념이 없는 가운데, 임박한 날짜인 12월 1일에 대해 얘기했다. 가족들은 샤발과 있느라 늦어지고 있을 카트린을 기다리며 10시까지 자지 않고 있었다. 하지만 그녀는 돌아오지 않았다. 라 마외드는 화가 나서 말 한마디 없이 문을 걸어 잠갔다. 에티엔은 알지르가 아주 조금밖에 자리를 차지하지 않는 카트린의 빈 침대를 보며 걱정이 되어서 오랫동안 잠이 오지 않았다.

다음 날도 카트린은 돌아오지 않았다. 그리고 오후가 되어서야 수갱에서 돌아오면서 마외 가족은 샤발이 카트린을 데리고 있다는 것을 알았다. 그가 그녀에게 너무나 고약하게 난리를 쳐서 그녀는 그와 함께 있기로 결심한 것이었다. 그는 비난을 피하려고 르 보뢰를 갑자기 그만두고 드널랭의 수갱인 장바르로 일자리를 옮긴 참이었다. 그녀도 거기에 광차 운반부로 따라갔다. 새 부부는 몽수의 피케트 집에서 계속 머물기로 했다. 처음에 마외는 가서 사내 녀석의 따귀를 갈기고 딸의 엉덩이에 발길질을 해서라도 데려오겠다고 했다. 그러더니 그는 체념한 몸짓을 했다. 그래 봐야 다 무슨 소용이람? 늘 그렇게 되고 마는 걸, 계집애들이 그러고 싶어 하면 둘이서 들러붙는 것을 막을 수 없다. 조용히 결혼하기를 기다리는 편이 낫다. 그러나 라 마외드는 이 일을 그리 좋게 받아들일 수 없었다.

"딸애가 샤발과 잠자리를 가졌을 때 내가 그 애를 패기라도 했수?" 그녀는 아주 창백한 얼굴로 조용히 듣고 있던 에티엔에게 소리쳤다. "이봐요, 대답해 봐요! 분별력 있는 당신이…… 우리는 그 애를 자유롭게 내버려 두었어, 안 그래요?

왜냐하면, 젠장! 모든 계집애들이 겪는 일이니까. 나도 남편과 결혼할 때 임신해 있었죠. 그래도 나는 부모 집에서 도망치지 않았고, 나이도 차기 전에 내가 일하고 받은 품삯을, 필요로 하지도 않는 남자에게 갖다 주는 더러운 짓은 결코 꿈도 꾸지 않았다고……. 아! 정말 패씸해, 당신도 알다시피! 이래서는 사람들이 더 이상 애를 낳지 않을 거예요."

에티엔이 고개를 끄덕일 뿐 아무 대답이 없자 그녀는 계속했다.

"저녁마다 자기가 가고 싶은 데로 가던 계집애! 도대체 그 계집애는 무슨 속셈이지? 우리 가족이 곤경에서 벗어나도록 도와주고 나서 내가 저를 결혼시킬 때까지 기다릴 줄 모르다니! 안 그래요? 당연한 일이잖아, 계집애란 일을 시키려고 데리고 있는 거라고……! 그런데 이 꼴이 됐어. 우리가 너무 너그러웠던 거야. 그 애가 남자랑 놀아나는 걸 허락하지 말았어야 했는데. 조금만 내버려 두면 계집애들은 만판 놀아난다고요."

알지르는 고갯짓으로 수긍했다. 이 난리통에 놀란 레노르와 앙리는 나지막이 울었고, 어머니는 이제 자신들의 불행을 늘어놓기 시작했다. 우선 결혼을 시켜야 했던 자카리, 뒤틀린 다리로 의자에 앉아 있는 본모르 노인, 뼈가 제대로 붙지 않아 열흘이 지나기 전에는 방에서 나설 수 없는 장랭, 그리고 끝으로는 마지막 타격을 주려고 사내와 떠나 버린 카트린, 이 몹쓸 년! 집안이 결딴나고 말았다. 수갱에 있는 아버지밖에 남지 않았다. 에스텔은 빼더라도 일곱 식구가 아버지가 버는 삼 프랑으로 어떻게 살아간단 말인가? 차라리 모두 운하에 몸을 던지는 편이 낫지.

"그렇게 속을 태워 봐야 아무 소용 없어." 희미한 소리로 마외가 말했다. "끝장난 건 아닐 거야."

바닥의 포석을 응시하고 있던 에티엔은 고개를 들고는 미래에 대한 환상에 잠긴 눈으로 중얼거렸다.

"그래! 때가 왔다, 때가 온 거야!"

4부

# 1

이번 월요일에 엔보 부부는 그레구아르 부부와 그들의 딸
세실을 점심 식사에 초대했다. 그것은 세심하게 계획된 연회였
다. 식사를 마치면 폴 네그렐은 고급스럽게 다시 설비해 놓은
생토마 수갱을 이 부인들에게 구경시켜 줄 예정이었다. 그러나
그건 친절한 핑계일 뿐이고 이 파티는 세실과 폴의 결혼을 서
두르기 위해 엔보 부인이 생각해 낸 것이었다.

그런데 갑자기 바로 그 월요일 새벽 4시에 파업이 일어났다.
12월 1일에 회사가 새로운 임금 체계를 적용했을 때 광부들은
조용했다. 보름이 되어 임금을 지급하던 날에도 이의를 제기
한 광부는 아무도 없었다. 사장부터 말단 감독관에 이르기까
지 모두 광부들이 새로운 임금을 받아들인 것으로 생각했다.
그런 까닭에 아침부터 격렬한 노선을 지향하는 전술과 통일

성을 지닌 이 선전 포고 앞에서 몹시 놀랐다.

5시에 당사르는 엔보 씨를 깨우고는 한 사람도 르 보뢰에 내려가지 않았다고 알렸다. 그가 지나온 240번 탄광촌은 창문과 문이 닫혀 있는 가운데 깊이 잠들어 있었다. 사장은 잠으로 아직 눈이 부은 채 침대에서 뛰어 내려오면서 골치가 아파 왔다. 십오 분마다 배달부들이 뛰어와 그의 책상 위에 전보들이 우박처럼 잔뜩 쏟아졌다. 우선 그는 폭동이 르 보뢰에 국한되기를 바랐다. 그러나 매 시각 전해 오는 소식들을 보니 상황이 심각해져 갔다. 미루, 크레브쾨르, 마들렌에는 마부들만 나타났고 라 빅투아르와 푀트리캉텔같이 규율이 가장 잘 서 있는 수갱들도 입갱한 광부가 삼분의 일로 감소했다. 생토마에만 사람들이 전부 나왔고 이러한 움직임의 영향 밖에 있는 것 같았다. 그는 9시까지 전보를 작성하게 해서 릴의 도지사며 회사의 이사들에게 사방으로 발신하고 당국에 알려 질서 유지를 요청했다. 그는 정확한 정보를 얻기 위해 네그렐을 보내 인근 수갱들을 둘러보도록 시켰다.

엔보 씨는 갑자기 점심 약속이 생각났다. 그는 그레구아르 가족에게 연회가 연기되었음을 알리고자 마부를 보내려 하는 순간, 방금 전만 해도 몇 마디 짧은 말로 전장을 군대식으로 준비시키던 그는 망설임과 의지 부족으로 그만두고 말았다. 그는 엔보 부인의 방으로 올라갔다. 화장하는 방에서 하녀가 그녀의 머리 손질을 끝내고 있었다.

"아! 그들이 파업을 한다고요." 남편이 의견을 묻자 그녀는 태평하게 말했다. "그게 우리와 무슨 상관 있나요? 그렇다고 식사를 그만둘 건 아니죠, 안 그래요?"

그러면서 그녀는 고집을 부렸다. 그가 점심 약속에 지장이 생길 것이고 생토마를 방문할 수 없을 것이라고 말해도 아무 소용이 없었다. 그녀는 모든 것에 대한 대답을 찾아내는 사람이었다. 이미 불에 올려놓은 식사를 왜 하지 않느냐는 것이었고, 수갱 방문이 정말로 신중하지 못한 일이라면 나중에 취소하면 된다는 것이었다.

"게다가," 하녀가 나가자 그녀는 말을 이었다. "왜 내가 이 선량한 사람들을 접대하려고 애쓰는지 당신도 알잖아요. 이 결혼은 당신이 고용한 노동자들의 어리석은 짓보다 당신에게 영향이 더 클 텐데…… 여하튼 나는 그대로 하길 원하니까 반대하지 말아요."

그는 약간 동요하며 그녀를 바라보았다. 규율을 중요시하는 그의 딱딱하고 폐쇄적인 얼굴은 상심한 데서 오는 은밀한 고통을 띠고 있었다. 그녀는 어깨를 드러내고 있었다. 이미 지나치게 무르익었지만 가을에 금빛을 띠는 케레스[44]의 탄탄한 어깨처럼 아직도 눈이 부실 정도로 욕망을 불러일으켰다. 한순간 그는 관능적인 여인의 내밀한 호사로움으로 꾸며져 있으며 사향의 자극적인 향기가 감도는 이 포근한 방에서 그녀를 껴안고 과시하듯 솟아오른 가슴 사이에 머리를 부벼 대고 싶은 거친 욕망을 느꼈다. 그러나 그는 물러섰다. 부부는 십 년 전부터 방을 따로 쓰고 있었던 것이다.

---

44) 로마 신화에 나오는 비옥의 여신.

"좋아요." 그는 방을 나가며 말했다. "아무것도 취소하지 맙시다."

엔보 씨는 아르덴에서 태어났다. 파리의 길바닥에서 고아로 자란 그는 가난한 소년으로 어려운 유년기를 보냈다. 광업 학교의 수업을 힘들게 수료한 후 그는 스물네 살에 생트바르브 수갱의 기사가 되어 그랑콩브로 떠났다. 삼 년 뒤에는 파드칼레의 마를르 수갱에서 주임 기사가 되었다. 광산업계의 통례대로 행운을 만나 그는 거기에서 아라스의 부유한 제사 공장 사장의 딸과 결혼했다. 부부는 십오 년 동안 내내 지방의 한 작은 도시에서 살았다. 그들의 단조로운 생활을 깨뜨려 주는 것이라곤 아무것도 없었고, 아이도 태어나지 않았다. 엔보 부인은 돈을 숭상하며 자랐기 때문에 보잘것없는 월급을 힘들게 버는 남편을 깔보는 데다, 기숙 학교 생활을 하며 꿈꾸었던 허영 중 그 어느 것도 남편이 만족시켜 주지 못하자 불만이 커지며 마음이 멀어졌다. 철저하게 정직한 남편은 전혀 투기를 하지 않았고, 군인처럼 자기 자리를 지켰다. 이 불화는 그 누구보다 열정적인 사람들도 얼어붙게 만드는 일종의 기이한 육체적 부조화로 더욱 심해져서 커져 가기만 했다. 그는 아내를 좋아했지만 그녀는 관능적인 쾌락을 탐하는 금발의 여자여서, 그들은 곧 불편해지고 감정이 상해서 이제는 잠자리를 따로 하고 있었다. 그때부터 그녀는 남편 모르게 정부를 두었다. 마침내 그는 아내가 그에게 고마워할 것이라는 생각으로 파리에서 사무직 일을 맡아 파드칼레를 떠났다. 그러나 파리는 그들 부부를 완전히 갈라놓고 말았다. 그녀는 첫 인형을 갖고 놀던 어린 시절부터 선망했던 파리에 오자 일주일 만에 촌티를 벗어 버리고 갑자기 우아해져서는 당대의 온갖 사치스런 난장판에 뛰어들었다. 파리에서 보낸 십 년은 한 남자와 공공연한 관계를 맺으며 커다란 열정으로 가득 찼었는데, 그 남자로부터 버림받자 그녀는 자살까지 할 뻔했다. 이번에는 남편이 모르는 체하고 있을 수만은 없었다. 추악한 부부 싸움을 몇 차례 겪고 나서 그는 자신이 원하는 대로 행복을 찾는 이 여자의 무사태평한 무의식 앞에 두 손을 들고 말았다. 정부와 헤어진 후 아내가 슬픔에서 헤어나지 못하자 그는 이 시커먼 사막 같은 고장에서 그녀가 나아질지도 모른다는 희망을 품고 몽수 탄광 경영을 수락했다.

몽수에서 살기 시작한 이후로 엔보 부부는 결혼 초기의 신경질적이고 권태로운 생활로 되돌아갔다. 엔보 부인은 처음에는 광활한 들판의 밋밋한 단조로움에서 평화를 맛보면서 이 커다란 고요함에 위안을 얻는 것 같았다. 그리고 그녀는 볼 장 다 본 여자처럼 은둔하며 감정도 메마른 듯 세상과 완전히 동떨어져 지내면서 살찌는 것에도 더 이상 괴로워하지 않았다. 그러더니 그런 무관심 저 밑에서 마지막 불길이, 다시 살고 싶은 욕구가 피어올랐다. 그녀는 여섯 달 동안 작은 사택을 자기 취향대로 꾸미고 가구를 들여 장식하는 것으로 그 욕구를 달랬다. 그녀는 그 저택이 꼴사납다고 말하면서 장식 융단과 골동품 그리고 고급스런 예술품을 저택에 채워 넣었고, 릴까지 그 소문이 퍼졌다. 하지만 한심하게도 끝없이 펼쳐져 있는 들판, 나무 한 그루도 없이 이어지는 시커먼 길들, 그곳에 우글거리는 혐오감과 공포감만 주는 끔찍한 사람들까지 이 고장은 그녀를 짜증 나게 했다. 그녀는 유배 같은 생활에 대해 불평을 늘어놓기 시작했고, 집안을 겨우 꾸려 나갈 정도밖에 안 되는 보잘것없는 4만 프랑의 봉급에 그녀를 희생시켰다고 남편을 비난했다. 그도 다른 사람처럼 한몫 요구하고 주식도 얻어 내서 마침내 크게 성공할 수는 없었다는 말인가? 이렇게 그녀는 재산을 가져온 상속녀의 무자비한 태도로 그를 몰아붙였다. 항상 원리 원칙대로인 그는 관리자의 거짓된 냉정함을 가장하면서 이 여자를 향한 욕망에, 나이가 들어 가면서 뒤늦게 너무나 격렬하게 커지는 욕망에 시달렸다. 그는 애인으로서 그녀를 소유해 본 적이 없어서 그녀가 다른 남자에게 몸을 맡기듯이 자기 것이 되는 상상에 끊임없이 사로잡혔다. 아침마다 그는 그날 밤 그녀를 정복하기를 꿈꾸었다. 그러다 그녀가 차가운 눈으로 그를 쳐다보고 그녀 안의 모든 것이 자신을 거부하는 것을 느낄 때면 그는 손을 스치는 것도 피했다. 그것은 그의 무뚝뚝한 태도 아래 숨겨져 있는 치유할 길 없는 고통, 부부 생활에서 행복을 찾지 못해 남모르게 고뇌하는 연약한 심성을 지닌 사람의 고통이었다. 육 개월이 지나 저택이 완전히 가구를 갖추고 나자 더 이상 엔보 부인의 관심사가 되지 못했다. 그녀는 자신이 유배 생활로 죽을 것이고 그렇게 죽는 것이 행복하다고 생각하는 희생자로서 권태로운 무기력에 빠져들었다.

바로 그즈음 폴 네그렐이 몽수에 발을 디뎠다. 프로방스 출신 대위의 과부인 그의 어머니는 아비뇽에서 보잘것없는 연금으로 살면서 그를 파리 공과 대학까지 진학시키려고 빵과 물만으로 살다시피 했다. 그는 학교를 형편없는 성적으로 졸업했고, 그의 숙부인 엔보 씨가 그를 르 보뢰의 기사로 채용하겠다고 제안해 전에 다니던 곳에 사표를 낸 것이었다. 그때부터 집안의 자식으로 대우받아 그는 그 집에서 자기 방까지 얻어 지내게 되었고, 봉급 3000프랑 중 절반을 어머니에게 보낼 수 있었다. 엔보 씨는 이러한 자선 행위가 표시 나지 않도록, 조카가 수갱의 기사들에게 제공되는 작은 오두막집에 살림을 꾸려야 하는 곤란한 처지라고 얘기했다. 엔보 부인은 당장에 마음씨 좋은 숙모 역할을 맡아서 조카를 편하게 대하면서 그의 편의에 신경을 썼다. 특히 처음 몇 달 동안 그녀는 사소한 것에도 넘치게 조언하며 어머니처럼 대해 주었다. 하지만 그녀는 어쨌든 여자였기에 은연중에 개인적인 고백까지 하게 되었다. 매우 젊고 현실적이며 거리낌 없는 지혜를 지닌 이 청년은 사랑에 대해 철학적인 이론들을 설파하여 그녀를 즐겁게 했다. 여기에는 뾰족한 코에 갸름한 얼굴이 더 날카로워 보이게 하는 그의 신랄한 염세주의가 한몫했다. 자연히 어느 날 저녁 그는 그녀의 품 안에 있게 되었다. 그녀는 자기는 이제 더 이상 사랑의 감정이 없으며 단지 그의 친구이기를 바란다는 것을 그에게 강조하면서 호의로 그에게 몸을 맡기는 듯 행동했다. 사실 그녀는 질투하지 않았고, 그가 형편없다고 말하는 여자 광차 운반부들을 들먹이며 그를 놀려 댔으며, 그가 젊은이로서 벌였을 재미있는 사건들도 얘기해 주지 않는다고 뾰로통해 하기까지 했다. 그러다 그녀는 그를 결혼시킬 생각에 빠져

들어 헌신적으로 애쓰며 자신이 그를 부유한 처녀에게 장가보내기를 꿈꾸었다. 그들의 관계는 계속되었고, 이 심심풀이 장난에 그녀는 할 일 없고 볼 장 다 본 여자의 마지막 애정을 쏟아부었다.

이 년이 흘러갔다. 어느 날 밤 엔보 씨는 방문 앞을 스쳐 가는 맨발 소리를 듣고 의심을 품었다. 그리고 그의 집, 그의 거처에서 부인이 아들뻘 되는 녀석과 버젓이 애정 행각을 벌이는 것에 격분했다! 그런데 공교롭게도 다음 날 그의 아내가 조카를 위해 세실 그레구아르를 신붓감으로 골랐다고 그에게 말하는 것이었다. 이 결혼을 위해 그녀가 너무도 열성적으로 애쓰자 그는 자신이 품었던 괴상망측한 상상에 얼굴이 붉어졌다. 이제 그는 단지 젊은이가 온 이후 집 안이 덜 침울하다는 사실에 고마워할 뿐이었다.

화장실에서 내려오던 엔보 씨는 때마침 귀가한 폴이 현관에 있는 것을 발견했다. 폴은 이 파업 사건이 아주 재미있다는 표정이었다.

"어떻든?" 그의 아저씨가 물었다.

"탄광촌을 둘러봤어요. 광부들은 아주 얌전하게 있는 것 같더군요. 그들이 아저씨한테 곧 대표단을 보낼 것 같아요."

그때 2층에서 엔보 부인이 그를 불렀다.

"폴이냐? 올라와서 나한테 소식을 좀 알려 주렴. 그렇게 행복한 사람들이 고약한 짓을 하다니 이상하구나!"

아내가 자기 심부름꾼을 데려가자 사장은 더 알아보려다 그만두었다. 그는 새로 온 전보 꾸러미가 쌓여 있는 자기 책상 앞으로 도로 가 앉았다.

11시에 그레구아르 가족이 도착했다. 그들은 보초처럼 서 있던 하인 이폴리트가 길 양끝을 불안한 시선으로 살핀 뒤 그들을 떠밀어 넣자 몹시 놀랐다. 응접실 커튼은 모두 쳐져 있었고 그들은 곧장 서재로 안내되었다. 그곳에서 엔보 씨는 그들을 그렇게 맞이하는 데 대해 사과했다. 응접실이 길 쪽으로 향해 있어서 사람들을 자극할 만한 모습을 보일 필요가 없었던 것이다.

"아니! 여러분은 모르세요?" 엔보 씨는 그들의 놀란 모습을 보며 계속해서 말했다.

그레구아르 씨는 마침내 파업이 벌어졌다는 것을 알게 되자 태연한 표정으로 어깨를 으쓱 치켜올렸다. "쳇! 아무것도 아닐 거야, 그 사람들은 성실하니까." 그레구아르 부인은 턱을 끄덕이며 광부들의 오래 묵은 체념에 대한 남편의 믿음에 동감을 표시했다. 한편 이날을 맞아 즐거워 보이고 건강미가 넘치는 데다 오렌지색 모직 옷차림을 한 세실은 파업이라는 말에 미소를 지었다. 그녀는 탄광촌을 방문하고 자선을 베풀었던 것이 기억났던 것이다.

그때 온통 검은 실크 드레스로 차려입은 엔보 부인이 네그렐을 대동하고 나타났다.

"참! 정말 지겨워요!" 그녀는 문간에서부터 소리쳤다.

"그 인간들은, 기다려서는 안 되는 것처럼 나서니 말이에요! 폴이 우리를 생토마로 안내할 수 없게 된 걸 여러분도 아시죠."

"여기에 있도록 하죠." 그레구아르 씨가 공손하게 말했다. "그래도 아주 즐거울 겁니다."

폴은 세실과 그녀의 어머니에게 인사만 했다. 그가 별로 열의를 보이지 않자 언짢아진 그의 숙모는 눈짓으로 그를 처녀에게 다가가게 했다. 그리고 그들이 함께 웃는 소리를 듣자 그녀는 어머니 같은 시선으로 그들을 감싸 주었다.

그동안 엔보 씨는 전보를 다 읽고 답장을 몇 통 작성했다. 그 옆에서 사람들이 얘기를 나누었고, 그의 아내는 이 서재는 자신이 손보지 않았다고 설명했다. 그 말대로 그곳에는 오래되어 빛이 바랜 붉은 벽지와 육중한 마호가니 가구들, 그리고 오래 써서 닳아 빠진 서류 정리함들이 그대로 있었다. 사십오분이 흘러 사람들이 식탁에 가 앉으려 할 때 하인이 드뇔랭 씨가 왔음을 알렸다. 드뇔랭은 흥분한 표정으로 들어와서 엔보 부인에게 인사를 했다.

"아! 여기에들 계셨군요." 그는 그레구아르 가족을 보고 말했다. 그러고는 급히 사장에게 말했다.

"그럼, 일이 벌어진 겁니까? 우리 기사가 말해서 방금 알았어요. 우리 탄광에서는 오늘 아침에 모든 사람들이 입갱했어요. 하지만 파업이 번질 수도 있으니 마음이 편치 않군요. 그래서 여기 사정은 어떻습니까?"

그는 말을 타고 달려왔고, 퇴역한 기병 장교 같은 높은 어조와 뻣뻣한 몸짓에서 불안감이 드러났다.

엔보 씨가 정확한 상황에 대해 그에게 알려 주기 시작했는데, 그때 이폴리트가 식당 문을 열었다. 그러자 그는 설명을 멈추고 말했다.

"같이 식사나 하시지요. 디저트를 먹으면서 얘기를 계속 하지요."

"예, 좋으실 대로." 드널랭이 자기 생각에 꽉 찬 나머지 별 도리 없이 받아들이며 대답했다.

하지만 그는 자신의 결례를 의식하고는 엔보 부인 쪽으로 몸을 돌려 사과했다. 그래도 그녀는 상냥하기만 했다. 그녀는 식탁의 일곱 번째 자리를 준비시키고 나서 손님들을 앉게 했다. 그레구아르 부인과 세실은 엔보 씨 쪽에, 그리고 그레구아르 씨와 드널랭은 엔보 부인의 오른쪽과 왼쪽에, 끝으로 폴은 처녀와 처녀의 아버지 사이에 앉았다. 사람들이 전채 요리를 먹기 시작하자 부인은 미소 지으며 말을 이었다.

"죄송합니다. 굴을 대접해 드리려고 했는데……. 월요일마다 마르시엔에 오스텐드[45]가 들어오는 걸 여러분도 아시죠, 그래서 마차로 요리사를 보낼 계획이었는데……. 요리사가 돌팔매를 맞을까 봐 겁을 먹었어요."

모두들 한바탕 즐거운 웃음을 터뜨리는 바람에 그녀의 말은 중단되었다. 사람들은 사유가 우습다고 생각했다.

"쉿!" 길이 내다보이는 창문들을 바라보며 난처해진 엔보 씨가 말했다. "오늘 아침 우리가 손님을 맞이한다는 것을 주민들이 알 필요는 없죠."

"여기에는 그들이 갖지 못할 큰 소시지 조각이 늘 있군요."

---

45) 벨기에 서북부 항구 도시 오스텐드(Ostende)산의 굴.

그레구아르 씨가 말했다.

다시 웃음이 터졌는데, 그나마 좀 조심스러운 웃음소리였다. 플랑드르산 태피스트리로 벽을 장식하고, 오래된 떡갈나무 가구가 놓인 이 식당에서 다들 편안한 기분이었다. 은제 식기들이 찬장 유리 안에서 빛나고 있었다. 그리고 방에는 붉은 구리로 만든 커다란 공중 촛대가 매달려 있어, 윤나는 둥그런 부분에는 마졸리카[46] 화분에서 파릇파릇해지고 있는 종려나무와 엽란이 반사되고 있었다. 바깥은 북동쪽에서 불어오는 매서운 바람으로 12월의 낮이 얼어붙어 있었다. 그러나 방안은 바람 한 점 들어오지 않고 온실같이 따뜻해서 크리스털 그릇에 썰어 담은 파인애플 조각이 은은한 향기를 풍기고 있었다.

"커튼을 치는 게 어떨까요?" 그레구아르 가족에게 겁줄 생각에 재미있어 하며 네그렐이 제안했다.

하인을 돕고 있던 하녀는 그 말이 명령인 줄 알고 한쪽 커튼을 치러 갔다. 그때부터 농담이 끝없이 계속됐다. 이제 사람들은 잔 하나, 포크 하나 놓을 때마다 조심했고, 요리가 나올 때마다 정복당한 도시에서 약탈을 모면한 잔류품인 양 절을 했다. 그런데 이렇게 억지로 꾸민 즐거움 뒤에는 소리 없는 공포심이 자리하고 있었다. 마치 기아에 허덕이는 무리가 밖에서 식탁을 엿보기라도 하는 듯 무의식적으로 길 쪽으로 던지는 시선에서 그 공포심이 드러났다. 송로를 넣어 익힌 달걀 요

---

46) 이탈리아에서 르네상스 시대 때 발달한 도자기.

리 다음에는 강에서 잡은 송어가 나왔다. 대화는 십팔 개월 전부터 악화되고 있는 산업 공황 얘기로 접어들었다.

"필연적인 일이었습니다." 드뇔랭이 말했다. "최근 몇 년간 지나친 번영으로 이 지경에 이른 거죠. 철도와 항구와 운하에 쏟아 놓은 엄청난 자본들, 극도의 광적인 투기에 파묻힌 그 모든 돈을 생각 좀 해 보세요. 우리 지역만 해도 마치 이 지방에서 사탕무를 삼모작이라도 하는 것처럼 설탕 공장들을 세웠지요. 그러고는, 쳇! 오늘날에는 돈이 귀해졌고 수백만 프랑을 쏟아부었으니 이자를 되찾을 때를 기다려야 해요. 그런 까닭에 치명적인 공급 과잉이 일어났고 사업들이 결국 침체 상태에 빠진 거죠."

엔보 씨는 이 이론을 반박했다. 행복했던 지난 몇 년이 노동자들을 망쳐 놓았다는 데에는 동의했다. 그는 큰소리로 말했다.

"우리 수갱에서 지금 인부들이 버는 일당의 곱절인 육 프랑을 하루에 벌 수 있었다니! 그래서 그들은 잘 살았고 사치스런 취미도 생겼습니다. 이제 그들은 옛날의 검소한 생활로 되돌아가기는 당연히 힘들겠죠."

"그레구아르 씨," 엔보 부인이 말을 중단시켰다. "자, 이 송어를 조금 더 드시지요. 송어가 아주 맛있는데요, 안 그런가요?"

사장은 계속 말했다.

"그런데 사실 그게 우리 잘못입니까? 우리도 마찬가지로 혹독하게 타격을 입고 있단 말입니다. 공장들이 하나씩 문을 닫은 이후로 석탄 재고를 처분하는 데 극심한 어려움을 겪고 있습니다. 그리고 수요가 점점 감소하는 바람에 원가를 낮추지 않을 수 없고요. 노동자들은 이러한 상황을 이해하려 들지 않는단 말입니다."

침묵이 흘렀다. 하인이 구운 새끼 자고새 요리를 내왔고, 하녀는 손님들에게 샹베르탱산 포도주를 따르기 시작했다.

"인도에서는 기아 사태가 있었죠." 드뇔랭이 마치 혼잣말하듯 작은 소리로 다시 말을 시작했다. "미국은 철과 주철의 주문을 중단해서 우리 제철소에 심한 타격을 주었고요. 모든 것이 서로 관계가 있습니다. 먼 곳에서의 진동도 세계를 뒤흔들기에 충분하죠. 그런데 산업의 뜨거운 열기를 그토록 자랑했던 우리 제정은 도대체 무얼 하는 건지!"

그는 새끼 자고새의 날개를 먹기 시작했다. 그러고는 목소리를 높여 말했다.

"최악인 것은, 원가를 낮추기 위해서는 논리적으로 생산을 더 많이 해야 할 거라는 사실이에요. 그러지 않으면 원가 절감이 임금에 달려 있게 되는데, 그러니 노동자들이 자신들이 손해를 감당한다고 말하게 되는 거죠."

어렵사리 털어놓은 이 솔직한 고백으로 토론이 벌어졌다. 부인들은 별로 재미가 없었다. 게다가 각자 초반의 맹렬한 식욕으로 자기 접시의 요리에 전념하고 있었다. 하인이 돌아와서 무슨 말을 하려다 망설였다.

"무슨 일인가?" 엔보 씨가 물었다. "전보면 나한테 주게. 답신을 기다리고 있으니까."

"아닙니다, 사장님. 현관에 당사르 씨가 와 있는데, 방해가 될까 봐 염려하고 있습니다요."

사장은 양해를 구하고서 총감독을 들어오게 했다. 총감독은 식탁에서 몇 걸음 떨어져 섰다. 모두들 소식을 가져오느라 숨을 헐떡이는 거구의 그를 보기 위해 몸을 돌렸다. 그는 탄광촌은 아직 조용한 상태이고, 다만 한 가지 결정된 사실을 알리자면 대표단이 올 것이며 아마도 몇 분 후에 이곳에 도착할 거라고 했다.

"좋아, 고맙네." 엔보 씨가 말했다. "아침저녁으로 보고해 주게. 알겠나!"

당사르가 떠나자마자 사람들은 다시 농담을 시작했다. 그리고 다 먹어 치우려면 한순간도 허비해서는 안 된다고 소리치면서 러시아식 샐러드에 덤벼들었다. 그런데 네그렐이 하녀에게 빵을 요구하자 그녀가 "네, 선생님." 하고 대답했는데, 어찌나 낮고 겁먹은 목소리인지 마치 그녀 뒤에 학살과 강간을 곧 자행하려는 무리라도 있는 것 같았다. 그러자 사람들은 한없이 재미있어 했다.

"크게 말해도 돼요." 엔보 부인이 친절하게 말했다. "그들은 아직 여기 오지 않았잖아요."

편지와 전보들을 한 꾸러미 전해 받은 사장은 편지 한 통을 큰 소리로 읽었다. 그것은 피에롱의 편지였다. 그는 공손한 문장으로 자신이 구박받지 않기 위해서는 동료들과 함께 파업을 할 수밖에 없다는 것을 알려 왔다. 그리고 자신은 이런 행동을 반대하지만 대표단의 일원이 되는 것을 거절할 수도 없었다고 덧붙였다.

"이게 노동의 자유군!" 엔보 씨가 소리 질렀다.

그러자 사람들은 파업 얘기로 돌아와 그에게 의견을 물어보았다.

"그래요!" 그는 대답했다. "우리는 이미 파업을 겪었습니다. 기껏해야 일주일일 것이고, 지난번처럼 한껏 게으름을 피운대도 보름일 거요. 그들은 술집을 전전할 테고 그러다 배가 고파지면 수갱으로 돌아오겠지요."

드뇔랭은 고개를 저었다.

"나는 그리 안심이 안 돼요. 이번에는 그들이 전보다 조직적인 것 같아요. 그들에게는 공제 조합도 있지 않습니까?"

"그래, 겨우 3000프랑이지. 그걸 갖고 뭘 하겠소? 나는 에티엔 랑티에라는 자가 그들의 우두머리 같다는 의심이 듭니다. 그자는 훌륭한 노동자인데, 자신의 사상과 맥주로 르 보뢰에 끊임없이 나쁜 물을 들이고 있는 그 유명한 라스뇌르에게 예전에 그랬던 것처럼 그에게 노동 수첩을 되돌려 주며 해고해야 한다면, 나에게는 난처한 일일 거요. 걱정 없어요. 일주일 후에는 절반의 사람들이 다시 일하러 갱 속으로 내려갈 거고 이 주 후면 만 명 모두 갱 속에 있을 테니까."

그는 확신하고 있었다. 그의 유일한 걱정거리는 만약 회사가 파업에 대한 책임을 자신에게 물으면 면직을 당할지도 모른다는 것이었다. 얼마 전부터 그는 자신이 신임을 잃고 있다고 느꼈다. 그래서 그는 러시아식 샐러드를 한 숟가락 뜨다 말고 파리에서 온 전보들을, 그가 한 자 한 자 꿰뚫어 보려 애쓰는 그 답신들을 다시 읽어 보았다. 사람들은 그의 행동을 양해했지만, 식사는 첫 교전 전에 전장에서 먹는 군대식 점심 식사처럼 바뀌었다.

이제 부인들이 대화에 끼어들었다. 그레구아르 부인은 굶주림으로 고통받게 될 가난한 사람들을 동정했다. 그리고 세실은 벌써부터 빵과 고기 쿠폰을 배급해 줄 계획을 하고 있었다. 엔보 부인은 몽수 광부들의 가난함에 대해 듣고는 놀라워했다. 그들은 아주 행복하지 않던가? 회사 비용으로 집세도 대 주고 난방도 해 주고 보살펴 주는데! 그 가축 떼 같은 사람들에 대해 무관심한 가운데 그녀는 그들에 대해서는 회사 측이 알려 준 지식밖에 없었고, 그 지식으로, 방문하는 파리 사람들을 경탄케 했던 것이었다. 그러다 보니 그녀는 이 지식을 믿기에 이르렀고 민중의 배은망덕에 화를 냈다.

그사이 네그렐은 계속 그레구아르 씨에게 겁을 주고 있었다. 그는 세실이 싫지는 않았고, 숙모의 마음에 들기 위해 그녀와 정말 결혼하고자 했다. 하지만 그는 스스로 말하듯 더 이상 열정이 없는 경험 많은 청년으로서 결혼에 아무런 사랑의 열정을 기울이지 않았다. 그는 자신이 공화파라고 주장했지만, 그럼에도 불구하고 광부들을 극도로 가혹하게 부려먹었고, 부인들과 함께 그들을 교묘하게 놀려 먹었다.

"저도 저희 숙부 같은 낙관론은 갖고 있지 않습니다." 그가 말을 이었다. "저는 극심한 혼란을 우려하고 있죠……. 그래서 그레구아르 씨, 저는 라 피올렌 저택의 문에 빗장을 지르시기를 권합니다. 댁이 약탈당할 수도 있으니까요."

그러자 그레구아르 씨는 그 혈색 좋은 얼굴을 환하게 해 주는 미소를 거두지 않은 채 광부들에 대한 어버이 같은 감정에 있어 자기 부인보다 한술 더 뜨는 모습으로 말했다.

"내 집을 약탈한다고!" 그는 얼떨떨해 하며 소리쳤다. "어째서 내 집을 약탈하나?"

"당신은 몽수의 주주가 아니십니까? 그런 데다 아무 일도 안 하고 다른 사람들의 노동으로 살고 있죠. 결국 당신은 가증스런 자본가로 여겨질 테고, 그걸로 충분한 이유가 되지요. 만약 혁명이 성공한다면 당신의 재산은 훔친 돈으로 간주되어 몰수된다는 걸 확실히 알아두세요."

대뜸 그레구아르 씨는 자신이 견지해 오던 어린아이 같은 평온함과 무의식적인 침착성을 잃어버렸다. 그는 더듬거리며 말했다.

"내 재산이 훔친 돈이라니! 그 돈은 나의 증조부가 힘들게 벌어서 투자한 것이 아닌가? 우리는 기업이 겪는 모든 위험을 무릅쓰지 않았나? 오늘날 내가 연금을 잘못 쓰기라도 한단 말이야?"

모녀가 공포심으로 안색이 새하얘진 것을 보고 엔보 부인이 급히 끼어들어 말했다.

"폴이 농담하는 거예요, 친애하는 신사분."

그러나 그레구아르 씨는 제정신이 아니었다. 하인이 가재 요리를 내오자 그는 자신이 무엇을 하는지도 모르고 세 개를 집어 다리들을 이빨로 으스러뜨리기 시작했다.

"아! 물론 자신의 지위를 남용하는 주주들이 있지요. 예를 들어 장관들이 회사를 도와준 데 대한 사례금으로 몽수 탄광으로부터 돈을 받았다는 얘기를 들었어요. 또 하나는 이름을 댈 수는 없지만 그 대귀족 같은 경우로, 공작 신분에 우리 주주들 중 가장 막강한 사람인 그의 삶이란 방탕한 스캔들이어서, 수백만 프랑을 여자, 향연, 쓸데없는 사치 등으로 길거리에 뿌리고 있죠. 하지만 우리는 아무 소란 없이 정직하게 살고 있단 말입니다! 투기를 하지 않고 가난한 사람들을 고려하면서 우리가 지닌 걸 가지고 건전하게 살아가는 데 만족하는 사람들이란 말입니다! 그런데 어림도 없지! 우리에게서 핀 하나라도 훔쳐 간다면 당신의 노동자들은 악독한 강도들인 거요!"

그의 분노에 매우 재미있어 하던 네그렐도 그를 진정시켜야 했다. 가재 요리가 계속 나왔고, 대화가 정치에 빠져 드는 동안 껍질이 부서지는 작은 소리들이 들렸다. 그레구아르 씨는 여전히 떨며 자신은 어쨌든 자유주의자라고 말했다. 그리고 그는 루이 필리프[47] 왕을 그리워했다. 드뇔랭으로 말하자면 그는 강력한 정부를 지지하는 쪽으로, 황제[48]가 위험한 양보의 내리막길을 미끄러져 가고 있다고 단언했다.

"89년을 상기해 보세요." 그가 말했다. "대혁명을 가능하게 만든 것은 귀족들로, 그들의 공모, 새로운 철학에 대한 그들의 취향 등등 때문이었습니다. 그런데 오늘날 부르주아들은 자유주의의 열광, 파괴의 광증, 민중에 대한 아첨 등 똑같은 바보

---

47) Louis-Philippe(1773~1850). 1830년 7월 혁명 후 자유 시민 계급에 의해 왕으로 즉위했다. 1848년 2월 혁명으로 퇴위한 후 영국으로 망명했다.
48) 1852년에서 1870년까지 황제로 재위한 나폴레옹 3세(1808~1872)를 가리킨다.

짓을 하고 있어요. 그래요, 맞아요, 당신들은 우리를 잡아먹을 괴물의 이빨을 날카롭게 해 주고 있어요. 그 괴물은 우리를 잡아먹고 말 겁니다. 분명해요!"

부인들은 드뇔랭에게 딸들 소식을 물어보면서 그의 입을 다물게 했고 화제를 바꾸려 했다. 뤼시는 마르시엔에서 여자 친구 한 명과 노래를 하고 있었다. 잔은 어느 늙은 거지의 얼굴을 그리고 있었다. 그러나 그는 건성으로 말하면서 눈으로는 초대 손님들을 잊은 채 전보 읽는 데 몰두해 있는 사장을 계속 지켜보고 있었다. 그 얇은 종이들 뒤편으로 그는 파업에 대해 결정을 내리려는 파리, 즉 이사들의 명령이 느껴졌다. 그러자 그는 다시 궁금증이 들지 않을 수 없었다.

"어떻게 하실 건가요?" 그는 불쑥 물었다.

엔보 씨는 움찔하더니 막연한 말 한마디로 얼버무렸다.

"두고 보죠."

"아마도 당신은 힘이 있으니 기다릴 수 있겠죠." 드뇔랭은 자기 생각을 터놓고 말하기 시작했다. "하지만 나는 파업이 방담으로 확산되어도 거기에 남아 있을 겁니다. 장바르는 설비를 새로 해도 소용없었어요. 나는 이 수갱뿐이고 끊임없이 생산을 해야만 곤경에서 벗어날 수 있습니다. 아! 나는 난처한 처지예요, 정말입니다!"

뜻하지 않은 이 고백에 엔보 씨는 충격을 받은 것 같았다. 그는 듣던 중 한 가지 계획이 머릿속에서 싹텄다. 파업이 악화될 경우 그것을 이용해 사태가 나빠져 이 이웃이 망할 때까지 내버려 둔 다음, 그에게서 채굴권을 싼값에 사 버리면 되지 않겠는가? 그것은 수년 전부터 방담을 소유하길 바라던 이사들로부터 신임을 다시 얻는 데 가장 확실한 수단이었다.

"장바르 때문에 당신이 그토록 난처하면 왜 그걸 우리에게 양도하지 않으시오?" 그는 웃으면서 말했다.

하지만 드널랭은 이미 자신이 푸념한 것을 후회하고 있었다. 그는 소리쳤다.

"절대로 안 됩니다!"

그의 격한 모습에 사람들은 재미있어 했고, 후식이 나오자 마침내 파업을 잊어버렸다. 설탕과 달걀 흰자위로 껍질을 만든 사과 푸딩 샤를로트를 두고 칭찬이 자자했다. 그다음으로는 마찬가지로 파인애플 맛이 훌륭하다고들 하면서 부인들이 요리법을 서로 이야기했다. 포도에서 배에 이르기까지 과일들이 나오자 다들 푸짐한 점심 식사의 끝 무렵에 한껏 행복에 젖어 마음이 풀어졌다. 모두들 감동하여 한꺼번에 칭찬들을 쏟아놓았고, 하인은 평범하다고 판정된 샴페인 대신 라인강 유역산 포도주를 따라 주었다.

그리고 폴과 세실의 혼담은 후식으로 조성된 화기애애한 분위기 속에서 좀 더 진지하게 진전되었다. 그의 숙모가 매우 집요하게 눈짓을 하자 젊은이는 자신들이 약탈당할 수 있다는 이야기에 낙담해 있던 그레구아르 가족을 상냥한 모습으로 다시 휘어잡으면서 친절하게 굴었다. 그 순간 엔보 씨는 아내와 조카가 그토록 은밀하게 뜻이 통하는 것을 보고는 주고받는 시선들 가운데 어떤 접촉을 목격하기라도 한 듯 끔찍스런 의심이 되살아났다. 그러나 그는 자기 면전에서 이루어지고 있는 이 혼담을 생각하며 다시금 안심했다.

이폴리트가 커피를 따르는데 그때 몹시 당황한 하녀가 달려 들어왔다.

"나으리, 나으리, 그들이 왔습니다!"

그들이란 광부 대표들이었다. 문들이 덜커덕거렸고 옆방을 통해 겁먹은 숨소리가 전해지듯이 들려왔다.

"응접실로 들여보내요." 엔보 씨가 말했다.

식탁 주위에서는 식사를 하던 사람들이 걱정스러운 듯 동요하며 서로 쳐다보았다. 침묵이 흘렀다. 그들은 다시 농담을 계속하려 했다. 남은 설탕을 주머니에 넣는 시늉을 하는가 하면, 식기들을 감추자는 말도 했다. 그러나 사장은 심각한 얼굴을 하고 있어서 사람들은 웃음을 멈추고 속삭였다. 그사이 안내받아 들어오는 대표들의 육중한 발걸음이 바로 옆방인 응접실의 카펫을 밟아 뭉개고 있었다.

엔보 부인은 목소리를 낮춰 남편에게 말했다.

"여보, 커피는 마시지 그래요."

"물론." 그는 대답했다. "그들에게 기다리라고 하지."

그는 신경이 곤두섰고, 표정은 오로지 커피 잔에만 신경 쓰는 듯했지만 귀는 들려오는 소리들에 집중하고 있었다.

폴과 세실이 막 일어섰고 그는 그녀로 하여금 열쇠 구멍에 눈을 대 보게 했다. 그들은 웃음을 참으며 아주 작게 말했다.

"그 사람들이 보입니까?"

"네…… 뚱뚱한 사람이 하나 보이고, 뒤에 키가 작은 사람들이 같이 있네요."

"흉악한 얼굴들이죠?"

"천만에요, 아주 순해 보이는데요."

갑자기 엔보 씨는 커피가 너무 뜨거워서 나중에 마시겠다고 말하면서 의자에서 일어났다. 그는 나가면서 신중하게 있어 달라고 당부하려고 입에 손가락을 갖다 댔다. 모두들 다시 앉았고, 말없이 식탁에서 더 이상 움직일 엄두도 못 내며 거친 남자들의 목소리에 불안감을 느끼며 귀를 쫑긋 세운 채 멀찍이서 얘기를 듣고 있었다.

# 2

라스뇌르의 주점에서 전날부터 가진 모임에서 에티엔과 몇몇 동료는 다음 날 회사에 갈 대표들을 선정해 놓았다. 그날 저녁 라 마외드는 남편이 대표단에 든 것을 알고 비탄에 잠겨 남편한테 모두 길거리로 쫓겨나길 바라느냐고 물었다. 마외 자신도 망설임 없이 승낙한 것은 결코 아니었다. 행동할 순간이 되어도, 두 사람 모두 자신들의 비참한 상황이 부당한 것임에도 불구하고 장래의 일이 두려워 벌벌 떨며 다시금 복종하기를 선호함으로써 그들 종족 특유의 체념 상태로 다시 빠져들었다. 보통 그는 일상적인 일에 대해서는 훌륭한 조언자인 부인의 판단에 따랐다. 그렇지만 이번에는 그녀가 하는 근심을 은밀히 그도 하고 있었던 만큼 그는 더 화를 내고 말았다.

"귀찮게 좀 굴지 마, 알았지!" 그는 누워서 등을 돌리며 그녀에게 말했다. "동료들을 저버리는 건 말도 안 되는 일이야! 나는 내 의무를 이행하는 거라고."

그녀도 자리에 누웠다. 두 사람 중 누구도 말이 없었다. 그러고 나서 오랜 침묵이 흐른 뒤 그녀가 말했다.

"당신 말이 옳아요, 가 봐요. 그런데 이 가엾은 영감, 우리는 끝장이에요!"

정오의 종소리가 울렸을 때 사람들은 점심 식사를 하고 있었다. 1시에 라방타주에서 만나 엔보 씨 집에 가기로 약속했기 때문이다. 점심은 감자였다. 작은 버터 조각 하나만 남자 아무도 손대지 않았다. 저녁때는 타르틴을 먹을 것이다.

"우리는 당신이 나서서 말해 주었으면 해요." 에티엔이 갑자기 마외에게 말했다.

충격을 받은 마외는 감정이 북받쳐 말이 나오지 않았다.

"아! 안 돼, 그건 너무 심해요!"라 마외드가 소리 질렀다. "남편이 거기 가는 건 물론 원하지만 앞에 나서는 건 안 돼요. 이봐요! 다른 사람이 아니라 왜 하필 우리 남편이야?"

그러자 에티엔은 특유의 웅변적이고 열띤 어조로 설명했다. 마외는 수갱에서 가장 훌륭한 노동자이고 사랑과 존경을 받는 사람으로 분별력이 뛰어나 자주 거명된다. 그러니 그의 입을 통해 광부들의 요구를 말하면 결정적인 무게를 지닐 것이다. 우선은 에티엔 자신이 말해야 하나 그는 몽수에 온 지 얼마 안 되었으니 이곳에서 오래 일한 사람이 말하는 것이 나을 것이다. 결국 동료들은 그들의 권익을 가장 합당한 사람에게 위임하는 바이다. 마외는 거절할 수 없었다. 거절한다면 비겁한 짓이었다.

라 마외드는 절망적인 몸짓을 했다.

"그래, 그래, 여보, 다른 사람들을 위해 죽어요. 나는 별수 없이 찬성이니!"

"하지만 나는 결코 해낼 수 없을 텐데." 마외가 더듬거리며 말했다. "바보 같은 말들이나 할 거라고."

에티엔은 그가 결심한 것이 기뻐서 그의 어깨를 두드렸다.

"느끼는 대로 말하면 됩니다. 그러면 아주 잘될 거예요."

다리의 부기가 많이 빠진 본모르 영감은 입안에 음식을 가득 넣은 채 고개를 저으며 듣고 있었다. 침묵이 흘렀다. 아이들은 감자를 먹을 때면 목이 메어지게 먹느라 아주 얌전했다. 이윽고 음식을 삼킨 노인이 천천히 중얼거렸다.

"네가 바라는 바를 얘기해 봐야 아무 소용 없을 게야. 그래! 나도 겪은 적이 있지, 이런 사건들을! 사십 년 전에 우리는 회사 사무실에서 쫓겨났지. 게다가 그자들은 칼까지 휘둘렀어! 지금이라면 너희들은 아마도 접견은 하겠지. 그러나 그들은 이 벽처럼 대답이라곤 하지 않을 게다……. 젠장! 그자들은 돈을 쥐고 있고, 너희들 얘기에는 아랑곳하지 않는다고!"

다시 침묵이 흘렀다. 마외와 에티엔은 침울해 하는 가족들을 빈 접시들 앞에 남겨 두고 일어났다. 그들은 피에롱과 르바크를 데리고 넷이서 라스뇌르의 주점으로 갔다. 거기에는 인근 탄광촌의 대표들이 작은 무리를 지어 도착하고 있었다. 스무명의 대표 위원들이 모이자, 회사 측에서 내세운 조건들에 맞설 요구들을 정했다. 그러고는 몽수를 향해 출발했다. 매서운 북동풍이 포장도로를 휩쓸고 있었다. 그들이 도착하자 2시를 알리는 종소리가 울렸다.

처음에 하인은 코앞에서 문을 다시 닫으며 기다리라고 했다. 그러고 나서 다시 돌아오더니 그들을 응접실로 안내했고, 응접실 커튼을 젖혀 놓았다. 기퓌르[49] 레이스 천을 통해 은은한 빛이 새어 들어왔다. 광부들은 자기들만 있는 것에 당황하여 감히 앉을 생각을 하지 못했다. 머리와 콧수염이 노란 그들은 모두들 아주 말끔했고 고급 직물로 된 옷을 입었으며 아침부터 면도를 한 모습이었다. 그들은 손가락으로 챙 달린 모자를 만지작거리며 곁눈질로 가구를 힐끔거렸다. 골동품에 대한 취미가 유행시킨 것으로 모든 양식들이 뒤섞여 있었고, 앙리 2세풍의 안락의자들, 루이 15세풍의 의자들, 17세기 이탈리아풍의 장식장, 15세기 스페인풍의 작은 책상, 벽난로의 드림 장식을 위한 제단 전면, 그리고 떼어다 문의 휘장에 붙여 놓은 옛날 사제의 상제의 장식들이 있었다. 이 오래된 금장식들, 옅은 황갈색의 오래된 비단들, 이 모든 예배당의 호화로움으로 인해 그들은 외경심 어린 거북함에 사로잡혔다. 동양에서 온 카펫들은 그 기다란 털 속 깊이 그들을 묶어 놓는 것 같았다. 그러나 그들을 특히 숨 막히게 하는 것은 열기였다. 길 위로 불어 대는 바람에 볼이 얼어붙은 그들은 난로의 고른 열기에 휩싸이자 몹시 당황했다. 오 분이 흘러갔다. 그토록 쾌적하게 유리되어 있는 이 부유한 방의 안락함 가운데서 그들은 점점

---

49) 짠 부분이 보이지 않고 모양과 모양을 이어 맞춘 두꺼운 레이스.

더 거북스러워졌다.

드디어 군대식으로 단추가 달린 프록코트에 자신의 훈장인 단정한 작은 리본을 매단 차림을 한 엔보 씨가 들어왔다. 그가 맨 먼저 말했다.

"아! 왔군! 보아하니 당신들은 폭동을 일으키려는 모양이야."

그리고 그는 말을 멈추더니 정중하면서 엄격하게 덧붙였다.

"앉아요들, 얘기를 나눌 수 있기를 바랄 뿐이오."

광부들은 몸을 돌려 눈으로 앉을 자리를 찾았다. 몇몇은 의자에 용감히 앉았고 다른 사람들은 수놓은 비단 위에 앉기가 불안해서 차라리 서 있기로 했다.

침묵이 흘렀다. 벽난로 앞까지 안락의자를 밀고 간 엔보 씨는 그들을 뚫어지게 둘러보며 그들의 얼굴을 기억해 내려고 애썼다. 그는 맨 끝줄에 숨어 있는 피에롱을 알아보았다. 그의 시선은 그의 앞에 앉아 있는 에티엔에게서 멈췄다.

"자아, 나에게 할 말이 뭐요?" 그가 물었다.

그는 젊은이가 말하는 것을 들으려고 기다리고 있었는데, 마외가 앞으로 나서는 것을 보고는 몹시 놀라서 말을 덧붙이지 않을 수 없었다.

"아니! 당신이! 항상 분별력 있는 훌륭한 노동자이자 첫 곡괭이질을 한 이래 온 가족이 갱 속에서 일하고 있는 몽수의 고참이……! 아! 불행한 일이군, 당신이 불평분자들의 선두에 서다니 안타깝네!"

마외는 눈을 내리깔고 듣고 있었다. 그리고 나서 그는 처음에는 망설이는 목소리로 들릴락 말락 하게 얘기를 시작했다.

"사장님, 동료들이 저를 선정한 것은 바로 제가 아무것도 비난받을 것이 없는 조용한 사람이기 때문입니다. 제가 선정된 것은 소란을 떠는 자들, 무질서를 조장하는 나쁜 사람들이 폭동을 일으키려 하는 것이 아니라는 증거가 될 것입니다. 저희는 단지 정의만을 원하며, 굶어 죽을 지경인 처지에 지쳐 있습니다. 최소한 매일 빵이라도 먹으려면 조치를 취해야 할 때가 된 것 같습니다."

그의 목소리가 단호해졌다. 그는 눈을 치켜뜨고서 사장을 바라보며 계속 말했다.

"사장님께서는 저희가 새로운 임금 체계를 받아들일 수 없다는 것을 잘 아실 겁니다. 저희는 갱목을 제대로 설치하지 않는다고 비난받습니다. 그건 사실이고 저희는 갱목 작업에 시간을 충분히 할애하지 못합니다. 그런데 저희가 그 일에 시간을 들인다면 저희의 하루 작업량은 더 줄어들 것입니다. 그럼 이제 그 하루 일당으로는 먹고살 수 없어 모든 것이 끝장날 것이고, 걸레질로 사장님의 일꾼들을 치워 버리는 꼴이 될 겁니다. 저희에게 임금을 더 올려 주십시오, 그러면 저희는 갱목을 더 잘 댈 수 있을 겁니다. 유일하게 생산적인 작업인 채굴에만 매달리는 대신 갱목 작업에 필요한 만큼 시간을 쓸 테니까요. 다른 타협안은 없습니다. 작업이 제대로 되려면 그에 대한 임금이 지급되어야 합니다. 그런데 사장님께서는 그 대신 무엇을 만들어 내셨습니까? 저희 머리로는 이해할 수 없는 것이었습니다, 아시겠지만요! 사장님은 광차 가격을 낮추고 갱목 작업 수당을 별도로 지불해서 줄어든 수입을 보상해 주는 것이라고 주장하시지요. 그게 사실이라고 해도 저희는 역시 도둑맞는 겁니다. 갱목 작업에는 시간이 더 많이 걸릴 테니까요. 저희를 화나게 하는 것은 그것이 사실 보상이 안 된다는 것입니다. 회사는 조금도 보상해 주는 것 없이 단지 광차당이 상팀씩 주머니에 챙기는 겁니다. 그겁니다!"

"그래요, 그래요, 그게 사실입니다." 엔보 씨가 그의 말을 가로막으려는 듯이 격렬한 몸짓을 하자 다른 대표들이 중얼거렸다.

하지만 마외는 사장의 말을 가로막았다. 이제 그는 말문이 터져 말이 술술 나왔다. 때때로 그는 자기가 하는 말이 마치 다른 사람이 자기 속에서 말하는 것 같아서 놀랐다. 그의 가슴속에 쌓인 것들, 그가 가슴속에 있는 줄 알지도 못했던 것들이 가슴이 벅차오르며 터져 나왔다. 그는 그들 모두의 빈궁함, 고된 작업, 짐승 같은 생활, 집에서는 배고픔을 호소하는 아내와 아이들에 대해 얘기했다. 그는 지난번에 받은 처참한 임금을, 벌금과 휴업으로 삭감되고 가족들을 눈물에 잠기게한 형편없었던 그 보름치 임금을 거론했다. 자신들을 죽이려고 작정한 것인가?

"그래서 사장님," 그는 마침내 결론을 지었다. "저희는 죽으려고 죽도록 일하기보다는 아무 일도 안 하고 죽기를 택하겠다는 것을 사장님께 말씀 드리러 온 겁니다. 그러면 피곤이라도 덜 수 있겠지요……. 저희는 수갱을 떠났고 회사가 저희의 조건을 받아들일 경우에만 다시 입갱할 겁니다. 회사는 광차당 가격을 낮추고 갱목 작업 수당을 별도로 지불하려 합니다. 저희로 말하자면, 예전과 같은 조건에서 광차 한 대당 오 상팀을 더 지불해 주시길 바랍니다. 이제 정의와 노동 편에 서실 것인지 사장님께서 판단하실 차례입니다."

광부들 사이에 언성이 높아졌다.

"그거예요. 저 사람이 우리 모두의 생각을 말했습니다. 우리는 정당한 것만을 요구합니다."

다른 사람들은 말없이 고개를 끄덕이며 찬성했다. 금장식, 자수, 신비스런 고가구 더미와 함께 호화로운 방도 사라졌다. 그리고 그들은 자신들의 육중한 신발로 뭉개고 있는 카페트도 이제 더 이상 느껴지지 않았다.

"내가 대답 좀 하게 해 주시오." 마침내 화가 난 엔보 씨가 소리를 질렀다. "무엇보다도 회사가 광차당 이 상팀을 챙긴다는 것은 사실이 아니오……. 숫자를 한번 따져 봅시다."

혼란스런 토론이 이어졌다. 사장은 그들을 분열시키려고 피에롱을 불렀지만 그는 말을 더듬거리며 몸을 감추었다. 그와 반대로 르바크가 가장 공격적인 사람들의 선봉에 섰지만 문제를 뒤죽박죽으로 만들고, 자신이 모르는 사실들을 단정적으로 말했다. 요란하게 중얼거리는 목소리들은 벽포 아래로 그리고 온실 같은 더위 속에 묻히는 것 같았다.

"당신들이 모두 한꺼번에 얘기하면 우리는 결코 합의에 이를 수 없을 거요." 엔보 씨가 말을 이었다.

그는 명령을 받아서 그것을 준수하게 하려는 관리인의 침착성과, 신랄하지는 않되 엄격한 정중함을 되찾았다. 처음 몇 마디를 하면서부터 그는 줄곧 에티엔을 쳐다보고 있었으며, 침묵을 고수하고 있는 그를 끌어내리려고 수를 썼다. 그래서 이

상팀에 관한 논쟁을 내버려 두고 갑자기 문제를 확대시켰다.

"아니오, 진실을 인정하시오. 당신들은 가증스런 선동에 복종하고 있는 거요. 그것은 이제 모든 노동자들에게 번져 나가서 성실한 노동자들을 타락시키는 페스트와 같소⋯⋯. 아! 그 누구도 나에게 고백할 필요는 없소. 예전에는 그토록 조용했던 당신들을 누군가가 변화시켰다는 걸 나는 잘 알고 있소. 안 그렇소? 누군가가 당신들에게 빵보다 더 많은 버터를 약속하면서 당신들이 주인이 될 차례가 왔다고 말했겠지⋯⋯. 마침내 그 유명한 인터내셔널에 당신들을 가입시키고 있소. 가진 꿈이라곤 사회를 파괴하는 것뿐인 강도들로 이루어진 그 군대에 말이오."

그때 에티엔이 그의 말을 가로막았다.

"사장님께서는 잘못 생각하신 겁니다. 몽수의 광부들 중 누구도 아직 거기에 가입하지 않았습니다. 하지만 우리를 몰아붙인다면 모든 수갱의 사람들이 가입하겠지요. 그건 회사에 달려 있습니다."

이때부터 마치 다른 광부들은 그 자리에 더 이상 없는 듯 엔보 씨와 그의 언쟁이 계속되었다.

"회사는 그에 고용된 사람들에게는 구세주인데, 회사를 위협하는 건 잘못하는 거요. 금년에 회사는 탄광촌을 건설하느라 30만 프랑을 썼는데 거기서 이 퍼센트의 수익도 얻지 못했소. 회사가 제공하는 연금이나 석탄이나 배급 약품들은 언급하지도 않겠소. 당신은 똑똑해 보이고 몇 달 안 되어 가장 능숙한 노동자들 중 한 사람이 되었는데 평판이 나쁜 사람들을 자주 만나서 잘못된 길을 가기보다는 이 사실들을 널리 알리는 편이 더 낫지 않겠소? 그래, 나는 라스뇌르 얘기를 하는 거요. 우리는 사회주의의 타락으로부터 수갱 사람들을 구하기 위해 라스뇌르와 갈라서야 했소. 당신은 항상 그의 술집에 있던데 그 공제 조합을 만들라고 당신을 부추긴 사람도 분명 그 자일 거요. 그게 그저 저축이라면 우리는 기꺼이 눈감아 줄 테지만, 우리는 그것이 우리에게 대항하는 일종의 무기라고, 전쟁 비용을 위한 예비 기금이라고 여겨지는군. 그리고 나는 이 문제에 관해서 회사가 공제 조합 기금을 통제하려 한다는 것을 덧붙여야겠소.”

에티엔은 그의 두 눈을 응시한 채 신경질적으로 살짝 떨리는 입술을 씰룩이며 그가 말하도록 내버려 두었다. 마지막 말에 그는 미소를 지으며 간단히 대답했다.

“그렇다면 그건 새로운 요구로군요. 사장님께서는 지금까지 통제권을 요구하지 않으셨으니까……. 불행히도 저희 소망은 회사가 우리에게 덜 간섭하고, 구세주 노릇을 하는 대신 우리 몫을, 회사가 가져가는 우리의 소득을 우리에게 줌으로써 회사가 정말로 공정하다는 것을 보여 달라는 것입니다. 위기 때마다 주주들의 배당금을 보전해 주기 위해 노동자들이 굶어 죽게 내버려 두는 것이 옳은 일입니까……? 사장님께서 그렇게 말씀해 봐야 소용없습니다. 새로운 임금 체계는 위장된 임금 삭감이고, 그래서 저희들이 격분하는 겁니다. 회사가 긴축해야 할 경우 오로지 노동자에게 덮어씌우는 방식으로 해결한다면 회사가 크게 잘못하는 것이기 때문이죠.”

"아! 결국 그 얘기가 나왔군!" 엔보 씨가 소리쳤다. "민중을 굶주리게 하고 그들의 땀으로 살아간다는 비난을 예상하고 있었지! 산업에서, 예컨대 탄광에서 자본들이 엄청난 위험을 무릅쓰고 있다는 것을 알 텐데 자네가 어떻게 그런 어리석은 말을 할 수 있나? 오늘날 수갱 하나에 설비를 완전히 갖추려면 150만 프랑에서 200만 프랑이 들지. 그리고 그와 같은 금액을 꿀꺽한 곳에서 겨우 보잘것없는 이익을 내느라 얼마나 많은 고통이 있는데! 프랑스의 탄광 회사들 중 거의 절반이 파산했소……. 그런데 성공하는 회사들을 두고 잔혹하다고 비난하는 것은 어리석은 일이요. 노동자들이 고통받으면 회사도 고통받는 거요. 현재의 위기에서 회사가 당신만큼 잃을 게 없다고 생각하오? 회사는 임금을 마음대로 결정하는 게 아니라 파산의 위협을 무릅쓰고 경쟁에 복종하는 거요. 이런 현실을 탓할 것이지 회사를 탓하지 마시오……. 그런데 당신들은 들으려고도 하지 않고 이해하려고도 하지 않잖소!"

"그렇지 않습니다." 젊은이가 말했다. "사태가 지금처럼 지속되는 한 우리 상황이 개선될 수 없다는 것을 저희는 아주 잘 압니다. 그리고 바로 이 사실 때문에 노동자들은 사태가 달라질 수 있도록 어느 때고 조치를 취하게 될 겁니다."

이 말은 형식상으로는 아주 절제되어 있었지만 에티엔이 나지막이 그리고 위협적이고 떨리는 소리로 너무나 확신에 차서 말했기 때문에, 깊은 침묵이 흘렀다. 거북함과 두려움의 숨결이 응접실의 고요 속에 지나갔다. 이 말을 잘 이해하지 못한 다른 대표들은 어쨌든 이 유복한 집에서 동료가 방금 자기들 몫을 요구했다고 느꼈다. 그들은 따뜻한 태피스트리들과 안락한 의자들, 그리고 그중 가장 하찮은 것이라도 한 달 치 수프값이 될 만한 이 모든 호화로운 것들을 곁눈질로 다시 보기 시작했다.

생각에 잠겨 있던 엔보 씨는 마침내 그들을 내보내기 위해 일어섰다. 모두들 그를 따라 일어났다. 에티엔은 마외의 팔꿈치를 가볍게 밀었다. 그러자 혀가 이미 굳은 마외는 어색하게 다시 말했다.

"그러면 사장님, 이게 사장님이 해 줄 수 있는 대답의 전부로군요. 저희는 사장님께서 저희가 내건 조건을 거부하셨다고 다른 사람들에게 말하겠습니다."

"나는 말이야, 이보게," 사장이 소리 질렀다. "아니, 나는 아무것도 거부하지 않아! 나도 당신들처럼 봉급쟁이고 당신네 말단 소년 갱부와 마찬가지로 여기에서 내 뜻대로 할 수가 없단 말이야. 나도 명령을 받고, 그 명령들이 잘 시행되는지 주의 깊게 보는 게 내 역할일 뿐이라고. 나는 내가 당신들에게 말해야 한다고 생각한 것을 말한 것뿐이지, 결코 결정할 수는 없네……. 당신들이 내게 요구 사항을 가져오면 나는 그것을 회사에 알리고, 그러고 나서 회사의 대답을 당신들에게 전해 주겠소."

관청의 단순한 도구로서 그는 정중하고 냉담한 태도로, 문제 앞에서 흥분하지 않는 고위 관료의 빈틈없는 표정으로 말했다. 이제 광부들은 그를 불신에 찬 눈으로 쳐다보면서 그의 속셈이 무엇인지, 거짓말을 해서 그가 무슨 이익을 볼 수 있는

지, 이렇게 자신을 그들과 진짜 주인들 사이에 위치시킴으로써 그가 무엇을 훔쳐 갈 것인지를 생각해 보았다. 노동자처럼 임금을 받으면서 이렇게 잘 산다면 아마도 음모가일 것이다!

에티엔은 용기를 내서 다시 끼어들었다.

"사장님, 저희가 저희 입장을 직접 변호할 수 없는 것이 얼마나 유감인지 좀 알아주십시오. 많은 것을 설명할 수 있을 것이고 사장님께서는 당연히 모르실 근거들을 제시할 수 있을 텐데요……. 어디에다 말을 해야 하는지 알기라도 한다면 좋겠습니다!"

엔보 씨는 전혀 화를 내지 않았다. 그는 미소를 짓기까지 했다.

"아! 저런! 당신들이 나를 믿지 않는다면 이제 일이 복잡해지겠군……. 저기로 가야 하오."

대표들은 손으로 어느 창문 너머를 가리키는 그의 막연한 몸짓을 바라보았다. '저기'란 어디인가? 아마도 파리일 것이다. 그러나 그들은 파리를 정확히 알지 못했기에 그것은 두려운 먼 곳에, 성막 속에 웅크린 채 미지의 신이 군림하고 있는, 도달할 수 없는 종교적인 고장에 멀찍이 자리 잡고 있는 것 같았다. 그들은 결코 파리를 보지 못할 것이다. 그들은 파리를 단지 멀리서 몽수의 광부 만 명을 짓누르는 힘으로서 느낄 뿐이었다. 그리고 사장이 말할 때 그가 뒤에 지니고 있는 것은 숨어서 신탁을 내리는 이 힘이었다.

낭패스런 감정이 그들을 짓눌렀고, 에티엔도 자리를 뜨는 편이 낫겠다는 뜻으로 어깨를 으쓱 치켜올렸다. 한편 엔보 씨는 장랭의 안부를 물으면서 마외의 팔을 다정하게 두드렸다.

"그 일은 호된 교훈인 거요. 그런데도 당신들이 갱목 작업을 부실하게 하는 것을 옹호하다니! ……친구들, 한번 생각을 해 보시오. 파업은 모두에게 재앙이 될 것임을 이해할 거요. 당신들은 일주일도 안 되어 굶어 죽을 거요. 어떡하겠소? ……나는 당신들의 현명함을 믿소. 그래서 아무리 늦어도 월요일에는 당신들이 다시 갱 속으로 내려갈 거라고 확신하오."

복종하기를 바라는 이 말에 한마디 대답도 없이 모두들 등을 구부리고 가축 떼 같은 발걸음으로 응접실을 떠나기 시작했다. 사장은 그들을 배웅하며 그들과의 대담을 요약해서 말했다. 회사는 새로운 임금제를 시행하려 하고, 노동자들은 광차당 오 상팀씩 인상을 요구하는 것이었다. 그는 노동자들에게 그 어떤 헛된 기대도 남겨 두지 않기 위해 그들이 내세운 조건이 분명 회사 측으로부터 거부당하리라는 것을 미리 알려야 한다고 생각했다.

"어리석은 짓을 하기 전에 심사숙고들 하시오." 그들의 침묵에 걱정스러워진 그가 반복해서 말했다.

현관에서 피에롱은 아주 낮은 자세로 인사를 했고, 르바크는 모자를 도로 쓰는 시늉을 했다. 마외는 인사말을 찾고 있었는데, 그때 에티엔이 다시금 그를 팔꿈치로 툭 쳤다. 그러고는 모두들 위협적인 침묵 속에 떠나갔다. 문이 다시 닫히는 소리만이 크게 울렸다.

엔보 씨가 식당으로 돌아오니 식사를 하던 사람들은 리쾨르[50] 술 앞에서 꼼짝 않고 소리 없이 앉아 있었다. 그는 몇 마디 말로 드널랭에게 상황을 알렸고, 드널랭의 얼굴은 어두워졌다. 그리고 나서 그가 차가운 커피를 마시는 동안 사람들은 다른 얘기를 하려고 애썼다. 하지만 그레구아르 부부는 다시 파업 얘기로 돌아와 노동자들이 그들의 일터에서 떠나는 것을 금지하는 법이 없다는 것에 놀랐다. 폴은 헌병이 오는 것을 기다리는 중이라고 확언하며 세실을 안심시켰다.

마침내 엔보 부인이 하인을 불렀다.

"이폴리트, 우리가 응접실로 가기 전에 그 방 창문을 열고 환기를 시켜요."

---

50) liqueur. 달고 과일향이 나는 독한 술. 보통 식후에 작은 잔으로 마신다.

# 3

보름이 흘러갔다. 셋째 주 월요일에 회사 측에 올라온 출근부는 갱으로 내려간 인부들의 숫자가 더 줄어들었음을 알려 주었다. 이날 아침에 사람들은 작업이 재개되기를 기대했다. 그러나 회사 측이 양보하지 않으려고 고집을 부리자 광부들은 격분했다. 르 보뢰, 크레브쾨르, 미루, 마들렌만이 조업을 멈춘 것이 아니었다. 라 빅투아르와 푀트리캉텔에서는 입갱 인원수가 이제는 겨우 전체 정원의 사분의 일에 불과했다. 그리고 생토마 탄광에도 파급되었다. 파업은 점점 확산되어 갔다.

르 보뢰 탄광에서는 무거운 침묵이 채굴물 집하장을 짓누르고 있었다. 죽은 공장과 같이 노동이 잠자고 있는 거대한 작업장들은 텅 비고 버려져 있었다. 12월의 회색 하늘 아래 높다란 인도교들을 따라 서너 대의 방치된 광차들이 사물들의 말 없는 슬픔을 보여 주고 있었다. 아래에는 선로 지지대 다리들 사이로 저장된 석탄이 바닥나면서 헐벗은 검은 땅이 드러나고 있었다. 한편 비축해 놓은 갱목들은 소나기를 맞아 썩어 가고 있었다. 운하의 부두에는 짐을 반쯤 실은 거룻배가 흐린 물속에 잠든 듯이 머물러 있었다. 그리고 황량한 폐석장 위에는 비가 내리는데도 불구하고 분해된 황화물들이 연기를 피워 올리고 있었고, 짐수레 한 대가 손잡이가 위로 들린 채 음울하게 내버려져 있었다. 그러나 건물들이 특히 동면 상태 에 있었다. 차양 덧문이 닫힌 선탄장, 석탄 하치장에서 더 이 상 우르릉거리는 소리가 들려오지 않는 도르래 탑. 그리고 차 가워진 보일러실, 드물게 피어오르는 연기에 비해 너무 널따 란 거대한 굴뚝. 권양기는 아침에만 가동시켰다. 마부들은 말 의 사료를 가지고 내려갔고, 감독들은 다시 광부가 되어 잠시 라도 관리하지 않으면 갱도를 망가뜨리는 재난들에 대비해 홀 로 갱 속에서 작업을 했다. 그러고 나서 9시부터 나머지 일들 은 사다리들을 통해 이루어졌다. 그리고 검은 먼지 자락에 파 묻혀 있는 이 건물들의 죽음 위로 수갱의 남은 생명으로는 거 칠고 긴 숨을 내쉬는 펌프의 배기 소리가 있었다. 그 숨소리가 멈추었다면 물이 넘쳐 수갱을 파괴했을 것이다.

맞은편 고원 지대 위의 240번 탄광촌도 죽은 것 같았다. 릴 의 도지사가 달려왔고 헌병들이 도로들을 순찰했다. 그러나 파업한 노동자들이 잠잠하자 그들은 돌아가기로 결정했다. 넓 은 들판에서 탄광촌이 그렇게 훌륭한 본보기를 보인 적은 일 찍이 없었다. 남자들은 술집에 가지 않으려고 한나절 내내 잠을 잤다. 여자들은 커피를 절제하고 분별력이 생겨났으며 수다와 싸움에 덜 빠져들었다. 아이들 무리까지 사태를 이해하는 것처럼 분별력 있게 맨발로 뛰어다니고 싸울 때도 소리 나지 않게 했다. 이것은 입에서 입으로 전해지면서 반복된 행동 지침이었다. 현명할 것.

그러나 마외의 집은 끊임없는 왕래가 이어져 사람들로 들어찼다. 그곳에서 에티엔은 지부장 자격으로 공제 조합의 3000프랑을 가난한 가족들에게 나누어 주었다. 이어서 여러 곳으로부터 가입이나 모금에 의해 수백 프랑이 모였다. 그러나 이제는 모든 재원이 바닥났고, 광부들은 파업을 지탱할 자금이 더 이상 없었다. 굶주림이 그들을 위협하고 있었다. 보름 동안의 외상을 약속했던 메그라는 일주일이 지나자 갑자기 생각을 바꾸어 식품을 끊었다. 통상 그는 회사의 명령에 따랐다. 아마도 회사는 탄광촌 사람들을 굶주리게 해서 당장 끝장을 보려는 모양이었다. 게다가 그는 부모들이 식품을 사 오라고 심부름 보내는 딸의 얼굴 생김에 따라 빵을 내주거나 거절하며 변덕스런 폭군으로 행세했다. 특히 그는 라 마외드에게는 문을 닫아 버리고 들어오지도 못하게 했다. 카트린을 손에 넣지 못한 데 대해 앙심을 잔뜩 품고 라 마외드에게 앙갚음을 하려는 것이었다. 설상가상으로 날씨가 혹독하게 추워지자 여자들은 남편들이 다시 갱에 내려가지 않는 한 수갱에서 석탄을 더 대 주지 않을 것을 걱정하며 석탄 더미가 줄어드는 것을 보고 있었다. 굶어 죽을 뿐만 아니라 곧 얼어 죽을 판이었다.

마외네 집에는 벌써 모든 것이 부족했다. 르바크네는 부틀루에게서 빌린 이십 프랑짜리 동전 하나로 아직 먹을 것을 사고 있었다. 피에롱네로 말하자면, 그들은 항상 돈을 갖고 있었다. 그러나 빌려 달라고 할까 봐 걱정되어, 다른 사람들과 마찬가지로 굶주리는 것처럼 보이려고 그들은 메그라의 가게에서 외상으로 물건을 사들이고 있었다. 만약 라 피에론이 치마를 걷어 올렸다면 메그라는 그녀에게 가게를 주어 버렸을 정도였다. 토요일부터 많은 가족들이 저녁을 먹지 못하고 잠자리에 들었다. 끔찍한 나날들이 시작되었지만 불평 소리 하나 들리지 않았고, 모두들 침착하게 용기를 지니고 행동 지침에 따르고 있었다. 그것은 신자 집단의 절대적인 신뢰이자 종교적인 신념이며 맹목적인 헌신 같은 것이었다. 그들에게 정의의 시대가 약속된 이상 그들은 모든 사람들의 행복을 쟁취하기 위해 고통을 겪을 준비가 되어 있었다. 굶주림은 머리들을 고양시켰으며, 닫힌 지평선이 환각에 사로잡힌 이 빈궁한 사람들에게 이보다 더 넓은 내세를 열어 보인 적은 결코 없었다. 그들의 눈이 쇠약해져서 흐려질 때면 그들은 거기에서 그들이 꿈꾸던 것이지만 이제는 가까이 있는 현실적인 것으로서, 형제 민중들과 더불어 있고 공동 작업과 공동 식사의 황금기를 구가하는 이상의 나라를 다시 보는 것이었다. 그 무엇도 그들이 결국 그곳으로 들어갈 것이라는 신념을 흔들어 놓을 수는 없었다. 공제 조합 기금은 바닥났고 회사는 양보하지 않을 것이다. 매일매일 상황이 악화되어 가는 가운데서도 그들은 희망을 간직했고 현실에 대해서는 미소 띠며 경멸을 내보였다. 발밑의 땅이 꺼진다 해도 기적이 그들을 구할 것이었다. 이러한 신념은 빵을 대신했고 배를 덥혀 주었다. 마외네와 다른 가족들이 그들의 맑은 물 같은 수프를 너무 빨리 소화시키고 나면, 그들은 거의 현기증을 느끼며 짐승들에게 몸을 던진 순교자들과 같이 더 나은 삶에 대한 환희에 빠져드는 것이었다.

이제 에티엔은 명실상부한 지도자였다. 저녁때 모여 대화할 때면 그는 신탁을 내렸다. 공부가 그를 세련되게 하고 모든 일에 있어 확고한 결단을 내리도록 해 주었기 때문이다. 그는 책을 읽느라 여러 날 밤을 새웠고, 갈수록 더 많은 편지를 받았다. 심지어 그는 벨기에의 사회주의 신문인 《르 방죄르》[51]를 구독했다. 탄광촌에 이 신문이 처음으로 들어오고 그는 동료들로부터 극도의 존경을 받게 되었다. 날이 갈수록 명성이 높아지면서 그는 더욱 흥분했다. 광범위한 서신 교환, 지방 곳곳의 노동자들의 운명에 대한 논의, 르 보뢰의 광부들에게 조언하는 것, 특히 자신이 하나의 중심이 되고 자기 주위로 세계가 돌아가는 느낌은 전직 기계공이자 기름때가 낀 검은 손의 채탄부인 그의 허영심을 끊임없이 팽창시켰다. 그는 한 계급을 올라가 지성과 유복함에 만족하며, 자신이 증오하던 부르주아 계급이 되었지만 그 사실을 스스로 인정하지는 않았다. 유일하게 거북스러운 것은 교육을 많이 받지 못했다는 것이었다. 그리하여 그는 프록코트를 입은 신사 앞에 있으면 당황하고 소심해졌다. 모든 것을 집어삼키며 공부는 계속하지만 방

---

51) Le Vengeur. '복수자'라는 뜻.

법의 결여로 소화가 매우 느렸으며, 너무나 큰 혼란이 일어나서 그는 이해하지 못한 것을 아는 척하는 결과가 되었다. 그래서 때로 분별력이 있을 때면 그는 자기 임무에 대한 불안감이 드는 동시에 자신이 사람들이 기대하는 사람이 못 된다는 공포심을 느꼈다. 어쩌면 동료들을 위태롭게 하지 않으면서 말하고 행동할 수 있는 변호사, 학자가 필요한 게 아닐까? 하지만 일종의 반항심이 곧 그를 다시 일으켜 세웠다. 아니야, 아니야, 변호사는 필요 없어! 그들은 모두 형편없는 작자들이고 자기들의 학식을 가지고 민중을 이용해 배를 불린다. 일은 되어 갈 대로 되어 갈 거야. 노동자들의 일은 노동자끼리 해야 해. 그러고는 다시금 그는 민중의 지도자가 되려는 꿈을 품었다. 몽수는 그의 발치에 있고 파리는 먼 안개 속에 있지만 누가 알겠는가? 어느 날 의원이 되어 그곳 국회의 호화로운 연단에서 노동자로서는 최초로 연설을 하며 부르주아들에게 호통치는 자신의 모습을 보게 될지.

며칠 전부터 에티엔은 당황스러웠다. 플뤼샤르가 파업자들의 열기를 북돋우기 위해 몽수에 오겠다고 제안하며 잇달아 편지를 보내 온 것이다. 플뤼샤르가 주도할 비공식적인 회합을 준비해 달라는 것이었다. 그리고 이 계획에는 파업을 이용해 그때까지 경계심을 보이던 광부들을 인터내셔널에 끌어들이려는 목적이 있었다. 에티엔은 소동이 일어날 것을 우려했지만, 라스뇌르가 이러한 개입을 격렬하게 비난하지 않았더라면 그래도 플뤼샤르가 오도록 내버려 두었을 것이다. 자신의 영향력에도 불구하고 청년은 이 주점 주인을 고려해야 했다.

더 오래전부터 그가 광부들을 도왔고 손님들 중에 그를 따르는 사람들이 있었기 때문이다. 그래서 에티엔은 뭐라고 회신해야 할지 몰라서 여전히 망설이고 있었다.

마침 월요일 4시경, 에티엔이 아래층 방에 라 마외드와 단둘이 있을 때 릴에서 새로운 편지가 도착했다. 할 일 없어 짜증이 난 마외는 낚시하러 가고 없었다. 운하 수문 아래에서 운 좋게 실한 물고기를 낚으면 그것을 팔아서 빵을 살 작정이었다. 본모르 노인과 어린 장랭은 그들의 회복된 다리를 시험해 보기 위해 나간 참이었다. 아이들은 알지르와 함께 나갔고, 알지르는 타다 만 석탄 조각들을 주워 모으느라 폐석장 위에서 몇 시간을 보냈다. 라 마외드는 더 이상 불을 살려 놓을 수 없는 시원찮은 난로 곁에 앉아, 호크를 풀고 블라우스 밖으로 한쪽 가슴을 배까지 늘어뜨린 채 에스텔에게 젖을 물리고 있었다.

젊은이가 편지를 다시 접자 그녀가 물었다.

"좋은 소식이에요? 우리에게 돈을 보낸대요?"

그가 몸짓으로 아니라고 대답하자 그녀는 이어서 말했다.

"이번 주에는 어떻게 해야 할지 모르겠어요. 결국 어떻게든 버티겠지요. 우리가 정당한 권리를 지니고 있는데, 안 그래요? 그러면 용기를 갖게 되고 가장 강한 자가 되게 마련이죠."

이 당시 그녀는 파업을 지지하는 쪽이었다. 작업장을 떠나지 않고 회사가 조치를 취하도록 압박했으면 더 좋았을 것이다. 그러나 막장을 떠난 이상 정당성을 얻기 전에는 일을 다시 시작해서는 안 된다. 그 점에 관해서 그녀는 완강하게 고집했다. 자신이 옳다면 잘못한 것으로 보이느니 차라리 죽는 게 낫다!

"아!" 에티엔은 소리쳤다. "지독한 콜레라가 돌아서 회사의 이 모든 착취자들을 쓸어가 버린다면 얼마나 좋을까!"

"아녜요, 아녜요." 그녀가 대답했다. "그 누구의 죽음도 바라서는 안 돼요. 그런다고 나아지는 건 거의 없고 다른 작자들이 또 나타날 테니……. 나로서는 단지 그 사람들이 더 양식 있는 생각을 갖게 되길 요구하고 그러길 기다려요. 선량한 사람들이 도처에 있기 때문이죠. 당신도 알다시피 나는 당신의 정치적 견해에는 전혀 찬성하지 않아요."

사실 그녀는 늘상 그의 격렬한 발언들을 비난했고 그를 싸움꾼으로 여겼다. 자신의 노동에 그 가치만큼 대가를 바라는 것, 그것은 옳다. 그런데 부르주아니 정부니 왜 그런 것들에 관심을 갖는가? 좋지 않은 타격이나 받을 다른 사람들 일에 왜 끼어드는가? 그래도 그녀는 그에게 존경심을 품고 있었다. 그는 술에 취하는 법이 없고 하숙비 사십오 프랑을 꼬박꼬박 그녀에게 지불하기 때문이었다. 사람이 올바르게 처신하면 나머지는 눈감아 줄 수 있었다.

그때 에티엔은 모든 사람들에게 빵을 나누어 주는 공화국에 대해 말했다. 그러나 라 마외드는 고개를 저었다. 그녀는 비참한 해였던 1848년[52]을 기억하기 때문이었다. 결혼 초기

---

52) 심화되는 경제 위기와 정치적 민주화의 열망 등으로 루이 필리프의 7월 왕정을 무너뜨린 2월 혁명이 일어난 뒤에 루이 나폴레옹을 대통령으로 선출하여 제2공화정을 수립한 해이다.

였던 그들 부부는 벌레처럼 헐벗어 어려운 살림을 했던 것이다. 그녀는 망연한 시선으로 가슴을 허공에 드러낸 채 침울한 목소리로 그때의 곤경을 얘기하느라 자신을 잊고 있었고, 에스텔은 가슴을 놓지 않은 채 그녀의 무릎 위에서 잠이 들었다. 그리고 에티엔은 이야기에 몰두한 채 이 거대한 가슴을 뚫어지게 바라보았다. 그 부드러운 하얀색 가슴은 누런 빛을 띤 초췌한 얼굴과 대조되었다.

"돈 한 푼 없었지." 그녀는 중얼거렸다. "입안에 넣을 거라곤 아무것도 없었던 데다 모든 수갱이 중단되었죠. 결국 어떻게 됐겠어요! 지금처럼 가난한 사람들이 굶어 죽은 거예요!"

그때 문이 열리고 카트린이 들어오자 그들은 놀라서 말을 잃었다. 샤발과 도망친 이후 그녀는 탄광촌에 다시 나타나지 않았다. 카트린은 너무도 당혹스러워 떨면서 말도 못 한 채 문을 도로 닫는 것도 잊었다. 그녀는 어머니가 혼자 있으리라 예상했는데 청년을 보자 오는 도중에 준비한 말이 나오지 않았다.

"너 여기에는 뭐 하러 온 거냐?"라 마외드가 의자에서 일어나지도 않은 채 소리 질렀다.

"난 더 이상 너를 보고 싶지 않다, 꺼져!"

그러자 카트린은 말머리를 다시 찾으려 애썼다.

"엄마, 이거 커피하고 설탕이에요. 네, 애들을 위해서 가져왔어요. 초과 근무로 수당을 벌었어요. 애들을 생각해서요."

그녀는 주머니에서 커피 한 파운드와 설탕 한 파운드를 꺼내 용기를 내서 식탁에 올려놓았다. 그녀는 장바르에서 일하면서도 르 보뢰의 파업으로 걱정했고, 꼬마들을 생각한다는 펑계로 부모를 도울 방법을 겨우 생각해 냈다. 하지만 그녀의 착한 마음도 어머니의 화를 누그러뜨리지는 못했고 어머니는 되쏘았다.

"우리에게 달콤한 것들을 갖다주는 대신에 네년이 집에 남아서 우리에게 빵값을 벌어다 주는 편이 더 나았을 게다."

그녀는 딸을 몰아붙였고, 한 달 전부터 딸을 두고 되씹던 것을 딸의 면전에 퍼부으면서 가슴속에 쌓인 것을 쏟아 냈다. 가족이 쪼들리는 때에 사내랑 도망쳐서 열여섯 살에 동거 생활을 하다니! 몹쓸 년들 중에서도 가장 몹쓸 년이다. 어리석은 짓은 용서해 줄 수 있지만, 그런 식으로 골탕 먹이는 것은 엄마로서 결코 잊지 못한다. 게다가 속박이라도 했다면 모를 일이지! 전혀 아니다. 너는 바람처럼 자유로웠고 다만 너에게 잠은 집에 들어와서 자라고 했을 뿐이다.

"말해 봐! 그 나이에 네 속에는 무엇이 들어 있는 거냐?"

카트린은 식탁 옆에서 꼼짝 않고 고개를 숙인 채 듣고 있었다. 성장이 늦은 가냘픈 그녀의 몸은 전율로 떨렸고, 대답하려고 애썼지만 그녀의 말은 군데군데 끊겼다.

"아! 나 혼자 결정할 수 없다는 걸 엄마도 알잖아요. 재미없게 그렇게 살고 싶지도 않아요. 하지만 그 사람이 정하는 걸요. 그가 원하면 나는 그렇게 할 수밖에 없어요, 안 그래요? 엄마도 알다시피 그는 아주 억세기 때문이에요……. 사정이 어떻게 되어 갈지 사람이 아니요? 결국 그렇게 되었고 되돌릴 수도 없어요. 이제는 다른 사람이나 그나 마찬가지예요. 이제 나는 그 사람과 결혼해야 해요."

그녀는 일찍 남자를 겪은 소녀의 수동적인 체념에 빠져 대들지 않고 변명만 했다. 일반적으로 그렇지 않은가? 그녀는 결코 다른 것을 꿈꾸어 본 적이 없었다. 폐석장 뒤에서 처녀성을 잃고, 열여섯 살에 아이를 낳고, 그러다 애인과 결혼해 가난하게 사는 것, 그것이 전부였다. 그리고 그녀는 이 청년 앞에서 잡년 취급받는 것에 당황스러워 수치심으로 얼굴이 빨개지며 떨고 있었다. 그 청년이 보고 있으니 그녀는 가슴이 짓눌리는 듯했고 절망감에 빠졌다.

그사이 에티엔은 카트린이 변명하는 것을 방해하지 않기 위해 반쯤 꺼진 난롯불을 들쑤시는 척하면서 자리에서 일어났다. 그래도 그들은 시선이 마주쳤고, 그는 그녀가 창백하고 기진맥진해 보였지만 햇볕에 그을린 얼굴에 그토록 맑은 눈을 지니고 있어 예쁘다고 생각했다. 그리고 그는 기이한 감정을 느끼며 그녀에 대한 원망이 사라졌다. 단지 그녀가 자신보다 더 좋아한 그 사람과 함께 행복하기를 바라기까지 하는 심정이 되었다. 그것은 아직도 그녀를 돌보고 싶은 욕구였으며, 몽수에 가서 그 작자에게 예의를 지키게 만들고 싶은 욕망이었다. 그러나 그의 이러한 애정에서 그녀는 동정만을 느꼈다. 그가 그렇게 뚫어지게 바라보자 자신을 경멸하는 것 같았다. 그래서 그녀는 마음이 몹시 움츠러들었고, 다른 변명의 말도 하지 못한 채 더듬거리며 목이 메었다.

"바로 그거야, 네년은 잠자코 있는 게 나아." 라 마외드는 냉정하게 다시 말을 계속했다. "집에 머물기 위해 돌아오는 거라면 들어와. 그게 아니면 당장 꺼져. 그리고 내가 자유롭지 못한 걸 다행으로 알아. 그렇지 않으면 벌써 그냥 걷어찼을 테니까.”

마치 이 위협이 갑작스레 실현이라도 되듯 카트린은 엉덩이를 거세게 차였다. 그 난폭함에 그녀는 놀라고 아파서 얼떨떨했다. 그녀에게 고약한 짐승처럼 발길질을 한 것은 열린 문으로 껑충 뛰어 들어온 샤발이었다. 조금 전부터 그는 밖에서 그녀를 엿보고 있었던 것이다.

“아! 더러운 년!” 그는 고함을 쳤다. “나는 네 뒤를 밟았어. 나는 네년이 실컷 놀아나려고 여기로 돌아오리라는 걸 알고 있었지! 네가 저자에게 화대를 주는 거냐, 앙? 내 돈으로 너는 저놈한테 커피를 퍼부어 주는 거냐고!”

라 마외드와 에티엔은 깜짝 놀라서 움직이지 못했다. 샤발은 성난 몸짓으로 카트린을 문 쪽으로 쫓아냈다.

“나가, 빌어먹을!”

그런데 그녀가 한쪽 구석으로 피하자 그는 어머니에게 다시 화살을 돌렸다.

“망봐 주는 훌륭한 직업을 갖고 계시군. 당신의 갈보 같은 딸년이 저 위에서 다리를 공중에 쳐들고 있는 동안에 말이야!”

마침내 그는 카트린의 손목을 잡고는 그녀를 뒤흔들며 밖으로 끌고 갔다. 문간에서 그는 의자에 앉아 꼼짝 않고 있는 라 마외드 쪽으로 다시 몸을 돌렸다. 그녀는 가슴을 다시 집어넣는 것을 잊고 있었다. 에스텔은 모직 치마 속에 코를 앞으로 들이댄 채 잠들어 있었다. 그리고 엄청나게 큰 가슴은 튼튼한 암소의 젖처럼 적나라하게 늘어져 있었다.

"딸년이 없을 때는 어미가 몸을 대 주는군." 샤발이 소리쳤다. "가서 저놈에게 네년의 몸뚱어리를 보여 줘! 네년의 더러운 하숙인 놈은 까다롭지 않으니까!"

대뜸 에티엔은 그 동료의 따귀를 갈기고 싶었다. 그는 샤발의 손에서 카트린을 잡아 빼려다 싸움으로 탄광촌을 소란스럽게 만들까 봐 참았다. 그러나 그는 분노가 솟구쳤고 두 남자는 눈에 살기를 띠고 마주 보고 있었다. 오래된 증오, 오랫동안 드러내지 않았던 질투가 폭발한 것이었다. 이제 둘 중 하나가 상대를 잡아먹어야 했다.

"조심해!" 이를 악물며 에티엔이 중얼거렸다. "네놈을 죽여 버릴 테니."

"해 봐!" 샤발이 대답했다.

그들은 잠시 동안 서로를 노려보고 있었다. 너무 가까이 있어서 그들의 뜨거운 숨결이 서로의 얼굴을 따갑게 했다. 카트린이 애원하면서 애인을 끌고 가려고 그의 손을 잡았다. 그녀는 그를 탄광촌 밖으로 끌어냈고 뒤도 돌아보지 않고 도망쳐 버렸다.

"못된 짐승 놈!" 에티엔은 문을 거세게 닫으며 중얼거렸다. 그는 너무나 화가 나서 흥분한 채 다시 앉았다.

라 마외드는 그의 맞은편에서 움직이지 않고 있었다. 그녀는 커다랗게 절망적인 몸짓을 했고, 그들이 말하지 않는 것들로 고통스럽고 마음이 무거워 침묵이 흘렀다. 그런데 에티엔의 노력에도 불구하고 그는 그녀의 가슴으로, 흘러내린 하얀 살로 시선이 되돌아왔다. 그 눈부신 모습은 이제 그를 거북스럽게 만들었다. 그녀는 마흔 살이었고 애를 많이 낳은 여성이 그러하듯 몸이 변형되었을 것이다. 하지만 풍만하고 단단한 몸에 옛날에는 예뻤을 길고 통통한 얼굴을 가진 그녀를 탐하는 사람들이 아직도 많았다. 그녀는 평온한 모습으로 천천히 자신의 가슴을 두 손으로 잡고 도로 집어넣었다. 장밋빛 한 귀퉁이가 잘 안 들어가자 그녀는 손가락으로 밀어 넣고 단추를 채웠다. 이제 그녀는 낡은 웃도리에 온통 어두운 차림으로 무기력하게 있었다.

"그놈은 돼지 같은 놈이에요." 마침내 그녀가 말했다. "더러운 돼지 새끼만이 그렇게 혐오스런 생각을 하죠……. 난 신경 안 써요! 대꾸할 가치도 없었어."

그러더니 그녀는 솔직한 목소리로 젊은이를 계속 바라보며 덧붙였다.

"나도 물론 허물이 있어요. 하지만 그런 짓은 하지 않았어요……. 나를 건드린 사람은 두 남자밖에 없었죠. 열다섯 살 때 만난 광차 운반부, 그리고 다음이 마외였죠. 다른 남자처럼 그가 내게서 떠났다면, 글쎄! 나는 어떻게 되었을지 잘 모르겠군요. 결혼한 이래 내가 남편에게 정절을 지킨 것을 자랑하는 건 아니에요. 나쁜 짓을 전혀 안 했다면 그건 흔한 경우 기회들이 없었다는 말이죠……. 단지 나는 있는 사실만 얘기하는 거예요. 그렇게 얘기할 수 없는 이웃 여자 여럿을 알아요, 안 그래요?"

"그렇죠. 정말 그래요." 에티엔이 일어서며 대답했다.

그리고 그녀가 잠든 에스텔을 의자 두 개를 붙여 눕힌 후

불을 다시 붙이려 하는 사이 그는 밖으로 나갔다. 애들 아버지가 물고기를 잡아서 판다면 수프를 만들 수 있을 터였다.

밖은 이미 어두워져 얼음장 같은 밤이었고, 에티엔은 암울한 슬픔에 사로잡혀 고개를 숙인 채 걸어가고 있었다. 그것은 더 이상 그 남자에 대한 분노나 학대받는 가엾은 소녀에 대한 연민이 아니었다. 난폭했던 장면은 지워지고 파묻히면서, 모든 사람들의 고통과 빈곤으로 인한 혐오스러운 것들이 그를 다시 사로잡은 것이었다. 빵이 없는 탄광촌, 저녁을 먹지 못할 여자들과 꼬마들, 주린 배로 싸우고 있는 이 모든 민중이 그에게 다시 보였다. 때때로 그를 스치던 의구심이 석양의 몸서리 쳐지는 우울함 가운데 그의 속에서 솟아났고, 한 번도 느껴 본 적이 없는 강렬한 불안감으로 그를 괴롭혔다. 그는 얼마나 무시무시한 책임을 지고 있는가! 돈도 없고 외상도 얻을 수 없게 되었는데 그들을 더 밀어붙이며 완강히 저항하게 할 것인가? 아무런 지원도 오지 않고 굶주림이 용기를 꺾어 버린다면 결말은 어떻게 될 것인가? 돌연 그에게는 재앙의 광경이 떠올랐다. 죽어 가는 아이들, 흐느끼는 어머니들, 그리고 한편으로는 창백하고 야윈 모습으로 수갱에 다시 내려가는 남자들. 그는 계속 걸어갔고 발이 돌에 부딪혔다. 회사가 훨씬 더 강할 것이라는 생각, 그리고 그가 동료들의 불행을 초래하는 것은 아닌가 하는 생각으로 그에게는 견딜 수 없는 고뇌가 가득했다.

고개를 들었을 때 그는 자신이 르 보뢰 앞에 있다는 것을 알았다. 점점 짙어지는 어둠 속에 우중충한 건물 더미가 무게를 더하고 있었다. 움직이지 않는 커다란 어둠들로 막혀 있는 황량한 채굴물 집하장 가운데 서자 버려진 요새의 한구석 같은 느낌이 들었다. 권양기가 멈추자 영혼이 벽으로 빠져나간 것이었다. 이 시간의 밤에 그곳에는 더 이상 아무것도 살지 않았고 등불 하나, 목소리 하나 없었다. 그리고 펌프의 배기음 자체도, 완전히 소멸해 버린 듯한 수갱 속 어디에서 오는지 모르는 먼 곳의 헐떡임에 불과했다.

이 광경을 바라보자 그의 가슴속에서 피가 솟구쳤다. 노동자들이 굶주림으로 고생하는 반면 수백만 프랑을 좌지우지하고 있는 돈에 대항한 이 노동의 전쟁에서 회사가 훨씬 더 강하다는 법이 어디 있는가? 어쨌든 승리의 대가는 값비쌀 것이다. 시체들의 수는 나중에 셀 것이다. 그는 전투의 광기에, 죽음의 대가를 치르고서라도 이 가난을 끝장내겠다는 맹렬한 욕구에 다시 사로잡혔다. 굶주림과 부당함으로 모두가 조금씩 계속 죽어 가야 한다면 차라리 탄광촌이 단번에 굶어 죽는 것이 낫다. 그는 잘못 소화한 책의 내용들이 떠올랐다. 적을 저지하기 위해 자신들의 도시에 불을 지른 민중의 사례들, 아이들의 머리통을 길바닥에다 부딪쳐 아이들이 노예가 되는 것을 면하게 한 어머니들, 또는 폭군들이 준 빵을 먹느니 차라리 영양실조를 택해 스스로 죽어 간 사람들의 어렴풋한 이야기들이었다. 이것은 그를 고양시켜 어두운 슬픔의 위기로부터 상기된 기쁨이 솟아올라 의구심을 쫓아 버렸고, 그로 하여금 잠시 동안 지녔던 비겁함을 부끄러워하게 만들었다. 그리고 그의 신념이 이렇게 깨어나는 가운데 들뜬 오만함이 다시 솟아나 그를 더욱 높이 부추겼다. 지도자라는 기쁨과 사람들이 희생하면서까지 자신에게 복종하는 것을 보는 기쁨, 그의 힘이 커지는 꿈, 그리고 승리의 저녁을 맛보는 것이었다. 벌써 그는 순수한 위대함을 지닌 지도자가 된 장면을 상상하고 있었다. 그가 지도자가 된다면 그는 권력을 마다하고 민중의 손에 권한을 넘겨줄 것이다.

그러다 그는 기막힌 송어를 한 마리 낚아서 삼 프랑에 팔았다면서, 운이 좋았다고 얘기하는 마외의 목소리에 소스라쳐 깨어났다. 수프는 먹을 수 있게 되었다. 그러자 에티엔은 뒤따라가겠다고 말하고는 동료가 혼자 탄광촌으로 돌아가게 내버려 두었다. 그리고 그는 라방타주에 들어가 테이블에 앉아서, 플뤼샤르더러 당장 오라는 편지를 곧 쓰리라는 것을 라스뇌르에게 분명히 알리려고 손님 한 명이 나가기를 기다렸다. 그는 결심이 섰고 비공식 회합을 준비하려 했다. 만약 몽수의 광부들이 일제히 인터내셔널에 가입한다면 승리가 확실해 보였기 때문이다.

# 4

목요일 2시에 비공식 회합을 준비한 곳은 과부 데지르의 술집인 봉주아이외였다. 자기 자식 같은 광부들이 처한 비참한 삶에 화가 난 과부는, 특히 술집이 텅 빈 이후로 화가 누그러질 줄 몰랐다. 파업을 해도 이보다 술을 적게 마신 적은 없었고, 술꾼들은 현명하게 행동하라는 지침에 불복종하게 될까 봐 집에 틀어박혀 있었다. 그래서 수호성인 축일이면 사람들이 우글거리던 몽수의 대로는 황폐한 모습으로 소리 없이 음울하게 펼쳐져 있었다. 술집 카운터와 광부들의 배에서 흘러내리는 맥주는 더 이상 없었다. 마치 개천들이 말라 버린 것 같았다. 포장도로가의 카지미르 주점과 프로그레 카페 앞에는 창백한 얼굴로 길을 살펴보는 술집 여주인들뿐이었다. 그리고 몽수 전체에서도 랑팡 카페에서 피케트 카페와 라 테트쿠페 주점을 거쳐 티종 카페에 이르기까지 길거리 전부가 황량하게 펼쳐져 있었다. 감독들이 자주 드나드는 생텔루아 카페만이 아직 맥주 몇 잔을 파는 정도였다. 그 고적함은 볼 캉에까지 번져 나갔다. 힘든 시기인 만큼 무대 공연하는 여자들이 자신들의 가격을 십 수에서 오 수로 내렸음에도 불구하고 손님들이 없어서 그들은 실업 상태였다. 거의 초상이 난 것 같은 상황이어서 고장 전체가 비탄에 빠졌다.

"제기랄!" 과부 데지르가 두 손으로 자기 허벅지를 치면서 소리 질렀다. "이건 헌병놈들 잘못이야! 그들이 원한다면 나를 감옥에 처넣으라고 해. 하지만 나는 그들을 괴롭힐 거야!"

그녀는 모든 당국과 모든 경영인들을 일반적인 경멸의 용어인 헌병들로 칭했다. 그녀는 그 용어 속에 민중의 적들을 싸 잡아 넣었다. 그래서 그녀는 에티엔의 요청을 열성적으로 받아들였다. 그녀의 술집은 광부들의 것이고, 그녀는 댄스홀을 무료로 빌려줄 것이며, 법이 그것을 요구하는 이상 그녀가 초대장을 보낼 것이다. 게다가 법이 불만을 표시한다면 더 잘된 일이다! 법이 어떤 꼴이 될지 보게 될 것이다. 그다음 날이 되자마자 청년은 글을 쓸 줄 아는 탄광촌의 이웃 사람들에게 베껴 쓰게 한 편지 오십여 통을 그녀가 서명하도록 가져왔다. 그리고 이 편지들을 수갱들의 대표들과 믿을 만한 사람들에게 보냈다. 표면상의 의사 일정은 파업을 계속 할지에 대해 토론하는 것이었다. 그러나 사실은 인터내셔널에 일제히 가입시키기 위해 플뤼샤르를 초청해 연설을 기대하고 있었다.

목요일 아침에 에티엔은 수요일 저녁에 오겠다고 전보로 약속했던 그의 옛날 직공장이 도착하지 않자 걱정에 휩싸였다. 대체 무슨 일일까? 그는 회합 전에 그와 상의할 수 없어서 유감스러웠다. 9시가 되자마자 그는 그 기계공이 르 보뢰에 들르지 않고 아마도 곧장 그곳으로 갔을 것이라고 생각해서 몽수로 향했다.

"아니요, 당신 친구는 보지 못했어요." 과부 데지르가 대답했다. "하지만 모든 준비가 되었어요, 와서 좀 봐요."

그녀는 그를 댄스홀로 데리고 갔다. 홀의 장식은 그대로 남아 있었다. 천장에 색종이로 만든 화관을 지탱해 주는 꽃줄 장식들, 그리고 벽을 따라 성인과 성녀들의 이름을 늘어놓은 금색 마분지로 된 방패꼴 문장들이 있었다. 다만 한쪽 구석에 연주자들의 연주대 대신 책상 한 개와 의자 세 개가 놓여 있었고 홀에는 긴 의자들이 비스듬히 배열되어 있었다.

"완벽합니다." 에티엔이 말했다.

"그리고 당신도 알다시피 당신들 집이나 마찬가지니 편히 써요." 과부는 말을 이었다. "마음껏 떠들어 대요……. 헌병들이 오면 그들은 내 몸을 밟고 지나가야 할 테니."

그는 걱정스러워하면서도 그녀를 바라보면서 미소 짓지 않을 수 없었다. 그녀의 가슴 하나만 껴안으려 해도 남자 하나가 필요한 판에 한 쌍의 가슴을 지닌 그녀는 그에게 너무 거대해 보였기 때문이다. 그런 까닭에 이제는 주중 담당 애인 여섯 명중 필요상 매일 저녁 한꺼번에 두 명씩을 상대한다고 사람들이 수군대게 만든 것이었다.

그런데 에티엔은 라스뇌르와 수바린이 들어오는 것을 보고 놀랐다. 그는 과부가 세 사람을 비어 있는 큰 홀에 남겨 두고 나가자 소리 질렀다.

"아니! 당신들이 벌써 오다니!"

기계공들은 파업을 하지 않았기 때문에 수바린은 르 보뢰에서 야간작업을 하고 그저 호기심에 와 본 것이었다. 라스뇌르로 말하자면, 그는 이틀 전부터 난처해 보였고 그의 살찐 둥그런 얼굴은 사람 좋은 웃음을 잃어버렸다.

"플뤼샤르가 도착하지 않았어요. 몹시 걱정되네요." 에티엔이 말했다.

주점 주인은 시선을 돌리고는 입안에서 어물어물 대답했다.

"별로 놀랄 일이 아닐세, 나는 더 이상 그를 기다리지 않네."

"뭐라고요?"

그러자 그는 작심을 하고 상대방을 마주 보며 용감한 표정으로 말했다.

"내가 자네에게 얘기해 주길 바란다면 말인데, 사실 나도 그에게 편지를 한 통 보냈네. 그리고 그 편지에 나는 그에게 오지 말라고 부탁했지. 그래, 나는 외부 사람들에게 호소하지 말고 우리 일은 우리 자신이 해야 한다고 생각해."

에티엔은 흥분하여 몸을 떨며 동료의 눈을 노려보면서 더듬거리며 말했다

"당신이 그랬군! 당신이 그랬어!"

"내가 그랬지, 그렇고말고! 그리고 자네는, 그래도 내가 플뤼샤르를 얼마나 신뢰하고 있는지 알잖아! 그 사람은 영리하고 확고한 사람이어서 그와 함께할 수 있어……. 하지만 자네

알겠나? 나는 자네들의 사상은 아랑곳하지 않아! 내가 바라는 건 광부들이 더 좋은 대우를 받는 거야. 나는 갱 속에서 이십 년 동안 일했고, 거기서 가난과 피로로 너무나 많은 땀을 흘렸지. 그래서 아직도 거기에 있는 불쌍한 녀석들에게 편한 삶을 얻어 주겠다고 맹세했네. 그리고 내가 잘 느끼는 바인데, 자네들이 그 야단법석을 떨어서는 아무것도 얻지 못할 것이고, 노동자의 신세를 더 비참하게 만들 거야……. 노동자가 굶주림 때문에 다시 갱으로 내려갈 수밖에 없게 되면 회사는 그들을 더욱 가혹하게 다룰 거야. 도망친 개를 개집으로 다시 몰아넣듯이 몽둥이질로 앙갚음을 할 걸세……. 나는 바로 그걸 막고 싶은 거야, 알겠나!"

그는 배를 앞으로 내민 채 굵은 두 다리로 버티고 서서 목청을 높이고 있었다. 그리고 분별력 있고 참을성 있는 사람으로서 그의 모든 본성이 거침없이 풍성하게 흘러나오는 명확한 말 속에 드러났다. 단번에 세상을 변화시키고 노동자들을 경영자들의 자리에 놓아서, 사과를 나눠 먹듯 돈을 나눌 수 있다고 믿는 건 어리석은 일이 아닌가? 아마도 그런 일이 실현되려면 수천 년이 걸릴 것이다. 그러니까 기적 같은 이야기들로 나를 성가시게 하지 마라! 코를 부러뜨리고 싶지 않다면 똑바로 걷는 것이 가장 현명한 방책이다. 모든 경우에 있어 가능한 개혁을 요구하고, 그래서 결국 노동자의 신세를 나아지게 하는 것이다. 그래서 그는 자신이 나서면 회사로부터 더 좋은 조건들을 이끌어 낼 수 있다고 자부했다. 고집부리다가, 젠장! 다 같이 굶어 죽는 대신에 말이다.

에티엔은 분노로 말문이 막힌 채 라스뇌르가 말하도록 내버려 두었다. 그러다 그는 소리를 질렀다.

"빌어먹을! 당신은 용기도 없단 말입니까?"

순간 그는 라스뇌르의 따귀를 갈길 뻔했다. 그는 그런 욕구를 억누르려고 홀 안을 성큼성큼 걸어가 긴 의자들에 화풀이를 하며 밀쳐 댔고 그 바람에 의자들 사이로 통로가 생겼다.

"어쨌든 문을 닫지." 수바린이 가리키며 말했다. "사람들이 들을 필요는 없으니까."

수바린은 직접 문을 닫은 다음 사무용 의자 하나에 조용히 앉았다. 그는 담배를 한 개비 말고 꼭 다문 입술에 엷은 미소를 머금은 채 부드럽고 고운 눈으로 두 사람을 쳐다보았다.

"자네가 화를 내면 아무런 진전도 없어." 라스뇌르가 현명한 태도로 다시 말을 이었다. "나는 처음에 자네가 분별력이 있다고 생각했지. 동료들에게 침착하길 당부하고, 그들이 집 밖으로 나와 소요를 일으키는 일이 없게 하고, 종국에 질서를 유지하는 데 자네의 권한을 사용한 것은 아주 잘한 일이었어. 그런데 이제 자네는 그들을 혼란에 빠뜨리려 하고 있네!"

에티엔은 긴 의자들 사이로 왔다 갔다 하다가 라스뇌르 쪽으로 돌아와 그의 어깨를 잡고 그의 얼굴에 대고 소리쳐 대답하면서 그를 흔들어 댔다.

"아니, 빌어먹을! 나는 정말 평온하게 있고 싶어요. 그래요, 나는 그들에게 규율을 부과했습니다! 그래요, 나는 그들에게 들고일어나지 말라고 아직도 충고하고 있어요! 다만 결국에 가서 우리가 무시당해서는 안 된단 말입니다……! 당신은 냉정할 수 있어서 행복하겠군요, 나는 머리가 돌 것 같을 때가 수없이 많다고요."

그것은 그에게 있어 일종의 고백이었다. 그는 자신의 초심자적인 환상을, 형제가 된 사람들 사이에 정의가 곧 지배할 도시에 대한 그의 종교적인 꿈을 비웃는 것이었다. 사람들이 세상의 종말이 올 때까지 늑대들처럼 서로 잡아먹는 걸 보고 싶다면 팔짱을 끼고 기다리는 것, 그것이 좋은 방법일 거다. 아니다! 개입해야 한다. 그러지 않으면 불의는 영원할 것이고, 부자들은 항상 가난한 자들의 피를 빨아먹을 것이다. 그래서 그는 예전에 사회적인 문제에서 정치를 몰아내야 한다고 말한 자신의 어리석음을 용서할 수 없었다. 그 당시 그는 아무것도 몰랐지만, 그 후 책을 읽고 공부를 했다. 이제 그의 사상은 무르익었고 하나의 체계를 갖추었다고 자부했다. 하지만 그가 거쳐 가고 이어서 버린 이론들을 약간씩 모두 포함하고 있는 그런 혼란스러운 말들을 사용하는지라 그는 그 체계에 대해 잘 설명하지 못했다. 맨 꼭대기에는 카를 마르크스의 사상이 서 있었고, 자본은 약탈의 결과이며, 노동은 이 도둑맞은 부를 다시 쟁취할 의무와 권리가 있었다. 실천에 있어서 그는 맨 처음에는 프루동[53]과 같이 상호 신용에 대한, 중재인이 없는 거대한 교환 은행에 대한 환상에 사로잡혔다. 다음으로, 국가

---

53) 피에르 조제프 프루동(Pierre Joseph Proudhon, 1809~1865). 프랑스의 사회주의자. 공제 조합, 노동조합, 연방 제도의 창시자. 마르크스 이론을 비판하면서 자본주의의 개혁을 통해 노동과 자본, 부르주아 계급과 프롤레타리아 계급의 화해를 시도하려 했다.

의 보조를 받아 세상을 점차 하나의 산업 도시로 변형시키려는 라살[54]의 협동조합은, 통제의 어려움에 봉착해서 그가 라살에 대한 혐오감을 가지기 전까지는 그를 열광시켰다. 그리고 그는 얼마 전부터 집산주의에 관심을 갖게 되어서 모든 노동의 수단들이 집단에 반환될 것을 요구했다. 그러나 이것은 막연한 상태로 남아 있었고 자신의 감수성과 이성의 조심성에 의해 또한 저지되었고, 과격파들의 절대적인 주장을 감히 실행해 볼 엄두를 못 냈기 때문에 그는 이 새로운 꿈을 어떻게 실현해야 할지 몰랐다. 그는 다만 무엇보다 정부를 점령하는 것이 문제라고 말하는 데 그쳤다. 그러고 나서 두고 볼 것이었다.

"도대체 당신은 왜 그러는 건가요? 왜 당신은 부르주아 쪽으로 옮겨 가는 겁니까?" 에티엔은 주점 주인 앞에 다시 와서 우뚝 서며 격렬하게 말했다.

"당신이 스스로 그렇게 말했잖습니까, 끝장이 나야 한다고 말입니다."

라스뇌르는 얼굴이 살짝 빨개졌다.

"그래, 내가 그렇게 말했었지. 만약 끝장이 나면 다른 사람과 마찬가지로 내가 비겁하지 않다는 것을 자네는 알게 될 거야. 단지 나는 그 와중에 자리를 하나 낚으려고 혼란을 확대

---

54) 페르디난트 라살(Ferdinand Lassalle, 1825~1864). 독일의 정치가. 급진 사회민주주의자로 프루동, 마르크스와 교류했다. 뒤셀도르프 혁명 운동에 참여했다가 투옥되었고, 1863년 독일 노동자 총동맹을 창설했다. 개량 사회주의를 지향하여 마르크스와 엥겔스의 비판을 받았다.

시키는 사람들과 행동을 같이하는 건 거부하네."

이번에는 에티엔의 얼굴이 빨개졌다. 두 사람은 신랄해지고 불쾌해졌지만 그들의 경쟁 관계의 냉정함이 작용하여 더 이상 소리 지르지는 않았다. 사실 이 경쟁 관계는 체계들의 도를 넘는 것으로, 한 사람은 혁명적인 과도함으로 뛰어들고 다른 한 사람은 신중함을 꾸민 태도로 몰아가는 것이었다. 그들의 본의에 반하여 그들의 진정한 생각을 넘어서 자기 스스로 선택하는 것이 아닌 숙명적인 역할 속으로 그들을 휩쓸어 간 것이다. 그들의 대화를 듣고 있던 수바린은 금발 소녀 같은 그의 얼굴 위로 말없는 경멸을, 순교의 찬란함을 추구하지도 않으며 세상 모르게 자기 목숨을 바칠 준비가 되어 있는 사람의 엄청난 경멸을 드러냈다.

"나를 두고 하는 말인가요?" 에티엔이 물었다. "나를 질투하는 겁니까?"

"질투한다고?" 라스뇌르가 대답했다. "나는 위인이라고 자처하지 않아. 나는 지부장이 되기 위해 몽수에 지부를 만들려고 애쓰지도 않는다고."

에티엔이 말을 가로막으려 했으나 그는 덧붙여 말했다.

"좀 솔직해지라고! 자네는 인터내셔널에는 아랑곳하지 않아. 자네는 단지 우리의 우두머리가 되고 싶고, 그 유명한 북부 연맹 위원회와 서신 교환을 하면서 으스대고 싶을 뿐이지!"

침묵이 흘렀다. 에티엔은 몸을 떨면서 말을 이었다.

"좋아요. 저는 제가 비난받을 게 아무것도 없다고 생각하고 있었습니다. 늘 당신 의견을 물었죠. 당신이 저보다 앞서 오랫동안 여기에서 싸웠다는 것을 알고 있으니까요. 그런데 당신이 아무도 곁에 둘 수 없다면, 저는 이제부터 홀로 행동하겠습니다. 그리고 설령 플뤼샤르가 오지 않더라도 회합은 열릴 것이고, 당신이 반대하더라도 동료들은 가입하리라는 것을 미리 알려 두겠습니다."

"오! 가입 말인가." 주점 주인이 중얼거렸다. "쉽지 않을걸. 그들이 회비를 내도록 결심하게 만들어야 할 테니."

"전혀 그렇지 않습니다. 인터내셔널은 파업 중인 노동자들에게는 시간을 줘요. 회비는 나중에 낼 것이고, 인터내셔널은 당장 우리를 도와줄 겁니다."

그러자 라스뇌르는 대뜸 화를 냈다.

"좋아! 두고 보자고. 나는 그 회합에 참가해서 발언을 할 거야. 나는 자네가 친구들의 판단력을 흐리게 하도록 놔두지 않을 거라고. 그들에게 있어 진정한 이익이 뭔지 알려 줄 거야. 그들이 누구를 따르려고 하는지 우리는 알게 되겠지. 삼십 년 전부터 그들이 알아 왔던 나일지, 아니면 일 년도 안 되어 우리가 있는 곳의 모든 것을 뒤집어 놓은 자네일지 말이야. 그만! 그만! 나를 가만히 내버려 둬! 이제는 누가 먼저 상대를 박살 내느냐 하는 문제로군!"

라스뇌르는 문을 쾅 닫으며 나갔다. 천장에서는 꽃줄 장식들이 흔들렸고, 벽에서는 금박을 입힌 방패 모양 문장들이 튀어올랐다. 커다란 홀은 다시 무거운 정적에 빠져 들었다.

수바린은 테이블 앞에 앉아서 예의 부드러운 표정으로 담배를 피우고 있었다. 에티엔은 잠시 묵묵히 발걸음을 옮기다

오랫동안 감정을 추스렸다. 그 뚱뚱한 게으름뱅이를 자기한테 오도록 놔둔 건 잘못이었는가? 그리고 그는 자신이 명성을 얻으려 했다는 것을 부인하며, 탄광촌 사람들의 호의, 광부들의 신뢰, 그가 그들에 대해 지니고 있는 영향력 등 이 모든 것이 어떻게 생겨났는지 알지도 못하겠다고 생각했다. 그는 자신이 야심 때문에 일을 혼란으로 밀어붙인다는 비난에 분격해서 오직 동지애에서 비롯한 것임을 맹세하며 가슴을 두들겼다.

갑자기 그는 수바린 앞에 멈춰 서서 외쳤다.

"자네 알겠나, 나 때문에 동료가 피 한 방울이라도 대가를 치르게 된다면 나는 당장 아메리카로 떠나 버릴 거야!"

기계공은 어깨를 으쓱 치켜올렸다. 그리고 미소를 띠자 그의 입술은 다시 얇아졌다.

"오! 피라고." 그가 중얼거렸다. "그게 무슨 문제인가? 땅은 피를 원하는데."

에티엔은 냉정을 되찾으며 맞은편 의자에 앉아 팔꿈치를 괴었다. 수바린의 꿈에 잠긴 듯한 두 눈은 때때로 붉은빛으로 사나워졌고 그는 이 금발머리 얼굴이 두려웠다. 그의 눈은 에티엔의 의지에 묘한 영향을 미쳤다. 동료가 말을 하지 않아도 그 침묵 자체에 압도되어 그는 자신이 점점 빨려 들어가는 듯했다.

"이보게." 에티엔이 물었다. "내 입장이라면 자네는 어떻게 하겠나? 내가 행동하고자 하는 게 옳지 않은가? 우리가 이 협회에 가입하는 게 최선책이 아닌가?"

수바린은 담배 연기를 천천히 한 모금 내뿜더니 그가 늘 하는 말로 대답했다.

"그래, 바보짓들이지! 하지만 기다리는 동안에는 늘 그래…… 아무튼 그들의 인터내셔널이 곧 행동을 개시할 걸세. 그가 그걸 맡고 있지."

"누가 말인가?"

"그 사람!"

그는 동쪽으로 시선을 던지며 종교적인 열정을 띤 표정으로 작게 말했다. 그가 언급하는 사람은 지도자이자 파괴주의자인 바쿠닌[55]이었다.

"그 사람만이 결정적인 타격을 가할 수 있지." 그는 계속 말했다. "반면에 자네가 알고 있는 학자들은 진보를 얘기하는 비겁한 자들이야…… 삼 년 안에 그가 이끄는 인터내셔널은 낡은 세계를 분쇄해 버릴 걸세."

에티엔은 주의 깊게 귀를 기울였다. 그는 이에 대한 지식을 얻기를, 이 파괴의 신앙을 이해하길 열망했지만, 기계공은 마치 자기만의 비밀을 간직하려는 양 막연한 말들만 드문드문 띄울 뿐이었다.

"자, 이제 나에게 설명을 좀 해 주게…… 자네들의 목표는 뭔가?"

"모든 걸 파괴하는 거지…… 더 이상 국가도 정부도 사유

---

55) 미하일 알렉산드로비치 바쿠닌(Mikhail Aleksandrovitch Bakounine, 1814~1876). 러시아의 무정부주의자이며 혁명가. 프랑스의 1848년 혁명을 체험하며 마르크스, 프루동 등과 교류했다. 협동조합 제도, 반권위주의적 연방제를 주창하여 후에 마르크스와 결별했다.

재산도, 그리고 신도 신앙도 없도록."

"잘 알겠네. 그런데 그렇게 해서 자네들은 어디로 향하려는 건가?"

"원시적이고 형태 없는 공산 사회로, 새로운 세계로, 모든 것이 새로 시작되는 곳으로."

"그럼 실행 수단은? 어떻게 착수할 생각인가?"

"방화, 독약, 단검으로. 불한당은 진정한 영웅이며 민중의 복수자야. 책에서 길어 낸 말들을 하지 않고 행동하는 혁명가 이지. 무서운 테러를 잇달아 일으켜서 힘 있는 자들을 겁먹게 하고 인민을 일깨워야 해."

그런 이야기를 하면서 수바린은 무시무시해졌다. 일종의 환희에 찬 듯 의자에서 일어선 그는 신비스러운 광채가 창백한 두 눈에서 뻗어 나왔으며, 가냘픈 손으로는 테이블 가장자리를 부숴 버릴 듯이 움켜잡았다. 공포에 사로잡힌 에티엔은 그를 바라보면서, 황제의 궁궐 밑 통로에 폭탄을 재어 놓은 일이며, 경찰 간부들을 멧돼지처럼 칼로 찔러 죽인 일이며, 모스크바의 어느 비 오는 아침 군중 속에서 마지막으로 그가 눈길로 입 맞추는 가운데 교수형을 당한 그가 사랑했던 한 여인 등 어렴풋하게 그의 속내를 들었던 일들을 생각했다.

"아니야! 아니야!" 이 잔혹한 환영들을 물리치는 몸짓을 하며 에티엔이 중얼거렸다. "우리가 있는 곳은 아직 그 지경은 아니야. 살인이나 방화는 절대로 안 돼! 그건 끔찍하고 부당한 짓이야. 죄인을 목 졸라 죽이려고 모든 동료들이 나설걸!"

그는 도무지 이해할 수 없었다. 그의 혈통은, 땅을 스칠 정도의 낫질로 호밀밭을 베듯 이 세계를 말살하려는 어두운 꿈을 거부했다. 그런 다음 사람들은 무엇을 할 것이며 민중은 어떻게 다시 생겨난단 말인가? 그는 대답을 요구했다.

"자네의 계획을 말해 주게. 우리가 어디로 가고 있는지 알고 싶네."

그러자 수바린은 흐릿하고 망연한 시선으로 조용히 결론지었다.

"미래에 대한 모든 추론들은 범죄야. 왜냐하면 그것들은 순수한 파괴를 막고 혁명의 발목을 잡거든."

이 대답에 에티엔은 오싹해지는 한편 웃음이 나기도 했다. 게다가 그는 그 생각들 중에는 좋은 점이 있으며 그 생각들이 무시무시하게 단순한 점이 자신의 관심을 끈다고 기꺼이 수바린에게 털어놓았다. 다만 동료들에게 그런 것을 얘기한다면 라스뇌르를 너무나 유리하게 만드는 일이 될 것이었다. 실리적이어야 하는 것이 문제였다.

과부 데지르는 그들에게 식사를 권했다. 그들은 그녀의 제안을 받아들여, 주중에는 이동 칸막이로 댄스홀과 분리되는 술집의 홀로 자리를 옮겼다. 기계공은 오믈렛과 치즈를 함께 먹고 나자 떠나려 했다. 그래서 에티엔이 붙잡자 그는 말했다.

"무슨 소용인가? 자네들이 쓸데없이 어리석은 말을 하는 걸 들으라고……! 난 지겹게 봤어. 그럼 이만!"

그는 담배를 입에 문 채 예의 부드럽고 고집스런 표정을 띠며 떠나 버렸다.

에티엔의 걱정은 커져 갔다. 1시가 되었고 플뤼샤르가 약속을 어길 것이 분명해졌다. 1시 30분경에 대표들이 나타나기 시작했고 그는 그들을 맞이해야 했다. 회사가 평소처럼 스파이들을 보내지 않을까 염려되어 사람들이 입장하는 것을 지켜보았다. 그는 초대장을 일일이 확인하고 사람들의 얼굴을 쳐다보았다. 그런데 많은 사람들이 초대장 없이 와서 그는 얼굴을 알면 문을 열어 주었다. 2시가 되자 라스뇌르가 도착했다. 라스뇌르는 서두르지 않고 얘기를 나누면서 카운터 앞에서 파이프 담배를 다 피워 가고 있었다. 그 빈정거리는 투의 침착함은 결국 에티엔의 화를 돋우고 말았다. 자카리와 무케, 또 다른 사람들 등등의 농담꾼들이 그저 농담을 하러 와서 더욱 그러했다. 그들은 파업에는 아랑곳하지 않았고, 아무 일도 안 한다는 것이 우스꽝스럽다고 생각했다. 그들은 테이블가에 앉아 자신들의 마지막 이 수로 맥주 한 잔 마시면서 신 넘에 차 있는 동료들을 놀려 대며 히죽거렸고, 이 동료들은 그들의 귀찮은 말을 참아 넘기려고 했다.

다시 십오 분이 흘렀다. 홀 안의 사람들은 조바심쳤다. 그래서 실망한 에티엔은 결심이 선 몸짓을 했다. 그리고 그가 들어가려고 작정했을 때 밖으로 머리를 내밀고 있던 과부 데지르가 소리쳤다.

"그가 저기 와요, 당신의 선생이!"

정말로 그는 플뤼샤르였다. 숨을 헐떡거리는 말이 끄는 마차를 타고 도착한 그는 포장도로로 뛰어내렸다. 호리호리하고 겉멋을 부린 그는 머리는 크고 네모난 데다, 검은 나사 직물로 된 프록코트 밑으로 잘 차려입은 부유한 노동자의 복장을 하고 있었다. 오 년 전부터 그는 줄질 한번 하지 않았고, 연단에서의 성공으로 거만해져서 몸치장을 했으며 특히 머리를 단정하게 빗어 넘겼다. 하지만 그의 팔다리는 여전히 억셌고 넓적한 손의 손톱은 쇠에 닳아서 다시 자라지 않았다. 매우 활동적인 그는 자기 사상을 전파하려고 쉬지 않고 지방을 돌아다니며 자기 야망을 충족시켰다.

"아! 나를 원망하지들 마세요!" 질문과 비난을 앞지르며 그가 말했다.

"어제는 아침에 프뢰이에서 연설을 했고 저녁에는 발랑세에서 회합이 있었지요. 오늘은 마르시엔에서 소바냐와 함께 점심 식사를 했고…… 드디어 마차를 탈 수 있었어요. 나는 기진맥진해 있습니다. 여러분은 내 목소리를 들어 아시겠지요. 하지만 아무 상관 없습니다. 그래도 나는 연설을 하겠습니다."

그는 봉주아이외의 문턱에 이르자 무언가 생각난 듯 멈춰섰다.

"젠장! 회원 카드를 잊고 왔구먼! 꼴좋게 될 뻔했어!"

마부가 차고에 넣고 있는 마차로 되돌아가 짐칸에서 작은 검은색 나무 상자를 꺼내서 팔에 끼고 왔다.

희색이 만면한 에티엔은 그를 따라갔다. 한편 라스뇌르는 깜짝 놀라서 그에게 악수를 청할 생각도 못 했다. 플뤼샤르는 어느새 라스뇌르의 손을 꽉 잡고 편지에 대해 재빨리 간단하게 말했다. 그 무슨 이상한 생각인가! 이 회합을 왜 갖지 않는단 말인가? 할 수 있다면 회합은 항상 가져야 한다. 과부 데지르가 그에게 뭘 좀 들라고 권했으나 그는 거절했다. 필요 없다! 그는 마시지 않고 이야기했고 몹시 서둘렀다. 저녁에는 주아젤에 가서 르구죄와 협의해야 하기 때문이었다. 모두들 떼를 지어 댄스홀로 다시 들어갔다. 늦게 도착한 마외와 르바크는 이 지도자들을 따라 들어갔다. 그러고는 방해받지 않도록 열쇠로 문을 잠그자, 자카리가 무케에게 그들이 안에서 모두의 애라도 하나 만들 모양이라고 소리쳤고 농담꾼들은 더 큰 소리로 조롱했다.

백여 명의 광부들이 홀의 답답한 공기 속에서 의자에 앉아 기다리고 있었고, 홀 바닥에서는 지난번 무도회 때처럼 열기가 올라오고 있었다. 새로 온 사람들이 빈자리에 앉는 동안 속삭이는 소리들이 퍼져 나갔고 고개들이 돌아갔다. 사람들은 릴의 지도자를 쳐다보았고 그의 검은색 프록코트는 놀라움과 불편함을 불러일으켰다.

그러나 곧 에티엔의 제안에 따라 위원회가 구성되었다. 그가 이름을 부르자 사람들이 거수로 찬성했다. 플뤼샤르는 의장으로 임명되었고, 이어서 보좌관으로 마외와 에티엔이 임명되었다. 의자들을 옮기고 위원회가 자리 잡았다. 그런데 테이블 뒤로 의장이 사라져 사람들이 잠시 찾았다. 그는 줄곧 들고 있던 상자를 테이블 밑에 밀어 넣고 있었다. 그가 다시 나타나더니 주의를 집중시키기 위해 주먹으로 테이블을 가볍게 두드렸다. 그러고 나서 그는 쉰 목소리로 연설을 시작했다.

"시민 여러분."

그때 작은 문이 열려서 그는 말을 멈춰야 했다. 과부 데지르가 부엌을 통해 둘러 오면서 쟁반에 맥주를 여섯 잔 가져온 것이었다.

"그대로들 있어요." 그녀는 속삭였다. "말할 때는 목이 마른 법이죠."

마외가 그녀가 가져온 것을 받아 주어서 플뢰샤르는 말을 계속할 수 있었다. 그는 몽수 노동자들의 환대에 매우 감동했으며 자신은 몹시 피로하고 목이 아프다고 말하면서 지각한 것에 대해 사과했다. 그러고 나서 그는 발언권을 요청한 시민 라스뇌르에게 순서를 넘겼다.

라스뇌르는 벌써 테이블 옆에 와서 맥주잔 가까이 우뚝 서 있었다. 돌려놓은 의자 하나가 그에게 연단 구실을 해 주었다. 그는 감정이 매우 복받친 것 같았고, 기침을 한 뒤 겨우 목소리를 내었다.

"동지 여러분……."

그가 수갱의 광부들에게 영향력을 발휘하는 것은 그의 달변과 결코 지치지 않고 몇 시간이고 얘기할 수 있는 친절함 때문이었다. 그는 아무런 몸짓도 하지 않고 묵직하면서 미소 띤 모습으로 그들의 마음을 사로잡고 취하게 만들었다. 그래서 결국 모두들 "그래, 그래, 정말 그렇지, 자네가 옳아!"라고 말하게 되었다. 그러나 이날에는 처음 몇 마디를 시작하면서부터 그는 보이지 않는 적대감을 느꼈다. 그래서 그는 신중하게 나아갔다. 그는 파업의 계속 여부만 문제 삼아서 박수갈채를 받으려 했고 그다음에 인터내셔널을 공격할 작정이었다. 명예를 위해서는 분명 회사의 요구에 굴복해서는 안 된다. 하지만 굶주림이 너무 심하지 않은가! 앞으로도 오랫동안 파업을 고집해야 한다면 앞날이 얼마나 끔찍한가! 그리고 그는 복종을 지지하는 의사 표시를 하지 않으면서도 용기를 꺾었고, 굶어 죽어가는 탄광촌을 보여 주었으며, 어떤 재원을 기대하고 있는지 저항을 지지하는 사람들에게 물어보았다. 서너 명의 친구들이 그의 말에 찬성하려 하자 대다수의 차가운 침묵이 더욱 강해졌고, 그의 말에 점점 화가 나서 비난이 커져 갔다. 그러자 그는 그들을 다시 장악하지 못하는 것에 절망하면서 분노로 흥분했고, 만약 그들이 외부의 선동에 의해 판단력이 흐려지도록 스스로를 내버려 두면 불행한 일이 일어날 것이라고 경고했다. 삼분의 이가 일어서서 화를 냈고, 그가 자신들을 행동할 수 없는 아이들 취급하면서 모욕하는 이상 더 이상 말하지 못하게 하려 했다. 하지만 그는 맥주를 한 모금씩 계속 마시면서 그 소란 가운데서도 말을 계속했다. 자신이 의무를 이행하는 것을 막을 자는 분명 아무도 없다고 격렬하게 외쳤다.

플뤼샤르가 서 있었다. 그는 종을 갖고 있지 않았기 때문에 주먹으로 테이블을 두들기고는 목이 멘 소리로 반복해서 말했다.

"시민 여러분……. 시민 여러분……."

마침내 플뤼샤르가 장내를 어느 정도 진정시키고 의견을 물었다. 그러자 회합에 모인 사람들은 라스뇌르에게서 발언권을 박탈했다. 수갱을 대표해 사장과 면담했던 사람들이, 굶주림에 격노하고 새로운 사상을 열망하는 다른 사람들을 이끌었다. 그것은 결과가 미리 정해져 있는 투표였다.

"당신이야 상관없겠지, 당신은 말이야! 먹고사니까!" 르바크가 라스뇌르를 주먹으로 위협하며 고함쳤다.

에티엔은 이 위선자의 연설에 흥분해 얼굴이 시뻘게진 마외를 진정시키기 위해 의장의 등 뒤로 몸을 기울였다.

"시민 여러분." 플뤼샤르가 말했다. "제가 말씀을 드리려고 합니다."

깊은 침묵이 흘렀다. 그는 말했다. 고통스럽고 쉰 목소리였다. 그러나 자신의 일정과 함께 후두염을 달고 다니면서 늘 뛰어다니는 그는 그런 것에 익숙해 있었다. 점차 그는 목청을 높이면서 비장한 효과를 이끌어 냈다. 양팔을 벌리고 구절에 맞춰 어깨를 흔들며 주일의 설교와 같은 웅변을 토하는가 하면, 말끝을 떨어뜨리는 종교적인 방식을 사용하면서 단조롭게 웅웅거리는 말로 결국 듣는 사람들을 설득해 냈다.

그는 인터내셔널의 위대함과 혜택을 연설의 기초로 삼았다. 이것은 그가 처음 시작하는 지역에서 가장 먼저 이야기하는 것이었다. 그는 인터내셔널의 목표와 노동자들의 해방을 설명했다. 그리고 그는 인터내셔널의 웅대한 구조를 보여 주었다. 아래에는 읍, 그 위로는 주, 또 그 위로는 국가, 그리고 맨 위에는 인류가 있었다. 그는 두 팔을 천천히 흔들면서 층층이 쌓아 올려 미래 세계의 거대한 성당을 세우는 것이었다. 그러고 나서 내부적인 과정을 말했다. 그는 규약을 읽고 회의에 대해 말했으며, 점차 중요해지는 과업, 그리고 임금 논의에서 출발하여 이제는 임금 제도를 결말짓기 위해 사회적 청산 문제에 달려들 계획이 확대될 것임을 알려 주었다. 더 이상 국적도 없이 정의에 대한 공통된 갈망으로 모인 전 세계의 노동자들이 부패한 부르주아를 쓸어 내고 마침내 자유로운 사회를 세워, 그곳에서는 일하지 않는 사람은 아무것도 거두지 못한다는 것이었다. 그는 노호했으며, 그의 숨결은 천장에 달려 있는 색종이 꽃들을 놀라게 했고 그의 고함 소리는 검어진 낮은 천장 아래에서 메아리쳤다.

넘실거리는 파도가 사람들의 머리를 뒤흔든 듯했다. 몇몇 사람이 외쳤다.

"그래, 맞아! 우리도 동참할 거야!"

그는 말을 계속했다. 삼 년 안으로 세계를 정복할 것이다. 그리고 그는 가입시킨 민중들을 열거했다. 비 오듯 사방에서 노동자들이 가입한다. 신생 종교도 결코 그만큼 많은 신자를 모으지는 못했다. 그리고 노동자들이 세상의 주인이 되면 고용주들에게 법을 공포할 것이고, 그러면 고용주들은 이번에는 노동자들이 목 앞에 들이댄 주먹에 위협받을 것이다.

"그래! 그래! 바로 그들이 갱 속에 내려가야 해!"

그는 손짓을 한 번 해서 조용히 할 것을 요구했다. 이제 그는 파업 문제를 다루기 시작했다. 원칙적으로 자신은 파업을 반대한다. 파업은 너무 느린 수단이고 노동자의 고통을 오히려 심화시킨다. 하지만 더 나은 방책을 기다리다가 파업이 불가피해지면 그것을 하기로 결심해야 한다. 파업은 자본을 교란시키는 이점이 있기 때문이다. 그리고 이런 경우에 그는 인터내셔널이 파업자들에게 하나의 구세주가 되었음을 보여 주었고 그 예를 들었다. 파리에서 청동 주조공들이 파업을 했을 당시 고용주들은 인터내셔널이 지원한다는 소식에 겁을 먹고 단번에 모든 것을 허가했다. 런던에서는 어느 탄광 소유주가 불러들인 벨기에 노동자들을, 인터내셔널이 비용을 대 본국으로 송환함으로써 그 탄광의 광부들을 구해 냈다. 가입하는 것만으로도 충분했다. 회사들은 떨었고, 노동자들은 자본주의 사회의 노예로 남느니 차라리 서로를 위해 죽기로 결심하고 위대한 노동자 군대의 일원이 되었다는 것이다.

박수갈채로 그의 말이 중단되었다. 그는 마외가 건네는 맥주를 한사코 사양하며 손수건으로 이마를 닦았다. 그가 다시 말을 시작하려 하자 다시 박수갈채가 터져 나와서 그의 말을 가로막았다.

"됐어!" 그는 재빨리 에티엔에게 말했다. "저 사람들은 이제 충분히 준비됐어! 빨리! 회원 카드를!"

그는 테이블 밑으로 뛰어들어 작은 검은색 나무 상자를 가지고 다시 나타났다.

"시민 여러분." 그는 소란을 압도하며 소리쳤다. "여기 회원 카드가 있습니다. 대표자들은 나오십시오. 그분들께 카드를 드리면 여러분에게 나누어 드릴 겁니다……. 모든 세부 사항들은 나중에 처리하겠습니다."

라스뇌르는 뛰어나와서 또 항의했다. 에티엔 쪽에서는 연설을 해야 해서 흥분하고 있었다. 극심한 혼란이 이어졌다. 르바크는 싸울 태세로 주먹을 앞으로 내질렀다. 마외는 서서 말하고 있었는데 한마디도 알아들을 수 없었다. 이렇게 소란이 한층 심해진 가운데 바닥에서 먼지가 올라왔다. 이전의 여러 무도회 때 쌓인 먼지가 날아오르면서 여자 광차 운반부들과 소년 갱부들의 냄새로 실내 공기는 더욱 악취가 났다.

갑자기 작은 문이 열리고 과부 데지르가 그녀의 배와 가슴으로 문간을 가득 채운 채 우뢰와 같은 목소리로 말했다.

"좀 조용히들 해, 제발! 헌병들이 왔다고!"

그 지역의 경찰서장이 조서를 작성하고 집회를 해산시키기 위해 좀 늦게 도착한 것이었다. 네 명의 헌병이 그를 수행하고 있었다. 오 분 전부터 과부는 그곳이 자기 집이며 친구들을 모이게 할 권리가 분명 있다고 대답하면서 문간에서 그들에게 수작을 걸고 있었다. 그러나 그들이 그녀를 밀쳐 대자 그녀는 자기 아이들에게 알려 주려고 뛰어온 것이었다.

"이쪽으로 달아나야 해." 그녀가 다시 말했다. "마당에는 더러운 헌병 놈이 지키고 있어. 괜찮아. 나의 작은 장작 광이 골목길로 연결돼 있으니까……. 서둘러들, 좀!"

벌써 서장은 주먹으로 문을 두들기기 시작했다. 그런데 문을 열어 주지 않자 문을 부수겠다고 위협했다. 어느 밀고자가 얘기한 게 틀림없었다. 다수의 광부들이 초청장 없이 그곳에 있으므로 집회는 불법이라고 서장이 소리쳤기 때문이었다.

홀 안에서 혼란은 커져 갔다. 그렇게 도망칠 수는 없었다. 가입에 대해서나 파업을 계속하는 것에 대해 투표조차 하지 못했기 때문이었다. 모두들 한꺼번에 발언하려고만 했다. 마침내 의장은 박수로 투표하는 것을 생각해 냈다. 사람들은 손을 들어 투표했고, 대표자들은 결석한 동료들의 이름으로 자기들이 가입하겠노라고 서둘러 선언했다. 이렇게 해서 몽수의 광부 만 명은 인터내셔널의 회원이 되었다.

그와 동시에 모두들 뿔뿔이 달아나기 시작했다. 달아나는 사람들을 보호하려고 과부 데지르는 문에 기대어 버텼고, 헌병들은 개머리판으로 그녀의 등 뒤에서 문을 뒤흔들었다. 광부들은 긴 의자들을 뛰어넘어 부엌과 장작 광을 통해 줄지어 빠져나갔다. 라스뇌르는 선두에서 사라졌고, 르바크는 자신이 욕설을 한 것은 잊은 채 화해의 맥주를 한잔 사 주겠거니 기대하면서 그를 따라갔다. 에티엔은 작은 상자를 덥석 집은 후에 명예롭게 제일 나중에 나가고자 하는 플뤼샤르와 마외와 함께 기다렸다. 그들이 떠나자마자 자물쇠가 부서졌고, 서장은 과부와 마주치게 되었다. 그녀는 가슴과 배로 아직도 바리케이드를 치고 있었다.

"내 집에 있는 모든 것을 부순다고 당신에게 별 득 될 것도 없잖아요!" 그녀는 말했다. "보다시피 아무도 없다고요."

행동이 굼뜨고 사건을 성가셔 하는 서장은 그저 그녀를 감옥에 집어넣겠다고 위협할 뿐이었다. 그리고 그는 조서를 작성하기 위해 떠났다. 동료들이 멋지게 골탕 먹인 것을 보고 감탄한 자카리와 무케는 무장 병력을 비웃으며 조롱했고, 서장은 헌병 네 명을 도로 데려갔다.

밖의 골목길에서는 에티엔이 상자 때문에 거추장스러워하며 뛰어갔고 나머지 사람들이 뒤따랐다. 그는 갑자기 피에롱이 생각나서 왜 그가 보이지 않았는지 물었다. 그러자 마외는 계속 달리면서 피에롱은 아프다고 대답했다. 일종의 꾀병으로, 위험에 빠질까 봐 겁먹은 것이라고 했다. 사람들은 플뤼샤르를 붙들어 두려 했다. 그러나 그는 멈추지 않고 르구죄가 명령을 기다리고 있는 주아젤로 다시 떠난다고 말했다. 그러자 사람들은 그에게 잘 가라고 소리쳤으며, 속도를 줄이지 않고 걸음아 날 살려라 하며 모두들 몽수를 가로질러 줄행랑쳤다.

숨이 차서 군데군데 말이 끊기면서도 서로 말을 주고받았다. 에티엔과 마외는 앞으로의 승리를 확신하고는 자신감에 차서 웃었다. 인터내셔널이 지원해 주면 회사는 그들에게 일을 다시 시작해 달라고 애걸할 것이다. 그런데 이 희망의 도약 가운데에는, 포장도로를 달리며 울려 대는 두툼한 신발들의 질주 가운데에는 또 다른 것이, 어둡고 잔인한 것이 있었으니, 이 탄광촌 전체를 뜨겁게 달굴 폭력의 광풍이었다.

# 5

또 보름이 흘러갔다. 1월 초였고 차가운 안개가 광활한 들판을 마비시키고 있었다. 그리고 가난은 더욱 악화되어 탄광촌들은 더욱 궁핍해지는 가운데 시시각각 괴로워했다. 런던의 인터내셔널에서 보내 온 4000프랑은 사흘치 빵도 대 주지 못했다. 그러고 나서는 아무것도 오지 않았다. 커다란 희망이 사그라들자 용기들이 꺾였다. 형제가 그들을 버린 마당에 이제 누구에게 의지하란 말인가? 그들은 세상과 격리된 채 거친 겨울 한가운데서 길을 잃은 느낌이었다.

화요일이 되자 240번 탄광촌에는 모든 재원이 고갈되었다. 에티엔은 대표들과 여러 가지 일을 했다. 인근 도시에서, 또 파리에서까지 새로 가입을 받고 모금을 했으며 강연회를 조직했다. 이러한 노력은 거의 소득이 없었다. 처음에는 열정적이었던 여론도 파업이 극적인 사건 없이 조용하게 끝도 없이 이어지자 무관심해졌다. 보잘것없는 적선금은 가장 가난한 가정들을 간신히 버티게 해 주었다. 다른 사람들은 낡은 옷을 저당 잡히고 살림을 하나씩 팔면서 살아갔다. 침대 매트리스의 양털, 부엌 용품들, 가구들까지도 모두 고물상에 넘어갔다. 사람들은 잠시 살았다고 생각하기도 했다. 메그라 때문에 망했던 몽수의 소매상들이 손님을 되찾으려고 외상 거래를 제공한 것이다. 실제로 일주일 동안 식료품상인 베르동크와 빵집 주인인 카루블과 스멜텐은 가게를 열었다. 그러나 자금이 바닥나자 세 사람은 그 일을 중단했다. 집행관들은 신이 났고, 이런 사태에서 생긴 것이라곤 짓누르는 빚밖에 없었는데, 그것은 광부들에게 오랫동안 짐이 될 것이었다. 이제 어디서도 외상을 주지 않았고, 더 이상 팔 헌 냄비 하나 없었으며, 사람들은 한쪽 구석에서 잠을 자고, 옴 걸린 개처럼 죽을 판이었다.

에티엔은 자기 살이라도 팔고 싶었다. 그는 봉급을 포기했고 마르시엔에 가서 바지와 고급 직물 프록코트를 팔아서 아직 마외네 집 냄비가 끓게 해 주는 것에 기뻐했다. 그에게는 이제 부츠만이 남았는데 그는 말하기를, 발이 튼튼함을 유지하도록 그것을 남겼다고 했다. 그는 공제 조합 기금을 쌓을 틈 없이 파업이 너무 일찍 발생한 것에 절망했다. 그는 재난의 유일한 원인이 거기에 있다고 생각했다. 저항에 필요한 돈을 저축해서 마련한다면 노동자들이 고용주들에게 승리할 것이 확실하기 때문이었다. 그는 조합의 기금을 파탄 내기 위해 회사가 파업을 부추겼다고 비난하던 수바린의 말을 회상했다.

빵도 없고 땔감도 없는 이 불쌍한 탄광촌 사람들을 보자 그는 마음이 흔들렸다. 그는 차라리 나가서 먼 곳까지 산책하다 지쳐 버리기를 바라곤 했다. 어느 날 저녁 집에 돌아오다 레키야르 근처를 지나던 중 그는 한 노파가 길가에 실신해 있는 것을 보았다. 아마도 노파는 영양실조로 죽어 가는 것 같았다. 그는 노파를 일으킨 다음 나무 울타리 너머로 보이는 한 처녀를 부르기 시작했다.

"어! 너구나." 그는 라 무케트를 알아보고 말했다. "나를 좀 도와줘. 이 할머니에게 무언가를 마시게 해야겠어."

라 무케트는 가엾은 마음에 눈물을 흘리며, 폐허 더미 가운데 그녀의 아버지가 마련해 놓은 쓰러질 것 같은 오두막집으로 급히 돌아갔다. 그녀는 즈니에브르 술과 빵을 갖고 다시 나왔다. 노파는 술을 마시고 정신을 차리더니 말없이 빵을 게걸스럽게 물어뜯었다. 그 노파는 어느 광부의 어머니로 쿠니 쪽의 한 탄광촌에 살았는데, 자기 여동생에게 돈을 꾸러 주아젤에 갔다가 허탕을 치고 돌아오던 중 그곳에 넘어진 것이었다. 노파는 먹고 나자 얼떨떨한 모습으로 떠나갔다.

에티엔은 무너진 창고들이 가시덤불 속에 파묻혀 있는 레키야르의 텅 빈 들판에 남아 있었다.

"자, 한잔 마시러 들어가지 않을래?" 라 무케트가 그에게 명랑하게 물었다.

그가 망설이자 그녀는 말했다.

"그래, 너는 아직도 내가 무섭니?"

그는 그녀의 웃음에 끌려 그녀를 따라 들어갔다. 그녀가 기꺼이 빵을 내주자 그는 감동했다. 그녀는 그를 자기 아버지의 방으로 들이려 하지 않고 자기 방으로 데려가 조그만 잔 두 개에 즈니에브르를 따랐다. 방이 아주 깔끔해서 그는 칭찬을 했다. 게다가 그녀의 가족은 부족한 것이 아무것도 없어 보였다. 그녀의 아버지는 르 보뢰에서 마부 일을 계속하고 있었다. 그리고 그녀는 팔짱만 끼고 있지 않으려고 세탁부가 되어 매일 삼십 수를 벌었다. 남자들과 노닥거린다고 해서 게으르다는 법은 없다.

"말해 볼래?" 그녀가 그의 허리를 부드럽게 안으며 갑자기 속삭였다. "왜 너는 나를 사랑하려고 하지 않니?"

그 역시 웃지 않을 수 없었다. 그녀가 너무나 깜찍한 표정으로 그 말을 던졌기 때문이다.

"아니, 난 너를 아주 좋아해." 그가 대답했다.

"아냐, 아냐, 내가 원하는 건 그게 아니야……. 너도 알다시피 나는 욕망으로 죽을 지경이야. 말해 볼래? 그러면 난 너무나 기쁠 거야!"

사실 그녀는 여섯 달 전부터 그를 졸랐다. 그는 그녀가 들러붙어 떨리는 양팔로 자신을 껴안는 것을 계속 바라보고 있었다. 그녀가 얼굴을 들고 그를 바라보며 너무나 사랑을 애원하고 있어 그는 무척 감동했다.

그녀의 둥글고 거친 얼굴은 누렇고 석탄에 찌들어서 예쁜 데라고는 없었다. 그러나 눈은 광채로 빛나고, 일종의 매력과 욕망의 떨림이 살결에서 배어 나와 그녀는 장밋빛의 아주 젊은 처녀로 보였다. 그래서 이토록 공손하고 열렬한 헌신 앞에서 그는 더 이상 거부할 엄두가 나지 않았다.

"아아! 너 정말 원하는구나." 그녀는 기쁨에 차서 중얼거렸다. "아! 넌 정말 원하는구나!"

그리고 그녀는 마치 처음인 것처럼, 결코 남자를 알지 못했던 것처럼, 숫처녀 같은 서투름과 아뜩함을 띠고서 몸을 맡겼다. 그러고 나서 헤어질 때 그녀는 감사하는 마음이 넘쳐흘러 그에게 고맙다고 말하고 그의 손에 키스했다.

에티엔은 이런 행운이 좀 창피스러웠다. 라 무케트를 손에 넣은 것은 자랑거리가 아니었다. 집으로 돌아가면서 그는 결코 다시는 이런 짓을 하지 않겠다고 맹세했다. 그래도 그는 그녀에 대해 다정한 기억을 간직했다. 그녀는 좋은 여자였던 것이다.

그런데 탄광촌에 돌아와 심각한 일이 벌어진 것을 알게 되자 그는 자신의 애정 행각을 잊어버렸다. 대표들이 사장과 새로운 교섭을 시도한다면, 회사가 아마도 한발 양보할 것이라는 소문이 퍼져 있었다. 어쨌든 감독들이 그런 소문을 퍼뜨린 것이었다. 사실 이번 싸움에서 탄광은 광부들보다 더 고통받았다. 양측의 고집은 폐허만을 쌓아 올리고 있었다. 노동자는 굶어 죽는 한편 자본가도 무너져 갔다. 하루 휴업할 때마다 수십만 프랑이 날아갔다. 멈춰 있는 기계는 모두 죽은 기계나 마찬가지다. 장비들과 설비들이 망가져 갔고 꼼짝 못 하는 돈은 모래에 스며드는 물처럼 녹아 버렸다. 수갱의 채굴물 집하장에 조금 남아 있던 석탄 저장분이 바닥난 이후로 고객들은 벨기에 쪽 거래처를 알아보겠다고 했다. 그렇게 되면 미래에 대한 하나의 위협이 되는 것이었다. 그러나 회사가 특히 두려워하며 애써 감추는 것은 갱도와 막장이 심하게 파손되고 있다는 사실이었다. 갱목이 도처에서 부러졌으며 매시간 낙반이 일어나 감독들이 수리하기에는 역부족이었다. 곧 재난이 너무나 막대해져서 채굴 작업이 재개되려면 몇 개월이고 오랫동안 수리해야 할 것이었다. 벌써 사고 이야기들이 그 지역에 퍼지고 있었다. 크레브쾨르에서는 갱도 300미터가 한꺼번에 무너져 내려 생크폼 탄맥으로 접근하는 길을 막았다. 마들렌에서는 모그레투 탄맥이 부스러져 물로 가득 찼다. 회사 측에서는 그런 사실을 인정하기를 거부했지만 그때 사고가 갑자기 잇달아 두 건이나 일어나는 바람에 실토해야 했다. 어느 날 아침라 피올렌 가까이에서 사람들은 전날 무너진 미루의 북쪽 갱도 위로 땅이 갈라져 있는 것을 발견했고, 그다음 날에는 르보뢰의 내부가 함몰되어 마을 외곽 한쪽 전체를 뒤흔들어서 집 두 채가 없어질 뻔했던 것이다.

에티엔과 대표자들은 회사 측의 의도를 알지 못한 채로 교섭을 감행하길 망설였다. 그들의 질문을 받은 당사르는 즉답을 피했다. 분명 회사 측은 오해를 유감스러워하고 있으며 타협을 위해 최선을 다할 것이라고 했다. 하지만 그는 세밀하게는 말하지 않았다. 결국 그들은 자기들 편의 정당성을 확보해 두기 위해 엔보 씨에게 가기로 결정했다. 그들은 나중에 회사가 잘못을 인정할 기회를 주지 않았다고 사람들이 그들을 비난하는 것을 원치 않았기 때문이다. 그렇지만 그들은 아무것도 양보하지 않을 것을, 가장 정당한 그들의 요구 조건들을 견지할 것을 맹세했다.

탄광촌이 어두운 가난 속으로 빠져들어 가던 화요일 아침에 면담이 있었다. 면담은 첫 번째 때보다 덜 우호적이었다. 이번에도 마외가 대표로 말했으며, 높은 양반들께서 그들에게 새롭게 말할 것이 없으신지 물어보라고 동료들이 보냈다고 설명했다. 처음에 엔보 씨는 놀라는 척했다. 그는 어떤 명령도 받지 못했으며, 광부들이 가증스런 반항을 고집하는 한 사태는 변할 수 없다고 했다. 그러자 그의 이 권위주의적인 완고함은 아주 불쾌한 결과를 초래했다. 그 정도가 심히 지나쳐서, 대표자들이 화해할 의도로 수고스럽게 왔음에도 그들이 더욱 고집 부리도록 만들기에 충분했다. 이어서 사장은 상호 타협할 여지를 찾고 싶어 했다. 노동자들이 갱목 작업 수당을 별도로 지급하는 것을 받아들이고, 회사는 이 지급액에 대해 회사가 착취한다고 그들이 비난하는 이 상팀을 인상하는 걸로 하자는 것이다. 게다가 이 제안은 자신이 책임지는 것이며, 결정된 것은 아무것도 없지만 이러한 양보를 파리에서 얻어낼 수 있을 것으로 자신은 기대한다고 그는 덧붙여 말했다. 하지만 대표단은 이를 거부했고, 광차당 오 상팀 인상과 함께 기존 체제 유지라는 그들의 요구를 되풀이했다. 그러자 사장은 당장 자신이 담판 지을 수 있다고 하면서, 굶어 죽어가는 그들의 아내와 아이들을 생각해서 이 제안을 수락할 것을 강요했다. 그러나 대표단은 시선을 바닥을 향한 채 고집불통으로 완강하게 몸을 흔들며 안 된다고, 계속 안 된다고 말했다. 그들은 서로 사나운 모습으로 헤어졌다. 엔보 씨는 문을 쾅 닫았다. 에티엔과 마외 그리고 다른 사람들은 궁지에 몰린 패배자들의 말없는 분노를 머금고 그들의 두툼한 신발 굽으로 포장도로를 뚜벅뚜벅 걸으며 떠나갔다.

오후 2시경에 탄광촌 여자들은 그녀들 나름대로 메그라와 교섭을 시도했다. 그 사람을 누그러뜨려 그에게서 다시 한 주 동안 외상을 얻어 내는 것 말고는 더 이상 아무 희망이 없었다. 그것은 사람들의 착한 마음에 너무 자주 기대하곤 하는 라 마외드의 생각이었다. 그녀는 라 브륄레와 라 르바크가 같이 가겠다고 결심하게 만들었다. 라 피에론은 미안하다면서 병이 완전히 낫지 않은 피에롱의 곁을 떠날 수 없다고 했다. 다른 여자들이 무리에 합류해서 그들은 스무 명가량이나 되었다. 몽수의 부르주아들은 여자들이 길을 가로로 꽉 채운 채 어둡고 비참한 모습으로 다가오는 것을 보고 걱정스러워하며 고개를 설레설레 저었다. 그들은 문을 닫았고, 어떤 귀부인은 은그릇을 감췄다. 그녀들을 이렇게 만나는 것은 처음 있는 일이었으며 이보다 더 나쁜 징조는 없었다. 통상 여자들이 이렇게 길을 휩쓸고 다닐 때는 모든 상황이 악화되었다. 메그라의 가게에서는 격렬한 소동이 벌어졌다. 처음에 그는 히죽거리며 그들이 빚을 갚으러 온 것으로 믿는 척하면서 그들을 들어오게 했다. 서로 뜻을 모아 한꺼번에 돈을 가져오다니 친절하시군요. 그러고 나서 라 마외드가 말을 꺼내자마자 그는 격분하는 척했다. 당신들, 사람 무시하는 거야? 또 외상이라니, 그럼 날 파산시킬 생각이야? 안 돼. 감자 한 개, 빵 한 조각도 더 이상 안 돼. 그리고 이제 다른 가게에서 구입하는 모양이니 식료품상 베르동크와 빵집 주인 카루블과 스멜텐에게 가 보라고 하면서 그녀들을 돌려보냈다. 여자들은 겁먹은 공손한 태도로 그의 말을 듣고 사과했으며 그가 동정심에 사로잡히는지 알기 위해 그의 두 눈을 살펴보았다. 그는 농지거리를 다시 시작하면서, 라 브륄레가 자신을 애인으로 삼으면 그녀에게 가게를 주겠다고 했다. 모두 너무나 비겁해져 있었기 때문에 그들은 그런 농담에 웃어 주었다. 라 르바크는 한술 더 떠서 자신은 정말 그러고 싶다고까지 말했다. 그러나 그는 금방 거칠어져서 그녀들을 문 쪽으로 밀어냈다. 그녀들이 애원하며 저항하자 그는 그중 한 여자를 난폭하게 밀쳤다. 다른 여자들은 보도에서 그를 향해 배신자라고 외쳐 댔고, 라 마외드는 복수심 어린 분노가 끓어올라 하늘을 향해 양팔을 쳐든 채 저런 인간은 밥 먹을 가치도 없다고 외치면서 죽어 버리라고 기원했다.

탄광촌으로 돌아오는 길은 음울했다. 아내들이 빈손으로 돌아오자 남편들은 그들을 바라보고는 고개를 떨구었다. 끝난 것이었다. 수프 한 숟가락 없이 하루가 끝날 것이었다. 다른 날들도 얼어붙은 어둠 속에 펼쳐졌고 한 줄기 희망의 빛도 없었다. 그들이 원한 일이고 아무도 굴복하자고 말하지 않았다. 이 극심한 가난에 그들은 사냥꾼에게 내몰리다 차라리 굴 속에서 죽기를 작정한 짐승들처럼 말없이 더욱 고집을 세웠다. 누가 감히 나서서 굴종할 것을 말하겠는가? 사람들은 동료들과 함께 다 함께 버티기로 맹세했다. 무너진 흙더미 아래에 동료 하나가 깔리면 함께 수갱에서 버티듯 모두들 버틸 것이었다. 그것은 당연한 일이었다. 그들은 체념하는 법을 배우기 위해 그 땅속의 수갱이라는 훌륭한 학교에 다니고 있었던 것이다. 열두 살 때부터 불과 물을 삼켜 온 사람들은 일주일쯤은 먹지 않고 버틸 수 있었다. 그들은 죽음에 맞서는 일상적인 투쟁 가운데 희생을 호언장담해 왔기 때문에 그들의 헌신에는 군인처럼 자기 직업을 자랑스러워하는 사람들의 자부심 같은 것이 있었다.

마외네 집에도 끔찍한 저녁이 왔다. 마지막 석탄 찌꺼기가 연기를 내며 죽어 가는 난로 앞에 앉아서 모두들 말이 없었다. 매트리스 속을 한 움큼 한 움큼 집어내 판 다음에 그들은 그저께 뻐꾸기시계를 삼 프랑에 팔았다. 그러자 친근한 똑딱 소리가 더 이상 들리지 않게 된 이후로 방은 헐벗고 죽은 것 같았다. 고급스러운 것이라고는 마외가 옛날에 선물한 장미색 마분지 상자밖에 남지 않았는데 라 마외드는 마치 보석인 양 그 상자에 애착을 가지고 있었다. 괜찮은 의자 두 개는 팔았고, 본모르 영감과 아이들은 정원에서 도로 들여 놓은 낡고 이끼가 낀 긴 의자에 끼어 앉았다. 기울어 가는 납빛 석양은 추위를 더하는 것 같았다.

"어떻게 해야 하지?" 난로 모서리에 웅크리고 있던 라 마외드가 되풀이해서 말했다.

에티엔은 서서 벽에 붙어 있는 황제와 황후의 초상화를 바라보았다. 마외 가족이 장식용이라고 그것을 지켜 내지 않았더라면 이미 오래전에 그는 그것들을 벽에서 떼어 버렸을 것이다. 그는 이를 악물고 중얼거렸다.

"우리가 죽는 걸 바라보고 있는 저 쓸모없는 자들한테서 이 수도 얻어 낼 수 없다니!"

"저 상자를 가져가 볼까요?" 망설임 끝에 얼굴이 온통 창백해진 아내가 다시 말을 이었다.

다리를 늘어뜨리고 머리를 가슴에 파묻은 채 식탁가에 앉아 있던 마외는 다시 일어섰다.

"안 돼, 난 싫어!"

라 마외드는 고통스럽게 일어나서 방을 한 바퀴 둘러보았다. 이런 가난에 봉착하다니, 세상에 이럴 수가 있는가! 찬장에는 빵 조각 하나 없고, 더 이상 팔 것이 아무것도 없으며, 빵 하나 구할 방법이 떠오르지 않다니! 게다가 난로마저 꺼져 가고! 그녀는 아침에 폐석장 위의 탄각을 주워 오라고 보냈더니 회사가 줍는 것을 금지한다고 빈손으로 돌아온 알지르에게 화를 냈다. 누가 회사 눈치를 보더냐? 흘린 석탄 부스러기들을 줍는다고 마치 도둑질이라도 하는 것처럼 취급하다니! 계집아이는 절망감에 싸여 어떤 남자가 따귀를 때리겠다고 위협했다는 얘기를 했다. 그러고 나서 아이는 다음 날 다시 그곳에 가 보겠다고, 그리고 얻어맞더라도 주워 오겠다고 약속했다.

"그런데 이놈의 장랭은?" 어머니는 소리쳤다. "그 애는 여태 어디 있을까……? 샐러드용 채소를 따 오라고 했는데. 그랬으면 적어도 짐승들처럼 뜯어 먹기라도 했을 텐데! 그 애는 돌아오지 않을 거예요. 어제 벌써 외박했거든요. 나는 그 애가 무슨 짓을 하는지 모르겠는데, 그 몹쓸 녀석은 늘 배부른 모습이에요."

"어쩌면 길에서 동전이라도 줍고 있는지 모르죠." 에티엔이 말했다.

그러자 그녀는 정신없이 흥분해 두 주먹을 흔들었다.

"그러기만 했어 봐······! 내 자식들이 거지라니! 그렇다면 나는 차라리 애들을 죽이고 나도 죽을 거야."

마외는 다시 식탁가에 털썩 주저앉았다. 레노르와 앙리는 먹을거리가 없는 것에 놀라서 끙끙거리기 시작했다. 한편 본모르 노인은 배고픔을 달래려고 철학자처럼 말없이 입속에서 혀를 굴리고 있었다. 아무도 더 이상 말을 하지 않았다. 모두들 심해지는 자신들의 불행에 마비되어 가고 있었다. 할아버지는 기침을 해 대며 꺼먼 가래침을 뱉어 냈고, 류머티즘이 다시 도져 수종이 되었으며, 아버지는 천식에다 무릎은 물이 차서 부었고 어머니와 어린애들은 연주창과 유전성 빈혈에 시달렸다. 분명 직업 탓이었다. 사람들은 먹을 것이 없어서 죽을 지경이 되면 그런 병들에 대해 불평했다. 탄광촌에서는 벌써 사람들이 파리처럼 쓰러지고 있었다. 어쨌든 저녁거리를 찾아야 했다. 세상에, 무얼 해야 하나, 어딜 가야 하는가?

그러자 음울한 슬픔으로 방을 점점 어둡게 만드는 석양 속에서 조금 전부터 망설이고 있던 에티엔은 가슴이 메어 와 결심했다.

"기다려 보세요." 그는 말했다. "가 볼 데가 있으니까요."

그리고 그는 나갔다. 라 무케트가 생각난 것이었다. 그녀는 분명 빵을 갖고 있을 것이고 기꺼이 그것을 나눠 주리라. 그렇게 레키야르로 가야 하다니 그는 괴로웠다. 그 소녀는 사랑에 빠진 하녀의 표정으로 그의 손에 키스하리라. 그래도 고통에 빠진 친구들을 저버릴 수는 없으니, 그는 그래야 한다면 그녀에게 또 다정하게 굴 것이었다.

"나도 가 보겠어요." 이번에는 라 마외드가 말했다. "이건 정말 말도 안 되는 일이야."

그녀는 청년의 뒤를 이어 문을 열고는, 알지르가 방금 켜 놓은 양초 조각의 희미한 불빛 속에 꼼짝 않고 말없이 있는 다른 사람들을 남겨 둔 채 거칠게 문을 닫았다. 그녀는 밖에서 걸음을 멈추고 잠시 생각해 보았다. 그러고 나서 그녀는 르바크네 집으로 들어갔다.

"이봐. 요전에 내가 빵을 하나 꿔 줬잖아. 그걸 갚아 주면 좋겠는데……."

그러나 그녀는 말을 멈췄다. 그녀가 보기에는 그럴 가망이 거의 없었기 때문이었다. 그 집은 그녀의 집보다 더 궁기를 풍겼다. 라 르바크는 멍한 눈으로 꺼진 난로를 바라보고 있었고, 르바크는 못 제조공들을 만나 술에 취해서 배 속이 빈 채 식탁에서 자고 있었다. 부틀루는 벽에 등을 기댄 채 어깨를 기계적으로 비벼 대고 있었다. 호인풍의 사람이 자기 저축금이 털려서 허리띠를 졸라매야 하는 데에 충격을 받아 망연자실한 모습이었다.

"빵 한 개라……. 아! 나의 친구야." 라 르바크가 대답했다. "나는 당신한테 빵 한 개를 더 꾸려던 참이었는데!"

그러고는 남편이 자면서 아프다고 투덜대자 그녀는 테이블에 그의 얼굴을 짓눌러 댔다.

"조용히 해, 돼지 같은 작자야! 창자가 쓰라리다면 더 잘됐지……! 친구한테 술을 얻어먹는 대신 이십 수를 빌려 달라고 했어야 하지 않았어?"

그녀는 더러운 살림 가운데서 계속 욕을 하며 분풀이를 했다. 살림은 이미 너무 오래전부터 내버려 두어서 바닥에서 참을 수 없는 냄새가 풍겨 올라왔다. 모든 것이 무너져 버릴지 모르는데도 그녀는 아랑곳하지 않았다. 그의 아들인 망나니 같은 베베르는 아침부터 또 사라졌고, 그녀는 녀석이 다시는 돌아오지 않는다면 기분 좋게 짐을 덜어 내는 거라고 소리쳤다. 그러더니 그녀는 자러 가겠다고 말했다. 적어도 따뜻하게는 잘 것이다. 그녀는 부틀루를 흔들었다.

"자, 어서! 올라가자고……. 불은 꺼졌고, 빈 접시들을 보자고 촛불을 켤 필요도 없어……. 올라갈 거지, 루이? 잠자리에 들자니까, 서로 붙어 자면 도움이 되겠지……. 이 빌어먹을 술주정뱅이는 여기서 혼자 얼어 뒈지라고 해!"

라 마외드는 밖으로 다시 나와 피에롱네 집에 가 보려고 결연한 마음으로 정원을 가로질러 갔다. 웃음소리가 들려왔다. 그녀가 문을 두드리자 갑작스레 조용해졌다. 그녀에게 문을 열어 주는 데 일 분은 족히 걸렸다.

"어머나! 당신이군." 라 피에론이 화들짝 놀란 시늉을 하며 소리쳤다. "나는 의사인 줄 알았어."

그녀는 라 마외드가 말할 틈도 주지 않고 계속 말했으며,

활활 타오르는 석탄불 앞에 앉아 있는 피에롱을 가리켰다.

"아! 저 사람은 건강이 안 좋아. 늘 안 좋지. 얼굴은 건강해 보이는데, 아픈 곳은 배 속이거든. 그래서 저이는 따뜻하게 있어야 해서 있는 걸 몽땅 때고 있어."

사실 피에롱은 활기 있어 보였으며, 화색이 돌고 살도 기름져 보였다. 그는 환자 시늉을 하느라 숨을 헐떡였으나 소용없었다. 더욱이 라 마외드는 이 집에 들어오면서 강렬한 토끼 고기 냄새를 맡은 참이었다. 분명 음식을 치워 놓은 것이었다. 빵 조각들이 식탁 위에 흩어져 있었다. 그리고 그 한가운데에 깜빡 잊고 놓아둔 포도주 한 병을 그녀는 보았다.

"엄마는 빵 한 개를 구하려고 몽수에 갔어." 라 피에론이 말을 계속했다. "우리는 엄마를 기다리느라 목이 빠질 지경이야."

그러나 그녀의 목소리는 조여들었다. 이웃집 여자의 눈길을 좇다 그녀 역시 포도주 병을 발견한 것이었다. 곧 그녀는 정신을 가다듬고 사연을 얘기했다. 그렇다. 그건 의사가 보르도 포도주를 처방해 준 자기 남편을 위해 라 피올렌의 부르주아들이 그녀에게 갖다준 것이다. 그녀는 그들에게 끝없이 감사를 표시했다. 얼마나 선량한 부르주아들인가. 거만하지 않은 데다 특히 그 아가씨는 노동자의 집에 들어와 손수 적선을 했다!

"나도 알고 있어." 라 마외드가 말했다. "나도 그들을 알지."

항상 자선이 가난과는 가장 거리가 먼 사람들에게 베풀어진다는 생각에 그녀는 가슴이 메어 왔다. 늘 예상하던 대로였는데 라 피올렌의 사람들은 헛일을 한 것이었다. 어째서 그녀는 탄광촌에서 그들을 보지 못했을까? 봤다면 그들에게서 뭐라도 얻어 냈을 텐데.

"내가 여기 온 건 당신들 집에 먹을 게 있나 알아보기 위해 서였어⋯⋯." 그녀는 마침내 털어놓았다. "나중에 갚을 테니까 국수라도 없을까?"

라 피에론은 호들갑을 떨며 절망한 양 말했다.

"아무것도 없어, 친구. 밀가루 한 알갱이도 없어⋯⋯. 엄마가 돌아오지 않는다면 아무것도 구하지 못했다는 얘기야. 우리 는 저녁도 못 먹고 자야 할 거야."

그때 지하실에서 울음소리가 들려오자 그녀는 화를 내며 주먹으로 문을 쳤다. 그녀의 말에 의하면 바람둥이 리디가 온 종일 쏘다니다 5시에야 돌아와서 벌을 주려고 가둬 놓았다는 것이었다. 도무지 길들일 수 없는 그 아이는 끊임없이 사라지 곤 했다.

그렇지만 라 마외드는 떠날 결심을 못 하고 서 있었다. 그 활활 타는 불은 고통스러운 안락함으로 그녀의 몸속을 파고 들었고, 그들이 거기에서 식사를 했다는 생각을 하자 그녀는 더욱 배가 고파 왔다. 그들은 토끼 고기를 실컷 먹으려고 노 파를 내보내고 계집아이를 가둬 놓은 게 틀림없었다. 아! 말 해 봐야 소용없다. 아내의 행실이 나쁘면 집안이 행복한 법이 구나!

"잘 있어." 갑자기 그녀가 말했다.

바깥은 밤이 되었고 구름 뒤에 있는 달은 흐릿한 빛으로 땅을 비추고 있었다. 낙담한 라 마외드는 집에 돌아갈 엄두가 나지 않아 정원들을 다시 가로질러 가는 대신에 빙 둘러서 갔다. 죽은 듯한 건물 정면들을 따라 모든 문들이 기근의 냄새를 풍겼고 텅 빈 소리를 냈다. 문을 두드려 봐야 무슨 소용인가? 똑같이 비참한 집단일 뿐이었다. 사람들이 아무것도 먹지 못한 지 몇 주일이 된 이래로 벌판 멀리서부터 탄광촌이 있음을 말해 주던 그 찌든 양파 냄새도 사라졌다. 이제 탄광촌에는 오래된 지하실 냄새와 아무것도 살지 않는 구덩이들의 습기만 남았다. 희미한 소리들이 스러져 갔고 눈물들을 삼켰으며 욕설들도 사라졌다. 그리고 점점 무거워지는 침묵 속에 배고픈 잠이 다가오는 소리가, 침대에 쓰러져 가로누운 몸뚱이들이 텅 빈 배 속의 악몽에 짓눌리기 시작하는 소리가 들려왔다.

교회 앞을 지날 때 그녀는 그림자 하나가 빠르게 내닫는 것을 보았다. 그녀는 희망을 품고 서둘렀다. 탄광촌 예배당에서 일요일마다 미사를 드리는 몽수의 본당 신부인 주아르 신부를 알아보았기 때문이다. 아마도 그는 성기실에서 나온 것 같았는데 어떤 일을 해결하려고 거기에 불려 간 것이었다. 그는 등을 둥글게 구부린 채 모든 사람과 평화롭게 살려는 살찌고 온화한 사람의 표정을 하고 뛰어가고 있었다. 그는 광부들 사이에서 곤란한 상황에 빠지지 않기 위해 밤중에 볼일을 보러 다니는 것이 틀림없었다. 더욱이 그는 최근에 승진을 했다는 말이 있었다. 그는 벌써 자기 후임자인, 벌건 잉걸불 같은 눈을 지닌 깡마른 신부와 같이 다니기도 했다는 것이다.

"신부님, 신부님." 라 마외드는 더듬더듬 말을 걸었다.

그러나 그는 잠시도 걸음을 멈추지 않았다.

"그래요, 잘 가요, 착한 부인."

그녀는 집 앞에 돌아와 있었다. 다리를 더 이상 지탱할 수가 없어서 집에 들어갔다. 아무도 움직이지 않고 있었다. 마외는 여전히 식탁 가장자리에 낙담한 채 앉아 있었다. 본모르 노인과 아이들은 덜 춥도록 긴 의자 위에 서로 꼭 끼어 앉아 있었다. 그리고 서로 한마디 말도 하지 않았다. 단지 촛불만이 타고 있었는데, 얼마 남지 않아서 그 불빛마저도 곧 사라질 판이었다. 아이들은 문소리에 고개를 돌렸다. 그러나 어머니가 아무것도 가져오지 못한 것을 보자, 아이들은 야단맞을까 봐 울고 싶은 마음을 억누르며 다시 바닥을 내려다보았다. 라 마외드는 꺼져 가는 난로 곁의 자기 자리에 털썩 앉았다. 식구들은 그녀에게 아무것도 물어보지 않았고 침묵이 계속되었다. 모두들 사정을 짐작했으며 굳이 얘기를 해서 피곤해지는 것은 무익한 일이라고 판단했다. 그리고 이제는 기진맥진하고 낙담한 채 기다리는 것, 어쩌면 에티엔이 어디에선가 가져올 구호물을 마지막으로 기다리는 일만 남아 있을 뿐이었다. 일 분, 이 분, 시간이 흘러갔고 그들은 그것마저도 더 이상 기대하지 않게 되었다.

에티엔이 다시 나타났을 때 그는 익혀서 식힌 감자 열두 개가량을 행주에 싸서 가지고 왔다.

"자, 이게 내가 구한 전부입니다." 그가 말했다.

라 무케트 집에도 빵은 없었다. 그녀는 그에게 열정적으로 입을 맞추면서 자신의 저녁거리를 행주 안에다 강제로 담아 준 것이었다.

"고맙습니다만 나는 거기서 먹었습니다." 그는 자기 몫을 건네주는 라 마외드에게 말했다…….

그는 거짓말을 하고는 음식에 달려드는 아이들을 침울한 표정으로 바라보았다. 아버지와 어머니 역시 더 남겨 놓기 위해 자제하고 있었다. 그러나 노인은 게걸스럽게 집어삼키고 있었다. 알지르에게 주기 위해 노인에게서 감자 하나를 빼앗아야 했다.

그때 에티엔은 새로운 소식을 들었다고 말했다. 파업 노동자들의 고집에 화가 난 회사가 파업에 관계된 광부들에게 노동 수첩을 돌려주겠다고 했다는 것이었다. 회사는 결단코 전쟁을 원했다. 더 심각한 소문도 퍼졌다. 회사가 많은 수의 광부들을 갱으로 다시 내려가도록 설득했다고 자랑한다는 것이었다. 다음 날에는 라 빅투아르와 푀트리캉텔은 전원이 일할 것이고, 심지어 마들렌과 미루에서조차 삼분의 일가량이 일할 것이라고 했다. 마외 부부는 격분했다.

"제기랄!" 남편이 소리 질렀다. "배신자들이 있다면 대가를 치르게 해야 해!"

그리고 그는 일어서서 고통 어린 흥분에 휩쓸리며 말했다.

"내일 저녁 숲속에서 만나세……! 우리가 봉주아이외에서 뜻을 모으는 걸 막는다면 우리가 마음대로 할 수 있는 곳은 숲속이야."

이 고함 소리는 배를 채우고 잠이 든 본모르 영감을 깨웠다. 그것은 소집을 알리는 예전의 고함 소리였으며, 예전의 광부들이 왕실 군대에 대한 저항을 모의하려 했던 약속이었다.

"그래, 그래, 방담에서! 사람들이 거기로 간다면 나는 찬성이야!"라 마외드는 격렬한 몸짓을 하며 말했다.

"우리는 모두 갈 거야. 끝장날 거다, 이 불의와 배신들이!"

에티엔은 다음 날 저녁으로 예정한 약속을 모든 탄광촌 사람들에게 전하기로 결정했다. 그런데 르바크네처럼 난로가 꺼졌고 갑자기 촛불도 꺼졌다. 석탄도 석유도 더 이상 없었다. 살을 에는 강추위 속에 잠자리를 더듬어 누워야 했다. 아이들은 울고 있었다.

# 6

장랭은 이제 회복되어 걸어 다녔다. 그러나 두 다리가 잘못 접합되어 아이는 오른쪽으로 또 왼쪽으로 절름거렸다. 하지만 그가 도둑질하는 사악한 짐승의 날렵함을 지니고 예전만큼 힘차게 오리걸음으로 내닫는 것은 놀라웠다.

그날 저녁 해 질 무렵, 장랭은 레키야르의 길 위에서 그와 붙어 다니는 베베르와 리디를 거느리고 망을 보고 있었다. 그는 오솔길 모퉁이에 비스듬히 서 있는 허름한 식료품 가게의 맞은편에서 나무 울타리 뒤 공터에 숨어 있었다. 앞이 거의 보이지 않는 한 노파가 가게에다 먼지가 새카맣게 앉은 렌즈콩과 강낭콩 자루를 서너 개 내놓고 있었다. 그런데 장랭이 그 작은 눈으로 엿보고 있는 것은 파리똥으로 얼룩덜룩해진 채 문에 걸려 있는 오래된 말린 대구였다. 벌써 두 번이나 그것을 채 오려고 그는 베베르를 출동시켰었다. 그런데 그때마다 길모퉁이에 사람들이 나타났다. 늘 훼방꾼들이 있으니 작업을 벌일 수 없었던 것이다!

말을 탄 어느 신사가 갑자기 나타나자 아이들은 그가 엔보씨임을 알아보고 나무 울타리 밑으로 납작 엎드렸다. 파업 이후로 그를 길에서 자주 볼 수 있었다. 반란을 일으킨 탄광촌들 가운데로 혼자 다니면서 흔들리지 않는 용기를 지니고 그 지역의 사정을 직접 확인하는 것이었다. 그의 귓가에는 돌 한 개 휙 날아가는 소리도 들린 적이 없었고, 말없이 천천히 인사하는 사람들만 마주칠 뿐이었다. 구석진 곳에서 정치를 비웃으며 쾌락에 탐닉하는 연인들과 맞닥뜨리는 일이 가장 흔했다. 그는 속보로 나아가는 암말 위에 앉아 아무도 방해하지 않기 위해 머리를 꼿꼿이 세우고 지나쳤지만, 한편으로 그렇게 질탕하게 자유로운 사랑 행위를 벌이는 이들 사이를 지나가면서 그의 가슴은 채워지지 않는 욕구로 터질 것 같았다. 망나니 같은 그 꼬마 녀석들이 한 덩어리가 되어 계집아이 위에 올라타고 있는 것이 그에게는 또렷이 보였다. 어린애들까지 자신들의 빈곤과 비비고 살면서 벌써 즐기다니! 그의 두 눈은 젖어 들었고, 프록코트의 단추를 군대식으로 채운 그는 안장 위에 꼿꼿이 앉은 채 사라졌다.

"재수 더럽군!" 장랭이 말했다. "끝이 없겠어……. 시작해, 베베르! 꼬리를 잡아당겨!"

그런데 또다시 두 사람이 다가오자 아이는 또 욕설을 참았다. 그때 자기 형 자카리가 무케에게 아내가 치마 속에 꿰매

놓은 사십 수짜리 동전 하나를 어떻게 해서 발견했는지 얘기하는 목소리가 들려온 것이다.

두 사람은 서로 어깨를 치며 마음 편히 히히덕거리고 있었다. 무케는 다음 날 크로스 대회를 열자고 제안했다. 라방타주에서 2시에 출발할 것이고, 마르시엔 근처 몽투아르 쪽으로 갈 것이라고 했다. 자카리도 찬성했다. 무엇 때문에 파업으로 골치를 썩이는가? 아무 일도 하지 않는 이상 재미있게 노는 게 낫지! 그리고 그들은 길모퉁이를 돌아갔는데, 그때 운하에서 돌아오던 에티엔이 그들을 불러 세우고 얘기하기 시작했다.

"저 작자들은 여기서 잠을 잘 셈인가?" 장랭은 분통을 터뜨리며 말했다. "이제 밤이 되면 노파가 자루들을 들여놓을 텐데 말이야."

또 광부 한 사람이 레키야르 쪽으로 내려왔고, 에티엔은 그와 함께 멀어져 갔다. 그리고 그들이 나무 울타리 앞을 지날 때 아이는 그들이 숲에 대해 얘기하는 것을 들었다. 하루 안에 모든 탄광촌에 알리지 못할까 봐 약속을 다음 날로 미루어야 했다는 것이었다.

"얘들아." 그는 두 친구에게 속삭였다. "내일 커다란 음모를 꾸미나 본데. 가 봐야 해. 알았지? 우리는 오후에 몰래 가자."

그리고 마침내 길이 비자 그는 베베르를 출동시켰다.

"용기를 내! 꼬리를 잡아당겨……! 조심해. 노파가 빗자루를 갖고 있어."

다행히 밤이 어두워졌다. 베베르가 껑충 뛰어 대구에 매달리자 줄이 끊어졌다. 그는 그것을 연처럼 흔들면서 도망쳤고 나머지 둘도 그를 따라서 셋이 모두 내달렸다. 식료품 가게 주인인 노파는 놀라서 가게에서 나왔지만 영문을 몰랐고 어둠 속으로 사라지는 무리를 알아볼 수도 없었다.

이 망나니들은 이 고장에서 공포의 대상이 되었다. 그들은 야만인 무리처럼 지역을 차츰차츰 침범했다. 처음에는 르 보뢰의 채굴물 집하장에서 노는 것으로 만족했다. 그곳에 쌓여 있는 석탄 위에서 굴러다니다 검둥이들 같은 모습으로 나왔고, 비축해 놓은 갱목들 사이로 숨바꼭질을 하다 마치 처녀림 같이 적재해 놓은 갱목들 사이에서 길을 잃기도 했다. 그러고는 폐석장을 공략하여 내부의 불로 아직도 부글거리는 폐석의 드러난 부분들을 엉덩이로 미끄러져 내려왔고, 오래된 폐석 더미에 난 가시덤불 가운데로 살그머니 들어가 온종일 숨어서 추잡한 생쥐처럼 소리 없는 장난에 열중했다. 그들은 끊임없이 영역을 늘려 갔고 벽돌 더미 속에서 피가 나도록 싸우기도 했다. 빵도 없이 즙이 나오는 풀이란 풀은 다 먹으면서 들판을 쏘다녔고, 운하 방죽을 뒤져서 진흙 속에 있는 물고기를 찾아서 날로 삼켰다. 그들은 더 멀리 수 킬로미터를 다니며 방담의 대수림까지 가서 그 나무들 아래에 앉아 봄에는 딸기로, 여름에는 개암과 월귤로 배를 가득 채웠다. 얼마 안 가서 광활한 들판은 그들의 것이 되었다.

그러나 그들이 어린 늑대들 같은 눈초리로 몽수에서 마르시엔까지 길 위에서 이렇게 끊임없이 내달린 것은 농작물을 도둑질하려는 욕구가 커졌기 때문이었다. 장랭은 이 원정의 대장이었으며, 자기 무리로 하여금 모든 먹잇감에 달려들게 했다. 그들은 양파밭을 휩쓸고 과수원을 서리하고 가게 진열대를 습격했다. 이 고장에서는 파업한 광부들 탓으로 돌리기도 하고, 대규모의 조직된 도둑 떼의 짓이라고 말하기도 했다. 심지어 어느 날 그는 리디로 하여금 자기 집 물건까지 훔쳐 오라고 강요했다. 라 피에론이 창문의 선반 위 그릇 속에 두었던 보리 설탕 과자 두 다스를 자기에게 가져오라고 시킨 것이다. 그런데 계집아이는 엄마한테 마구 두들겨 맞으면서도 장랭이 시킨 거라고 일러바치지 못했다. 그의 권위 앞에서 계집아이는 그토록 떨었던 것이다. 가장 나쁜 것은 그가 제일 큰 몫을 차지한다는 점이었다. 마찬가지로 베베르도 훔친 것을 그에게 바쳐야 했다. 대장이 자기가 다 가지려고 그의 따귀를 때리지만 않아도 다행이었다.

얼마 전부터 장랭의 행동은 도를 넘었다. 그는 리디를 자기 부인이라도 되는 양 팼고, 곤란한 일들을 시키려고 베베르의 고지식함을 악용했다. 자기보다 힘이 세고 한 주먹에 자기를 쓰러뜨릴 수도 있을 이 덩치 큰 소년을 멍청해질 정도로 들볶는 데 아주 재미를 들였던 것이다. 그는 그 둘 모두를 멸시했고 노예로 취급했다. 그리고 자기는 공주를 애인으로 두었다면서 그들은 그녀 앞에 나타날 자격이 없다고 아이들에게 얘기했다. 그리고 실제로 일주일 전부터 그는 길 막다른 곳에서든 오솔길의 모퉁이에서든 무서운 표정으로 그들에게 탄광촌으로 돌아가라고 명령한 뒤 갑자기 사라지곤 했다. 훔친 것을 챙기고 난 뒤였다.

더욱이 그날 저녁에는 다음과 같은 일이 있었다.

"내놔." 셋이서 레키야르 부근 길모퉁이에서 멈추자 장랭이 친구의 손에서 대구를 빼앗으며 말했다.

베베르는 반항했다.

"나도 좀 가질래, 알잖아. 이걸 훔쳐 온 사람은 나야."

"아니, 뭐라고?" 그는 소리 질렀다. "내가 너한테 일부를 주면 가질 수 있어. 그리고 물론 오늘 저녁은 안 돼. 남으면 내일 줄게."

그는 리디를 후려갈기고 두 아이를 부동자세의 군인처럼 일렬로 세워 놓았다. 그리고 그들 뒤로 지나가면서 말했다.

"이제 뒤돌아보지 말고 거기서 오 분 동안 꼼짝 말고 있어……. 빌어먹을! 만약 뒤돌아보면 짐승들이 너희를 잡아먹을 거야……. 그리고 그다음에 곧장 돌아가. 그리고 만약 길을 가다가 베베르가 리디한테 손을 대기만 해 봐. 내가 알아내서 둘 다 따귀를 갈겨 줄 테니까."

그리고 그는 어둠 속으로 사라졌는데 어찌나 사뿐히 사라졌는지 맨발 소리조차 들리지 않았다. 두 아이는 보이지 않는 사람으로부터 따귀를 얻어맞을까 봐 뒤도 돌아보지 못한 채 오 분 동안 꼼짝 않고 있었다. 공통된 공포심 가운데 둘 사이에는 서서히 커다란 애정이 생겨났다. 다른 사람들이 그러듯 사내아이는 늘 그 계집아이를 자기 품에 꼭 껴안을 생각을 했다. 그리고 계집아이도 그것을 바랐다. 그렇게 다정하게 애무받으면 자신이 달라질 것 같았기 때문이다. 그러나 사내아이도 계집아이도 감히 장랭의 말을 거역하지 못했다. 아이들이 돌아갈 때 아주 어두운 밤이었지만, 그 아이들은 껴안지도 못

하고 연민과 절망을 지닌 채 서로 몸이 닿으면 대장이 뒤에서 자기들의 따귀를 갈길 것이라고 확신했기에 나란히 걸어갔다.

같은 시각에 에티엔은 레키야르에 들어갔다. 전날 라 무케트는 그에게 다시 오라고 애원했었다. 그래서 그는 자신을 예수처럼 경애하는 그녀에게 밝힐 수 없는 호감에 사로잡혀, 부끄러워하면서도 다시 왔다. 다른 한편으로는 관계를 끊으려는 의도에서 간 것이었다. 그는 그녀를 만나서, 동료들을 봐서라도 더 이상 자기를 쫓아다녀서는 안 된다고 그녀에게 설명할 참이었다. 또한 별로 즐겁지 않으며, 사람들이 굶어 죽는 판에 이렇게 달콤함을 즐긴다는 것은 온당치 못한 일이라고 말할 생각이었다. 그녀가 집에 없었기 때문에 그는 기다리기로 작정하고 길의 그림자들을 살펴보고 있었다.

폐허가 된 도로래 탑 밑에는 반은 막힌 옛날 수갱이 열려 있었다. 지붕의 일부분을 걸쳐 놓은 일직선의 들보는 시커먼 구멍 위에서 교수대의 형상을 하고 있었다. 그리고 둘레돌들로 만든 수갱 입구 벽의 부서진 곳에 마가목과 플라타너스 나무 두 그루가 마치 땅속으로부터 자라 나온 것처럼 솟아 있었다.

그곳은 야생적으로 내버려 둔 구석진 곳이었다. 깊은 구렁의 풀과 나뭇잎투성이인 입구에는 오래된 나무들이 거추장스럽게 서 있었고, 야생 자두나무와 산사나무가 뿌리를 내리고 있었으며, 봄이면 꾀꼬리들의 둥지로 가득했다. 회사는 막대한 유지 비용을 들이지 않으려고, 십 년 전부터 이 죽은 수갱을 메워 버릴 계획을 하고 있었다. 그러나 회사는 르 보뢰에

송풍기 설치가 완료될 때까지 기다려야 했다. 서로 통해 있는 두 수갱의 환기 화실이 레키야르의 아랫부분에 있었고, 그곳의 오래된 배수 갱도가 환기용 수직 갱도로 쓰이고 있었기 때문이다. 회사 측은 채탄을 가로막는 버팀목을 가로로 설치하여 지하수 방수벽을 공고히 하는 걸로 만족했으며, 아래쪽 갱도에만 주의하느라 상부 갱도들은 내버려 두었다. 아래쪽 갱도에는 지옥 같은 화로 속에서 거대한 잉걸불이 타오르고 있었다. 이 화롯불 기관의 흡인력은 너무나 강력해서 공기를 흡입하면 옆 수갱의 한쪽 끝에서 다른 쪽 끝까지 폭풍 같은 바람이 몰아쳤다. 신중을 기하기 위해서, 그곳으로 여전히 오르내릴 수 있도록 사다리가 있는 통기승을 손질하라는 명령이 떨어졌다. 그러나 아무도 관리하지 않아서 사다리들은 습기로 썩었고 발판들은 벌써 무너지고 있었다. 위에는 커다란 가시덤불이 통기승의 입구를 막고 있었다. 그리고 첫 번째 사다리는 가로대들이 여럿 없어져서, 그 사다리에 다다르려면 마가목의 뿌리 하나에 매달린 다음 어둠 속에서 무작정 떨어져야 했다.

에티엔은 덤불 뒤에서 참을성 있게 기다리고 있었다. 그때 나뭇가지들 사이로 뭔가가 오랫동안 스쳐가는 소리가 들렸다. 그는 뱀 한 마리가 겁을 먹고 도망가는 것이라고 생각했다. 그러나 그는 갑작스런 성냥불 빛에 놀랐고, 초를 켜고 땅속으로 사라지는 장랭을 알아보고는 어안이 벙벙해졌다. 강렬한 호기심에 사로잡힌 그는 구멍에 다가갔다. 아이는 사라졌고 희미한 불빛이 두 번째 발판에서 비쳐 왔다. 그는 잠시 망설인 뒤

뿌리에 매달려 흔들리다가, 깊이가 524미터인 수갱 속으로 곤두박질치는 듯싶더니 마침내 가로대 하나가 느껴졌다. 그는 조용히 내려갔다. 장랭은 아무 소리도 못 들은 것 같았다. 에티엔은 불빛이 밑으로 내려가는 것을 계속 보고 있었고, 거대하고 불안스런 아이의 그림자는 불구인 다리가 흔들리면서 춤을 추고 있었다. 가로대가 없으면 아이는 손과 발과 턱으로 매달리는 원숭이처럼 재주를 피우면서 춤을 추듯 움직였다. 칠 미터 길이의 사다리들이 계속 이어졌다. 어떤 것들은 아직 견고한가 하면, 다른 것들은 흔들리고 와지끈거리며 거의 부러질 지경이었다. 좁은 발판들을 지나갔는데, 어찌나 푸르딩딩하게 썩어 있는지 마치 이끼 속을 걸어가는 것 같았다. 그리고 내려갈수록 숨을 막히게 하는 열기는 화덕의 열기 같은 것으로 통기승에서 뿜어내는 것이었다. 파업 이후로 통기승이 거의 가동을 하지 않은 것이 다행이었다. 화로가 매일 5000킬로그램의 석탄을 집어삼킬 때 감히 거기에 내려갔다가는 몸의 털이 모조리 타 버릴 것이다.

"원 빌어먹을 녀석!" 숨이 답답해진 에티엔은 욕을 했다. "도대체 저 녀석은 어딜 가는 거야?"

그는 두 번이나 곤두박질칠 뻔했다. 축축한 나무 위에서 발이 미끄러진 것이다. 적어도 저 아이처럼 초 한 자루라도 있으면 좋으련만. 그러나 그는 매 순간 부딪히면서 그의 아래에서 도망가는 희미한 불빛만 따라갔다. 정말 벌써 스무 번째 사다리였는데 계속 내려가고 있었다. 그러자 그는 세어 보았다. 스물하나, 스물둘, 스물셋, 그러고도 하염없이 내려가고 또 내려갔다. 그는 뜨거운 열기에 머리가 부풀면서 도가니 속으로 떨어지는 것 같았다. 마침내 광차 탑재대 한곳에 도달했고 촛불이 갱도 속으로 내닫는 것을 보았다. 서른 개의 사다리, 약 210미터 깊이였다.

"저 녀석은 나를 언제까지 끌고 다닐 셈이지?" 그는 생각했다. "분명 마구간에 가서 숨을 거야."

그러나 마구간으로 통하는 왼쪽 갱도는 낙반으로 막혀 있었다. 더 고통스럽고 위험한 여행이 다시 시작되었다. 겁에 질린 박쥐들이 파닥거리며 날다가 광차 탑재대 천장에 달라붙었다. 그는 시야에서 불빛을 잃지 않기 위해 서둘러 같은 갱도로 뛰어들었다. 그러나 아이가 뱀처럼 유연하게 쉽게 지나간 곳을, 그는 사지에 상처를 입지 않고는 빠져나갈 수 없었다. 옛날 갱도들처럼 이 갱도는 지층이 끊임없이 가하는 압력으로 매일같이 좁아지고 또 좁아지고 있었다. 그래서 어떤 지점에서는 이제 가느다란 통로밖에 없었고 그것은 결국 없어지고 말 것이었다. 이러한 협착 작용 가운데 파손되고 갈라진 갱목들은 위험한 것이 되어서 그의 살을 톱질할 듯, 칼처럼 뾰족해진 가시들 끝으로 지나가는 그를 꿰뚫을 듯 겁을 주었다. 그는 무릎걸음으로 나아가거나 기어서 자기 앞의 어둠을 더듬으며 조심스레 전진했다. 갑자기 한 떼의 쥐들이 그의 몸을 목덜미에서부터 발까지 마구 밟으며 도망치듯 달음박질쳤다.

"빌어먹을! 드디어 도착한 건가?" 그는 허리가 끊어질 듯하고 숨이 넘어갈 것 같아서 투덜댔다.

마침내 도착했다. 일 킬로미터쯤 나아가자 좁은 통로가 넓어졌고 훌륭하게 보존되어 있는 갱도의 한 부분에 이르렀다. 천연 동굴처럼 지층을 가로질러 깎은 옛날의 운반 갱도 속이었다. 그는 멈춰 서야 했다. 돌 두 개 사이에 초를 막 내려놓고, 자기 집에 돌아와서 행복한 사람처럼 평온하고 안심한 표정으로 편안하게 있는 아이를 멀리서 바라보았다. 이 갱도의 끄트머리는 완벽한 설비를 갖추어 안락한 주거지가 되어 있었다. 바닥 한쪽 구석에는 건초 더미가 푹신한 잠자리를 만들어 주고 있었다. 식탁 모양으로 박아 놓은 오래된 갱목들 위에는 빵과 사과, 마개를 딴 몇 리터짜리 즈니에브르 등 없는 것이 없었다. 일종의 진짜 악당의 소굴로, 몇 주 전부터 쌓아 놓은 훔친 물건들이며 오로지 재미로 훔친 비누와 구두약같이 쓸데없는 물건들까지 있었다. 그리고 아이는 이 약탈품들 가운데 홀로 앉아 이기적인 강도처럼 그것들을 즐기고 있었다.

"야, 너는 다른 사람들은 아랑곳하지 않는 거냐?" 에티엔이 잠시 숨을 헐떡인 뒤 소리 질렀다. "저 위에서 우리가 굶어 죽어갈 때 너는 맛있는 음식을 먹으러 여기에 내려오는 거야?"

장랭은 깜짝 놀라서 몸을 떨었다. 하지만 젊은이를 알아보고는 이내 안심했다.

"나랑 저녁 먹을래요?" 그가 마침내 말했다. "어때요? 구운 대구 한 조각? 기다려 봐요."

아이는 대구를 잡고 멋진 새 칼로 파리똥을 말끔히 긁어내기 시작했다. 그 칼은 명구들이 새겨져 있는 뼈 손잡이가 달린 단검들 중 하나였는데 칼에는 단지 '사랑'이라는 단어만 새겨져 있었다.

"멋진 칼을 갖고 있구나." 에티엔이 말했다.

"리디가 준 선물이에요." 장랭이 대답했다. 리디가 그의 명령에 따라 라 테트쿠페 주점 앞에 있던 몽수의 어느 노점상에서 훔친 것이라고 덧붙이지는 않았다.

그러고 나서 그는 파리똥을 계속 긁어 내며 자랑스럽게 말했다.

"내 집 좋죠……? 저 위보다 좀 더 따뜻하고 냄새가 훨씬 더 좋아요!"

에티엔은 아이에게 말을 걸고 싶어서 앉았다. 그는 더 이상 화가 나지 않았고, 자신의 악행에 그토록 충실하고 솜씨 좋은 이 악당 같은 아이에게 흥미가 생겼다. 그리고 사실 그는 이 굴 속에서 일종의 행복을 맛보고 있었다. 열기는 이제 그리 심하지 않았고, 지상에서는 혹독한 12월이 가난한 사람들의 살갗을 갈라지게 하는 동안 그곳은 계절에 상관없이 일정한 온도가 유지되고 있었다. 오래된 갱도는 유해 가스가 정화되고 갱내 가스도 모두 사라져 그곳에는 이제 오래되고 삭은 갱목 냄새, 약간의 정향이 더해져 강렬해진 듯 깊이 스며드는 에테르 냄새만이 났다. 더욱이 그 갱목들은 비단과 보석으로 만든 장식 끈으로 치장한 것 같았다. 희끄무레한 기퓌르 레이스 모양의 솜 같은 식물들이 가장자리에 수술 장식처럼 달려 있고, 대리석의 연노란색을 띠어서 눈요깃감도 되고 있었다. 다른 갱목들에는 버섯이 돋아나 있었다. 그리고 하얀 나비들, 눈처럼 하얀색 파리들과 거미들 등 결코 태양을 알지 못하는 동물군이 날아다니고 있었다.

"그래, 너는 무섭지 않니?" 에티엔이 물었다.

장랭은 놀라서 그를 쳐다보았다.

"뭐가 무서워요? 혼자 있는데."

마침내 대구를 다 긁어 냈다. 아이는 작은 모닥불을 지피고 불을 키운 다음 대구를 구웠다. 그러고는 빵 하나를 둘로 잘랐다. 몹시 짠 성찬이었지만 튼튼한 위장에는 그래도 훌륭한 음식이었다.

에티엔은 자기 몫을 받아 들었다.

"우리가 모두 야위어 가는 동안 네가 살찌는 것이 놀랄 일이 아니었구나. 너 혼자 배터지게 먹는 것이 비열한 일이라는 것을 알기나 하니……? 넌 다른 사람들은 생각하지 않니?"

"참 나! 왜 다른 사람들은 그렇게 멍청하지?"

"어쨌든 숨길 잘했다. 도둑질하는 걸 네 아버지가 아시면 너를 혼내 줄 테니."

"부르주아들은 우리한테서 도둑질하잖아요! 항상 그런 얘기를 하던 사람이 바로 아저씨잖아요. 메그라의 상점에서 내가 훔친 빵 하나는 분명 그가 우리에게 빚진 것이라고요."

청년은 난처해져서 입에 음식을 가득 채운 채로 잠자코 있었다. 아이는 알 수 없는 지능과 야만인의 꾀를 지닌 미숙아의 퇴화 상태에 있었다. 에티엔은 뾰죽한 주둥이와 초록색 눈과 큰 귀를 가진 이 아이가 태고의 동물성에 서서히 다시 사로잡히는 것을 바라보았다. 그 아이를 그렇게 만들어 놓은 탄광은 다리를 부러뜨림으로써 그 아이를 끝장낸 것이었다.

"그럼 리디는 가끔 여기에 데려오니?" 에티엔이 다시 물었다.

장랭은 멸시하는 웃음을 지었다.

"그 계집애, 아! 아뇨, 전혀……! 여자들이란 입이 가벼워서."

그러더니 아이는 리디와 베베르에 대해 한없는 경멸감에 가득 차서 줄곧 웃어 댔다. 그렇게 고지식한 아이들은 도무지 본 적이 없다. 그가 따뜻한 곳에서 대구를 먹는 동안 그 아이들이 그 모든 거짓말을 무조건 믿고 빈손으로 돌아간다는 생각을 하면 재미있어서 웃음이 나온다는 것이었다. 그러고 나서 아이는 꼬마 철학자 같은 엄숙한 태도로 결론지었다.

"혼자 있는 게 나아요. 항상 의견이 일치하니까."

에티엔은 자기 몫의 빵을 다 먹었다. 그는 즈니에브르를 한 모금 마셨다.

순간 그는 장랭의 후대에도 불구하고 배은망덕하게 그 아이의 아버지에게 모든 것을 말하겠다고 위협하면서 아이의 귀를 잡고 지상으로 도로 데려가, 아이가 더 이상 도둑질하지 못하게 해야 할지 자문해 보았다. 그런데 이 깊숙한 은신처를 살펴보자 한 가지 생각이 그를 사로잡았다. 저 위에서 사태가 악화될 경우 동료들이나 그를 위해 이곳이 필요해질지 누가 알겠는가? 그는 아이가 흔히 그러듯 건초 속에서 깜빡 잠이 들어 외박하지 않겠다고 맹세하게 했다. 그리고 아이가 편안히 살림을 정돈하도록 놔두고 양초 토막을 집어 들고 먼저 나왔다.

라 무케트는 심한 추위에도 불구하고 들보 위에 앉아서 절망적으로 그를 기다리고 있었다. 그를 보자 그녀는 그의 목을 얼싸안았다. 그런데 그가 더 이상 그녀를 만나지 않겠다고 말하자 그녀는 마치 심장에 칼이 꽂히는 것 같았다. 하느님 맙소사! 어째서! 내가 당신을 충분히 사랑하지 않는다는 거야? 그녀의 집에 들어가고 싶은 욕망에 굴복할까 봐 겁이 난 그는 그녀를 길 쪽으로 끌고 가서, 그녀를 만나면 동료들 앞에서 그의 입장과 정치 명분이 위태로울 수 있다고, 가능한 한 부드럽게 설명해 주었다. 그녀는 놀랐다. 이것이 정치와 무슨 상관인가? 결국 그가 그녀와 알고 지내는 것을 창피해 한다는 생각이 들었다. 하지만 그녀는 그 말에 기분이 상하지 않았다. 그것은 아주 당연한 일이기 때문이었다. 그래서 그녀는 관계를 끊는 척하기 위해 사람들 앞에서 따귀를 맞겠다고 그에게 제안했다. 하지만 이따금 잠깐씩이라도 자신을 만나 달라고 했다. 그녀는 정신없이 그에게 애원했고, 자신이 사람들 눈에 띄지 않게 하겠다고 맹세했으며, 그를 붙잡는 시간이 오 분도 채 안 될 거라고 했다. 그는 몹시 감동했지만 여전히 거절했다. 그래야만 했다. 그러고는 헤어지면서 그는 적어도 그녀에게 키스를 해 주려 했다. 한 걸음 한 걸음, 그들은 몽수의 맨 앞쪽 집들에 다다라 크고 둥근 달 아래 껴안고 있었는데, 그때 한 여자가 마치 발이 돌부리에 걸리기라도 한 것처럼 깜짝 놀라며 그들 곁을 지나갔다.

"누구지?" 에티엔이 걱정하며 물었다.

"카트린이야." 라 무케트가 대답했다. "장바르에서 돌아오는 길인가 봐."

그 처녀는 이제 고개를 숙이고 다리에 힘이 빠진 채 몹시 지친 표정으로 걸어가고 있었다. 청년은 그녀에게 들킨 것에 낙담하고, 이유 모를 회한으로 가슴이 메어 그녀를 바라보았다. 그녀는 한 남자와 같이 있지 않았던가? 그녀가 그 남자에게 몸을 맡겼을 때 바로 이 레키야르 길에서 그녀는 그로 하여금 똑같은 고통을 겪게 하지 않았던가? 그러나 그 모든 것에도 불구하고 자신이 그녀에게 똑같이 되갚았다는 것에 그는 몹시 상심했다.

"내가 말해 볼까?"라 무케트는 떠날 때 눈물을 흘리며 중얼거렸다. "당신이 나를 원하지 않는 것은 다른 여자를 원하기 때문이야."

다음 날 날씨가 기가 막히게 좋았다. 얼어붙은 하늘은 맑고 단단한 땅은 발밑에서 수정 같은 소리를 내는 아름다운 겨울 날이었다. 장랭은 1시가 되기 무섭게 내뺐다. 하지만 교회 뒤에서 베베르를 기다려야 했다. 그들은 리디 엄마가 리디를 아직도 지하실에 가두어 두어서 리디 없이 떠날 뻔했다. 리디네 집에서는 방금 전에 아이를 지하실에서 나오게 하고는, 아이 팔에 바구니 하나를 안겨 주면서 민들레를 가득 담아 오지 않으면 밤새도록 쥐들과 함께 가두어 놓겠다고 으름장을 놓았다. 겁먹은 리디는 당장 채소를 뜯으러 가려 했다. 하지만 장랭은 그 아이의 발걸음을 돌리게 했다. 나중에 해결하자는 것이었다. 오래전부터 그는 라스뇌르의 덩치 큰 암토끼에 대한 욕심에 사로잡혔는데 그가 라방타주 앞을 지날 때 마침 그 토끼가 길로 나왔다. 그는 껑충 뛰어 토끼의 두 귀를 잡아서 계집아이의 바구니에 처넣었다. 그러곤 셋이 함께 뛰어갔다. 토끼를 숲까지 개처럼 달리게 하면 무척이나 재미있을 것이었다.

그러나 그들은 자카리와 무케가 다른 두 동료와 맥주 한잔하고 크로스 시합을 하는 것을 보려고 걸음을 멈췄다. 내기에 걸린 상품은 라스뇌르의 주점에 맡겨 놓은 새 모자와 빨간 스카프였다. 네 명의 선수가 둘씩 짝을 지어 르 보뢰에서 파이요 농장까지의 삼 킬로미터가량을 첫 번째 라운드로 타수 협상을 했다. 자카리가 우세를 보였고, 무케가 여덟 타를 제안한 반면 그는 일곱 타로 끝내겠다고 내기를 걸었다. 회양목으로 만든 작은 달걀 모양의 공인 숄레트가 포장도로 위에 놓였다. 모두들 나무 스틱에 아이언이 비스듬하게 달려 있고 긴 손잡이는 단단히 끈으로 조여 맨 자신들의 스틱을 잡고 있었다. 그들이 출발할 때 2시 종이 울렸다. 연속 세 번으로 이루어지는 첫 번째 타에서 자카리는 위풍당당하게 무밭을 가로질러 400미터도 넘게 숄레트를 쳐 보냈다. 사람을 죽게 한 일이 있어서 마을과 길에서는 숄레트를 치는 것이 금지되어 있었다. 또한 건장한 무케는 무척이나 억센 팔로 숄레트를 뒤로 쳐 보내, 단 번에 공을 150미터나 뒤로 돌려보냈다. 그렇게 시합이 계속되었다. 얼어붙은 경작지를 끊임없이 뛰어다니느라 밭고랑에 발을 다치면서, 한 팀은 숄레트를 앞으로 쳐 보내고 다른 팀은 숄레트를 뒤로 쳐 보냈다.

장랭과 베베르, 리디는 처음에는 호쾌한 타격에 열광하며 선수들 뒤를 따라 뛰어다녔다. 그러다 바구니 안에서 흔들리고 있을 폴란드가 생각나서, 그들은 벌판에서 벌어지는 경기는 그만 보고, 암토끼가 힘차게 달리는지 보려고 토끼를 꺼냈다. 토끼는 도망쳤고 그들은 토끼 뒤로 덤벼들었다. 그들은 한 시간 동안 마치 사냥하듯 끊임없이 급선회를 하는가 하면, 토끼한테 겁을 주려고 고함을 지르며 크게 양팔을 벌렸다가 허공 가운데 다시 오므리면서 전속력으로 달렸다. 만약 토끼가 임신 기간이 아니었다면 그들은 결코 토끼를 다시 붙잡지 못했을 것이다.

숨을 헐떡이고 있는데 욕설이 들려와 그들은 고개를 돌렸다. 그들이 방금 크로스 시합하는 곳에 들어서는 바람에 하마터면 자카리가 남동생의 머리를 빠개 놓을 뻔한 것이다. 선수들은 네 번째 라운드를 하고 있었다. 그들은 파이요 농장으로부터 레 카트르슈맹으로 내달았고, 그다음에는 몽투아르로 내달았으며, 지금은 여섯 타 만에 몽투아르에서 프레데바슈로 가고 있었다. 그렇게 해서 한 시간 안에 십 킬로미터를 간 셈이었다. 게다가 그들은 중간에 벵상 카페와 트루아사주 주점에서 맥주를 마시기도 했다. 이번에는 무케가 선두였다. 숄레트를 앞으로 두 번 더 쳐 보낼 수 있어서 그의 승리가 거의 확실하던 그때, 히죽거리며 건방을 떨던 자카리가 아주 교묘하게 숄레트를 뒤로 쳐서 숄레트가 깊은 도랑 속으로 굴러 떨어졌다. 무케의 파트너가 공을 거기서 끄집어내지 못해서 패했다. 넷이 모두 고함을 질렀고 시합은 열기를 띠었다. 게임을 비겨서 다시 시작해야 했기 때문이었다. 르 프레데바슈에서 레 에르브루스의 끝까지는 이 킬로미터가 안 되었다. 다섯 타면 되었다. 그곳에 가면 그들은 르르나르 주점에서 목을 축일 예정이었다.

그런데 장랭은 아이디어가 하나 떠올랐다. 그는 그들이 떠나도록 두고 주머니에서 끈을 하나 꺼내 폴란드의 왼쪽 뒷다리에 묶었다. 그것은 무척이나 재미있었다. 토끼가 허벅지를 끌며 몹시 볼품없이 엉덩이를 흔들면서 세 장난꾸러기 앞으로 뛰어갔다. 그들은 일찌기 그렇게 웃어 본 적이 없었다. 그러고 나서 그들은 토끼가 뛰어가도록 목에다 끈을 묶었다. 토끼가 지치자 그들은 토끼를 엎드린 채로, 자빠진 채로, 진짜 장난감 마차처럼 끌고 다녔다. 그렇게 한 시간 넘게 계속하다 토끼가 헐떡거리자 그들은 크뤼쇼 숲 가까이에서 숄레트 치는 사람들의 소리를 듣고는 급히 토끼를 바구니 안에 집어넣었다. 경기를 또 한 번 방해한 꼴이 되었다.

이제 자카리와 무케 그리고 다른 두 사람은, 휴식이라곤 그들이 목표로 정했던 모든 주점에서 맥주잔을 비우는 시간 밖에 없는 채 수 킬로미터를 주파했다. 레 에르브루스에서 그들은 뷔시로 내달았고 그다음 라 크루아드피에르로, 그다음에는 샹블레로 내달았다. 얼음 위에서 튀어오르는 숄레트를 따라 쉬지 않고 뛰어다녀 땅에서는 발소리가 울렸다. 날씨가 좋아서 발이 땅에 빠지지 않았고, 다리가 부러질 위험만 조심하면 되었다. 건조한 대기 속에 스틱으로 크게 후려칠 때마다 총소리처럼 딱딱 소리가 났다. 근육질 손들은 끈으로 묶은 손잡이를 움켜잡았고, 몸 전체는 마치 소를 때려잡기라도 하듯 내뻗었다. 그리고 들판의 한쪽 끝에서부터 다른 쪽 끝까지, 도랑들과 산울타리들과 비탈길들과 울타리가 쳐진 땅의 얕은 담장들 너머로 몇 시간 동안이나 계속되었다. 가슴속에는 성능 좋은 풀무가, 무릎 속에는 쇠로 된 경첩이 있어야 했다. 채탄부들은 이렇게 하면서 탄광의 녹을 열심히 벗겨 내는 것이었다. 스물다섯 살 된 크로스 광들은 사십 킬로미터를 달렸다. 마흔 살이 되면 사람들은 몸이 무거워져 더 이상 숄레트를 치지 않았다.

5시 종이 울렸고 황혼이 깃들고 있었다. 누가 모자와 스카프를 차지할지 정하기 위해서는 방담 숲까지 아직 한 바퀴가 더 남아 있었다. 그리고 자카리는 정치를 비웃는 무관심한 태도로 농담을 했다. 저 아래 있는 동료들과 정통으로 마주치면 우스울 거야. 장랭으로 말하자면, 탄광촌을 떠난 뒤부터 들판을 쏘다니는 척하면서 숲을 목표로 하고 있었다. 그는 후회와 걱정에 시달리며 민들레를 뜯으러 르 보뢰로 돌아가겠다고 하는 리디를 화난 몸짓을 하며 위협했다. 회합에 가지 않겠다는 말인가? 그는 어른들이 말하는 것을 듣고 싶었다. 그는 폴란드를 놓아주고서 돌팔매질로 토끼를 몰아 수목들이 있는 곳까지 마지막 남은 길을 재미있게 가자고 하면서 베베르를 부추겼다. 그는 토끼를 죽이려는 음험한 생각을 하고 있었다. 레키야르의 자기 은신처로 토끼를 가져가서 먹으려는 탐욕이 생겨난 것이다. 암토끼는 두 귀는 늘어뜨린 채 코를 찡긋거리며 다시 뛰기 시작했다. 돌 하나가 토끼의 등에 있는 털을 뽑았고 또 하나의 돌은 토끼의 꼬리를 잘랐다. 어둠이 점점 드리워지고 있었지만 만약 이 장난꾸러기들이 빈터 가운데에 서 있는 에티엔과 마외를 보지 못했더라면 토끼를 죽였을 것이다. 아이들은 정신없이 토끼에게 달려들어 토끼를 다시 바구니 안에 집어넣었다. 거의 같은 시각에 자카리와 무케 그리고 다른 두 사람은 스틱으로 마지막 타를 휘둘러서 숄레트를 날렸다. 숄레트는 빈터에서 몇 미터 떨어진 곳으로 굴러갔다. 그들은 모두 약속 장소 한가운데서 마주치게 되었다.

이 고장 전체에 걸쳐 길들과 훤히 트인 들판의 오솔길들에는, 해 질 무렵부터 보랏빛 도는 큰 나무 숲을 향해 따로 떨어져서 또는 무리를 지어서 가는 기다란 행진이, 소리 없는 그림자들의 흐름이 있었다. 탄광촌은 모두 텅 비었고 여자들과 아이들도 널따란 맑은 하늘 아래 산책을 하려는 것처럼 출발했다. 이제 길들은 컴컴해져서 같은 목표 지점으로 미끄러지듯 걸어가고 있는 이 군중을 더 이상 알아볼 수 없었고, 단 하나의 마음에 이끌려 땅을 밟고 가는 희미한 이 군중이 느껴지기만 할 뿐이었다. 산울타리들 사이로, 수풀 가운데로, 가볍게 스치는 소리와 밤중에 희미하게 웅성거리는 목소리들밖에 들리지 않았다.

때마침 바로 그때 암말을 타고 돌아가던 엔보 씨는 이 희미한 소리에 귀를 귀울였다. 그는 이 멋진 겨울밤에 연인들과 산책자들의 느릿느릿한 행렬과 마주쳤다. 입을 맞추며 쾌락에 젖으러 담장 뒤로 가는 연인들이 또 있었던 것이다. 구덩이 속마다 쓰러져 있는 계집아이들, 아무 비용도 들이지 않고 유일한 기쁨을 포식하는 거지들, 그것은 그가 늘상 마주치는 모습이 아니던가? 그런데 이 멍청이들은 서로 사랑하는 이 유일한 행복을 실컷 맛보면서도 삶에 대해 불평을 늘어놓는다! 그는 만약 자갈밭 위에서 허리를 한껏 놀리며 성심을 다해 그에게 몸을 맡겨 오는 여자와 삶을 다시 시작할 수 있다면 기꺼이 그들처럼 굶주렸을 것이다. 그의 불행은 위로받을 길이 없었고, 그는 이 가난한 사람들을 부러워했다. 깜깜한 벌판 속에서 보이지 않는 채 오랫동안 들려오는 입맞춤 소리에 절망하며, 그는 고개를 숙이고 느리게 말을 몰아서 돌아갔다.

# 7

회합이 열린 곳은 얼마 전 벌채로 생긴 플랑데담의 널따란 빈터였다. 빈터는 완만한 경사로 뻗어 있었고 큰 나무 숲과 근사한 너도밤나무들에 둘러싸여 있었다. 곧고 가지런한 너도밤나무의 줄기들은 이끼가 끼어 초록색을 띠는 흰색 열주를 이루며 빈터를 에워싸고 있었다. 그리고 쓰러진 거목들이 아직 풀 속에 누워 있었고, 왼쪽으로는 잘린 나무 더미가 기하학적인 정육면체로 정렬되어 있었다. 해 질 녘이 되자 추위는 매서워졌고 얼어붙은 이끼들이 발밑에서 바스락거리며 소리를 냈다. 땅에는 어둠이 내리기 시작했고, 높이 솟아 있는 나뭇가지들은 창백한 하늘 위에 또렷이 드러났으며, 하늘에서는 보름달이 지평선에서 떠오르면서 별빛을 바래게 할 참이었다.

3000명에 가까운 광부들이 회합에 참석했다. 남자, 여자,

아이 할 것 없이 우글거리는 군중이 점차 빈터를 채우고는 멀리 나무 아래까지 넘쳐났다. 그리고 지각한 사람들이 계속 도착하여, 어둠에 잠긴 사람들의 얼굴이 인근 덤불숲까지 물결쳤다. 그로 인해 미동도 없이 얼음장 같던 이 숲속에서 천둥치는 비바람과도 같은 노호가 퍼져 나왔다.

위쪽에는 경사를 굽어보며 에티엔이 라스뇌르, 마외와 함께 있었다. 말다툼이 일어나 갑작스레 고함을 질러 대는 사람들의 목소리가 들렸다. 가까이에 있는 사람들은 그들의 말을 듣고 있었다. 르바크는 주먹을 움켜쥐고 있었고, 피에롱은 더이상 열병이 났다는 핑계를 댈 수 없어 걱정스러워하며 등을 돌리고 있었다. 또 본모르 영감과 무크 노인은 깊은 생각에 잠긴 표정으로 나무 그루터기 하나에 나란히 앉아 있었다. 그리고 뒤에는 농담꾼들이 있었는바, 웃자고 온 자카리와 무케 그리고 또 다른 사람들이 있었다. 한편 그들과 반대로 교회에서처럼 진지하게 명상에 잠긴 여자들이 무리 지어 있었다. 라 마외드는 라 르바크의 나지막한 욕설에 말없이 고개를 끄덕였다. 필로멘은 겨울이 되고부터 기관지염이 도져서 기침을 했다. 오로지 라 무케트만이 노파 라 브륄레가 토끼 고기를 실컷 처먹으려고 자기를 내보낸 패륜적인 년이라느니, 남편의 비겁한 짓들로 살찐 배은망덕한 년이라느니 하며 자기 딸을 욕하는 모양을 재미있어 하며 한바탕 웃어 댔다. 그리고 장랭은 나무 더미 위에 자리를 잡고는 리디를 끌어 올리고 베베르가 자기를 따라오도록 강요해서 세 명 모두 다른 사람들보다 더 높은 곳에 있게 되었다.

라스뇌르가 정식으로 집행부를 선출하자는 의견을 내자 말다툼이 시작되었다. 봉주아이외에서의 패배로 그는 미칠 것 같았다. 그래서 그는 복수하기로 맹세했는데, 대표자들이 아니라 광부들인 민중을 마주하게 되면 자신의 옛날 권위를 되찾으리라 기대했기 때문이었다. 격분한 에티엔은 이 숲속에서 집행부 선출을 한다는 것은 어리석다고 생각했다. 그들이 늑대처럼 쫓기고 있는 이상 야만인처럼 혁명적으로 행동해야 했다.

언쟁이 끝없이 이어지자 에티엔은 나무 그루터기 위로 올라가 외치며 대뜸 군중을 장악했다.

"동지 여러분! 동지 여러분!"

이 군중의 혼란스런 웅성거림은 긴 한숨 속에 가라앉았고, 한편 마외는 라스뇌르의 항의를 막았다. 에티엔은 터져 나오는 목소리로 말을 계속했다.

"저들이 우리에게 말을 못 하게 하고 마치 우리가 불한당들인 양 헌병들을 보내 오는 이상, 바로 이곳에서 우리가 뜻을 모아야 합니다! 이곳에서라면 우리는 자유롭고, 우리 집에 있는 것이나 마찬가지이며, 새들과 짐승들을 침묵하게 할 수 없는 것처럼 아무도 우리를 침묵하게 할 수 없을 겁니다!"

외치는 소리, 부르짖는 소리들이 우뢰와 같이 그에게 대답했다.

"옳소, 옳소, 숲은 우리 거야. 우리는 여기서 얘기할 권리가 있어……. 어서 얘기를 계속해!"

그러자 에티엔은 나무 그루터기 위에서 잠시 꼼짝 않고 있었다. 아직 지평선에 너무 낮게 떠 있는 달은 여전히 높이 솟아 있는 나뭇가지들만 비추고 있었다. 그리고 어둠 속에 잠긴 군중은 점차 진정되어 조용해졌다. 경사지의 높은 곳에 선 그 역시 시커먼 모습으로 한 줄기 그림자를 군중 위로 드리우고 있었다.

그는 느린 동작으로 팔을 들어 올리고 말을 시작했다. 그러나 그의 목소리는 더 이상 노호하지 않았고 단지 보고하는 민중의 대리인으로서 냉정한 어조였다. 마침내 그는 봉주아이외에서 경찰서장 때문에 중단되었던 연설을 했다. 그리고 그는 학술적인 웅변처럼 파업의 간단한 내력부터 이야기하기 시작했다. 사실들, 오직 사실들만을 얘기했다. 우선 그는 파업에 반대하는 자신의 입장을 얘기했다. 광부들은 파업을 원치 않았는데 회사 측이 갱목 작업에 새로운 임금 체계를 적용해 광부들을 자극했다는 것이었다. 그다음으로 그는 사장의 집에서 대표단이 가졌던 첫 번째 교섭, 회사 측의 기만, 그리고 나중의 두 번째 교섭 때 광부들에게서 훔치려고 했던 십 상팀[56]을 뒤늦게 회사가 양보해서 돌려주겠다고 한 사실을 환기시켰다. 현재 상황은 그러하다고 말하면서, 그는 숫자를 통해 공제 조합 기금이 바닥났다는 것을 밝혔고, 보내 온 지원금의 사용 내역을 알렸으며, 한창 세계 정복에 관심을 쏟느라 그들에게 더 이상 도움을 줄 수 없는 인터내셔널과 플뤼샤르와 다른 사람들을 몇 마디 말로 두둔했다. 따라서 상황은 나날이 악화되어가고, 회사는 노동 수첩을 돌려주며 벨기에 노동자들을 고용

---

56) 이 논의에 관해 작품 속의 다른 곳들에서는 이 상팀이라고 언급되어 있다.

하겠다고 위협했다. 게다가 회사는 나약한 사람들을 위협해서 상당수의 광부들이 갱에 다시 내려가게 설득한다는 것이었다. 그는 이 나쁜 소식들을 강조하려는 듯 단조로운 목소리를 견지하면서, 굶주림이 기승을 부리고 희망은 죽어 버렸으며 투쟁은 용기의 마지막 열정에 이르렀다고 말했다. 그리고 그는 목청을 높이지 않은 채 갑자기 결론을 지었다.

"동지 여러분, 바로 이러한 사정들 가운데 여러분은 오늘 저녁 결심을 해야 합니다. 여러분은 파업을 계속하기를 원합니까? 그리고 그럴 경우 회사에 이기기 위해 어떻게 할 생각입니까?"

별이 총총한 하늘로부터 깊은 침묵이 드리워졌다. 보이지 않는 군중은 자신들의 가슴을 답답하게 하는 그의 말에 어둠 속에서 잠자코 있었다. 나무들 사이로 군중의 절망적인 숨소리만 들려왔다.

하지만 에티엔은 이미 목소리를 바꿔 말을 계속했다. 말하는 사람은 더 이상 인터내셔널의 지부장이 아니라 무리의 지도자이자 진리를 전하는 사도였다. 약속을 어길 비겁자들이 있는가? 뭐라고! 그러면 우리는 한 달 전부터 쓸데없이 고통을 겪은 것이고, 고개를 숙이고 수갱으로 되돌아가 끝없는 가난이 다시 시작될 것이다! 노동자를 굶주리게 하는 자본의 독재를 타파하려고 노력하다 당장 죽는 편이 차라리 낫지 않겠는가? 굶주림이 또다시 가장 온순한 사람들을 항거하게 만들 때까지 굶주림 앞에 늘 굴종하는 것, 이것은 더 이상 계속될 수 없는 어리석은 짓 아닌가? 그는 경쟁을 내세워 회사가 원가를 낮추면 바로 자신들만이 위기의 재난들을 감당하느라 더 이상 끼니도 잇지 못하게 된 채 착취당하는 광부들의 모습을 보여 주었다. 그래서는 안 된다! 갱목 작업에 대한 임금 체계는 받아들일 수 없다. 그것은 위장된 임금 삭감일 뿐이며, 광부 각각에게서 매일 한 시간씩의 노동을 훔치는 것이다. 이번 일은 너무 심했다. 가난한 사람들은 더 이상 참을 수 없고, 이제 정의를 세울 때가 왔다.

그는 양팔을 공중에 쳐들고 있었다. 정의라는 말을 듣고 한동안 전율에 휩싸인 군중으로부터 박수갈채가 터져 나와서 마른 잎들과 같은 소리를 내며 울려 퍼졌다. 수많은 사람들이 외쳤다.

"정의……! 때가 되었다, 정의!"

에티엔은 점점 더 흥분했다. 그는 라스뇌르처럼 거침없고 유창한 능변은 갖고 있지 않았다. 그는 종종 어휘가 부족해서 억지 문장을 만들어 내야 했으며, 어깻짓에 힘입어 애를 쓰며 이 말들을 끄집어냈다. 하지만 그렇게 끊임없이 난관에 부딪히면서 그는 청중을 사로잡는 친숙한 힘을 지닌 비유들을 알게 되었다. 그는 팔꿈치를 접었다 펴면서 주먹을 앞으로 내지르고, 마치 물어뜯으려는 듯이 턱을 갑자기 앞으로 내미는 등 작업장 광부로서의 몸짓으로 동료들에게 비상한 영향력을 발휘했다. 모두들 말하기를, 그는 대단하지는 않지만 그의 말을 경청하게 만든다고들 했다.

"임금 제도는 노예 제도의 새로운 형태입니다." 그는 더욱 떨리는 소리로 말을 이었다. "바다가 어부의 것이고, 땅이 농부의 것이듯이, 탄광은 광부의 것이어야 합니다……. 아시겠습니까! 탄광은 여러분의 것, 한 세기 전부터 그토록 많은 피와 가난으로 그 값을 치른, 여러분 모두의 것입니다!"

곧바로 그는 법률의 애매모호한 문제들을 다루었다. 그 자신도 갈피를 못 잡는 광산에 관한 특별법들을 나열했다. 표토와 마찬가지로 하층토도 국민의 것이다. 그런데 회사는 가증스런 특권으로 그것을 독점하도록 보장받았다. 몽수의 경우 소위 채굴권의 적법성이 에노[57]의 오랜 관습에 따라 옛 봉토의 소유주들과 예전에 맺은 계약 때문에 복잡하게 되어 있어 더욱 그러하다. 따라서 광부인 민중은 자기 재산을 되찾아야 한다. 그리고 그는 두 손을 뻗어서 수풀 너머 그 고장 전체를 가리켰다. 그때 지평선에서 올라오던 달이 높이 솟은 가지들에서 미끄러지며 그를 비추었다. 여전히 어둠 속에 있던 군중은 달빛을 받아 하얗게 빛나는 그가 양손을 벌리고 재산을 나누어 주는 모습을 보자 다시금 오랫동안 박수를 치며 환호했다.

"옳소, 옳소, 저 사람 말이 옳아, 잘한다!"

그때부터 에티엔은 자신이 즐겨 이야기하던 문제로 옮겨 갔다. 한마디로 반복하자면 노동 수단의 집단 귀속 문제로, 이 거친 표현에 그는 기분이 좋아졌다. 그는 완전히 변모했다. 그는 입문자의 감상적인 동지애와 임금 제도 개혁의 필요성에서 출발하여 임금 제도를 없애야 한다는 정치적인 생각을 갖

---

57) Hainaut. 프랑스와 벨기에의 접경지대에 위치한 공업 및 농업 지역.

기에 이른 것이었다. 봉주아이외의 회합 이후로도 여전히 인도주의적이고 형체가 잡히지 않았던 그의 집산주의는 복잡한 강령으로 굳어졌고, 그는 강령의 각 항을 학문적으로 논했다. 우선 그는 국가가 무너져야 자유를 획득할 수 있다고 주장했다. 그러고 나서 민중이 정부를 점령하면 개혁이 시작된다는 것이었다. 원시 공산 사회로의 복귀, 윤리적이고 억압적인 가족 대신 평등하고 자유로운 가족으로의 대체, 시민적, 정치적, 경제적 절대 평등, 노동 수단의 소유와 그 총생산물에 의한 개인의 독립 보장, 끝으로 집단이 비용을 지불하는 무상 직업 교육 등이 그것이었다. 이러한 개혁은 낡고 부패한 사회를 총체적으로 개조시킬 것이다. 그는 결혼 제도와 유증 권리를 공격했고 사유 재산 규제를 주장했으며, 익은 수확물을 낫질로 베어 내는 듯한 익히 해 오던 커다란 팔 동작으로 죽은 세기들의 불공평한 유물들을 쓰러뜨렸다. 그리고 이어서 그는 다른 손으로 미래의 인류를, 20세기의 여명 속에 커지는 진리와 정의의 건축물을 재건해 냈다. 이와 같이 과도한 정신적인 긴장으로 인해 이성은 비틀거렸고 광신도의 고정 관념만 남았다. 그의 감수성과 분별력에서 나오던 조심성은 사라졌고 이 신세계의 실현보다 더 쉬운 것은 아무것도 없는 듯 말했다. 그는 모든 것을 예견했고 두 시간 안에 조립할 수 있는 기계에 대해 말하듯 신세계에 대해 얘기했으며, 그 어떤 난관이나 고통도 그에게는 문제될 게 없다고 했다.

"우리 차례가 왔습니다." 그는 마지막으로 고함을 지르며 말했다. "권력과 부를 가질 사람은 우리입니다!"

환호성이 숲속에서부터 그에게까지 울려 왔다. 달은 이제 빈터 전체를 하얗게 비추며 덤불이 있는 먼 곳까지, 회색을 띤 큰 나무 줄기들 사이로 너울대는 머리들을 날카로운 가시처럼 드러나 보이게 했다. 그들의 얼굴은 얼음 같은 대기 아래 격노해 있었고, 눈이 번쩍거렸으며 입은 벌린 채 남자, 여자, 아이들 할 것 없이 빼앗긴 옛날의 재산을 정당하게 약탈하도록 풀려난 이 굶주린 민중은 온통 흥분에 휩싸였다. 그들은 더 이상 춥지 않았다. 에티엔의 열띤 말들이 그들의 배 속까지 뜨겁게 했던 것이다. 종교적인 열광이 그들을 땅에서 일어서게 했다. 다가온 정의의 지배를 기다리는 초기 기독교도들이 지녔던 희망의 열기 같은 것이었다. 그들로서는 애매모호한 많은 말들을 알 수 없었다. 그들은 이런 기술적이고 추상적인 추론들은 거의 알아듣지 못했다. 그러나 애매모호함 그 자체로서 추상적인 개념은 약속의 벌판을 더욱 넓혀 주었고 그들을 황홀경 가운데로 이끌어 갔다. 얼마나 기막힌 꿈인가! 주인이 되고, 고통이 끝나며, 마침내 즐길 수 있다니!

"바로 그거야, 빌어먹을! 우리 차례야……! 착취자들을 죽여라!"

여자들도 열광했다. 침착성을 잃은 라 마외드는 굶주림으로 인한 현기증에 사로잡혔고, 라 르바크는 울부짖었으며, 라 브륄레 노파는 마녀 같은 양팔을 흔들며 분격했고, 필로멘은 기침의 발작으로 몸이 뒤흔들렸으며, 너무나 흥분한 라 무케트는 연사에게 애정 어린 말들을 외쳐 댔다. 남자들 중에서는 감복한 마외가 몸을 떨고 있는 피에롱과 말이 너무 많은 르바크 사이에서 성난 고함을 질렀다. 한편 농담꾼들인 자카리와 무케는 마음이 불편했지만, 동료가 한 잔도 마시지 않고 그토록 길게 얘기할 수 있는 것에 놀라서 비웃어 보려고 했다. 한편 나무 더미 위에 있던 장랭은 베베르와 리디를 부추기며 폴란드가 누워 있는 바구니를 흔들면서 요란하게 법석을 떨고 있었다.

함성이 다시 시작되었다. 에티엔은 자신의 인기에 도취했다. 3000명의 가슴속에 구현된 듯, 그는 말 한마디로 그들의 심장을 뛰게 만드는 힘을 지니고 있었다. 수바린이 왔더라면, 에티엔의 생각이 자기 것임을 알아차리고는 자기 제자의 발전된 무정부주의에 만족하고, 교육에 관한 항목을 제외하고는 강령에 흡족해 하며 갈채를 보냈을 것이다. 교육에 관한 항목은 감상적인 어리석음의 잔재였다. 성스럽고 유익한 무지 자체가 사람들이 다시 스스로를 단련할 담금질 통이 되어야 하기 때문이었다. 라스뇌르는 멸시와 분노를 드러내며 어깨를 으쓱 치켜올렸다.

"나도 좀 말하게 해 줘!" 그는 에티엔에게 소리 질렀다.

에티엔은 나무 그루터기에서 뛰어내렸다.

"말씀하시죠, 저 사람들이 당신 말을 듣는지 보자고요."

라스뇌르는 벌써 에티엔이 서 있던 자리에 올라 몸짓으로 조용히 하라고 요구했다. 소란은 진정되지 않았지만, 그를 알아본 앞쪽 몇 줄의 사람들로부터 너도밤나무 아래의 까마득한 마지막 몇 줄의 사람들에게까지 그의 이름이 전해졌다. 그런데 사람들은 그의 얘기를 듣기를 거부했다. 그는 옛 신봉자들이 그를 보기만 해도 화를 내는 타도된 우상이었던 것이다. 그토록 오랫동안 광부들을 매료시켰던 그의 자유자재의 화술과 유창하고 호인다운 얘기는, 지금은 비겁한 자들을 잠재우기 위한 미지근한 탕약으로 취급받았다. 그는 헛되이 소란 속에서 얘기를 꺼냈고, 그가 여기저기서 하고 다니던 마음을 진정시키는 연설, 즉 법으로 세계를 변화시키는 것은 불가능하다는 것과 사회 발전이 이루어질 시간이 필요하다는 것을 다시 말하려 했으나 허사였다. 사람들은 그를 놀려 대며 그에게 조용히 하라고 했고 봉주아이에서의 패배는 더욱 굳어져서 돌이킬 수 없게 되었다. 사람들은 얼어붙은 이끼를 그에게 한 움큼씩 던지기에 이르렀고, 한 여자는 날카로운 소리로 외쳤다.

"배신자를 타도하라!"

그는 방적기가 직조공의 소유이듯 탄광이 광부의 소유가 될 수는 없는 법이라고 설명했고, 회사의 자식과 같이 되어 회사와 이해관계가 있는 노동자로서 자신은 이익을 배분받는 것을 선호한다고 말했다.

"배신자를 타도하라!" 수많은 목소리가 반복해 외쳤고, 돌들이 휙휙 날아오기 시작했다.

그러자 그는 창백해졌고 절망으로 눈에는 눈물이 가득했다. 이는 그의 존재가 붕괴되는 것이었고, 이십 년간의 야심찬 동지애가 군중의 배은망덕으로 무너지는 것이었다. 그는 충격을 받고 말을 계속할 힘이 없어 나무 그루터기에서 내려왔다.

"이런 꼴을 보며 자네는 웃음이 나오는군." 그는 의기양양한 에티엔에게 더듬거리며 말했다. "좋아, 자네한테도 이런 일이 일어나길 바라네……. 자네한테도 일어날 거야, 알겠나!"

그리고 그는 자신이 예견하는 불행들에 대한 모든 책임을 거부하려는 듯이 커다란 몸짓을 하고는 적막하게 펼쳐진 하얀 벌판을 가로질러 홀로 멀어져 갔다.

야유하는 소리들이 일어났다. 그러다 사람들은 야단법석 가운데 나무 그루터기 위에 서서 말하고 있는 본모르 영감을 보고는 깜짝 놀랐다. 그때까지 무크 노인과 그는 늘 그랬듯이 옛 생각에 빠져 있는 듯했다. 아마도 영감은 갑자기 수다를 떨고 싶은 욕구에 휩싸인 것 같았다. 그 욕구는 때때로 그의 마음속에서 과거를 너무나 격렬하게 휘젓는 탓에, 기억들이 되살아나서 몇 시간이고 그의 입술에서 흘러나오게 만들곤 했다. 커다란 침묵이 흘렀고, 사람들은 달빛 아래에서 유령같이 창백한 이 노인의 이야기를 듣고 있었다. 하지만 그가 논의와 직접적인 관계가 없는 것들, 즉 아무도 이해할 수 없는 긴 이야기를 늘어놓자 사람들의 놀라움은 커졌다. 영감은 자신의 젊은 시절에 대해 이야기했다. 그는 르 보뢰에서 깔려 죽은 두 숙부의 죽음을 말했고, 이어서 폐렴으로 세상을 떠난 아내 이야기로 옮겨 갔다. 그렇지만 그는 파업이 잘된 적이 결코 없었으며 앞으로도 잘될 리가 결코 없으리라는 자기 생각을 고수했다. 왕이 노동 시간을 줄이려 하지 않았기 때문에 오늘처럼 숲속에서 500명이 모인 일이 있었다. 그러나 그는 말문이 막혀서 다른 파업 이야기를 시작했다. 나는 너무나 많은 파업을 겪었다! 그 모두가 이 나무들 아래에서 이루어졌다. 여기 플랑데담에서, 저 아래 샤르본리에서, 더 멀리로는 소뒤루 쪽에서였지. 때로는 얼음이 얼었고 때로는 더웠지. 어느 날 저녁, 비가 너무나 세차게 내려서 사람들은 서로 아무 말도 나누지 못한 채 돌아가야 했다. 그런데 왕실 병사들이 도착해서 사태는 결국 총격으로 끝장났다.

"우리는 이렇게 손을 들고 다시는 갱에 내려가지 않겠다고 맹세했지……. 아! 나는 맹세했었네. 그래! 나는 맹세했었어!"

군중은 멍하니 입을 벌리고 불안감에 사로잡힌 채 듣고 있었다. 그때 이 광경을 지켜보던 에티엔이 쓰러진 나무 위로 뛰어 올라가 노인을 자기 옆에 붙잡아 두었다. 그는 방금 전 첫째 열에 있는 친구들 가운데 샤발을 알아봤다. 카트린이 거기에 있을 것이라는 생각에 그는 새로운 불길이 일면서 그녀 앞에서 갈채를 받고 싶다는 욕구로 흥분했다.

"동지 여러분, 여러분은 들었습니다. 바로 여기에 우리 선임자들 중 한 사람이 있으며, 그가 겪은 일, 그리고 만약 우리가 도둑들과 살인자들을 끝장내지 않으면 우리 자식들이 겪을 일이 바로 이것입니다."

그의 모습은 무시무시했다. 전에 그는 그토록 격렬하게 말한 적이 없었다. 그는 한쪽 팔로 본모르 노인을 꽉 붙잡고 복수를 외치면서, 노인을 비참과 애도의 깃발처럼 보여 주었다. 그는 1세대의 마외로 거슬러 올라가, 광산에서 소모되고 회사에 의해 잡아먹혔으며 백 년간 노동하고도 더욱 굶주리는 이 가문 전체를 빠른 말로 보여 주었다. 그리고 이어서 그는 돈을 땀처럼 뚝뚝 흘리는 듯한, 배 나온 회사 이사진들을, 아무 일도 안 하고 육체의 향락을 즐기면서도 한 세기 전부터 딸자식처럼 부양되는 주주들 무리 전체를 이 가문과 비교해서 보여 주었다. 이것은 몸서리나는 일이 아닌가? 장관들에게 주는 뇌물 비용을 대기 위해서, 귀족과 부르주아들의 자손들이 잔치를 벌이거나 난롯가에서 살찌게 하기 위해서, 민중들은 대대로 땅속에서 죽어 가야 하다니! 광부들이 걸리는 질병들을 공부한 그는 무시무시한 세부 사항들과 함께 모든 질병들을 열거했다. 빈혈, 연주창, 검은 가래가 끓는 기관지염, 숨 막히는 천식, 팔다리를 마비시키는 류머티즘 등이었다. 그자들은 이 가난한 사람들을 기계들의 먹이로 던지고 가축처럼 탄광촌에 처넣었다. 거대 회사들은 게으름뱅이 부르주아 1000명의 재산을 만들어 주기 위해 노예 제도를 제정하고, 팔이 수백만 개에 달하는 한 국가의 노동자 전체를 군대 조직화하겠다고 위협하면서 점점 더 광부들의 고혈을 빨아먹고 있다. 그러나 광부는 이제 더 이상 무지한 자, 땅속에서 깔려 죽는 짐승이 아니다. 수갱 깊은 곳에서 하나의 군대가 자라나고 있으며, 그 씨앗이 싹트면 햇빛 찬란한 어느 날에 땅을 뚫고 솟아날 시민들로 성장할 것이다. 그리고 그때가 되면, 사십 년간의 노력 끝에 석탄을 뱉어 내고 갱 속 물로 다리가 부은 예순 살 된 노인에게 연금이랍시고 감히 150프랑을 내밀 수 있을지 알게 될 것이다. 그렇다! 노동은 자본에게, 즉 노동자들이 알지 못하는 이 비인격적인 신에게 책임을 물을 것이다. 그는 어딘가 신비로운 성막 속에 웅크리고 앉아 자신을 먹여 살리는 이 아사지경인 사람들의 생명을 빨아먹고 있다! 그곳으로 가서 타오르는 불빛으로 그의 얼굴을 보고 말 것이며 그를, 그 더러운 돼지를, 사람의 살을 배불리 먹은 이 괴물 같은 우상을 핏속에 빠뜨려 죽일 것이다!

그는 말을 마쳤으나 팔은 계속 허공으로 뻗은 채, 한쪽 땅끝에서 다른 쪽 끝 사이 어딘지 모르는 곳에 있는 적을 가리켰다. 이번에는 군중의 함성이 너무나 커서, 몽수의 부르주아들이 그 소리를 듣고는 엄청난 낙반 사고라도 난 줄 알고 불안해져 방담 쪽을 바라볼 정도였다. 밤새들이 수풀 너머 널따란 맑은 하늘로 날아올랐다.

그는 곧바로 결론을 지으려 했다.

"동지 여러분, 여러분은 어떤 결심을 하겠습니까……? 파업을 계속하는 것에 찬성합니까?"

"그렇소! 그렇소!" 목소리들이 아우성을 쳤다.

"그러면 어떤 조치를 취하겠습니까……? 만약 내일 배신자들이 갱 속으로 내려간다면 우리의 패배는 확실합니다."

폭풍이 몰아치듯 사람들의 목소리가 다시 말했다.

"배신자들을 죽여라!"

"그럼 여러분은 그들로 하여금 의무와 맹세로 돌아오도록 만들자는 것이군요……. 우리는 이렇게 할 수 있을 겁니다. 수갱에 가서 지키고 있다가 배신자들을 도로 데려오고, 우리가 모두 한뜻이며 굴복하기보다는 차라리 죽을 것이라는 사실을 보여 주는 겁니다."

"바로 그거야, 수갱으로 가자! 수갱으로!"

에티엔은 말을 하면서부터 자기 앞에서 노호하고 있는 창백한 얼굴들 가운데서 카트린을 찾아보았다. 그녀는 그곳에 없었다. 하지만 샤발은 계속 보였다. 그는 시기심에 불타 이런 인기를 조금이라도 얻을 수 있다면 지조를 팔아 버릴 태세로 어깨를 으쓱 치켜올리며 비웃는 척했다.

"그리고 동지 여러분, 만약 우리 가운데 스파이들이 있다면 그들은 조심해야 할 겁니다. 우리는 그들이 누군지 알고 있습니다……. 그래요, 자기들의 수갱을 떠나지 않은 방담의 광부들이 여기 보이는군요……."

"나를 두고 하는 소리냐?" 샤발이 도전적인 표정으로 물었다.

"자네나 다른 사람을 두고 하는 말이야……. 그런데 말을 꺼낸 이상, 먹고사는 사람들은 굶주리는 사람들과 아무런 볼일이 없다는 것을 알아야 할걸. 자네는 장바르에서 일하고 있지……."

어떤 사람이 야유하는 목소리로 참견했다.

"오! 일을 한다고……. 그에게는 그를 위해 일하는 여자도 하나 있지."

샤발은 얼굴이 시뻘게지며 욕을 했다.

"빌어먹을! 그럼 일하는 게 금지되어 있단 말이야?"

"그렇지!" 에티엔은 소리 질렀다. "모두의 행복을 위해 동료들이 가난을 참아 내고 있으면 이기주의자이거나 밀고자로서 고용주들 쪽에 붙으면 안 되는 거야. 만약 전면적인 파업이었더라면 우리는 오래전에 주인이 되었을 거라고……. 몽수가 일을 하지 않고 있는데 방담에서 어느 한 사람이라도 갱에 내려가야 했나? 이 고장 전체에서 일을 중단해야 큰 타격을 줄 수 있지. 여기와 마찬가지로 드뇔랭 씨의 탄광에서도 말이지. 장바르의 막장에는 배신자들뿐이야. 자네들은 모두 배신자야!"

샤발 주위의 군중은 위협적으로 돌변해서 주먹을 쳐들었고, "죽여라! 죽여라!" 하는 고함들이 으르렁대기 시작했다. 샤발은 창백해졌다. 그러나 그는 에티엔을 이기려는 분노 속에 한 가지 생각이 떠올라 다시 일어섰다.

"내 말 좀 들어 봐요! 내일 장바르에 와 봐요, 그러면 내가 일을 하는지 알게 될 거요……! 우리는 당신들 편이요. 당신들한테 이 말을 하려고 내가 보내진 거요. 보일러실의 불을 꺼야 하고 기계공들도 파업에 참여해야 해요. 펌프가 멈춘다면 더 잘됐고! 물이 수갱을 무너뜨릴 거고 모든 게 끝장날 테니!"

사람들은 이번에는 그에게 미친 듯이 박수갈채를 보냈다. 그때부터는 에티엔도 어찌 할 수 없었다. 나무 그루터기 위로 연설자들이 연달아 올라와 소란 속에 몸짓을 하며 성난 제안들을 했다. 그것은 신앙의 광증이 발작한 것이었으며, 예정된 기적을 기다리다 지쳐 참지 못한 한 종파가 마침내 그 이적을 직접 일으키기로 결심한 것이었다. 굶주림으로 머리가 텅 빈 사람들은, 모든 이들의 행복이 솟아오르는 찬란한 영광을 떠올리는 가운데 살기를 띠었고, 화재와 유혈을 꿈꾸었다. 고요한 달빛은 사람들의 거친 물결에 젖어 들고 있었고, 깊은 숲은 이 살육의 함성을 커다란 침묵으로 에워싸고 있었다. 단지 얼어붙은 이끼들만 발꿈치 밑에서 바삭바삭 소리를 내고 있었다. 한편 우아한 잔가지들이 하얀 하늘을 바탕으로 검은색을 띠며 힘차게 서 있는 너도밤나무들은 자신들의 발치에서 홍분하고 있는 비참한 사람들을 보지도 듣지도 못하고 있었다.

격동이 일고 있었다. 라 마외드는 마외 곁에 있었는데 두 사람 다 분별력을 잃고 있었다. 그들은 몇 달 전부터 서서히 자신들을 괴롭혀 온 분노에 휩쓸려, 기사들의 목을 자르라고 하면서 한술 더 뜨는 르바크의 말에 찬성했다. 피에롱은 사라졌다. 본모르 영감과 무크 노인은 한꺼번에 얘기하면서 막연하고 격렬한 이야기를 해 대서 알아들을 수가 없었다. 자카리는 농담으로 교회 파괴를 주장했고, 그사이 무케는 손으로 크로스 채를 잡고 단지 더 소란스럽게 하려고 땅을 두들겨 댔다. 여자들도 날뛰었다. 라 르바크는 필로멘이 웃었다고 비난하며 두 주먹을 허리에 짚고 필로멘과 맞붙었다. 라 무케트는 어디서든 발길질로 헌병들을 말에서 떨어뜨리겠다고 말했다. 라 브륄레는, 바구니도 채소도 갖고 있지 않은 리디를 발견하고는 그 아이의 따귀를 때리더니 자기가 붙잡았더라면 하고 바라는 모든 고용주들의 얼굴을 떠올리며 허공에다 대고 계속 따귀를 갈겨 댔다. 장랭은 한순간 숨이 막히는 듯했다. 자기들이 폴란드를 훔쳐 가는 것을 라스뇌르 부인이 보았다는 사실을 어느 소년 갱부가 베베르에게 알려 주었다는 것이다. 하지만 라방타주의 문간에 토끼를 남몰래 놓아주기로 결심하고는 더 크게 고함을 질렀다. 그는 새 칼을 펴더니 그 칼날이 번쩍거리는 것이 자랑스러워 칼날을 휘둘러 댔다.

"동지 여러분! 동지 여러분!" 지친 에티엔이 결정적인 합의를 위해 잠시 정숙할 것을 외치느라 목이 쉰 채 되풀이해서 말했다.

마침내 사람들은 그의 말에 귀를 기울였다.

"동지 여러분! 내일 아침 장바르에서 모입시다, 찬성입니까?"

"그래, 그래, 장바르에서 모이자! 배신자들을 죽이자!"

이들 3000명의 목청이 만들어 낸 폭풍은 하늘을 가득 채웠다가 맑은 달빛 속에 스러졌다.

(2권에 계속)

세계문학전집 **416**

# 제르미날 1

1판 1쇄 찍음 2022년 10월 31일
1판 1쇄 펴냄 2022년 11월 5일

지은이  에밀 졸라
옮긴이  강충권
발행인  박근섭, 박상준
펴낸곳  (주)민음사

출판등록  1966. 5. 19. (제 16-490호)
서울특별시 강남구 도산대로1길 62(신사동) 강남출판문화센터 5층 (우편번호 06027)
대표전화 02-515-2000  팩시밀리 02-515-2007
www.minumsa.com

© 강충권, 2022. Printed in Seoul, Korea

ISBN 978-89-374-6416-4 04800
ISBN 978-89-374-6000-5 (세트)

# 세계문학전집 목록

세계문학전집은 계속 간행됩니다.